La rose noire

Phillip M. Margolin

La rose noire

ROMAN

Traduit de l'américain
par William Olivier Desmond

ALBIN MICHEL

COLLECTION « SPÉCIAL SUSPENSE »

Édition originale américaine :

GONE BUT NOT FORGOTTEN
© 1993 by Phillip M. Margolin
Doubleday, New York.

Traduction française :
© Éditions Albin Michel, S.A., 1994
22, rue Huyghens, 75014 Paris

ISBN 2-226-07012-5
ISSN 0290-3326

Pour Doreen,
mon associée, ma meilleure amie et ma femme durant vingt années de mariage extraordinaire.

PREMIÈRE PARTIE

UN COUP DE SEMONCE

Chapitre I

1

« Vous êtes-vous mis d'accord sur un verdict ? » demanda le juge Alfred Neff aux douze jurés — huit hommes et quatre femmes — qui venaient de se rasseoir.

Un personnage corpulent, au torse en barrique, la soixantaine bien sonnée, se mit laborieusement debout. Betsy Tannenbaum consulta la liste qu'elle avait établie deux semaines auparavant, pendant la sélection du jury. Il s'agissait de Walter Korn, ouvrier soudeur à la retraite. Comme président du jury, il déplaisait à Betsy ; elle ne l'avait accepté parmi les jurés que faute de mieux.

L'huissier prit le document des mains de Korn et le transmit au juge. Betsy ne pouvait détacher les yeux du carré de papier blanc plié et, pendant que le juge l'ouvrait et le lisait, elle s'efforça de déchiffrer une expression, un signe quelconque sur le visage du magistrat. En vain.

L'avocate jeta un coup d'œil à Andrea Hammermill, une femme replète aux allures de matrone, assise à côté d'elle. Andrea regardait droit devant elle, aussi soumise et résignée qu'elle l'avait été pendant tout son procès. Elle n'avait manifesté de l'émotion qu'à un seul moment, lorsque, durant son interrogatoire, elle avait expliqué de quelle manière elle avait tué son mari, Sidney Hammermill. Comment elle avait fait feu sur lui jusqu'à ce que le cliquetis étouffé du percuteur lui indique que le magasin du revolver était vide ; alors, pendant ce récit, ses mains avaient tremblé et des sanglots pitoyables avaient secoué tout son corps.

« Accusée, levez-vous, s'il vous plaît », demanda le juge Neff.

Andrea se mit debout, avec des mouvements mal assurés. Betsy se leva avec sa cliente, regardant droit devant elle.

« Passons sur la formule d'introduction. Voici comment se présente le verdict : *Nous, membres du jury, dûment mandatés et ayant prêté serment, déclarons l'accusée, Andrea Marie Hammermill, non coupable...* »

Betsy ne put entendre le reste, en raison du tumulte qui éclata dans le tribunal. Andrea s'effondra sur son siège, en pleurs, le visage caché dans les mains.

« Tout va bien, lui dit Betsy, tout va bien. » Elle sentait les larmes lui couler sur les joues, tandis qu'elle entourait d'un bras protecteur les épaules de sa cliente. Quelqu'un la toucha au poignet. Elle leva les yeux et vit Randy Highsmith, le substitut du procureur général qui représentait aujourd'hui le ministère public, debout devant elle, un verre d'eau à la main.

« Elle en a peut-être besoin », observa-t-il.

Betsy prit le verre et le tendit à Andrea. Highsmith patienta pendant que la femme retrouvait peu à peu son calme.

« Madame Hammermill, dit-il alors, je veux que vous sachiez que si je vous ai inculpée, c'est parce que vous avez décidé de faire justice vous-même. Mais je tiens également à vous déclarer que votre mari, à mon avis, n'avait pas le droit de vous traiter comme il le faisait. Peu m'importe qui il était. Si vous étiez venue me voir, au lieu de l'abattre, j'aurais fait tout mon possible pour qu'il se retrouve en prison. J'espère que vous pourrez oublier tout ceci et mener une vie normale. Je crois que vous êtes quelqu'un de bien. »

Betsy aurait voulu remercier le substitut pour la générosité de ses propos, mais elle avait la gorge trop serrée pour parler. Tandis que les amis et tous ceux et celles qui avaient soutenu Andrea se pressaient autour d'elle, l'avocate s'éloigna de la foule pour avoir un peu d'air. Entre les têtes, elle aperçut Highsmith, seul, penché sur sa table, qui rassemblait ses codes et ses dossiers. L'adjoint du procureur leva les yeux vers la sortie et remarqua Betsy, au-delà de la foule. Maintenant que le procès était terminé, la présence des deux avocats était superflue. Highsmith lui adressa un signe de tête, et elle lui répondit de même.

2

Le dos arqué, la tension faisant vibrer ses muscles déliés, la tête renversée en arrière, Martin Darius avait l'air d'un loup hurlant sur le cadavre de sa proie. La blonde allongée sous lui resserra les jambes autour de sa taille. Il frissonna et ferma les yeux. L'épuisement faisait haleter la femme. Un spasme tordit les traits de Darius et il s'effondra ; sa joue vint heurter le sein de sa partenaire. Il entendait battre le cœur de la jeune femme, tandis que lui parvenait l'odeur de sa transpiration mêlée à des traces de parfum. Du bras, la blonde se dissimula le visage. D'un doigt paresseux, Darius remonta la ligne de sa cuisse et, par-dessus un ventre plat, regarda l'horloge numérique posée sur la table de nuit. Quatorze heures pile. Il se rassit lentement et posa les pieds par terre. La femme sentit le lit bouger et regarda Darius s'éloigner dans la pièce.

« J'aimerais bien que tu restes », dit-elle, incapable de cacher sa déception.

Darius empoigna ses affaires, posées sur la commode, et prit la direction de la salle de bains.

« J'ai une réunion à trois heures », répondit-il sans se retourner.

Il se débarrassa de la pellicule de sueur formée pendant qu'il avait fait l'amour, puis se sécha avec vigueur dans l'espace confiné de la salle de bains du motel. Le miroir était embué ; il l'essuya et regarda son reflet. Un visage émacié, aux yeux bleus profondément enfoncés dans leurs orbites. Sa moustache et sa barbe, taillées avec soin, encadraient une bouche diabolique qui pouvait être tour à tour séduisante ou intimidante. Il se sécha les cheveux, qu'il avait noirs et raides, avec un petit séchoir portable, puis les peigna, ainsi que la barbe. Lorsqu'il rouvrit la porte de la salle de bains, la blonde était toujours couchée. Elle avait déjà essayé deux ou trois fois de l'attirer de nouveau au lit alors qu'il était douché et habillé. Il la soupçonnait de chercher à exercer un certain contrôle sexuel sur lui, mais il refusait de se laisser faire.

« J'ai décidé que nous ne nous verrions plus », déclara-t-il d'un ton naturel tout en boutonnant sa chemise de soie blanche.

La blonde se redressa sur le lit, la stupéfaction se peignant sur son visage de majorette, à l'expression d'ordinaire confiante. Il avait capté son attention. Elle n'était pas du genre à se faire jeter comme ça. Darius se détourna légèrement pour qu'elle ne voie pas son sourire.

« Pourquoi ? » réussit-elle à demander tandis qu'il enfilait le pantalon gris anthracite de son costume. Il se tourna pour la regarder et jouir des émotions qui jouaient sur le visage de la blonde.

« Tu es belle fille, j'en conviens, et tu te défends très bien au lit, répondit-il en nouant sa cravate. Mais tu es barbante. »

La blonde resta quelques instants bouche bée, puis le rouge de la colère lui monta aux joues.

« Espèce de salopard ! »

Darius éclata de rire et prit son veston.

« Tu ne parles pas sérieusement, reprit-elle, sa colère passant rapidement.

— Tout ce qu'il y a de plus sérieusement. Entre nous, c'est fini. Ç'a été bien pendant un moment, mais j'ai envie d'autre chose.

— Et tu t'imagines qu'on peut me traiter comme ça, se servir de moi et me jeter comme une cigarette ! » Sa colère était revenue. « Je vais en parler à ta femme, enfant de salaud ! Je vais l'appeler tout de suite ! »

Le sourire disparut du visage de Darius et, devant son expression, la blonde eut un mouvement de recul. Il contourna le lit d'un pas nonchalant, la dominant de toute sa taille. Elle se recroquevilla et leva les bras d'un geste défensif. Darius l'examina quelques instants, comme un biologiste étudierait un spécimen au microscope. Puis il la saisit par le poignet et lui tordit le bras jusqu'à ce qu'elle soit complètement penchée en avant, le front contre les draps froissés.

Darius admira la courbe de son corps, du bas des reins à son cou mince, tandis qu'elle restait ployée et souffrait. Il lui caressa les fesses de sa main libre, puis augmenta la torsion, au niveau du poignet, pour la faire tressaillir. Il prit plaisir à voir les seins de la jeune femme tressauter rapidement tandis qu'elle se tendait.

« Je veux que les choses soient bien claires entre nous, reprit Darius du ton de quelqu'un qui gourmande un enfant récalcitrant. Jamais tu n'appelleras ma femme. Ni moi. Jamais. As-tu bien compris ?

— Oui, hoqueta la blonde tandis qu'il lui tordait un peu plus le bras dans le dos, le faisant remonter lentement vers l'épaule.

— Dis-moi donc ce que tu ne feras jamais, ordonna-t-il d'un ton calme, relâchant un instant la pression sans cesser de lui caresser l'arrondi des fesses.

— Je n'appellerai pas, Martin, je le jure, geignit-elle.

— Et pour quelle raison n'appelleras-tu pas ma femme ou ne chercheras-tu pas à m'embêter ? » demanda-t-il, lui tordant à nouveau le poignet.

La blonde eut un hoquet et tressaillit de douleur. Darius retint un petit rire et desserra l'étau, pour qu'elle puisse répondre.

« Je n'appellerai pas, sanglota-t-elle.

— Mais tu n'as pas dit pour quelle raison, fit-il remarquer, toujours du même ton paisible.

— Parce que tu me l'as dit. Je ferai ce que tu voudras. Je t'en prie, Martin, arrête de me faire mal. »

Darius lui lâcha le poignet et elle s'effondra sur le lit, secouée de sanglots pitoyables.

« C'est une réponse acceptable. Il aurait mieux valu dire que tu ne feras jamais rien pour m'embêter parce que je peux te faire bien pire que ce que je viens de te faire. Bien pire. »

Il s'agenouilla à hauteur de son visage et prit son briquet. L'objet était en or massif, avec une inscription de la part de sa femme. La flamme orange brillante oscillait devant les yeux terrifiés de la blonde. Darius l'approcha suffisamment pour qu'elle en sente la chaleur.

« Bien, bien pire », répéta-t-il. Puis il referma le briquet, se redressa et s'éloigna dans la pièce. La blonde roula sur elle-même et se retrouva avec le drap entortillé autour de la taille, ses jambes élancées et ses fesses tendres exposées au regard. A chacun de ses sanglots, ses épaules tremblaient. Du coin de l'œil, Martin l'observait dans le miroir tout en serrant son nœud de cravate. Il se demanda s'il serait capable de la convaincre que tout cela n'avait été qu'une plaisanterie, puis de la soumettre à nouveau. Cette idée fit naître un sourire sur ses lèvres minces. Un instant, il joua avec l'image de la blonde agenouillée devant lui et l'engloutissant dans sa bouche, convaincue qu'il voulait la reprendre. Quel défi, après l'avoir psychologiquement démolie comme il l'avait fait ! Il avait la certitude qu'il en serait capable, mais il devait présider cette réunion.

« La chambre est payée, lança-t-il. Tu peux rester autant que tu veux.

— On peut pas parler ? Je t'en prie, Martin », le supplia la blonde, qui se retourna pour s'asseoir sur le lit, montrant maintenant ses petits seins tristes. Mais déjà Darius refermait la porte de la chambre.

A l'extérieur, le ciel était menaçant. Des nuages noirs et épais s'accumulaient, poussés par le vent du large. Darius déverrouilla la portière de la Ferrari noire et neutralisa l'alarme. Dans peu de temps, il allait faire quelque chose qui allait augmenter les souffrances de la femme. Quelque chose d'exquis, qui l'empêcherait de jamais l'oublier. Darius en souriait d'avance tandis qu'il démarrait sans se douter le moins du monde que quelqu'un le photographiait, depuis l'angle du parking du motel.

Franchissant à vive allure le Marquam Bridge, Martin Darius se dirigea vers le centre de Portland. La pluie battante avait chassé les bateaux de plaisance de la rivière Willamette, mais un tanker rouillé bravait la tempête, le cap sur le port de Swan Island. Sur l'autre rive, s'élevait une macédoine architecturale de bâtiments fonctionnels, gris et futuristes, reliés entre eux par des passerelles aériennes : le Portland Building, fantaisie post-moderne due à Michael Graves, le gratte-ciel rose de la US Bank, et les édifices historiques de trois étages remontant au XIXe siècle. Darius avait fait fortune en ajoutant ses propres créations à la silhouette de la ville et en reconstruisant certains de ses quartiers.

Il changea de voie juste à l'instant où un journaliste lançait la principale information des nouvelles de dix-sept heures.

« Larry Prescott au micro ; je vous parle du palais de justice du comté de Multnomah, en compagnie de Betsy Tannenbaum, l'avocate d'Andrea Hammermill qui vient tout juste d'être acquittée du meurtre de son mari, l'administrateur municipal Sidney Hammermill. A votre avis, madame Tannenbaum, pour quelles raisons les jurés ont-ils déclaré Andrea Hammermill non coupable ?

— Je crois que leur décision n'a pas été difficile à prendre, une fois qu'ils ont eu compris quels effets les mauvais traitements pouvaient avoir sur le psychisme d'une personne soumise à d'incessantes violences, comme Andrea Hammermill.

— Dès le début vous avez critiqué la façon dont les poursuites ont été intentées par le bureau du procureur. Pensez-vous que l'on aurait conduit cette affaire différemment si M. Hammermill n'avait pas été un élu de la ville, candidat au poste de maire ?

— Le fait que Sidney Hammermill était riche et jouait un rôle actif dans la politique de l'État de l'Oregon peut avoir influé sur la décision de poursuivre.

— Y aurait-il eu une différence, à votre avis, si le procureur général Alan Page avait confié ce dossier à un assistant de sexe féminin ?

— C'est possible. Une femme aurait été mieux en mesure qu'un homme d'évaluer objectivement les preuves et de considérer qu'il était inutile de poursuivre.

— Il s'agit pour vous, madame Tannenbaum, de la deuxième affaire de meurtre dans laquelle vous parvenez à obtenir l'acquittement d'une femme battue. Un peu plus tôt cette année, vous avez obtenu des dommages et intérêts d'un montant d'un demi-million à l'encontre d'un groupe anti-avortement, et le magazine *Time* vous classe parmi les étoiles

17

montantes du barreau en Amérique. Comment vivez-vous cette célébrité soudaine ? »

Il y eut quelques instants de silence. Lorsqu'elle répondit, Betsy parut mal à l'aise.

« Croyez-moi, je suis bien trop occupée par mes dossiers et l'éducation de ma fille pour avoir le temps de m'inquiéter d'autre chose que de ma prochaine affaire et du repas du soir. »

Le téléphone de la voiture sonna. Darius baissa le son de la radio, et le moteur de la Ferrari feula tandis qu'elle s'engageait dans la voie rapide pour s'éloigner du reste du trafic. Il décrocha à la troisième sonnerie.

« Monsieur Darius ?

— Qui est à l'appareil ? »

Seules quelques rares personnes connaissaient le numéro de son téléphone de voiture, et il n'avait pas reconnu la voix.

« Il est inutile que je vous donne mon nom.

— Il est donc inutile que je vous parle.

— Peut-être, mais je pense que ce que j'ai à vous dire risque de vous intéresser.

— J'ignore comment vous avez obtenu ce numéro, mais ma patience a des limites. Parlez, ou je raccroche.

— Très bien. Vous êtes un homme d'affaires. Je ne tiens pas à vous faire perdre de temps. Cependant, si vous raccrochez tout de suite, je peux vous garantir que j'aurai disparu mais que vous ne m'oublierez pas.

— Vous dites ?

— Ah, je vous intéresse, hein ? »

Darius prit une profonde inspiration, relâchant l'air lentement. Des gouttes de transpiration jaillirent soudain sur sa lèvre supérieure et son front.

« Connaissez-vous le Captain Ned ? Un restaurant de fruits de mer, sur Marine Drive. Le bar est plutôt sombre. Venez m'y retrouver. Nous parlerons. »

La liaison fut coupée. Darius reposa le combiné dans son logement. Il avait ralenti sans s'en rendre compte et une autre voiture lui collait au pare-chocs. Il changea de voie et alla s'arrêter sur le bas-côté. Son cœur battait à tout rompre. Des élancements douloureux lui sciaient les tempes. Il ferma les yeux et se laissa aller contre l'appui-tête. Il se força à reprendre un rythme normal de respiration et les élancements diminuèrent.

La voix, au téléphone, avait été celle d'un homme grossier, inculte. Bien entendu, il allait vouloir de l'argent. Darius eut un sourire sinistre. Il avait constamment affaire à des individus avides. C'étaient les plus faciles à manipuler. Ils s'imaginaient toujours que la personne avec laquelle ils traitaient était aussi stupide et effrayée qu'eux-mêmes.

La douleur avait complètement cessé et il respirait de nouveau normalement. En un certain sens, il remerciait son correspondant. Il était devenu un peu trop sûr de lui et avait baissé la garde, depuis quelques années, se croyant en sécurité après toutes ces années. Mais on n'est jamais en sécurité. Il fallait considérer cela comme un coup de semonce.

3

Le Captain Ned était une baraque en planches à clin, battue par les intempéries et aux vitres noyées de pluie, formant une avancée sur la rivière Columbia. Le bar était plongé dans la pénombre promise par la voix. Darius s'installa dans un box près des cuisines, commanda une bière et attendit patiemment. Un jeune couple entra, bras dessus, bras dessous. Il l'élimina d'office. Un représentant de commerce, grand, gagné par la calvitie, le costume chiffonné, se morfondait sur un tabouret du bar. La plupart des tables étaient occupées par des couples. Darius parcourut les autres box du regard. Un homme corpulent habillé d'un trench-coat lui sourit et se leva, quand les yeux du promoteur se posèrent sur lui.

« J'attendais de voir combien de temps vous mettriez », déclara l'homme en se glissant dans le box. Darius ne répondit pas. Le nouveau venu haussa les épaules ; son sourire disparut. On était toujours mal à l'aise en face de Martin, même si l'on pensait détenir les cartes maîtresses du jeu.

« On peut se conduire comme des gens civilisés, ou vous pouvez faire des histoires, reprit l'autre. Peu m'importe. En fin de compte, vous banquerez.

— Que vendez-vous et combien en voulez-vous ? répondit Darius, examinant, dans la pénombre, ce visage empâté.

— Toujours homme d'affaires, je vois. Alors parlons affaires. Je reviens de Hunter's Point. Les vieux journaux sont pleins d'informations passionnantes. Il y a même des photos. J'ai dû me crever les yeux dessus, mais c'était bien vous. J'en ai une avec moi, au cas où vous voudriez vérifier. » L'homme prit dans sa poche la photocopie d'un cliché de presse et la poussa devant lui, sur la table. Darius l'étudia un instant et la poussa à son tour.

« C'est de l'histoire ancienne, mon ami.

— Ah, vous croyez ? J'ai des amis dans la police, Martin. Le public n'est pas au courant, mais moi, si. Quelqu'un a laissé traîner des petites notes et des roses noires dans le secteur de Portland. Quelque chose me dit que c'est la même personne que celle qui en faisait autant autrefois, à Hunter's Point. Qu'en pensez-vous ?

— J'en pense que vous êtes très habile, monsieur... ? » répondit Darius, désireux de gagner du temps pour évaluer la situation.

L'homme secoua la tête. « Vous n'avez pas besoin de connaître mon nom, Martin. Simplement de me payer.

— De combien parlez-vous ?

— Je m'étais dit que deux cent cinquante mille dollars seraient un prix honnête. C'est moins que ce qu'il vous en coûterait en frais d'avocat, probablement. »

L'homme avait des cheveux couleur de paille qui se raréfiaient. Darius voyait la peau du crâne entre les mèches quand son interlocuteur se penchait. Il avait eu le nez cassé. Il était bedonnant, mais avait des épaules carrées et une poitrine puissante.

« Avez-vous parlé de Hunter's Point à la personne qui vous a engagé ? » demanda Darius.

L'homme eut une brève expression de surprise, puis un sourire encore plus bref, exhibant des dents jaunies à la nicotine.

« Très fort. Je ne vais même pas vous demander comment vous vous en êtes douté. Mais vous, qu'en pensez-vous ?

— A mon avis, vous et moi sommes les seuls au courant, pour le moment. »

L'homme ne répondit pas.

« Il y a une chose qui m'intrigue, reprit Darius, l'observant avec curiosité. Je sais de quels actes vous me croyez l'auteur. De quoi vous me croyez capable. N'avez-vous pas peur que je vous supprime ? »

L'homme eut un petit rire.

« Vous n'êtes qu'une mauviette, Martin, tout comme les autres violeurs de mes deux que j'ai rencontrés dans mon boulot. Des types particulièrement vachards avec les femmes mais beaucoup moins avec les mecs. Vous savez ce que j'en faisais, moi, de ces types ? J'en faisais mes gonzesses, Martin. Des petites tapettes. C'est ce que je vous ferais si votre argent ne m'intéressait pas davantage. »

Tandis que Darius digérait cette information, l'homme le regardait en affectant un sourire confiant.

« Il va me falloir un certain temps pour réunir une telle somme, lui fit remarquer Darius. Quel délai m'accordez-vous ?

— Nous sommes mercredi. Disons vendredi. »

Darius fit semblant de réfléchir aux problèmes que posaient la liquidation d'actions et la fermeture de certains comptes.

« Lundi, plutôt. Une bonne partie de mes actifs est en terrains. Il me faut bien jusqu'à vendredi pour pouvoir monter les prêts et vendre des actions. »

L'homme acquiesça. « J'avais entendu dire que les salades ne vous impressionnaient pas. C'est bien. Vous réagissez comme il faut. D'ailleurs, je n'exagère pas. Je ne vous demanderai pas un sou de plus. »

L'homme se leva. Puis il pensa à quelque chose et sourit à Darius.

« Une fois payé, je disparais *et* je me fais oublier. »

Il rit de sa petite boutade, fit demi-tour et quitta le bar. Darius le regarda s'éloigner. Il ne trouvait rien de drôle à la plaisanterie — ni au bonhomme, du reste.

4

Une pluie violente cinglait le pare-brise, en gouttes énormes tombant en rangs serrés. Russ Miller fit passer les essuie-glaces sur la vitesse maximum. Mais le déluge brouillait toujours sa vision et il devait plisser les yeux pour distinguer la ligne blanche brisée dans la lueur des phares, au centre de la chaussée. Il était presque huit heures mais Vicky avait l'habitude de dîner tard. Si l'on voulait arriver à quelque chose, il ne fallait pas ménager ses heures sup', chez Brand, Gates & Valcroft. Russ sourit en imaginant la réaction de sa femme à la nouvelle. Il aurait aimé rouler plus vite, mais gagner quelques minutes n'y changerait rien.

Il avait averti Vicky qu'il risquait d'être en retard dès que la secrétaire de Valcroft lui avait fait part de la convocation. Dans cette boîte de pub, c'était un honneur que d'être appelé à se rendre dans le bureau d'angle de Valcroft. Russ n'y avait été que deux fois, auparavant. La moquette bordeaux et les boiseries sombres lui avaient rappelé où il voulait arriver. Lorsque Valcroft lui avait déclaré qu'il lui confiait la responsabilité du compte de Darius Construction, il avait compris qu'il était sur la bonne voie.

Russ et Vicky avaient fait la connaissance de Martin Darius au cours de l'été, lors d'une soirée donnée par le promoteur pour célébrer l'inauguration de son nouveau centre commercial. Tous les collègues de Russ concernés par le compte Darius Construction se trouvaient là, mais il avait eu l'impression d'avoir été remarqué par Darius. Une semaine plus tard, arrivait une invitation à une réception sur le yacht de l'homme d'affaires. Depuis, Russ et Vicky avaient assisté à deux autres soirées au domicile de Darius. Stuart Webb, autre expert-comptable au cabinet de Brand, Gates & Valcroft, prétendait éprouver une sensation de froid glacial en présence de Martin Darius ; Russ, pour sa part, estimait qu'il n'avait jamais rencontré être humain plus dynamique, et Darius possédait l'art de lui donner l'impression d'être la personne la plus importante au monde. Il avait la certitude que le promoteur était à l'origine de sa nomination à la tête du compte Darius Construction. S'il menait bien sa barque, qui savait jusqu'où il pourrait aller ? Peut-être quitterait-il même Brand, Gates & Valcroft pour travailler directement avec l'homme d'affaires.

Russ s'engagea dans son allée privée et la porte du garage s'ouvrit automatiquement. La pluie qui martelait le toit de l'édifice faisait un vacarme infernal et il passa avec plaisir dans la chaleur de la cuisine. Un grand faitout de métal, sur la cuisinière, lui apprit que Vicky préparait des pâtes ; la surprise, c'était la sauce. Il appela sa femme et jeta un coup d'œil sous le couvercle d'une casserole plus petite. Elle était vide. Sur la planche à découper, les légumes, intacts, attendaient d'être détaillés. Il fronça les sourcils. Le feu n'était pas allumé sous le grand faitout. Il souleva le couvercle. Il y avait bien de l'eau, mais les pâtes, encore crues, étaient posées à côté de l'appareil — cadeau de Russ à Vicky pour leur troisième anniversaire de mariage — qui servait à leur préparation.

« Vick ! » cria Russ un peu plus fort. Il desserra sa cravate et enleva son veston. La lumière était allumée dans le séjour. Plus tard, Russ déclara à la police qu'il avait tardé à appeler car tout paraissait parfaitement normal. La table était mise. Le roman de Judith Krantz que Vicky était en train de lire gisait sur la table basse, posé à l'envers. Quand il comprit que sa femme n'était pas à la maison, il supposa qu'elle devait se trouver chez un de leurs voisins.

La première fois que Russ pénétra dans la chambre, il ne remarqua ni le mot ni la rose. Il tournait le dos au lit pendant qu'il se déshabillait et accrochait ses vêtements dans le placard. Après quoi, il enfila un survêtement et alla consulter les programmes d'un magazine télé. Au bout d'un quart d'heure, toujours sans nouvelles de Vicky, il retourna dans la chambre pour téléphoner à la meilleure amie de sa femme, qui habitait à cent mètres de chez eux. C'est à ce moment-là qu'il vit la note, sur l'oreiller du lit parfaitement fait. Une rose noire était posée en travers de la feuille de papier blanc. En lettres soigneusement manuscrites, on lisait ceci : « Disparue... Oubliée ? »

Chapitre II

Lorsque Austin Forbes, le président des États-Unis, se dirigea vers le sénateur Raymond Francis Colby, il passa à travers les rayons de soleil qui dardaient par les hautes fenêtres à la française du Bureau ovale, donnant l'impression que Dieu éclairait le chemin de son Élu. L'eût-il remarqué, le chef de l'État — il était d'une taille très modeste — aurait apprécié ce vote de confiance venu d'en haut et qui le grandissait. Les résultats des sondages terrestres, à vrai dire, étaient loin d'être aussi flatteurs.

« Ça me fait plaisir de vous voir, Ray, dit le président. Vous connaissez Kelly Bendelow, n'est-ce pas ?

— Nous nous sommes déjà rencontrés, en effet », répondit Colby, se souvenant de l'entretien approfondi qu'il avait eu avec le conseiller aux « questions délicates » de Forbes.

Le sénateur s'assit dans le fauteuil que lui indiqua le président et jeta un coup d'œil par les fenêtres situées à l'est, en direction de la roseraie. Austin Forbes s'installa dans le vieux fauteuil qui avait été jadis l'ornement de son cabinet d'avocat, dans le Missouri, et qui l'avait fidèlement suivi dans son ascension vers le pouvoir jusqu'au Bureau ovale. Il paraissait pensif.

« Comment va Ellen ? demanda-t-il.

— Très bien, merci.

— Et vous, vous allez bien ? Vous êtes en bonne santé ?

— En excellente santé, monsieur le président. J'ai passé une visite médicale complète le mois dernier », répondit Colby, sachant néanmoins que le FBI devait avoir fourni le rapport du médecin à Forbes.

« Pas de problèmes personnels ? Tout va bien chez vous ? Vos finances sont saines ? »

Forbes scrutait sans ménagement le sénateur. Le bon garçon avait disparu pour laisser la place au politicien retors qui avait remporté quarante-huit des cinquante États de l'Union aux dernières élections.

« Je ne peux pas m'offrir le luxe d'un nouveau fiasco, après l'affaire Hutchings, reprit le président. Je vous le dis sous le sceau du secret, Ray : elle m'a menti. Hutchings s'est assise à la même place que vous et m'a menti. Après quoi, ce journaliste du *Washington Post* a découvert le pot aux roses et... »

Il laissa sa phrase en suspens. Tous, dans la pièce, avaient douloureusement conscience du coup très dur porté au prestige de Forbes, lorsque le Sénat avait refusé de confirmer la nomination de Mabel Hutchings.

« Existe-t-il quelque chose dans votre passé qui pourrait nous causer des problèmes, Ray ? La moindre chose ? Lorsque vous étiez PDG de la sécurité chez Marlin Steel, avez-vous jamais donné un pot-de-vin ? Avez-vous fumé de la marijuana quand vous étiez à Princeton ou à Harvard ? Avez-vous eu des histoires de filles au lycée ? »

Colby savait que ces questions n'avaient rien de ridicule. Les aspirations de nombre de prétendants à un siège à la Cour suprême étaient venues s'échouer précisément sur ce genre d'écueils.

« Vous n'aurez aucune surprise, monsieur le président. »

Austin Forbes laissa le silence se prolonger de quelques instants avant de reprendre la parole. « Vous savez pour quelles raisons vous êtes ici, Ray. Si je vous nomme au poste de premier juge de la Cour suprême des États-Unis, accepterez-vous ?

— Oui, monsieur le président. »

Forbes sourit. La tension qui régnait dans le Bureau ovale se dissipa.

« Nous procéderons à l'annonce officielle demain. Vous ferez honneur à votre poste.

— Je vous suis extrêmement reconnaissant », répondit

Colby, n'osa pas en dire davantage. Il s'était bien douté des raisons de sa convocation à la Maison Blanche, mais cela ne l'empêchait pas de se sentir aussi léger que s'il était sur un petit nuage.

Raymond Colby s'assit aussi doucement que possible sur le grand lit « king-size » et tâtonna du pied jusqu'à ce qu'il ait trouvé ses pantoufles. Ellen changea de position dans son coin ; le sénateur regarda les traits paisibles de sa femme, éclairés par le clair de lune, et secoua la tête avec incrédulité. Il n'y avait qu'elle pour être capable de dormir comme un ange après ce qui était arrivé aujourd'hui.

Colby gagna le coin du salon où se trouvait le bar, dans la grande demeure de Georgetown, et se prépara un bourbon. Sur le palier du premier étage, une antique horloge comtoise égrenait les secondes, chaque mouvement de ses aiguilles parfaitement audible dans le silence.

Le sénateur posa son verre sur le manteau de la cheminée pour y prendre une photo encadrée, un cliché fané en noir et blanc sur lequel on voyait son père, le jour où il avait défendu une affaire devant la Cour suprême des États-Unis. Howard Colby, fleuron de l'un des plus prestigieux cabinets d'avocats de Wall Street, était mort à son bureau deux mois après qu'on eut pris cette photo. Raymond Colby avait beau avoir été major à la faculté de droit de Harvard, PDG de Marlin Steel, gouverneur de New York puis sénateur des États-Unis, il se sentait toujours en relation avec son père comme il l'avait été ce jour-là, sur les marches du palais de justice — un gamin de dix ans sous la protection d'un géant bourru et sage qui restait pour lui le plus extraordinaire des hommes.

Cinquante-trois larges marches séparaient la rue de l'entrée du tribunal. Raymond les avait comptées quand il les avait escaladées, tenant son père par la main. Lorsqu'ils étaient passés entre les colonnes du portique ouest, Howard Colby lui avait indiqué d'un geste la devise gravée dans le marbre du Grand Hall : « *Equal Justice under Law.* »

« C'est ce qu'on fait ici, Raymond. On rend la justice. On

tranche en dernier ressort, devant ce tribunal. C'est le point d'aboutissement de tous les procès dans ce grand pays. »

Des portes en chêne, massives, fermaient les salles de ce palais de justice, mais le tribunal lui-même était intime. Derrière un banc en acajou surélevé, on comptait neuf fauteuils à haut dossier, de styles différents. A l'entrée des juges, son père s'était levé ; et quand ce dernier s'était adressé à la cour, Raymond avait eu la surprise d'entendre une note de respect dans la voix de quelqu'un qui suscitait d'ordinaire ce sentiment chez les autres. Ces hommes en noir, ces sages qui dominaient Howard Colby et provoquaient son respect, lui avaient laissé une impression durable. Dans le train qui les avait ramenés à New York, Raymond s'était en lui-même fait la promesse de siéger un jour sur le banc de l'instance juridique suprême de son pays. Son rêve allait devenir réalité lorsque le président en ferait l'annonce officielle, demain, au cours d'une conférence de presse.

L'attente avait commencé vendredi, lorsqu'une source bien informée, à la Maison-Blanche, lui avait fait savoir que le président venait de réduire son choix à deux noms, le sien et celui d'un juge de la 5e cour d'appel, Alfred Gustafson. Cet après-midi, pendant la rencontre dans le Bureau ovale, Forbes avait confié à Colby que c'était son appartenance au Sénat qui avait emporté la décision. Après le désastreux camouflet de la candidature Hutchings, la première présentée par le président, ce dernier voulait être sûr d'une chose : que le Sénat n'allait pas rejeter l'un des siens, en particulier un homme ayant le prestige et les titres d'un Colby. Tout ce qui lui restait à faire, maintenant, était de franchir les différentes étapes de la nomination sans une égratignure.

Colby reposa la photo et reprit son verre. Ce n'était pas seulement l'excitation de la nomination qui le tenait éveillé. Le sénateur était un homme honnête. Quand il avait déclaré au président qu'aucun scandale ne ternissait son passé, il n'avait pas menti. Mais il y avait néanmoins *quelque chose* dans son passé. Peu de personnes étaient au courant, et on pouvait être sûr que celles qui l'étaient garderaient le silence. Il s'inquiétait cependant à l'idée de n'avoir pas été entièrement franc vis-à-vis de l'homme qui lui permettait de concrétiser le plus grand de ses rêves.

Il sirota son verre tout en contemplant les lumières de la capitale. Le bourbon produisit son effet. La tension de ses muscles se relâcha. Il se sentit gagné par le sommeil. Il n'y avait aucun moyen de changer l'histoire. Même s'il avait su ce que lui réservait l'avenir, il était certain qu'il aurait fait le même choix, à l'époque. S'inquiéter, maintenant, n'y changerait rien et il y avait très peu de chances pour que son secret soit exposé au grand jour. Une heure plus tard, le sénateur dormait d'un profond sommeil.

Chapitre III

1

Le plus pitoyable, dans cette affaire, était qu'après les liaisons, les mensonges — sans parler du règlement du divorce qui faisait qu'Alan Page se retrouvait dans le même type d'appartement minable que celui qu'il avait occupé lorsqu'il étudiait le droit —, il aimait toujours Tina. Elle occupait son esprit quand il ne pensait pas à son travail. Aller au cinéma ne servait à rien ; même coucher avec les femmes que les amis bien intentionnés lui présentaient ne servait à rien. Les femmes étaient même ce qu'il y avait de pire, car il finissait toujours par faire la comparaison, et aucune ne la soutenait. Cela faisait des mois, d'ailleurs, qu'il n'en avait pas touché une.

L'humeur du procureur général commençait à affecter son équipe. La semaine précédente, son premier substitut, Randy Highsmith, l'avait pris à part pour lui demander de faire un effort, mais il trouvait toujours le célibat aussi difficile — surtout après douze ans de ce qu'il avait cru être un bon mariage. C'était le sentiment d'avoir été trahi qu'il ne supportait pas. Jamais il n'avait trompé Tina, jamais il ne lui avait menti et il avait toujours cru que s'il y avait une personne au monde à laquelle il pouvait faire complètement confiance, c'était bien elle. Lorsqu'il avait découvert sa vie secrète, quelque chose s'était brisé en lui. Plus jamais, avait-il l'impression, il ne pourrait faire pleinement confiance à quelqu'un.

Alan s'engagea dans le parking municipal et se gara sur l'emplacement réservé au procureur du comté de Multnomah — l'une des rares choses que Tina n'avait pu lui enlever dans le divorce, songea-t-il avec amertume. Il ouvrit son parapluie et traversa la rue en courant pour gagner le tribunal. Le vent chassait la pluie jusque sous le parapluie et faillit d'ailleurs le lui arracher des mains. Le temps d'arriver dans le bâtiment en pierre gris, il était trempé.

Il passa la main dans ses cheveux mouillés en attendant l'ascenseur. Il était presque huit heures. Autour de lui, de jeunes avocats s'efforçant de prendre l'air important, des plaignants anxieux espérant un miracle ou redoutant le pire, un ou deux juges à la mine ennuyée. Il n'était pas d'humeur à bavarder à bâtons rompus. Lorsque la cabine arriva, il appuya sur le bouton du sixième et se réfugia dans le fond.

« Le chef Tobias vous a fait demander, lui lança la standardiste dès qu'il entra dans son territoire. Il dit que c'est important. »

Alan la remercia et poussa le portillon bas qui séparait le secteur réservé aux visiteurs du reste des bureaux. Le sien était le premier à droite, le long d'un couloir étroit.

« Le chef Tobias a appelé, l'informa à son tour sa secrétaire.

— Je sais, Winona m'a averti.

— Il avait l'air dans tous ses états. »

Il avait de la peine à imaginer ce qui pouvait mettre William Tobias « dans tous ses états ». Le chef de la police était d'ordinaire aussi flegmatique qu'un expert-comptable. Alan secoua son parapluie, accrocha son imperméable, s'assit derrière son imposant bureau et composa le numéro du quartier général de la police, de l'autre côté de la rue.

« Qu'est-ce qui se passe ? demanda-t-il.

— On en a une autre. »

Il lui fallut quelques instants pour comprendre à quoi Tobias faisait allusion.

« Elle s'appelle Victoria Miller. Vingt-six ans. Séduisante, blonde. Femme au foyer. Pas d'enfants. Le mari travaille pour Brand, Gates & Valcroft, la boîte de pub.

— On a le corps ?

— Non. Elle a simplement disparu, mais nous savons que c'est lui.

— Le même message ?

— Oui, sur l'oreiller du lit. *Disparue... Oubliée ?* Et il y a une rose noire.

— Des traces de lutte, cette fois ?

— Non. Exactement comme pour les autres. Comme si elle s'était évanouie d'un coup de baguette magique. »

Les deux hommes gardèrent un moment le silence.

« La presse n'est toujours pas au courant ?

— Là-dessus, nous avons de la chance. Étant donné qu'il n'y a pas de cadavres, nous avons traité ces affaires comme de simples cas de disparition. Mais je me demande si nous allons pouvoir garder le secret bien longtemps. Les trois maris ne vont pas rester assis à se tourner les pouces. Reiser, l'avocat, téléphone deux ou trois fois par jour et Farrar, l'expert-comptable, menace de tout raconter aux journalistes si nous ne trouvons pas très vite quelque chose.

— Justement... avez-vous quelque chose ?

— Rien du tout. Les gars du labo sont marrons. Pas la moindre fibre textile, pas le moindre cheveu. Aucune empreinte. Le papier qui sert pour les messages peut s'acheter partout. La rose est une rose ordinaire, la teinture noire une teinture ordinaire.

— Que proposez-vous ?

— Nous faisons une recherche dans les archives informatisées. J'ai chargé Ross Barrow d'entrer en contact avec les autres départements de police et avec le FBI.

— Avez-vous cherché s'il existait un lien quelconque entre les victimes ?

— Bien sûr. On constate un certain nombre de similitudes qui sautent aux yeux. Les trois femmes sont à peu de chose près du même âge, appartiennent au milieu aisé, sont sans enfants, femmes au foyer et ont un conjoint du genre cadre supérieur. Cependant, rien ne relie spécifiquement toutes ces femmes entre elles. »

Tobias aurait tout aussi bien pu lui décrire Tina. Alan ferma les yeux et se frotta les paupières.

« Et les clubs de santé, les magasins préférés, les cercles de lecture ? Est-ce qu'elles auraient le même médecin, le même dentiste ? demanda Alan.

— Nous y avons pensé — et à une douzaine d'autres trucs.

— Ouais, je m'en doute bien. A quel rythme frappe-t-il ?

— Une fois par mois, on dirait. Nous sommes début octobre. En août, c'était Farrar, et en septembre, Reiser.

— Nom de Dieu... On a intérêt à trouver rapidement quelque chose. Sinon la presse va nous bouffer tout cru quand l'affaire éclatera.

— Vous m'en direz tant. »

Alan poussa un soupir. « Merci d'avoir appelé. Tenez-moi au courant.

— Soyez tranquille. »

Le procureur raccrocha et fit pivoter sa chaise pour pouvoir regarder par la fenêtre. Bon sang, qu'est-ce qu'il était fatigué... Fatigué de la pluie et fatigué de ce trou-du-cul avec ses roses noires et de Tina et de tout le bazar. Plus que tout, il aurait aimé se trouver seul sur une plage baignée de soleil, sans femme, sans téléphone, avec comme unique décision à prendre le degré de protection de sa crème solaire.

2

Personne n'aurait songé à dire d'Elizabeth Tannenbaum qu'elle était ravissante, mais la plupart des hommes la trouvaient néanmoins attirante. Rares étaient ceux qui l'appelaient Elizabeth, d'ailleurs. Les « Elizabeth » avaient quelque chose de royal et de froid, et leur beauté ne passait pas inaperçue. Une « Betsy », en revanche, était agréable à regarder, avec ses un ou deux kilos en trop, son caractère indépendant, son sens de la convivialité. Betsy lui convenait parfaitement bien.

Il arrivait aussi parfois qu'une Betsy soit un peu déprimée et c'est ainsi que se sentait Betsy Tannenbaum, lorsque sa secrétaire l'appela par l'interphone au moment où elle fourrait le dossier Morales dans son porte-documents afin de l'étudier ce soir, chez elle — après avoir été chercher Kathy à la maternelle, avoir préparé le repas, mis la maison en ordre, joué avec la petite et ...

« Je ne peux pas prendre la communication maintenant, Ann. Je suis déjà en retard pour la maternelle.

— Il dit que c'est important.

— C'est toujours important. Qui c'est ?

— Il ne veut pas le dire. »

Betsy soupira et jeta un coup d'œil à l'horloge. Déjà quatre heures trente. Si elle prenait Kathy à cinq heures et faisait les courses au pas de charge, elles ne passeraient pas à table avant six heures. D'un autre côté, si elle refusait des clients, elle aurait toutes ses journées pour faire les boutiques. Elle arrêta de fourrer les papiers dans le porte-documents et décrocha le téléphone.

« Betsy Tannenbaum.

— Merci d'accepter mon appel. Mon nom est Martin Darius. »

Betsy eut le souffle coupé. A Portland, tout le monde connaissait Darius. Mais Darius n'appelait pas tout le monde.

« Quand votre personnel quitte-t-il les bureaux ? demanda le promoteur.

— Vers cinq heures, cinq heures et quart. Pourquoi ?

— Je dois absolument vous parler ce soir, et je tiens à ce que personne ne soit au courant, y compris votre secrétaire. Six heures vous conviendrait-il ?

— Pour être franche, non. Je suis désolée. Ne pouvons-nous pas nous voir demain ? Mon emploi du temps n'est pas très chargé.

— Quels sont vos honoraires habituels, madame Tannenbaum ?

— Cent dollars de l'heure.

— Si vous acceptez de me recevoir ce soir à six heures, je vous paierai cette consultation deux mille cinq cents dollars. Si je décide de vous engager, vous serez extrêmement satisfaite de vos honoraires. »

Betsy prit une profonde inspiration. Elle avait horreur de devoir le faire, mais elle allait appeler Rick. Elle n'avait tout simplement pas les moyens de refuser une telle somme et encore moins un client de ce calibre.

33

« Pouvez-vous patienter un moment, monsieur Darius ? J'ai d'autres obligations et je vais voir si quelqu'un peut s'en charger.

— J'attendrai. »

Sur l'autre ligne, Betsy appela Rick Tannenbaum. Il était en réunion, mais sa secrétaire lui passa la communication.

« Qu'est-ce qui se passe, Betsy ? Je suis très pris, dit-il sans chercher à dissimuler qu'elle l'importunait.

— Désolée de t'ennuyer, mais j'ai une urgence. Un client que je dois voir à six heures. Peux-tu passer prendre Kathy à la maternelle ?

— Et ta mère ?

— Elle joue au bridge quelque part, et je n'ai pas le numéro.

— Tu n'as qu'à dire à ton client que tu le verras demain.

— Il ne peut pas. Il faut que ce soit ce soir.

— Bon sang, Betsy ! Tu m'avais promis de m'épargner ce genre de choses, lorsque nous nous sommes séparés.

— Je suis vraiment désolée, répondit-elle, autant en colère contre elle parce qu'elle était obligée de supplier que contre Rick, qui rendait les choses si difficiles. Ce n'est pas souvent que je t'ai demandé d'aller prendre Kathy, mais cette fois, j'ai besoin de toi. Je t'en prie. »

Il garda quelques instants le silence.

« D'accord, finit-il par dire, en colère. A quelle heure faut-il passer ?

— Ils ferment à six heures. Crois-moi, j'apprécie. »

Elle raccrocha rapidement, avant qu'il ne change d'avis.

« Entendu pour six heures, monsieur Darius. Connaissez-vous l'adresse de mon bureau ?

— Oui », répondit-il — et la communication fut coupée. Betsy reposa lentement le combiné et se laissa tomber dans son fauteuil, se demandant quel genre de problème un homme comme Darius pouvait bien avoir à lui soumettre.

Betsy consulta sa montre. Six heures trente-cinq, et Darius n'était pas arrivé. Cela l'ennuyait d'être obligée de l'attendre alors qu'elle avait fait des efforts pour le recevoir, mais pas suffisamment toutefois pour remettre en question des honoraires de deux mille cinq cents dollars. En outre, elle en avait profité pour travailler sur le dossier Morales ; elle décida d'accorder une demi-heure de plus au promoteur.

La pluie battait contre la fenêtre derrière elle. Elle bâilla et fit pivoter son fauteuil pour regarder la nuit. La plupart des bâtiments, de l'autre côté de la rue, étaient désertés. On voyait les femmes de ménage qui venaient de se mettre au travail. Son immeuble devait également être désert, le personnel de nuit mis à part. Le silence la rendait un peu mal à l'aise. Quand elle pivota de nouveau, Darius se tenait dans l'encadrement de la porte. Elle sursauta et se leva.

« Madame Tannenbaum ? » dit le promoteur en entrant dans la pièce. Elle qui mesurait presque un mètre quatre-vingts dut lever la tête vers son visiteur. Il tendit la main, exhibant les ravissants boutons de manchette en or qui retenaient ses poignets de chemise à la française. Il avait la main froide, des manières distantes. Betsy ne croyait pas trop à l'aura, mais incontestablement, il émanait de cet homme quelque chose qui ne passait ni dans les photos des journaux ni à la télévision.

« Je suis désolé de me montrer si mystérieux, madame Tannenbaum, déclara-t-il dès qu'ils furent assis.

— Pour deux mille cinq cents dollars, vous pourriez même porter un masque, monsieur Darius. »

Il sourit. « J'aime qu'un avocat ait le sens de l'humour. Ce n'est pas si fréquent, d'après mon expérience.

— C'est parce que vous ne rencontrez que des avocats d'affaires. Ceux qui travaillent au criminel ne tiendraient pas longtemps s'ils n'avaient pas le sens de l'humour. »

Darius s'installa plus confortablement dans son fauteuil et regarda autour de lui. Le bureau de Betsy — son premier — était petit et encombré. Elle avait gagné juste assez d'argent, cette année, pour envisager de déménager dans des locaux plus vastes. Si jamais elle arrivait à obtenir gain de cause dans l'affaire du mouvement anti-avortement, elle se déciderait ; mais la procédure s'était enlisée devant les tribunaux d'appel et elle risquait de ne jamais voir la couleur d'un seul dollar.

« J'étais à une soirée de charité de l'Opéra de Portland l'autre soir, dit Darius. Le fréquentez-vous ?

— J'ai bien peur que non.

— Quel dommage... C'est tout à fait bien. J'ai eu une discussion intéressante avec Maxine Silver. Elle fait partie du bureau. Nous discutions du livre de Greig. L'avez-vous lu ?

— Le roman sur le meurtrier en série ? » demanda Betsy, intriguée par le tour que prenait la conversation.

Darius acquiesça.

« J'ai parcouru quelques critiques, mais je n'ai guère le temps de lire autre chose que les revues de droit. De toute façon, je n'ai aucun goût pour ce genre de littérature.

— Ne jugez pas un livre sur son auteur, madame Tannenbaum. Il s'agit vraiment d'un ouvrage d'une grande intelligence. Une histoire initiatique. Il parle des sévices de son protagoniste avec une telle tendresse qu'on en oublierait presque ce que Greig a fait à ces enfants. Maxine estime cependant qu'il n'aurait pas dû être publié, du seul fait qu'il a été écrit par Greig. Êtes-vous d'accord avec elle ? »

La question de Darius était étrange, mais Betsy décida de jouer le jeu.

« Je suis contre le principe de la censure. Je ne ferais pas interdire un livre à cause de la mauvaise opinion que j'aurais de son auteur.

— Si l'éditeur se pliait aux pressions — disons de groupes féministes — et retirait le livre de la vente, représenteriez-vous les intérêts de Greig ?

— Monsieur Darius...

— Martin.

— Ces questions ont-elles un rapport avec votre visite, ou bien ne faisons-nous que bavarder ?

— Faites-moi plaisir, répondez.

— Oui, je pourrais défendre Greig.

— Sachant qu'il est un monstre ?

— Je représenterais un principe, monsieur Darius. La liberté de s'exprimer. Même si c'était Charles Manson qui l'avait écrit, *Hamlet* serait toujours *Hamlet*. »

Darius éclata de rire. « Bien dit. » Puis il sortit un chèque de sa poche.

« Dites-moi ce qui vous vient à l'esprit, après avoir lu ça », reprit-il en posant le chèque entre eux sur le bureau. Il était rédigé à l'ordre d'Elisabeth Tannenbaum, pour un montant de

58 346,47 dollars. Ce chiffre, effectivement, disait quelque chose à Betsy. Elle fronça un instant les sourcils, puis rougit quand elle se rendit compte que c'était exactement le montant de sa déclaration de revenus de l'année précédente. Renseignement que Darius ne pouvait connaître qu'en ayant eu accès au document lui-même.

« Ce qui me vient à l'esprit, c'est que quelqu'un s'est permis de fouiller dans ma vie privée, rétorqua-t-elle, et ça ne me plaît pas du tout.

— Sur cette somme, deux mille cinq cents dollars correspondent à vos honoraires pour la consultation de ce soir, dit Darius, ignorant la colère de Betsy. Le reste est une provision. Mettez-la sur un compte d'épargne et gardez les intérêts. Je risque de vous demander de la restituer un jour. Je risque également de vous demander de me représenter, auquel cas vous fixerez vos honoraires à hauteur de ce que vous les estimez en fonction de l'affaire.

— Je ne suis pas certaine de vouloir travailler pour vous, monsieur Darius.

— Pourquoi ? Parce que j'ai fait faire ma petite enquête sur vous ? Je ne vous en veux pas d'être en colère, mais un homme dans ma situation ne peut se permettre de courir certains risques. Il n'existe qu'un seul exemplaire du rapport d'enquête et je vous le ferai parvenir, quelle que soit la conclusion de cette entrevue. Vous serez contente de savoir ce que vos collègues pensent de vous.

— Pourquoi ne pas donner cet argent au cabinet qui s'occupe de vos affaires sur le plan juridique ?

— Parce que je ne désire pas parler de celle-ci avec mes avocats d'affaires.

— Faites-vous l'objet d'une enquête dans le cadre d'une affaire criminelle ?

— Nous pourrons toujours en discuter si cela devient nécessaire.

— On trouve plusieurs excellents avocats au criminel à Portland, monsieur Darius. Pourquoi moi ? »

Le promoteur parut amusé. « Disons que j'estime que vous êtes la personne la mieux qualifiée pour me représenter, au cas où cela deviendrait nécessaire.

— J'éprouve quelques réserves à prendre un dossier dans de telles conditions.

— Balayez-les. Vous n'êtes tenue à rien. Prenez le chèque, gardez les intérêts. Si je viens vous voir à nouveau et que vous décidiez que vous ne pouvez me représenter, vous pourrez toujours me rendre mon argent. Et je peux vous certifier que si je suis accusé, je serai innocent et que vous pourrez assurer ma défense la conscience tranquille. »

Betsy étudia le chèque. Il atteignait presque le quadruple des honoraires les plus élevés qu'elle ait jamais demandés, et Martin Darius n'était pas le genre de client que refuserait un avocat sain d'esprit.

« Tant que je ne suis tenue à aucune autre obligation, dit Betsy.

— Mais bien sûr. Je vous ferai parvenir un contrat stipulant les termes de notre accord. »

Ils se serrèrent la main et Betsy raccompagna le promoteur. Puis elle ferma la porte à clef et retourna dans son bureau. Une fois certaine que Darius était loin, elle donna un gros bécot au chèque, laissa échapper un cri de joie et pirouetta sur place. Une Betsy a bien le droit de se livrer à des facéties enfantines une fois de temps en temps.

3

Betsy était d'une humeur jubilatoire grandiose lorsqu'elle rangea son break sous l'abri-garage. Pas tant à cause du montant de l'avance qu'elle avait touchée que du fait que Martin Darius l'avait choisie, elle, parmi tous les autres avocats de Portland. Elle avait commencé par se tailler une certaine réputation avec des affaires comme « L'État contre Hammermill », mais les clients fortunés continuaient à s'adresser aux grands ténors du barreau de Portland, spécialistes du criminel. Jusqu'à ce soir.

Rick Tannenbaum lui ouvrit la porte avant qu'elle ait eu le temps de pêcher la clef au fond de son sac. Son mari était mince et mesurait deux centimètres de moins qu'elle. Son épaisse tignasse noire devait à l'art du coiffeur de retomber sur son haut front, et sa peau lisse et ses yeux bleu clair le faisaient paraître plus jeune que ses trente-six ans. Il avait toujours été guindé et formaliste ; même en ce moment où il aurait pu se détendre, il était en veston, la cravate serrée autour du cou.

« Bon sang, Betsy, il est presque huit heures. Où étais-tu ?

— Mon client n'est arrivé qu'à six heures et demie. Je suis désolée. »

Avant que Rick ait pu répondre quoi que ce soit, Kathy déboula dans le vestibule sur ses petites jambes de six ans. Betsy laissa tomber son porte-documents et son sac sur une chaise et cueillit sa fille dans ses bras.

« J'ai fait un dessin. Faut que tu le voies ! » s'écria la fillette, qui se tortilla pour être reposée au sol dès qu'elle eut reçu une étreinte et un baiser de sa mère.

« Amène-le dans la cuisine », lui répondit Betsy en la lâchant. Kathy repartit au pas de course vers sa chambre, ses longs cheveux blonds flottant derrière elle, tandis que Betsy se débarrassait de sa veste.

« Ne me refais pas ce coup-là, Betsy, dit Rick dès que la petite fut hors de portée d'oreille. Je me suis senti complètement idiot. J'étais en réunion avec Donovan et trois autres avocats, et j'ai dû leur raconter que je devais les planter là pour aller chercher ma fille à la maternelle. Nous nous étions pourtant bien mis d'accord là-dessus ; c'est de ta responsabilité.

— Je suis désolée, Rick. Maman n'était pas disponible et je devais voir ce client.

— J'ai des clients, moi aussi, et une réputation à maintenir dans mon cabinet. J'essaie de devenir associé et ce n'est pas ce qui va arriver si cette réputation devient celle d'un type sur qui on ne peut pas compter.

— Pour l'amour du ciel, Rick ! Combien de fois t'ai-je demandé ce genre de service ? C'est tout de même aussi ta fille, non ? Donovan est tout de même capable de comprendre que tu as un enfant, non ? Ce sont des choses qui arrivent ! »

Kathy se précipita à cet instant dans la cuisine et ils arrêtèrent de se chamailler.

« Voilà le dessin, m'man ! » dit la fillette en brandissant une grande feuille de papier. Betsy l'étudia tandis que l'enfant attendait avec impatience. Elle était adorable, dans son jean minuscule et sa chemise rayée à manches longues.

« Eh bien, dit Betsy en tenant le dessin à bout de bras, voilà l'éléphant le plus fantastique que j'aie jamais vu, chère mademoiselle.

— C'est une vache, m'man.

— Une vache avec une trompe ?

— C'est la queue.

— Ah... tu es sûre que ce n'est pas un éléphant ?

— Arrête de te moquer de moi », répondit Kathy d'un ton sérieux.

Betsy éclata de rire et lui rendit le dessin en l'accompagnant d'un baiser. « Tu es le plus grand de tous les peintres depuis Léonard de Vinci. Encore meilleure que lui, même. Maintenant, laisse-moi préparer le dîner. »

Kathy repartit au triple galop vers sa chambre. Betsy posa une poêle sur la cuisinière et prit une tomate et de la laitue pour faire une salade.

« Qui est donc ce gros client ? » voulut savoir Rick.

Betsy aurait préféré n'en rien dire à son mari, en particulier parce que Darius avait tenu à ce que sa visite reste secrète. Mais elle avait le sentiment qu'elle lui devait bien cette information.

« C'est extrêmement confidentiel. Me promets-tu de n'en souffler mot à personne ?

— Bien entendu.

— Martin Darius a retenu mes services, ce soir, lâcha-t-elle avec un grand sourire.

— Martin Darius ? fit Rick, incrédule. Mais pourquoi t'engager toi ? Parish, Marquette et Reeves s'occupent déjà de ses problèmes juridiques.

— Il pense, semble-t-il, que je suis capable aussi de le représenter, répliqua-t-elle en essayant de ne pas laisser voir à son mari combien sa réaction la froissait.

— Tu n'as pas d'expérience dans le domaine des affaires.

— Je ne crois pas qu'il s'agisse de ce genre de litiges.

— Mais de quoi, alors ?

— Il ne l'a pas précisé.

— De quoi a-t-il l'air ? »

Elle réfléchit à la question. De quoi Darius avait-il l'air ?

« Inquiétant, répondit-elle, tandis que Kathy déboulait à nouveau dans la cuisine. On dirait qu'il aime à faire des mystères et à vous faire savoir combien il est puissant.

— Qu'est-ce que tu fais cuire, m'man ?

— Des grillades, mon chou. » Elle l'enleva dans ses bras et lui couvrit le cou de baisers jusqu'à ce que la fillette proteste à grands cris. « Et maintenant, file, sans quoi le repas ne sera jamais prêt. »

Elle reposa Kathy au sol. « Veux-tu rester dîner avec nous ? » demanda-t-elle à Rick. Il eut l'air mal à l'aise et consulta sa montre.

« C'est gentil, mais il faut que je retourne au bureau.

— Comme tu voudras. Encore une fois, merci d'avoir été prendre Kathy. Je sais combien tu es occupé et j'apprécie ce coup de main.

— Ouais... euh... désolé de t'avoir sauté dessus. C'est simplement que...

— Je sais. »

Rick eut l'air de vouloir ajouter quelque chose ; mais au lieu de cela, il alla prendre son imperméable dans le placard.

« Bonne chance avec Darius », lui lança-t-il en partant. Elle referma la porte derrière lui. Elle avait cru discerner une pointe de jalousie dans son ton et regrettait de lui avoir parlé de son nouveau client. Elle aurait été mieux inspirée de ne pas lui laisser voir à quel point elle s'en sortait bien.

« Mais il faut du temps pour fabriquer un radeau, même quand on est aussi vaillant et infatigable que le Tin Woodman, et à la nuit, le travail n'était pas terminé. Ils trouvèrent alors un endroit confortable, sous les arbres, et dormirent jusqu'au matin ; et Dorothy rêva de la Ville d'Émeraude, et au bon magicien d'Oz, qui n'allait pas tarder à la renvoyer chez elle. Et maintenant, dit Betsy en refermant le livre qu'elle posa sur le lit de sa fille, il est temps que ma petite magicienne dorme elle aussi.

— Tu peux pas m'en lire encore un peu ?

— Non, mademoiselle, pas question, répondit Betsy en

41

serrant l'enfant dans ses bras. J'ai déjà lu un chapitre de plus que ce à quoi tu avais droit. Trop, c'est trop.

— T'es méchante, maman », marmonna Kathy avec un sourire que sa mère ne put voir, car elle avait la joue appuyée contre ses cheveux soyeux de bébé.

« Quelle situation ! Te voilà coincée avec la maman la plus méchante du monde sans rien pouvoir y faire. » Elle déposa un baiser sur le front de sa fille et se redressa. « Et maintenant, au lit. A demain matin.

— Bonne nuit, m'man. »

La fillette roula sur le côté et s'empara d'Oliver, une énorme mouffette en peluche, qu'elle cala contre elle.

« Bonne nuit, ma chérie. »

Betsy referma la porte de la chambre derrière elle et alla dans la cuisine pour faire la vaisselle. Elle ne l'aurait jamais admis devant ses amies féministes, mais elle adorait faire la vaisselle. Une thérapie parfaite. La journée d'un avocat est ponctuée de situations stressantes et de problèmes insolubles. Laver des assiettes est une tâche précise qu'elle accomplissait chaque fois à la perfection. Gratification instantanée d'un travail bien fait — ça ne ratait jamais. Et elle avait besoin d'une gratification instantanée après avoir été avec Rick.

Elle savait bien pourquoi il était aussi en colère. Ancienne superstar de la faculté de droit, Chastain, Donovan & Mills l'avaient attiré dans leur cabinet de négriers — deux cents avocats travaillaient pour eux — en l'appâtant avec un salaire confortable, mais surtout en lui faisant miroiter la promesse, à terme, d'un partenariat. Le cabinet l'avait fait travailler comme un chien, l'alléchant avec cette perspective. Lorsqu'il avait une fois de plus raté le coche, l'année précédente, alors que la carrière de Betsy commençait à prendre tournure, son amour-propre avait été sévèrement touché. Leurs dix ans de mariage n'avaient pas résisté à la tension.

Deux mois auparavant, lorsque Rick lui avait dit qu'il partait, elle était restée abasourdie. Elle savait qu'ils avaient des problèmes tous les deux, mais elle n'aurait jamais imaginé qu'il s'en irait. Elle avait fouillé sa mémoire, à la recherche d'indices de la jalousie de Rick. Avait-il changé, ou bien était-il toujours aussi égocentrique ? Elle avait du mal à admettre que l'amour de Rick fût trop fragile pour supporter sa propre réussite, mais elle se refusait à abandonner sa carrière pour satisfaire l'amour-propre de son mari. Et d'ailleurs, pour quelle raison l'aurait-elle fait ? De son point de vue, le problème était simple : il s'agissait que son conjoint l'accepte comme son égale. S'il n'en était pas capable, elle ne pouvait rester son épouse. Or s'il l'aimait, ça ne devait pas être un effort insurmontable. Elle était fière de la réussite de Rick ; pourquoi Rick ne pourrait-il l'être de celle de sa femme ?

Elle se prépara un verre de lait et éteignit la lumière. La cuisine se trouva à son tour baignée dans la pénombre apaisante qui régnait dans le reste de la maison. Elle posa le verre sur la table et s'assit pesamment sur une chaise, puis prit une gorgée de lait et regarda par la fenêtre, somnolente. La plupart des maisons du voisinage étaient plongées dans l'obscurité. Un lampadaire inondait de sa lumière pâle un coin de la cour, sur la façade. Tout était si tranquille, avec Rick parti et Kathy endormie... Pas de circulation, pas de télé. Aucun de ces petits bruits que font les gens qui vont et viennent dans une maison.

Betsy avait eu à s'occuper de suffisamment de divorces pour savoir que peu de maris séparés auraient fait ce que Rick avait fait ce soir pour elle. Il avait accepté pour Kathy, car il l'adorait. Kathy aussi adorait son père. La séparation était très dure pour leur fille. Il y avait des moments — comme celui-ci, quand elle était seule dans la maison silencieuse — où Rick lui manquait. Elle ne savait pas très bien si elle l'aimait encore ou non, mais elle se souvenait combien ç'avait été bon de l'aimer. Dormir seule était le plus dur. Faire l'amour lui manquait aussi, mais les câlins et les discussions sur l'oreiller davantage encore. Il lui arrivait parfois de se dire qu'ils allaient se remettre ensemble. Ce soir, au moment où Rick avait quitté la maison, elle était certaine qu'il avait eu envie de lui dire quelque chose. Mais quoi ? Et si jamais il lui demandait de reprendre la vie commune, que répondrait-elle ? Après tout, c'était lui qui avait pris le large, après dix ans de mariage ; lui qui avait abandonné femme, enfant et dix ans de vie commune. Ils étaient une famille, auparavant, et le geste de Rick signifiait que cela ne voulait plus rien dire pour lui.

43

Le soir où Rick était parti, Betsy, seule dans son lit, à bout de larmes, avait roulé sur le côté et regardé la photo de leur mariage. Rick souriait. Il venait de lui dire qu'il n'avait jamais été aussi heureux. Elle-même débordait tellement de joie qu'elle s'était demandé comment n'en rien laisser perdre. Comment un sentiment pareil pouvait-il disparaître ?

Chapitre IV

1

« Une nuit difficile ? demanda la secrétaire de Wayne Turner, cherchant en vain à dissimuler son sourire.

— Ça se voit, hein ?

— Seulement quand on sait combien vous êtes toujours pimpant, d'habitude. »

La veille, Turner, assistant administratif de Raymond Colby, avait pris une cuite monumentale en célébrant la nomination du sénateur à la Cour suprême. Il payait l'addition ce matin, mais il s'en moquait. Il était trop heureux pour le vieux monsieur, qui avait tant fait pour lui. Son seul regret était que Colby ne se soit pas présenté à la magistrature suprême : il aurait fait un grand président.

Mesurant un peu plus d'un mètre soixante-dix, mince, Turner avait un visage étroit aux pommettes hautes, des cheveux noirs crépus coupés court qui grisonnaient à hauteur des tempes et une peau brune, plus sombre d'une nuance ou deux que son costume havane. Il devait faire à peu près le même poids que le jour où il avait rencontré Colby. Il n'avait rien perdu de sa fougue, mais le froncement de sourcils qui avait été un trait quasi permanent chez lui s'était atténué avec les années. Il accrocha son veston au portemanteau, alluma sa quatrième Winston de la journée et s'assit derrière un bureau passablement encombré. Dans l'encadrement de la fenêtre à laquelle il tournait le dos, on apercevait le dôme blanc éclatant du Capitole.

Il parcourut les messages qui s'étaient accumulés. Un grand nombre provenait de journalistes désireux d'avoir quelque information inédite sur la nomination de Colby. D'autres émanaient d'assistants d'autres sénateurs qui appelaient sans doute à propos de la nouvelle loi sur le crime présentée par Colby. Quelques-uns, enfin, venaient de cabinets d'avocats parmi les plus prestigieux de Washington — confirmation que Turner n'avait pas à s'inquiéter sur son avenir, une fois que le sénateur deviendrait officiellement premier juge à la Cour suprême. Les agents d'influence de Washington sont toujours intéressés par quelqu'un qui a l'oreille d'un homme puissant. Certes, il allait voir ça, mais il regretterait le temps où il travaillait avec le sénateur.

Le dernier message de la pile attira son œil. Il provenait de Nancy Gordon, l'une des rares personnes qu'il aurait rappelées, hier après-midi, s'il avait pu retourner au bureau. Turner supposa que son coup de fil était en rapport avec la nomination ; le numéro de téléphone était de Hunter's Point, État de New York.

« Wayne à l'appareil, dit-il quand il entendit à l'autre bout du fil la voix qu'il connaissait bien. Comment ça va ?

— Il a refait surface », répondit Nancy Gordon sans autres préliminaires. Il fallut quelques secondes à Wayne pour comprendre l'allusion. Il se sentit mal.

« Où ça ?

— A Portland, dans l'Oregon.

— Comment le savez-vous ? »

Elle le lui dit. Quand elle eut terminé, Turner demanda : « Qu'est-ce que vous allez faire ?

— Il y a un avion pour Portland qui décolle dans deux heures.

— Pourquoi a-t-il recommencé, à votre avis ?

— Je suis surprise qu'il ait tenu aussi longtemps, répondit la policière.

— Quand avez-vous eu la lettre ?

— Hier, vers quatre heures. Je venais juste d'arriver pour prendre mon service.

— Vous êtes au courant, pour le sénateur?

— Oui, j'ai entendu ça aux informations.

— Croyez-vous qu'il y ait un rapport? A cause de la coïncidence. Ça me paraît bizarre, juste après que le président eut fait l'annonce.

— Il pourrait y en avoir un. Je ne sais pas. Je me refuse à tirer trop vite des conclusions.

— Avez-vous appelé Frank? demanda Turner.

— Pas encore.

— Faites-le. Qu'il soit au courant.

— Très bien.

— Et merde! C'est vraiment le plus mauvais moment.

— Vous êtes inquiet pour le sénateur?

— Évidemment.

— Et les femmes? demanda Gordon d'un ton froid.

— Ne me faites pas ce coup-là, Nancy. Vous savez très bien que je suis loin de me ficher d'elles. Mais Colby est mon meilleur ami. Saurez-vous le laisser hors de tout ça?

— Oui, si je le peux. »

Turner sentit qu'il était en sueur. Le combiné en plastique lui collait désagréablement à l'oreille.

« Que ferez-vous si vous le trouvez? » demanda-t-il nerveusement. Gordon ne répondit pas immédiatement. Il l'entendait qui respirait avec force.

« Nancy?

— Je ferai ce que j'ai à faire. »

Turner savait ce qu'elle voulait dire. Si Nancy Gordon mettait la main sur l'homme qui avait hanté ses rêves au cours des dix dernières années, elle l'abattrait. Le côté civilisé de Wayne Turner aurait voulu lui dire de ne pas se charger de faire elle-même justice. Mais son côté primitif l'en empêcha, car tout le monde, y compris le sénateur Colby, respirerait beaucoup mieux si l'homme que le détective Nancy Gordon, de la police criminelle de Hunter's Point, prenait en chasse mourait.

2

Le four à micro-ondes sonna. Alan Page retourna dans la cuisine, tendant l'oreille vers la télévision. Le présentateur de CBS parlait de la date retenue pour l'audition de confirmation de Raymond Colby. Le sénateur allait donner une solide majorité conservatrice à la Cour suprême — une bonne nouvelle quand on est procureur.

Alan retira son plateau « télé » du four, n'accordant que le plus bref des regards à la nourriture. A trente-sept ans, avec ses cheveux noirs coupés court, il avait un visage qui portait encore des cicatrices d'acné et se parait volontiers d'un air déterminé qui rendait la plupart des gens nerveux. Son corps longiligne laissait à penser qu'il devait pratiquer la course de fond. En réalité, Alan était mince parce que s'alimenter ne signifiait rien pour lui et qu'il mangeait le strict minimum pour se maintenir en état. C'était pire depuis qu'il avait divorcé. Les bons jours, son déjeuner se réduisait à un café instantané, son déjeuner à un sandwich et à un autre café, et son dîner à une pizza.

Un journaliste interviewait quelqu'un qui avait connu Colby à l'époque où il était PDG de Marlin Steel. A l'aide de la télécommande, Alan monta le son. D'après ce qu'il entendait, rien ne pouvait empêcher Raymond Colby de devenir le président de la première instance juridique de la nation, la Cour suprême. La sonnette de la porte retentit juste au moment où le sujet sur Colby s'achevait à la télé. Il espéra qu'il ne s'agissait pas d'une urgence professionnelle. Il y avait un classique avec Bogart à neuf heures qu'il n'aurait voulu rater pour rien au monde.

La femme qui se tenait sur le pas de sa porte s'abritait de l'averse avec son porte-documents en guise de parapluie. Une petite valise couleur fauve était posée à côté d'elle. Un taxi attendait dans la rue, les essuie-glaces en marche, les phares découpant une trouée lumineuse dans la cataracte.

« Alan Page ? »

Il hocha affirmativement la tête. La femme ouvrit l'objet en cuir qu'elle tenait de sa main libre et fit apparaître son insigne.

« Nancy Gordon. Détective à la police criminelle de Hunter's Point, État de New York. Puis-je entrer ?

— Bien sûr », répondit Alan en s'effaçant. Gordon adressa un signe au taxi et se glissa à l'intérieur. Elle tint le porte-documents à bout de bras, le secoua au-dessus du paillasson, puis tira la valise à elle.

« Donnez-moi votre imperméable. Puis-je vous offrir quelque chose à boire ?

— Un café bien chaud, s'il vous plaît », répondit-elle en lui tendant son vêtement.

Tout en le rangeant dans le placard, il demanda : « Qu'est-ce qu'une femme policier de l'Etat de New York peut bien faire à Portland, dans l'Oregon ?

— Est-ce que la phrase *Disparue... Oubliée ?* vous dit quelque chose, monsieur Page ? »

Alan resta parfaitement immobile pendant une seconde, puis se retourna. « Cette information n'a pas été rendue publique. Comment êtes-vous au courant ?

— J'en sais plus que vous ne l'imaginez sur *Disparue... Oubliée ?*, monsieur Page. Je sais quel est le sens de ce message. Je connais l'existence des roses noires. Je sais également qui a enlevé les femmes qui ont disparu. »

Alan avait besoin de temps pour réfléchir.

« Je vous en prie, asseyez-vous. Je vais vous préparer ce café. »

L'appartement était petit ; le séjour n'était séparé de la cuisine que par un simple comptoir. La jeune femme choisit un siège à proximité de la télévision et attendit patiemment pendant qu'Alan versait l'eau de la bouilloire sur du café en poudre. Il tendit la tasse au détective, coupa la télé et alla s'asseoir en face d'elle, sur le canapé. Nancy Gordon était grande et avait un corps d'athlète. Alan lui donnait la trentaine. Ses cheveux blonds étaient coupés court. Séduisante, sans chercher à l'être. Ce qui frappait le plus chez elle était l'expression profondément sérieuse de son visage. Son regard était froid, sa bouche pincée et réduite à une ligne droite, sa tenue sévère et son corps tendu comme celui d'un animal qui se prépare à se défendre.

Elle s'inclina légèrement. « Pensez aux criminels les plus répugnants ayant jamais existé, monsieur Page. A Bundy, à Manson, à Dahmer. L'homme qui a laissé ces messages est plus intelligent et infiniment plus dangereux qu'aucun de ceux-ci, qui sont morts ou en prison. L'homme que vous cherchez est celui qui a déjà réussi à s'en tirer.

— Vous savez de qui il s'agit ? » demanda Alan.

Gordon acquiesça. « Cela fait dix ans que j'attends de le voir refaire surface. »

Elle se tut un instant, perdue dans la contemplation de la buée montant de sa tasse. Puis elle leva les yeux vers le procureur.

« Cet homme est d'une habileté diabolique, monsieur Page, et il est différent des autres. Il n'est pas humain, du moins pas au sens ordinaire du mot. Je savais qu'il serait incapable de se contrôler indéfiniment et j'avais raison. Il vient de recommencer et je peux le coincer, mais j'ai besoin de votre aide.

— Si vous pouvez régler cette affaire, vous aurez toute l'aide nécessaire. Mais je ne saisis pas encore très bien qui vous êtes ni de quoi vous parlez exactement.

— Bien sûr. Je suis désolée. Je suis impliquée dans l'affaire en question depuis trop longtemps et j'oublie que les autres ignorent ce qui est arrivé. Et vous allez avoir besoin de tout savoir : sinon, vous risquez de ne rien comprendre. Avez-vous le temps, monsieur Page ? Puis-je tout vous expliquer tout de suite ? Je ne crois pas que nous puissions nous permettre d'attendre. Même pas jusqu'à demain matin. Pas tant qu'il sera là dehors, en liberté.

— Si vous n'êtes pas trop fatiguée. »

Elle fixa Alan d'un regard d'une telle intensité que le procureur dut détourner les yeux.

« Je suis toujours fatiguée, monsieur Page. Pendant un certain temps, j'ai dû prendre des somnifères pour dormir. J'ai réussi à surmonter ça, mais les cauchemars ne se sont pas arrêtés, et je ne dors pas très bien. Je ne retrouverai le sommeil que lorsqu'il aura été pris. »

Alan ne savait que répondre. La jeune femme baissa les yeux et prit une gorgée de café. Puis elle lui parla de ce qui s'était passé à Hunter's Point.

DEUXIÈME PARTIE

HUNTER'S POINT

Chapitre V

1

L'imposante demeure à un étage de style colonial se trouvait au milieu d'un cul-de-sac, assez loin de la rue. La vaste pelouse qui l'entourait, parfaitement entretenue, constituait une importante zone tampon avec les maisons voisines. Une Ferrari rouge était garée dans l'allée, devant un garage à trois places.

Nancy Gordon comprit que c'était grave rien qu'à l'expression abasourdie des voisins, massés derrière les barrières disposées par les policiers. Ils étaient sous le choc en voyant des voitures de police et un véhicule de la morgue dans le quartier si tranquille des Meadows, où le prix de la plus modeste demeure dépassait un demi-million de dollars et où jamais, au grand jamais, il n'était question de meurtre. Mais elle se rendit compte que c'était sans doute encore pire que ce qu'elle imaginait lorsqu'elle vit la tête sinistre que faisaient les deux détectives-enquêteurs qui s'entretenaient à voix basse sur la pelouse, devant la porte d'entrée.

Nancy gara sa Ford derrière une voiture de la police et se glissa entre les barrières. Frank Grimsbo et Wayne Turner interrompirent leur conversation en la voyant. Elle portait un jean et un T-shirt. Au moment du coup de fil, elle était vautrée devant la télé, habillée d'une chemise de nuit élimée, sirotant un vin blanc médiocre tout en regardant les Mets écraser les Dodgers dans une partie sans suspense. Ces vêtements étaient les premiers qu'elle avait trouvés et le dernier de ses soucis.

« Newman m'a dit qu'il y avait un corps, cette fois, dit-elle d'un ton excité.

— Non, deux.

— Comment est-on sûr qu'il s'agit de lui ?

— On a trouvé le message et la rose à côté de la femme », répondit Grimsbo. C'était un homme corpulent, affligé d'un durillon de comptoir et aux cheveux noirs clairsemés ; il portait une chemise à carreaux bon marché et un pantalon en polyester.

« Oui, c'est bien lui », enchaîna Turner, un Noir tout maigre à la chevelure tondue ras, et qui affichait en permanence une expression revêche ; il était en deuxième année de droit, en cours du soir. « Le premier flic arrivé sur la scène du meurtre a eu la bonne idée de piger la situation. Il m'a tout de suite appelé. Michaels a passé le secteur au peigne fin avant qu'on touche à quoi que ce soit.

— Joli coup. Qui est la seconde victime ?

— Melody Lake, répondit Grimsbo. Elle avait six ans, Nancy.

— Oh, merde... » L'excitation qu'elle avait ressentie à l'idée qu'ils tenaient un cadavre disparut sur-le-champ. « Est-ce que... lui a-t-il fait quelque chose ? »

Turner secoua la tête. « Non, aucune trace de sévices.

— Et la femme ?

— Sandra Lake. La mère. Morte par strangulation. Elle a aussi été sévèrement battue, mais il n'y a là non plus aucune trace d'activité sexuelle. Évidemment, reste à faire l'autopsie.

— Des témoins ?

— Je ne sais pas, dit Grimsbo. Nos hommes interrogent les voisins, mais pour l'instant, nous n'avons encore rien. C'est le mari qui a trouvé les corps. Il nous a appelés par le 911 vers huit heures et quart. Il dit qu'il n'a vu personne ; le tueur a donc dû quitter les lieux avant son arrivée. Le cul-de-sac donne dans Sparrow Lane, la seule voie qui sorte de ce lotissement. Le mari aurait vu quelqu'un entrer ou sortir.

— Qui lui a parlé ?

— Moi, pendant quelques minutes, répondit Turner. Et les flics arrivés les premiers sur place, bien entendu. Il était dans un tel état qu'on ne pouvait rien en tirer. Vous le connaissez, Nancy.

— Moi ?

— C'est Peter Lake.

— L'avocat ? »

Grimsbo acquiesça. « C'est lui qui a défendu Daley. »

Nancy fronça les sourcils, cherchant à se rappeler ce qu'elle savait de Peter Lake. Elle n'avait participé que de loin à l'enquête Daley. De l'avocat de la défense, elle n'avait retenu que sa bonne mine et ses manières efficaces. Elle n'était même pas restée une demi-heure à la barre.

« Il vaut mieux que j'y aille », dit-elle.

Elle entra dans un vaste vestibule et passa sous un petit lustre. La salle de séjour, de quelques marches en contrebas, s'ouvrait directement en face d'elle. La pièce était impeccable. A travers une grande baie vitrée, elle aperçut, sur l'arrière de la maison, un petit lac artificiel. Disposées stratégiquement dans le séjour — sans doute par les soins d'un architecte d'intérieur patenté —, on voyait des tables en chêne cérusé à plateau de granit, des fauteuils et un canapé pastel ; des macramés ornaient les murs. On avait davantage l'impression d'être dans un décor de démonstration pour revue sur papier glacé que dans une pièce habitée.

Sur la gauche, un grand escalier à la rampe de bois poli gagnait le premier étage en s'incurvant. Les pilastres qui soutenaient la main courante étaient peu espacés. Nancy aperçut entre eux un petit tas caché par une couverture. Elle se détourna.

Les techniciens du labo répandaient leur poudre, à la recherche d'empreintes, prenaient des photos, recueillaient des pièces à conviction. Bruce Styles, l'adjoint du médecin légiste, se trouvait dans le vestibule, lui tournant le dos, entre un policier en uniforme et l'un de ses assistants.

« Vous avez terminé ? » lui demanda Nancy.

Le médecin acquiesça et s'écarta. La femme gisait sur le sol, le visage contre la moquette blanche épaisse. Elle portait une robe blanche en coton, conforme, semblait-il, à la température qui régnait. Elle était pieds nus. La tête était tournée de côté. Du sang poissait ses longs cheveux châtains. Nancy supposa qu'elle avait été abattue d'un coup à la tête, ce que lui confirma Styles.

« Je suppose qu'elle courait en direction de la porte et qu'il l'a eue par-derrière. Elle était évanouie ou peut-être encore partiellement consciente quand il l'a étranglée. »

Nancy fit le tour du corps pour voir le visage de la victime. Elle regretta sa curiosité. Il n'y avait plus moyen de dire si cette femme avait jamais été belle ou non. Elle prit deux profondes inspirations.

« Et la fillette ? demanda-t-elle.

— La nuque brisée, répondit Styles. La mort a été instantanée, elle n'a pas dû souffrir.

— Nous pensons qu'elle a sans doute assisté au meurtre de sa mère, enchaîna Turner. Elle l'a probablement entendue hurler et est venue voir ce qui se passait.

— Où est le mari ?

— Là-bas, dans le salon.

— Inutile de le faire attendre davantage. »

Peter était effondré dans un fauteuil. On lui avait donné un whisky, mais il l'avait à peine entamé. Il leva les yeux vers Nancy quand celle-ci entra dans le salon, et elle vit qu'il avait pleuré. Même ainsi, le personnage avait quelque chose de frappant ; il était grand, taillé comme un athlète. Sa chevelure d'un blond doré au brushing impeccable, ses yeux bleu clair et son visage aux traits aigus, parfaitement rasé, étaient tout ce qu'il fallait pour faire craquer les femmes d'un jury.

« Vous souvenez-vous de moi, monsieur Lake ? » demanda Nancy.

L'homme eut une expression perplexe.

« Je suis détective à la police criminelle. Je m'appelle Nancy Gordon. Vous avez assuré mon contre-interrogatoire dans l'affaire Daley.

— Mais bien sûr... je suis désolé. Je ne m'occupe plus beaucoup d'affaires criminelles.

— Comment vous sentez-vous ? continua la jeune femme en s'asseyant.

— Comme dans un cauchemar.

— Je sais ce que vous ressentez..., commença Nancy, mais Lake la coupa en redressant violemment la tête.

— Comment le pourriez-vous ? Elles sont mortes. Je viens de perdre toute ma famille ! »

Il se couvrit le visage des mains et pleura. Ses épaules tremblaient.

« Si, je sais ce que vous ressentez, reprit Nancy d'une voix douce. Il y a un an, mon fiancé a été assassiné. La seule conséquence positive, c'est que j'ai appris ce qu'éprouvent réellement les proches des victimes, et que je peux même parfois les aider à franchir le cap le plus difficile. »

Lake releva la tête et s'essuya les yeux. « Je suis désolé... mais c'est trop dur. Elles étaient tout pour moi. Et Melody... Comment peut-on faire une chose pareille à une petite fille ? Elle ne pouvait faire de mal à personne. Une petite fille !

— Voyez-vous, monsieur Lake, quatre femmes ont disparu de Hunter's Point au cours des derniers mois. A chacun des domiciles, on a retrouvé le même message et la même rose noire que chez vous. Je sais à quel point ceci est douloureux pour vous, mais nous devons agir rapidement. C'est la première fois que nous retrouvons une victime. Cela pourrait signifier que vous avez surpris le tueur avant qu'il ait eu le temps d'entraîner votre femme. Nous apprécierions tout ce que vous pourriez nous dire et qui pourrait nous aider à attraper cet homme avant qu'il ne tue à nouveau.

— Je ne sais rien. Croyez-moi, j'y ai pensé. J'ai travaillé tard sur un dossier. J'ai passé un coup de fil pour avertir Sandy. Je n'ai rien remarqué de particulier lorsque je suis arrivé en voiture. Puis je... je ne sais plus très bien ce que j'ai fait après... simplement que je me suis assis sur la dernière marche... »

L'homme s'interrompit. Il prit une profonde inspiration, s'efforçant de retenir les larmes qui lui montaient à nouveau aux yeux. Ses lèvres tremblaient. Il prit une gorgée de whisky.

« C'est très dur pour moi, détective. Je ne demande qu'à vous aider, mais... c'est vraiment très dur. »

Nancy se leva et posa la main sur l'épaule de l'avocat, qui s'était remis à pleurer.

« Je vais vous laisser ma carte. Appelez-moi si je peux faire la moindre chose pour vous. La moindre chose. Et si vous vous souvenez de quelque chose, même si cela vous paraît insignifiant, appelez-moi aussi. S'il vous plaît.

— Je le ferai. Ça devrait aller mieux demain matin... c'est juste que...

— N'en dites pas davantage. Oh, autre chose. Vous allez avoir les médias aux trousses. Sans le moindre respect pour votre vie privée. Je vous en prie, ne leur dites rien. Il y a de nombreux points, dans cette affaire, que nous ne voulons pas rendre publics. Des faits que nous gardons pour nous afin d'éliminer les fausses confessions et d'identifier le véritable tueur. Il est essentiel que vous gardiez pour vous ce que vous savez.

— Je ne parlerai pas à la presse. Je ne veux voir personne.

— Très bien, répondit gentiment Nancy. Et vous allez vous sentir mieux. Pas à cent pour cent, et pas avant un bon moment, mais vous finirez par surmonter votre chagrin. Ça ne sera pas facile. Je ne suis toujours pas guérie, mais je vais mieux, et vous aussi vous irez mieux. N'oubliez pas ce que je vous ai dit. Appelez-moi, même si vous avez simplement envie de parler. Pas dans le cadre de l'enquête. Juste pour parler. »

Lake acquiesça. Lorsque Nancy quitta le salon, il était renversé dans son fauteuil, la tête rejetée en arrière, les yeux fermés.

2

Agglomération de grande banlieue chic, Hunter's Point comptait cent dix mille habitants, avait un petit centre-ville plein de boutiques à la mode et de restaurants élégants, s'enorgueillissait d'une antenne de l'université d'État et ne manquait pas de centres commerciaux. Aucun quartier de taudis ne la déparait, mais on trouvait, aux limites du centre-ville, des maisonnettes de style « Cape Cod » et des petits immeubles d'habitation où logeaient les étudiants et les familles n'ayant pas les moyens de s'offrir un toit dans les lotissements de standing, comme celui des Meadows, où vivaient avocats, médecins et hommes d'affaires.

Le quartier général de la police était un cube sans âme édifié à la périphérie de la ville, s'élevant au milieu d'un parking en dur et entouré d'un grillage. Le parking était rempli de véhicules de patrouille, de voitures banalisées et de petits camions de remorquage.

La brigade affectée au tueur à la rose avait ses quartiers dans un vieux débarras, à l'arrière du bâtiment. L'endroit était dépourvu de fenêtres et les tubes fluorescents diffusaient une lumière d'un éclat brutal. On avait coincé une fontaine d'eau fraîche entre deux classeurs. Une table basse en bois, aux pieds branlants, s'appuyait contre un mur couleur crème. Une machine à café, quatre grosses tasses, un sucrier et un bol rempli de sachets de lait en poudre attendaient sur la table. Quatre bureaux réglementaires, gris métallisé, étaient regroupés au centre de la pièce. Des panneaux d'affichage avec des photos des victimes et des informations sur les crimes couvraient deux des murs.

Nancy Gordon planchait sur les rapports du double assassinat Lake. Le scintillement des fluos commençait à lui donner mal à la tête. Elle ferma les yeux, se renversa contre le dossier de sa chaise et se massa les paupières. Lorsqu'elle rouvrit les yeux, la première chose qu'elle vit fut les photos de Samantha Reardon et Patricia Cross, que Turner avait agrafées au mur. Les maris avaient fourni les clichés. Celui de Samantha avait été pris sur le pont d'un bateau à voile ; on voyait une femme de haute taille, à la chevelure châtain flottant dans le vent, le visage animé d'un grand sourire respirant le bonheur. Celui de Patricia la représentait en short et boléro sans manches, sur une plage d'Oahu ; elle était mince, un peu maigre, en vérité. Ses amies disaient qu'elle était obsédée par sa silhouette. En dehors de Samantha Reardon, qui avait été infirmière, aucune de ces femmes n'avait réellement exercé un métier, et Reardon elle-même avait arrêté de travailler peu après son mariage. Toutes étaient des femmes au foyer heureuses, vivant dans le luxe et passant leur temps à jouer au golf ou au bridge. La conception qu'elles se faisaient de leurs devoirs envers la communauté se réduisait à la collecte de fonds pour les œuvres de bienfaisance de leur country-club. Où étaient ces femmes, maintenant ? Étaient-elles encore en vie ? Étaient-elles mortes rapidement, ou bien dans de longues souffrances ? Comment avaient-elles tenu le coup ? Dans quelle mesure avaient-elles réussi à conserver un peu de leur dignité ?

Le téléphone sonna.

« Il y a un certain M. Lake à la réception », lui dit la standardiste. Nancy se redressa. Moins de soixante-douze heures s'étaient écoulées depuis l'instant où elle l'avait laissé.

« J'arrive tout de suite », répondit-elle en laissant tomber son stylo sur la pile de rapports.

A l'entrée du poste de police, se trouvait un petit hall meublé de sièges bon marché en similicuir et aux accoudoirs en chrome. La salle était séparée du reste du bâtiment par un comptoir équipé d'une vitre coulissante et d'une porte à verrou électronique. Lake était assis sur l'un des sièges. Il portait un costume sombre et une cravate marron foncé. Il était soigneusement peigné. Le seul indice de la tragédie qu'il vivait étaient des yeux bordés de rouge, suggérant le manque de sommeil et beaucoup de larmes. Nancy appuya sur le bouton situé auprès de la standardiste et poussa la porte.

« Je n'étais pas sûr que vous seriez là, dit Lake. J'espère que vous ne m'en voulez pas d'être passé à l'improviste.

— Pas du tout. Suivez-moi. Nous allons trouver un endroit tranquille. »

Ils s'engagèrent dans un couloir qui n'était pas sans rappeler celui d'une école. Le lino vert était usé et gondolé et les portes en bois brut. Des écailles de peinture verte se détachaient du mur, par endroits. Nancy ouvrit la porte de l'une des salles d'interrogatoire et s'effaça pour laisser passer l'avocat. La pièce était isolée phoniquement par un carrelage spécial.

« Asseyez-vous, dit-elle en indiquant l'une des chaises en plastique qui se trouvaient de part et d'autre d'une longue table en bois. Je vais chercher du café. Comment prenez-vous le vôtre ?

— Noir. »

Lorsqu'elle revint avec les deux tasses en polyuréthanne, Lake s'était assis, les mains sur les genoux.

« Comment vous sentez-vous ? demanda-t-elle.

— Je suis très fatigué, et déprimé. J'ai voulu aller travailler, aujourd'hui, mais je n'arrivais pas à me concentrer. Je n'arrête pas de penser à Melody. »

L'avocat s'interrompit et prit une profonde inspiration. « Écoutez... je ne vais pas tourner autour du pot. Je n'arrive pas à travailler, et j'ai l'impression que j'en ai pour un moment. J'ai essayé de régler une transaction immobilière, ce matin, et ça m'a paru... ça ne signifiait strictement rien pour moi.

» Mes deux associés sont capables de me remplacer jusqu'à ce que je puisse faire face, si j'y arrive jamais. Mais pour le moment, tout ce que je veux, c'est trouver le type qui a tué Sandy et Melody. Je n'arrive pas à penser à autre chose.

— Moi non plus, monsieur Lake, je n'arrive pas à penser à autre chose. Et je ne suis pas la seule. Je vais vous confier un certain nombre de faits. Ils sont extrêmement confidentiels. Il faut que vous me promettiez de n'en faire part à personne. »

Lake acquiesça.

« Il y a eu quatre disparitions avant l'assassinat de votre femme et de votre fille. Nous n'avons retrouvé aucune de ces femmes. Il nous a fallu un certain temps pour comprendre, car nous n'avions pas de corps. Nous avons commencé par traiter ces affaires comme des cas de personnes, disons, manquantes. Mais dès le deuxième cas, nous nous sommes mis à avoir des soupçons sur ce qui se passait, à cause du message *Disparue... Oubliée ?* et de la rose noire. Le chef de la police a décidé de constituer une brigade spéciale pour suivre ces affaires...

— Je suis sûr que vous faites tout votre possible, l'interrompit Lake, et je ne cherche pas à vous critiquer. Ce que je veux, c'est vous aider. Je me porte volontaire pour faire partie de votre brigade spéciale.

— C'est hors de question, monsieur Lake. Vous n'êtes pas officier de police. En plus, ça ne serait pas judicieux. Vous êtes trop impliqué sur le plan émotionnel pour être objectif.

— Les avocats sont formés à l'objectivité. Et je peux apporter quelque chose à l'enquête : la connaissance intime que j'ai de l'esprit d'un criminel en tant qu'avocat de la défense. Nous apprenons des choses sur la façon dont fonctionnent les criminels que la police elle-même ignore : nous avons en effet la confiance des criminels. Mes clients savent qu'ils peuvent tout me dire, si horrible que ce soit, et que je respecterai leur secret. Vous voyez les criminels quand ils ont leur masque ; nous, nous les voyons tels qu'ils sont.

— Je peux vous assurer, monsieur Lake, que la police se fait une idée très précise de l'esprit d'un criminel — trop précise, même, parfois. Nous rencontrons ces gens-là dans la rue, à leur domicile. Vous les voyez tout propres, dans votre bureau, loin de leurs victimes et après qu'ils ont eu le temps de trouver une explication rationnelle à leur geste et de concocter une histoire poignante ou un système de défense. De toute façon, cette discussion est inutile, car vous ne pouvez travailler sur ce dossier. Certes, j'apprécie votre proposition, mais mes supérieurs ne l'accepteront jamais.

— Je sais que ça peut paraître bizarre, mais je crois très sincèrement que je pourrais être utile. Je suis très fort. »

Nancy secoua la tête. « Il y a encore une autre bonne raison pour laquelle vous ne devez pas participer à l'enquête. Pour vous, cela signifierait revivre la mort de votre femme et de votre fillette tous les jours, au lieu de recommencer à vivre. Vous pourriez tomber sur les clichés de l'autopsie, ou sur leurs photos affichées sur les murs. Est-ce ça que vous voulez ?

— J'ai des photos d'elles partout dans ma maison et dans mon bureau, détective Gordon. Et je ne passe pas une minute sans penser à elles. »

La policière poussa un soupir. « Je sais. Mais vous allez devoir arrêter de penser à elles ainsi, sans quoi vous n'y résisterez pas. »

Lake ne répondit pas tout de suite. « Parlez-moi de votre fiancé, reprit-il doucement. Comment... comment avez-vous arrêté de penser à lui ?

— Jamais je n'ai arrêté. Je pense à lui tout le temps. En particulier la nuit, lorsque je suis seule. Je ne veux pas l'oublier, comme vous ne voulez pas oublier Sandy et Melody.

» Ed était flic. Un type ivre l'a abattu. Il essayait de faire cesser une scène de ménage. Deux semaines avant la date de notre mariage. J'ai tout d'abord ressenti les mêmes choses que vous. Je ne pouvais pas arriver à travailler. C'est à peine si je parvenais à me tirer hors du lit. Je... j'étais bourrelée de culpabilité, ce qui est ridicule. Je n'arrêtais pas de me dire que j'aurais pu faire quelque chose, insister pour qu'il reste à la maison ce jour-là, par exemple, n'importe quoi. Tout ça était absurde.

» Puis les choses se sont améliorées, monsieur Lake. Pas de beaucoup ; légèrement améliorées, disons. On en arrive à se dire, à un moment donné, qu'on s'apitoie en réalité sur son propre sort, qu'on se plaint soi-même de la perte que l'on a faite. On prend alors conscience qu'il faut commencer à vivre pour soi-même. Qu'il faut continuer et garder le souvenir des bons moments. Sinon, celui qui a tué votre femme et votre petite fille aura gagné sur tous les tableaux. Il vous aura aussi tué. »

Nancy, par-dessus la table, posa la main sur le bras de l'avocat.

« Nous l'aurons, monsieur Lake. Le problème que vous avez à affronter est bien assez tragique, inutile d'y ajouter en plus cela. Laissez-nous nous en occuper. Nous finirons par l'avoir, je vous le promets. »

Lake se leva. « Je vous remercie, détective Gordon.

— Nancy. Appelez-moi Nancy. Et n'hésitez pas à me passer un coup de fil à chaque fois que vous aurez envie de parler. »

3

Une semaine plus tard, le chef du département de la police de Hunter's Point, John O'Malley, entrait dans le bureau de sa brigade spéciale. Il était d'ordinaire en manches de chemise, la cravate en berne et le premier bouton du col défait. Ce matin-là, cependant, il portait son costume bleu marine, celui qu'il gardait pour les causeries du Rotary Club et les séances avec le conseil municipal.

Il avait les épaules larges et la cage thoracique puissante d'un boxeur poids moyen. Un voleur en fuite lui avait cassé le nez à l'époque où il travaillait dans un quartier difficile de New York, le South Bronx. En se raréfiant, ses cheveux roux révélaient une vieille cicatrice, souvenir de l'une des nombreuses bagarres de gang auxquelles il avait participé dans sa jeunesse turbulente à Brooklyn. O'Malley serait resté à New York si une crise cardiaque ne l'avait pas obligé à poursuivre sa carrière de policier dans un environnement moins stressant.

Sur les talons du chef O'Malley arriva un homme d'une stature impressionnante, en costume d'été havane. Nancy soupçonna que le vêtement avait été coupé sur mesure, car il tombait parfaitement, alors que l'homme avait des proportions nettement au-dessus de la normale, comme s'il faisait du culturisme.

» Je vous présente le Dr Mark Klien, dit O'Malley. Il est psychiatre à Manhattan, et spécialiste des meurtriers en série. On l'a consulté dans l'affaire du Fils de Sam, dans celle des meurtres d'enfants d'Atlanta, dans le cas Bundy. Il a travaillé dans le cadre du programme d'analyse des crimes violents de Quantico. Je l'ai rencontré il y a quelques années, quand j'étais dans la police de New York et que je travaillais sur une affaire du même ordre. Son aide nous a été très précieuse. Le Dr Klien a vu l'ensemble des rapports sur les disparitions et le double meurtre Lake.

« Docteur Klien, poursuivit O'Malley, indiquant tour à tour chacun des membres de la brigade spéciale, je vous présente Nancy Gordon, Frank Grimsbo, Wayne Turner et Glen Michaels. Ils sont tous sur ce dossier depuis le début. »

Le Dr Klien était tellement massif qu'il obstruait l'entrée du bureau. Lorsqu'il se fut avancé dans la pièce pour serrer les mains, quelqu'un d'autre le suivit. O'Malley parut mal à l'aise.

« Avant que le Dr Klien ne commence, je tiens à expliquer les raisons de la présence de M. Lake parmi nous. Hier, j'ai rencontré le maire. Il m'a expliqué que M. Lake se portait volontaire pour assister la brigade spéciale dans sa recherche du meurtrier de Sandra et Melody Lake. »

Nancy Gordon et Frank Grimsbo échangèrent un coup d'œil inquiet. La bouche de Wayne Turner s'ouvrit, tandis qu'il regardait le chef d'un œil rond. O'Malley devint tout rouge, le fusilla du regard et poursuivit : « Le maire a le sentiment que M. Lake nous fournira un point de vue original sur le fonctionnement mental du tueur, point de vue acquis au titre d'avocat de la défense, et qui pourra nous apporter un son de cloche différent dans cette affaire.

— J'espère être utile à quelque chose, enchaîna Lake avec un sourire d'excuse. Je sais bien que je n'ai pas de formation de policier, et je vais donc essayer de me faire tout petit.

— Le Dr Klien est un homme occupé, poursuivit O'Malley, ignorant l'avocat. Il doit prendre la navette de deux heures cinquante pour retourner à New York, et je lui laisse donc tout de suite la parole. »

Lake choisit un siège au fond de la salle, derrière tout le monde. Frank Grimsbo secoua lentement la tête. Wayne Turner croisa les bras et jeta un regard accusateur au chef de la police. Nancy fronça les sourcils. Seul Glen Michaels, le criminologue rondouillard et gagné par la calvitie auquel O'Malley avait confié la tâche de procéder aux expertises, paraissait ne pas faire attention à Lake. Il ne quitta pas le psychiatre des yeux quand ce dernier vint se placer devant le mur couvert des informations concernant les victimes.

« J'espère que ce que j'ai à vous dire pourra vous être utile, commença Klien, parlant sans notes. L'un des inconvénients d'un petit département de police comme celui de Hunter's Point est son manque d'expérience dans les affaires criminelles de ce type. Il faut dire cependant que même les gros départements sont souvent désemparés, car les tueurs en série, en dépit de toutes les souffrances qu'ils infligent et de la publicité qu'ils reçoivent, sont, fort heureusement, des oiseaux rares. Maintenant que le FBI a mis sur pied le programme de Quantico, les petites unités comme la vôtre peuvent faire parvenir à Quantico une description de leur cas et apprendre si des meurtres similaires n'ont pas eu lieu ailleurs dans le pays. Quantico utilise un programme informatisé qui enregistre tous les crimes violents qui se produisent dans tous les États, ainsi que leur description, et peut vous mettre en contact avec d'autres unités de police ayant eu à connaître des affaires semblables, afin de pouvoir coordonner vos enquêtes.

» Ce que je voudrais faire aujourd'hui, c'est tenter de dresser un portrait du meurtrier en série qui, d'un côté, remette en cause les préjugés stéréotypés que vous pourriez avoir sur eux, et, de l'autre, fasse la liste de certains facteurs communs que vous serez amenés à rechercher. Le FBI a identifié deux catégories bien nettes de tueurs de ce type : l'asocial désorganisé et le non-social organisé. Commençons par ce dernier. Le non-social organisé est un psychopathe sexuel qui, comme tout psychopathe, est incapable d'empathie, incapable de ressentir de la pitié ou de la tendresse pour les autres. Ses victimes sont pour lui de simples objets qu'il utilise selon sa fantaisie, en fonction de ses besoins pervers. Libérer sa colère fait partie de ces besoins, que ce soit en mutilant ou en humiliant les victimes. L'Étrangleur de Boston, par exemple, les disposait de telle manière que lorsque quelqu'un entrait dans la pièce, la première chose qu'on voyait était leurs jambes écartées. Un autre tueur n'a rien trouvé de mieux que d'envoyer par la poste un pied coupé aux parents de la victime, afin de multiplier la souffrance et la misère qu'il provoquait.

— Veuillez m'excuser, docteur Klien, l'interrompit Wayne Turner. Est-il possible que notre tueur ait laissé les messages pour tourmenter les époux ?

— C'est vraisemblable. La cruauté qu'il y a à torturer les personnes aimées d'une victime, et par là même à faire d'autres victimes, doit être fort séduisante pour un psychopathe sexuel, étant donné qu'il n'obéit à aucun code moral et est dépourvu de tout remords. Il est capable de commettre n'importe quel acte. Conserver des parties du corps et les manger n'est pas rare, avoir une relation sexuelle avec le cadavre d'une victime l'est encore moins. Lucas a bien décapité l'une des siennes et a eu une relation sexuelle génito-orale avec la tête pendant une semaine, jusqu'à ce que l'odeur devienne insupportable et l'oblige à la jeter.

— Est-ce que c'est le genre de cinglé auquel nous avons affaire, docteur Klien ? demanda Grimsbo.

— *Cinglé* n'est pas exactement le mot, détective. En dépit de ce que leur comportement a d'extrême, ces gens-là ne sont pas reconnus comme irresponsables. Ils ont parfaitement conscience de ce qui est moralement et légalement bien ou mal. Ce qu'il y a de terrifiant, c'est qu'ils n'apprennent rien de leurs expériences, si bien que ni l'emprisonnement ni aucun traitement ne semblent en mesure de modifier ce comportement. En fait, étant donné l'aspect compulsif qui caractérise ces actes sexuels, il est vraisemblable qu'ils tueront à nouveau.

— Que signifie la rose noire? demanda Nancy.

— Je l'ignore. Mais fantasmes et actes compulsifs sont partie intégrante des actes de ces tueurs, et la rose doit sans doute compter parmi les fantasmes de celui-ci. Avant de passer à l'action, ils l'imaginent dans les moindres détails, prévoient tout ce qu'ils feront de manière très précise. Cela augmente le niveau de leur excitation ou leur tension, si bien qu'en fin de compte ils agissent compulsivement. Une fois le meurtre accompli, ils éprouvent un sentiment de soulagement jusqu'à ce que la tension se mette à remonter et que le cycle recommence. Le Fils de Sam parlait de l'énorme soulagement qu'il ressentait après chaque meurtre, mais il a aussi fait la preuve de son jugement déficient lorsqu'il a déclaré qu'il ne comprenait pas pourquoi ses victimes se débattaient autant, puisqu'il allait seulement les tuer, et non les violer.

» Les fantasmes font tellement partie de leur comportement que ces tueurs emportent souvent une partie du corps ou une pièce d'habillement avec eux. Ils s'en servent pour revivre leur acte. L'appel massif aux fantasmes se traduit aussi par une préparation très minutieuse du crime. L'Étrangleur de Hillside, par exemple, emportait avec lui non seulement une arme, mais des sacs en plastique pour se débarrasser des corps. Cela pourrait expliquer le manque de pièces à conviction sur les lieux du crime dans les cas qui vous occupent. Je dirais que votre assassin dispose d'excellentes informations dans le domaine de l'investigation policière. Est-ce que je me trompe si j'avance que l'analyse des messages et des roses n'a apporté aucun indice, et que l'on n'a même pas trouvé un cheveu ou une fibre textile utilisables sur les lieux?

— Non, c'est tout à fait vrai, répondit Glen Michaels. Nous avons bien découvert une empreinte digitale sur le message Lake, mais c'était celle de Mme Lake. Toutes les autres en étaient dépourvues, et il n'y avait rien de spécial ni dans le papier ni dans l'encre. Jusqu'ici, le labo n'a rien trouvé d'utilisable.

— Je ne suis pas surpris, observa Klien. La plupart de ces

hommes s'intéressent de près à la police et à ses méthodes. Certains ont même eu des contacts, sous une forme ou une autre, avec les forces de l'ordre. Bundy, par exemple, a assisté à des conférences du FBI et Bianchi travaillait dans une société de sécurité et faisait partie des réserves de police. Cela signifie qu'ils peuvent avoir connaissance des mesures à prendre pour éviter d'être repérés. Leur intérêt pour les enquêtes de police peut aussi tenir au besoin de savoir si on est ou non sur leur piste.

» Parlons maintenant des victimes. D'ordinaire, elles sont choisies au hasard ; le tueur roule en voiture jusqu'à ce qu'il se décide pour quelqu'un. Les prostituées font des victimes idéales, parce qu'elles acceptent de monter en voiture et même d'être attachées. Enfin, la victime n'appartient en général pas au milieu que fréquente le tueur ; c'est une étrangère, ce qui rend l'arrestation beaucoup plus difficile.

— Croyez-vous que ceci soit vrai dans notre cas ? demanda Nancy. Voyez-vous, toutes ces femmes ont des points communs. Elles sont mariées à des membres des professions libérales, elles n'exercent pas de métier régulier et, en dehors de Mme Lake, sont toutes sans enfants. Elles sont aussi de la même ville. Est-ce que ce n'est pas la preuve d'une préparation poussée ? Qu'il recherche un type particulier de victime correspondant à ses fantasmes, plutôt que de choisir une femme au hasard ?

— Vous avez raison. Ces victimes, en effet, ne correspondent pas au schéma courant de sélection au hasard. Il est manifeste que votre tueur poursuit un genre précis de femme, dans un secteur particulier, ce qui suggère qu'il habite peut-être à Hunter's Point.

— Ce que je ne comprends pas, intervint Wayne, c'est comment il s'y prend pour les avoir. Ces femmes sont des personnes cultivées, qui vivent dans des quartiers chics où les résidents, en général, se méfient des étrangers. Cependant, on ne décèle de signes de résistance nulle part, sauf chez les Lake ; et, même dans ce cas, il n'y avait pratiquement pas de désordre sur les lieux du crime. »

Klien sourit. « Vous m'amenez à parler de l'une des principales idées erronées qui courent sur les tueurs en série, détective

Turner. Dans les films, on les représente comme des monstres ; mais dans la réalité, ils sont parfaitement insérés dans la communauté et rien ne les distingue des autres. La plupart sont des hommes intelligents, qui présentent bien et sont même parfois beaux garçons. Bundy, le Bandit de la 1-5, l'Étrangleur de Hillside, Cortez, tous avaient une allure d'hommes respectables. Si bien que notre tueur est probablement quelqu'un que ces femmes ont laissé entrer chez elle sans méfiance.

— N'avez-vous pas parlé de deux types de tueurs en série ? demanda Grimsbo.

— En effet, il y a également l'asocial désorganisé, mais l'homme à qui nous avons affaire ici n'entre pas dans cette catégorie. C'est dommage, parce qu'ils sont plus faciles à attraper. Ce sont des solitaires psychotiques qui ont d'importantes difficultés relationnelles avec les gens et n'ont ni le charme ni le talent qui permettent aux autres de se fondre dans la masse. Ils agissent sous le coup de l'impulsion, avec une arme qui est en général le premier objet qui leur tombe sous la main. Le corps est souvent massacré ou ensanglanté, et ils sont fréquemment couverts de sang eux-mêmes. Les lieux du crime peuvent être effroyables. Ils se déplacent assez peu, comme les non-sociaux organisés. Les homicides ont souvent lieu à proximité de leur domicile et ils retournent souvent sur les lieux du crime, non pas pour suivre l'enquête de la police, mais pour mutiler un peu plus le corps, ou bien revivre l'assassinat. Il est rare qu'il y ait pénétration sexuelle du corps. D'ordinaire, ils se masturbent dessus ou tout à côté, ce qui peut être d'une aide précieuse, maintenant que nous disposons d'un test d'ADN fiable. Mais votre homme est bien trop malin pour être un asocial désorganisé.

— Comment se fait-il que nous n'ayons pas trouvé les corps ? voulut savoir Turner.

— De toute évidence, il les cache, comme le tueur de la Rivière Verte. Le chef O'Malley m'a dit qu'il y avait beaucoup de terres agricoles et de forêts dans ce secteur. Un jour, un promeneur va tomber sur un charnier, et vous aurez vos cadavres.

— De quoi auront-ils l'air, docteur Klien ? demanda Nancy.

— Ça ne sera pas très beau à voir. C'est à un sadique sexuel

71

que nous avons affaire. S'il a pu s'isoler avec sa victime et s'il a disposé de temps... Voyez-vous, ces hommes donnent libre cours à leur rage contre les femmes en s'en prenant à celles dont ils s'emparent. Mutilation et meurtre augmentent leur stimulation sexuelle. Dans certains cas, lorsque le tueur est impuissant en temps normal, la violence rend les rapports sexuels possibles. Les fantasmes et les tortures sont les préliminaires, détective. Le meurtre est l'équivalent de la pénétration. Certains de ces hommes éjaculent automatiquement au moment où ils tuent.

— Bordel de Dieu, marmonna Grimsbo. Et vous nous racontez que ces types ne sont pas cinglés !

— J'ai dit qu'ils n'étaient pas cinglés, mais je n'ai pas dit qu'ils étaient humains. Quelque part en cours de route, il leur a manqué certaines des choses qui font que nous devenons humains, que ce soit pour des raisons génétiques ou de milieu, ou bien... » Il haussa les épaules. « En réalité, c'est sans importance, n'est-ce pas, parce qu'il n'y a aucun espoir à avoir et qu'il faut les arrêter. Sans quoi ils recommenceront, encore et toujours, tant qu'il y aura des femmes sur leur chemin pour assouvir leur passion. »

4

Les quatre policiers de la brigade spéciale attendaient dans le bureau d'O'Malley quand celui-ci revint de l'aéroport, où il avait laissé le Dr Klien.

« Je m'y attendais plus ou moins, dit-il en les voyant.

— Alors expliquez-nous qu'est-ce que c'est que ces conneries, rétorqua Turner.

— Il n'y a aucun moyen de vous dorer la pilule, admit le chef de la police. J'ai eu une prise de bec avec le maire, et c'est moi qui ai perdu. Point final. On est coincés avec Lake.

— Vous vous foutez de nous ! s'exclama Grimsbo.

— Non, Frank, pas du tout. Ce sont des choses qui arrivent, en politique.

— Mais ce type est un suspect potentiel ! s'entêta le policier.

— Déballons tout tout de suite, les enfants, parce que si c'est vrai, je pourrais peut-être nous en débarrasser.

— Je ne crois pas, John, intervint Nancy. Je l'ai rencontré une ou deux fois, et il était terriblement affecté d'avoir perdu sa femme et sa petite fille.

— Ouais, contre-attaqua Turner, sauf qu'il a déclaré n'avoir vu personne sortir de la maison. Par où le tueur a-t-il disparu ? La maison est dans un cul-de-sac et il n'y a qu'une route qui sorte de ce lotissement.

— Les voisins n'ont vu personne non plus », observa Nancy.

Glen Michaels résuma les choses. « Personne n'a jamais vu personne sur aucun des lieux des disparitions, Wayne.

— Là n'est pas la question, persista Grimsbo. Ce que je veux savoir, c'est ce qu'un pékin fabrique au beau milieu d'une enquête de police. »

O'Malley poussa un soupir. « Lake a des positions politiques arrêtées. Il est connu comme avocat au criminel pour avoir gagné l'affaire de ce cinglé de Daley en le faisant reconnaître irresponsable. Mais sa spécialité est l'immobilier et il y a ramassé des millions, dont certains ont contribué à la campagne électorale du maire. Il a aussi copieusement soutenu le gouverneur et il fait partie d'un comité sur l'aménagement du territoire dans notre chère capitale, Albany. Si vous voulez tout savoir, hier le gouverneur a appelé le maire, qui m'a appelé à son tour pour m'expliquer que l'expérience d'avocat criminel de Lake serait d'une grande valeur pour l'enquête, et que nous avions de la chance de l'avoir avec nous. Le maire a déjà sur le dos la presse, qui le critique pour avoir gardé le silence sur les disparitions jusqu'à ce qu'il ait été obligé de parler, à la suite du double assassinat Lake. Il lui faut à tout prix des résultats, et il ne va pas dire non à une requête du gouverneur ou de l'un des principaux financiers de sa campagne. Voilà.

— Il ne m'inspire pas confiance, dit Turner. J'ai eu maille à partir avec ce type, il y a quelques années. J'avais un mandat contre lui dans une affaire de drogue, et j'ai effectivement trouvé un kilo de coke chez lui. Il y avait dans la maison une femme enceinte, sans casier. Elle a juré que la coke était à elle et que le type lui faisait une fleur en la logeant à titre gracieux jusqu'à son accouchement. La défense a eu beau jeu de démolir mon dossier, et le procureur n'a même pas pris la peine d'inculper la nana. Je n'ai rien pu prouver, mais d'après des rumeurs qui me sont parvenues, Lake aurait payé la femme pour qu'elle fasse une fausse déposition.

— Quelqu'un a-t-il connaissance d'autre chose dans ce genre ? » demanda O'Malley.

Michaels secoua la tête. « J'ai dû subir son contre-interrogatoire à deux ou trois reprises. Il m'a fait l'effet d'un type très fort. Il a été particulièrement brillant dans une affaire où la preuve consistait en éclaboussures de sang. Il m'a vraiment fait tourner en bourrique, ce jour-là.

— J'ai entendu dire qu'il était intelligent, en effet, concéda Grimsbo, mais ces histoires de faux témoignage me sont aussi revenues aux oreilles et les quelques avocats que je connais n'apprécient pas beaucoup la morale de Lake. Il est toujours suspect, même si sa culpabilité paraît bien improbable, et je n'aime pas du tout l'idée d'un citoyen ordinaire travaillant sur une affaire aussi délicate.

— Écoutez, dit O'Malley, je suis d'accord avec vous, Frank. Cette histoire pue, mais Lake n'est pas un citoyen ordinaire, justement. Tant que je ne pourrai pas convaincre le maire du contraire, ce type restera avec nous. Débrouillez-vous simplement pour ne pas l'avoir toujours dans les pattes. Donnez-lui un maximum de corvées, faites-lui lire tous les rapports. S'il arrive quelque chose qu'il vaudrait mieux qu'il ignore, à votre avis, ou s'il fait des histoires, venez me voir. Des questions ? »

Turner grommela quelque chose à propos du maire et Grimsbo secoua la tête, la mine dégoûtée. O'Malley se garda bien de réagir.

« Bon, d'accord. Et maintenant, fichez-moi le camp d'ici, et au boulot ! Vous avez entendu ce qu'a dit Klien. Il faut coincer ce barjot, et vite ! »

5

Nancy Gordon avait l'estomac qui gargouillait. Il devait être un peu plus de six heures, songea-t-elle. Presque sept, lui apprit sa montre. Elle s'était plongée dans la rédaction d'un rapport et n'avait pas vu le temps passer. En sortant du poste de police, elle passa à côté du bureau de la brigade spéciale et remarqua que les lumières y brillaient encore. Peter Lake, en manches de chemise, les pieds sur le coin d'un bureau, consultait une impressionnante pile de rapports et prenait des notes.

« Vous n'allez pas résoudre cette affaire en une nuit », lui dit Nancy. Il sursauta et leva les yeux. Puis il eut un sourire d'enfant pris en faute.

« Je travaille toujours comme ça. C'est plus fort que moi. »

La policière s'avança jusqu'au bureau. « Qu'est-ce que vous faites ?

— Je suis en train de lire les rapports sur les disparitions Reardon et Escalante. Une idée m'est venue à l'esprit. Vous avez une minute ?

— J'étais sur le point d'aller dîner. Voulez-vous me tenir compagnie ? Rien de spécial. D'habitude je vais dans une sorte de brasserie ouverte toute la nuit, sur Oak Street. »

Lake regarda la pile de rapports, puis consulta l'horloge.

« C'est d'accord, dit-il, reposant les pieds au sol et saisissant son veston. Je ne me rendais pas compte qu'il était si tard.

— Exactement ce qui m'est arrivé. Si mon estomac n'avait pas sonné l'alarme, je serais encore à mon bureau.

— Vous paraissez aimer votre travail.

— Parfois.

— Comment êtes-vous entrée dans la police ?

— Vous voulez dire, qu'est-ce qu'une chouette fille comme moi peut bien venir faire dans un boulot pareil ?

— Ça ne m'est jamais venu à l'esprit.

— Que j'étais une chouette fille ? »

Lake eut un petit rire. « Non. Que vous n'étiez pas faite pour entrer dans la police. »

Nancy signala son départ à la permanence et suivit l'avocat à l'extérieur. Une fois le soleil couché, Hunter's Point devenait une ville fantôme, mis à part les quelques points de ralliement des étudiants. D'où ils étaient, on distinguait la façade scintillante d'un cinéma et les néons de deux ou trois bars. La plupart des magasins avaient leurs rideaux baissés. Le restaurant n'était qu'à deux ou trois cents mètres du quartier général. Une oasis de lumière dans un désert d'obscurité.

« Nous y voici », dit Nancy, tenant ouverte la porte du Chang's Cafe. L'établissement comportait un comptoir, mais elle conduisit Lake vers un box. La femme de Chang leur apporta les menus et de l'eau.

« La soupe et les tartes sont bonnes, et le reste de la carte est mangeable. Surtout, ne cherchez pas de plats chinois là-dedans. M. Chang cuisine italien, grec ou tout ce qui lui passe par la tête, sauf chinois.

— Vous n'êtes pas originaire de Hunter's Point, observa l'avocat, une fois la commande passée.

— Qu'est-ce qui vous le fait dire ?

— Vous n'avez pas l'accent du coin. Je viens moi-même de l'Ouest. Voyons, devinons... le Montana ?

— Non, l'Idaho, corrigea Nancy. Mes parents y habitent toujours. Ils sont agriculteurs. Mon frère est professeur de collège à Boise. Je ne trouvais pas l'Idaho très folichon et j'avais envie de voir le vaste monde. Par chance, je courais le huit cents mètres dans des temps honorables et j'ai eu les meilleures bourses de l'université. C'est comme ça que j'ai atterri à Hunter's Point.

— Qui n'est pas exactement Paris, commenta Lake.

— Non, pas exactement, admit Nancy avec un sourire. Mais c'était dans l'État de New York, et sans la bourse, jamais je n'aurais pu entrer à l'université. Le temps de me rendre compte que la ville de New York et Hunter's Point dans l'État de New York étaient à des années-lumière l'un de l'autre, je m'amusais trop pour avoir des regrets.

— Et l'entrée dans la police ?

— Ma matière principale était la justice criminelle. Lorsque j'ai obtenu mon diplôme, le département de police de Hunter's Point avait besoin d'une femme pour remplir son quota légal. »

Nancy haussa les épaules et regarda l'avocat comme si elle s'attendait à une remarque ironique.

« Je parie qu'on vous a nommée détective au mérite, dit-il au lieu de cela.

— Tout juste ! répondit fièrement la jeune femme, alors que Mme Chang arrivait avec la soupe. Et vous, comment avez-vous posé votre sac ici ? ajouta-t-elle, attendant que le minestrone refroidisse.

— Je suis du Colorado, commença-t-il en souriant. J'ai fait mes études secondaires là-bas et je me suis engagé un temps dans les Marines. Là, j'ai rencontré un type qui s'occupait de problèmes juridiques et qui m'a suggéré de faire du droit, et j'ai suivi son conseil. C'est à l'université que j'ai rencontré Sandy. »

L'avocat se tut et son sourire disparut. Il se tourna vers son assiette. Son geste avait manqué de naturel, comme s'il venait soudain de prendre conscience qu'il était malvenu de sourire alors qu'il parlait de sa défunte épouse. Nancy le regarda, intriguée.

« Je suis désolé, s'excusa-t-il. Je n'arrête pas de penser à elle.

— Rien n'est plus normal que de se souvenir.

— J'ai horreur de me mettre à pleurnicher. Normalement, je me contrôle parfaitement. Leur assassinat m'a fait prendre conscience qu'il n'existe rien de prévisible ni de permanent.

— S'il vous a fallu tout ce temps pour le comprendre, vous avez eu de la chance.

— Ouais. Une carrière réussie, une femme sensationnelle et une petite fille adorable. Ça vous rend aveugle à ce qu'est réellement le monde, non ? Puis quelqu'un vous enlève cela en quelques secondes et... et vous vous rendez compte...

— Vous vous rendez compte quelle a été votre chance d'avoir ce que vous aviez le temps que vous l'avez eu, Peter. La plupart des gens n'ont pas de toute leur vie ce que vous et moi avons eu pendant quelques années. »

Lake resta perdu dans la contemplation de la nappe.

« Au poste, vous m'avez dit que vous aviez une idée, reprit Nancy, pour le faire changer d'humeur.

— Oh, c'est probablement jouer au petit détective, répondit-il, mais quelque chose m'a frappé dans les rapports. Le jour où Gloria Escalante a disparu, un camion de fleuriste effectuait des livraisons dans le coin. Une femme n'hésite pas à ouvrir sa porte à un homme qui lui apporte des fleurs ; elle est sans doute émue, elle ne réfléchit pas. Il peut même l'entraîner à l'arrière de son camion. Et il y a la rose. Pour quelqu'un travaillant chez un fleuriste, rien de plus facile que de s'en procurer une.

— Pas si mal, Peter, reconnut Nancy, incapable de cacher son admiration. Vous pourriez peut-être faire un bon détective, en fin de compte. Le livreur s'appelle Henry Waters. Il a eu quelques petits ennuis pour exhibitionnisme et figure parmi nos suspects. Vous n'avez probablement pas encore ouvert le rapport de Wayne. C'est lui qui a été chargé de faire l'enquête sur le contexte de Waters.

— Le contexte ?

— Oui, les éléments d'appréciation que l'on peut trouver dans l'entourage d'un suspect. »

L'avocat rougit. « Je vois que vous êtes en avance sur moi.

— Est-ce que Sandy avait des contacts avec Evergreen Florists ?

— C'est la maison pour laquelle Waters travaille ? »

Nancy acquiesça.

« Il ne me semble pas. Je peux cependant consulter nos factures et son carnet de chèques pour voir si elle ne leur aurait pas commandé des fleurs. Mais j'ai bien l'impression que non. »

Le reste du repas arriva et ils mangèrent en silence pendant quelques minutes. Les spaghettis de la jeune femme étaient délicieux, mais elle remarqua que Lake ne touchait guère à la nourriture.

« Vous sentez-vous capable de parler de Sandy ? demanda-t-elle. Nous essayons de recouper les activités des victimes. De voir si elles n'appartenaient pas à un même club, si elles n'étaient pas abonnées à la même revue. Tout ce qui pourrait constituer un dénominateur commun.

— Frank m'avait déjà demandé cela, la nuit du meurtre. J'ai fait des vérifications. Nous sommes membres du Delmar Country Club, du Hunter's Point Athletic Club, du Racquet Club. J'ai dressé la liste de nos cartes de crédit, de nos abonnements, de tout ce à quoi j'ai pu penser. Elle sera terminée à la fin de la semaine. Waters est-il votre seul suspect ?

— Il y en a d'autres, mais rien de bien solide. Je veux parler d'auteurs de délits sexuels connus, pas d'individus ayant un lien quelconque avec aucun des crimes. » Elle marqua une pause. « J'avais une autre raison de vous demander de dîner avec moi. Je vais être parfaitement honnête avec vous. Vous ne devriez pas faire partie du groupe chargé de l'enquête. Vous vous êtes servi de votre influence auprès du maire, mais je peux vous dire que tous ceux de la brigade spéciale sont furieux de la manière dont vous vous êtes imposé.

— Y compris vous ?

— Non. Mais c'est seulement parce que je comprends les raisons qui vous poussent. Ce que vous ne voyez pas, c'est à quel point votre comportement est autodestructeur. Vous êtes obsédé par cette affaire parce que vous vous imaginez que vous échapperez à la réalité en vous immergeant dans ce travail de détective. Mais vous êtes coincé dans le monde réel, Peter. Il faudra bien qu'un jour ou l'autre vous vous fassiez une raison. Et le plus tôt sera le mieux. Vous avez une bonne clientèle. Vous pouvez commencer une nouvelle vie. Ne reculez pas le moment d'admettre ce qui est arrivé en continuant à travailler sur les meurtres. »

Tout en parlant, Nancy observait son interlocuteur. Il ne la quitta pas un instant des yeux. Quand elle se tut, il se pencha vers elle.

« Merci de votre franchise. Je sais que mon intrusion dans la brigade spéciale est mal vue et je suis content que vous m'ayez dit comment elle est ressentie. Je ne suis pas inquiet pour mes affaires. Mes associés continueront à s'en occuper et j'ai gagné tellement d'argent que je pourrais vivre très bien en arrêtant de travailler. Ce qui m'importe, c'est d'attraper ce tueur avant qu'il ait eu le temps de recommencer. »

Lake avança une main et la posa sur celle de Nancy. « Il m'importe aussi que vous vous fassiez du souci pour moi. Croyez bien que j'apprécie. »

Lake avait commencé à caresser la main de Nancy tout en parlant. Un contact sensuel, une invite non déguisée qui frappa la jeune femme par ce qu'elle avait d'incongru, alors même que l'avocat ne paraissait pas s'en rendre compte.

« Je me fais du souci pour vous dans la mesure où vous êtes la victime d'un acte de barbarie, observa-t-elle d'un ton ferme, retirant sa main de dessous celle de Lake. Le fait que vous risquiez de faire quelque chose qui pourrait mettre en danger l'enquête m'inquiète aussi. Je vous en prie, Peter, réfléchissez à ce que je vous ai dit.

— J'y penserai », promit-il.

Nancy commença à ouvrir son sac à main, mais il arrêta son geste. « C'est moi qui vous invite, dit-il avec un sourire.

— Je paie toujours mon écot », répliqua-t-elle en posant la somme exacte de son repas sur la facture, et en glissant un pourboire d'un dollar sous la soucoupe de sa tasse de café. Puis elle se coula hors du box et se dirigea vers la sortie.

L'avocat déposa son argent à côté de celui de Nancy et la suivit. « Puis-je vous reconduire chez vous ? demanda-t-il.

— Ma voiture est dans le parking.

— La mienne aussi, je vous y raccompagne. »

Ils marchèrent en silence jusqu'au quartier général de la police. Le parking était faiblement éclairé. Certaines parties étaient plongées dans l'ombre. Le véhicule de Nancy se trouvait vers le fond, là où aucune lumière ne filtrait des fenêtres.

« Ça aurait très bien pu se produire dans ce genre de coin, observa Lake d'un ton songeur, tout en marchant.

— Quoi donc ?

— Les femmes. Seules, la nuit, dans un parking désert. Il serait tellement facile de les approcher. C'était bien la technique de Bundy, non ? Il portait un faux plâtre pour provoquer la sympathie. En moins d'une minute elles se retrouvaient dans le coffre de sa voiture, et c'en était terminé pour elles. »

Un frisson parcourut la jeune femme. En dehors d'eux, il n'y avait personne dans le parking. Ils passèrent dans une zone obscure. Elle tourna la tête ; Lake la regardait, songeur. Elle s'arrêta à la hauteur de sa voiture.

« C'est pour cela que je tenais à vous raccompagner. Aucune femme ne sera en sécurité tant qu'on ne l'aura pas pris.

— Pensez à ce que je vous ai dit, Peter.

— Bonne nuit, Nancy. Je crois que nous avons bien travaillé. Merci de votre sympathie. »

Elle monta dans la Ford, fit marche arrière et s'éloigna. Elle aperçut dans le rétroviseur l'avocat qui la suivait du regard.

6

Dans l'obscurité, Nancy faisait de la musculation, suivant l'enchaînement d'exercices qu'elle avait mis naguère au point avec Ed. Elle en était au travail des biceps, avec le maximum de poids qu'elle pouvait soulever. Son avant-bras se repliait vers son épaule, avec lenteur et régularité, tandis qu'elle tirait sur l'haltère droit, puis sur le gauche. La transpiration imbibait son tricot ; à son cou, les veines ressortaient.

Il y avait incontestablement quelque chose qui clochait. Lake lui avait fait des avances. Après la mort d'Ed, elle avait perdu tout intérêt pour le sexe pendant plusieurs mois. Le seul fait de voir des couples marchant bras dessus bras dessous lui faisait mal. Mais lorsque Lake lui avait pris la main, il la lui avait caressée comme on caresse celle d'une personne aimée. Et quand il lui avait dit trouver qu'ils travaillaient bien ensemble, il s'agissait bel et bien d'une invite.

Nancy arrêta de soulever la fonte et posa les haltères au sol, prenant plusieurs profondes inspirations. Il était presque six heures du matin. Elle était debout depuis quatre heures trente, après avoir été réveillée par un cauchemar qui l'avait laissée incapable de se rendormir.

Frank avait estimé que Lake faisait partie des suspects, et elle n'avait pas été d'accord. Elle commençait néanmoins à se poser des questions, n'ayant pas oublié ce qu'avait expliqué le Dr Klien. L'avocat était quelqu'un d'intelligent et d'avenant. Il lui aurait été facile de gagner la confiance de ses victimes, des femmes du genre de celles qu'il rencontrait tous les jours à ses clubs — de même qu'il était le type d'homme que rencontraient ces femmes.

Un non-social organisé était un psychopathe incapable de ressentir sympathie et empathie pour les autres. Un genre d'homme qui devait être obligé de simuler les émotions. Avait-il relâché sa vigilance, au restaurant, entre le moment où il avait évoqué sa première rencontre avec sa femme et celui où il avait manifesté la réaction appropriée à ce souvenir ? Pendant un instant, ses traits n'avaient exprimé aucune émotion.

Klien affirmait également que ces tueurs s'intéressaient aux méthodes de la police. Lake, en tant qu'avocat au criminel expérimenté, devait tout savoir de ces méthodes. Nancy se laissa tomber au sol et exécuta cinquante pompes. Elle n'avait d'habitude aucun mal à y arriver, mais elle ne parvenait pas à se concentrer. Elle avait la tête pleine de la vision de Lake, debout dans le parking, et attendant. Comment était-il au courant, pour le plâtre de Bundy ? Le Dr Klien ne l'avait pas mentionné.

Cent abdominaux. L'estomac tendu comme une peau de tambour, un-deux, un-deux. Ses pensées toujours tournées vers l'obscurité du parking et Lake. Devait-elle en parler à Frank et Wayne ? Son imagination lui jouait-elle des tours ? Ses soupçons ne risquaient-ils pas d'égarer l'enquête sur une fausse piste et de permettre au tueur de leur échapper ?

Il était six heures et quart. Elle s'exerçait dans une petite pièce donnant sur sa chambre. Le soleil commençait son ascension, à l'est, au-dessus des quartiers chics. Elle se débarrassa de ses collants et de son tricot, et jeta le tout dans le panier de linge sale. Elle avait pris du poids, après la mort d'Ed. Hormis un mois d'arrêt en deuxième année d'université (elle s'était fait un claquage), c'était la première fois depuis la fin de ses études secondaires qu'elle ne s'entraînait pas régulièrement. Elle avait encore la paroi abdominale tendue, les muscles des jambes noués. L'eau chaude de la douche la relaxa. Elle se lava les cheveux. Sans cesser de penser à Lake.

Comment se faisait-il que l'on n'ait trouvé aucun corps, les autres fois ? En quoi le double assassinat des Lake différait-il des autres affaires ? Apparemment, Sandra Lake avait été tuée rapidement, soudainement. Pourquoi ? Et pour quelle raison Peter l'aurait-il tuée ? Aurait-elle découvert quelque chose qui le reliait aux autres meurtres et lui aurait-elle mis cette preuve sous le nez ? Ce qui ne réglait pas la question la plus terrible de toutes : Lake était-il un tel monstre qu'il aurait été capable de tuer sa propre fille pour couvrir ses crimes ?

Tout en s'habillant, Nancy essaya de trouver un fait concret, palpable, à présenter à ses collègues. Une preuve du lien qui unissait Peter Lake aux disparues. Elle ne trouva rien. Pour le moment, il lui fallait garder son sentiment pour elle.

7

Frank Grimsbo s'essuya le front de l'avant-bras, laissant une traînée de sueur sur la manche de son veston en alpaga. Dessous, il portait une chemisette blanche dont le premier bouton était défait, et avait la cravate en berne. Son pantalon marron en polyester n'arrangeait pas les choses. La chaleur l'épuisait, et il n'arrivait à penser qu'à une seule chose, une bière bien fraîche.

Herbert Solomon vint ouvrir la porte au troisième coup de sonnette. D'un geste fatigué, Grimsbo tendit son écusson et s'identifia.

« C'est à propos des Lake, n'est-ce pas ? » demanda Solomon, un homme trapu, de taille moyenne, à la barbe soigneusement taillée, habillé d'un bermuda à carreaux rouges et verts, et d'un T-shirt jaune.

« En effet, monsieur Solomon. Mon collègue et moi faisons le tour du voisinage.

— J'ai déjà répondu aux questions d'un policier le soir où c'est arrivé.

— Je le sais, monsieur. Je suis détective à la brigade spéciale chargée d'enquêter sur tous les assassinats et j'aurais aimé en parler avec vous plus en détail.

— Y a-t-il eu d'autres meurtres ? Je croyais que ces femmes avaient simplement disparu.

— C'est exact, mais on peut craindre le pire.

— Entrez, entrez, avec cette chaleur ! Puis-je vous offrir une bière, ou bien vous est-il interdit de boire pendant le service ? »

Le visage de Grimsbo s'éclaira. « Rien ne me ferait plus plaisir qu'une bière.

— Attendez-moi ici, je vais vous en chercher une », dit

l'homme avec un geste en direction d'un petit salon situé en façade.

Le policier, tout en se dirigeant vers la pièce, pinça le tissu de sa chemisette pour l'écarter de son corps. Grâce au ciel, c'était dans le quartier des Meadows, où tout le monde avait l'air conditionné, qu'ils faisaient du porte-à-porte.

« J'espère que vous la trouverez assez froide pour votre goût. » L'homme en bermuda lui tendit une Budweiser embuée et bien fraîche. Grimsbo appuya le corps de la bouteille contre son front et ferma les yeux. Puis il prit une première gorgée.

« Bon sang, ça fait du bien. Si seulement quelqu'un pouvait inventer un moyen de conditionner l'air extérieur... »

Solomon éclata de rire.

« Vous êtes comptable ?

— Expert-comptable, exactement.

— C'est ce que je me disais », observa le policier, indiquant de la main des étagères couvertes d'ouvrages professionnels de droit fiscal. Devant l'unique fenêtre de la pièce, il y avait un bureau sur lequel étaient posés un ordinateur, une imprimante et un téléphone. La fenêtre donnait sur Sparrow Lane ; une vaste pelouse séparait la maison de la rue.

« Bon, dit Grimsbo après avoir pris une nouvelle et longue gorgée, permettez-moi de vous poser quelques questions, et je vous débarrasse le plancher. Où vous trouviez-vous le soir où Mme Lake et sa fille ont été assassinées ? »

Le sourire disparut du visage de Solomon. « Pauvre type...

— Vous connaissiez Peter Lake ?

— Bien sûr. Relation de voisinage normale. Nous avons une association des propriétaires du lotissement des Meadows. Pete et moi en faisions partie. On jouait même en double dans les tournois de tennis. Marge — c'est ma femme — était très amie avec Sandy.

— Votre épouse est-elle ici ?

— Non, elle est allée jouer au golf à son club. Avec cette chaleur, ça ne me disait rien. »

Le policier posa sa bière et tira un calepin et un stylo d'une poche intérieure.

« A quelle heure êtes-vous rentré, le soir du crime ?

— Il devait être à peu près six heures.

— Avez-vous remarqué quelque chose d'inhabituel ?

— Absolument rien. Je n'ai pas bougé de la salle à manger jusqu'à la fin du repas. La pièce donne sur l'arrière de la maison. Puis je suis passé dans la salle de séjour, qui est aussi côté jardin. Après cela, je suis venu travailler ici, sur mon ordinateur, mais le store était baissé.

— Très bien », dit Grimsbo, qui voyait à regret venir le moment de mettre un terme à l'interview et de replonger dans la chaleur.

« Il y a une chose que j'ai oublié de dire lorsque le policier m'a parlé, le soir du meurtre. Vous comprenez, avec toute cette excitation, et Marge qui était hystérique... J'ai vu Peter arriver chez lui.

— Ah bon ? Et à quelle heure ?

— Je devrais pouvoir vous le dire de manière très précise. Les Yankees jouaient, ce jour-là, et j'ai regardé les résultats sur *Headline Sports*. CNN les donne toujours à vingt ou à moins dix de l'heure. Je suis revenu dans cette pièce après avoir vu les résultats ; il devait donc être sept heures vingt-deux ou vingt-trois. J'ai aperçu la Ferrari de Peter en baissant le store.

— Il arrivait chez lui ?

— Oui.

— Et vous êtes certain de l'heure.

— Vingt minutes après l'heure, toutes les heures. A une minute près, ça ne peut être que ça.

— Auriez-vous remarqué une voiture de livraison de fleuriste, ce soir-là, dans le quartier des Meadows ou dans les alentours immédiats ? »

Solomon réfléchit une seconde. « Il y avait bien un réparateur de télés chez les Osgood ; c'est le seul véhicule inhabituel que j'ai remarqué. »

Grimsbo se leva, tendit la main à l'expert-comptable. « Merci pour la bière. »

Wayne Turner était appuyé contre le capot de la voiture, l'air si frais et dispos dans son costume havane que Grimsbo se sentit mortifié.

« Trouvé quelque chose ? demanda Turner en se redressant.

— Nada. Oh si, Solomon, le dernier type à qui j'ai parlé. Il a vu Lake passer devant chez lui en voiture vers sept heures vingt. Sinon, je n'ai rien d'autre que ce qu'il y a dans les rapports des flics en tenue.

— Moi aussi, j'ai fait chou blanc, mais ça ne m'étonne pas. Dans un lotissement comme les Meadows, les parcelles sont grandes. Les maisons sont loin d'être à touche-touche. Il y a bien moins de chances pour qu'on voie ce qui se passe chez le voisin. Et avec une chaleur pareille, tout le monde était chez soi, avec l'air conditionné, ou bien à son country-club.

— Qu'est-ce qu'on fait, maintenant ?

— On rentre.

— Rien sur le véhicule du fleuriste ? demanda Grimsbo, lorsque la voiture eut démarré.

— Un réparateur de télés chez les Osgood, mais pas de fleuriste.

— Ouais, on m'a aussi parlé du réparateur. Qu'est-ce que tu penses de Waters ?

— Je n'en pense rien, Frank. Tu l'as vu ? »

Grimsbo secoua la tête.

« Notre tueur doit avoir un QI du tonnerre, non ? Waters est un crétin. Un gosse maigrichon, plein de boutons sur la figure. Avec une barbichette ridicule. Si ce n'est pas un retardé mental, il n'en est pas loin. A quitté l'école après la troisième. Il avait dix-huit ans. A bossé dans une station-service et comme guichetier à Safeway. A perdu son boulot quand on l'a surpris à se masturber devant la fenêtre d'une gamine de seize ans du voisinage. Le père de la fille lui a flanqué une raclée monumentale.

— M'a l'air plutôt pitoyable, observa Grimsbo.

— Ce type est un zombie. Il vit avec sa mère. Elle va sur ses soixante-dix ans et elle est en mauvaise santé. Je l'ai suivi pendant quelques jours. Un vrai robot. La même routine tous les jours. Il quitte son boulot, va au One Way Inn, le bar qui est à mi-chemin de chez lui. Il se commande deux bières, les sirote tranquillement, ne parle à personne, sauf au barman. Quarante-cinq minutes après, il repart, rentre directement chez lui et passe la soirée à regarder la télé avec sa mère. J'ai parlé avec son patron et ses voisins. S'il a des amis, personne ne les

86

connaît. Ce boulot de livreur, chez Evergreen Florists, est celui où il est resté le plus longtemps.

— Tu l'écarterais ?

— C'est vraiment un pauvre mec. Pas très net, c'est sûr, mais rien qui cadre avec notre tueur. Il n'est pas assez intelligent pour être notre homme. Nous ne tenons rien du tout avec Waters.

— Nous ne tenons rien du tout, point final. »

Glen Michaels entra dans le bureau de la brigade spéciale au moment où Grimsbo et Turner finissaient leur rapport sur les interviews des Meadows.

« Qu'est-ce t'as ? » demanda Grimsbo. Il avait tombé la veste et garé sa carcasse à proximité d'un petit ventilateur.

« Rien du tout, répondit Michaels. C'est comme si ce type n'était jamais passé par là. Je viens de terminer l'ensemble des analyses de labo. Toutes les empreintes digitales correspondent à celles des victimes, de Lake ou d'un des voisins. Rien sur quoi faire un test d'ADN. Pas de cheveux inconnus, pas de fibres textiles, pas de sperme, rien. C'est un sacré malin, notre coco, messieurs.

— A ton avis, il connaît les méthodes de la police ? voulut savoir Turner.

— Il faut le croire. Je n'ai jamais vu autant de lieux du crime aussi impeccables. En tout cas, je me tire d'ici. Il fait chaud à crever, dans cette turne », ajouta Michaels en reprenant la direction de la porte.

Grimsbo se tourna vers Turner. « Cet enfoiré est en train de me faire tourner en bourrique. Personne ne peut être aussi fort. Il ne laisse aucune empreinte, pas un cheveu, et personne ne l'a vu. Bordel, voilà un lotissement plein de gens, et pas un ne signale le plus petit truc inhabituel. Pas le moindre étranger rôdant dans les parages, pas un véhicule nouveau. Comment est-il entré et sorti de là ? »

Grimsbo ne répondit pas. Il fronçait les sourcils. Puis il se hissa sur les bras de son siège et se dirigea vers le classeur où se trouvait le dossier principal sur l'affaire.

« A quoi tu penses ? demanda Turner.

— Juste un truc.... voilà, c'est là. »

Il tira un rapport du dossier et le montra à son collègue. C'était celui, sur une seule page, du standardiste du 911 qui avait reçu l'appel de Peter Lake.

« Tu ne vois pas ? » demanda Grimsbo.

Turner parcourut des yeux le bref compte rendu, à plusieurs reprises, et secoua la tête.

« L'heure. Lake a appelé le 911 à huit heures quinze.

— Ouais, et alors ?

— Solomon déclare avoir vu Lake arriver à sept heures vingt. Il en est certain, parce qu'il venait juste d'écouter les résultats sportifs sur CNN ; c'est toujours à l'heure passée de vingt minutes.

— Et les corps étaient dans l'entrée, enchaîna Turner, qui comprenait soudain.

— Combien de temps faut-il pour garer la voiture, ouvrir la porte ? Donnons le bénéfice du doute à Lake et supposons que Solomon ait traîné plus qu'il ne le croit. A sept heures trente, il était tout de même forcément chez lui.

— Oh, merde, dit doucement Turner.

— J'ai pas raison, Wayne ?

— Je sais pas encore, Frank. Quand c'est ta femme et ta gosse... c'est un tel choc...

— D'accord, le type a été bougrement secoué. Il dit qu'il s'est assis sur la dernière marche de l'escalier pendant un moment. Pour reprendre le contrôle de ses nerfs. Je veux bien... mais quarante-cinq minutes ? Un peu beaucoup, non ? Il y a quelque chose qui ne colle pas. A mon avis, il a passé son temps à nettoyer les lieux.

— Mais pour quelle raison ? Bon Dieu, Frank, tu as vu la tête de la femme. Pourquoi aurait-il fait ça à sa propre femme ?

— Tu t'en doutes bien. Elle savait quelque chose, ou elle avait trouvé quelque chose. Et elle a commis l'erreur de le lui dire. Réfléchis un peu, Wayne. Si c'est Lake qui les a tuées, cela explique l'absence de tout indice sur les lieux du crime. Cela explique aussi l'absence de tout véhicule étranger au quartier ou d'empreintes qui ne correspondent pas à celles des Lake ou de leurs voisins.

— Je ne sais pas si...

— Si, tu le sais. Il a tué la fillette. Sa propre petite fille.

— Bordel, Frank, ce type est un avocat connu! Sa femme était superbe!

— Tu as entendu ce qu'a dit Klien. Le type qu'on cherche est un monstre, mais ça ne se voit pas. Il est beau, élégant, le genre de type qu'une femme laissera entrer chez elle sans se méfier une seconde. Il peut très bien s'agir d'un avocat connu, marié à une belle fille. Il peut s'agir de n'importe quel détraqué qui vit dans un monde à lui où tout ça tient debout. »

Turner se mit à faire les cent pas dans la pièce pendant que Grimsbo attendait tranquillement. Finalement, Wayne s'assit et prit une photo de Melody Lake.

« Surtout, faire gaffe à ne pas commettre le moindre impair, Frank. Si jamais Lake est notre tueur, nous avons affaire à un sacré tordu. S'il se doute un instant qu'on le soupçonne, il trouvera moyen de s'en tirer, le salopard.

— Alors, qu'est-ce qu'on fait? Pas question de l'amener ici pour le cuisiner. Sans compter que nous n'avons rien qui le relie aux quatre disparitions.

— Ces femmes n'ont pas été choisies au hasard. Si c'est lui le tueur, elles doivent toutes avoir un lien ou un autre avec lui. Il faut refaire l'interrogatoire des maris, revoir les rapports et vérifier une fois de plus nos listes, avec Lake à l'esprit. Si nous avons raison, nous devrions trouver quelque chose. »

Les deux hommes restèrent quelques instants silencieux, essayant d'envisager la suite.

« Pas un mot de tout cela dans les rapports, dit finalement Turner. Lake pourrait tomber dessus en venant ici.

— Bien sûr. Je crois que je vais garder l'interview de Solomon avec moi.

— Quand en parlons-nous à Nancy et au chef?

— Quand nous aurons quelque chose de consistant. Lake est très intelligent et ne manque pas d'appuis politiques. Si c'est lui, je ne veux pas qu'il s'en sorte. Il faut l'avoir. »

8

Nancy Gordon dormait d'un sommeil profond et sans rêves quand le téléphone sonna. Elle se réveilla en sursaut et resta quelques instants désorientée avant de se rendre compte de ce qui se passait. Le téléphone retentit encore à plusieurs reprises avant qu'elle ne le trouve dans l'obscurité.

« Détective Gordon ? dit une voix d'homme.

— Elle-même, répondit Nancy, qui faisait encore des efforts pour s'éclaircir les idées.

— Jeff Spears à l'appareil. Je suis de patrouille. Il y a un quart d'heure, nous avons reçu une plainte à propos d'un homme qui restait assis dans une voiture, au carrefour de Bethesda et Champagne. Il semble que c'est la troisième nuit consécutive qu'il est garé là. L'un des voisins a commencé à se poser des questions. Bref, nous avons été parler au type, avec mon collègue, l'officier DeMuniz. L'homme déclare s'appeler Peter Lake, et il prétend travailler avec la brigade spéciale qui s'occupe du meurtre de ces femmes. Il m'a donné votre nom.

— Quelle heure est-il ? demanda Nancy, qui n'avait aucune envie d'allumer et de s'éblouir.

— Une heure et demie. Désolé de vous avoir réveillée, ajouta Spears d'un ton d'excuse.

— Non, ça va, dit-elle, repérant enfin l'horloge numérique et vérifiant l'exactitude de l'heure. Lake est-il avec vous ?

— Juste à côté de moi. »

Elle prit une profonde inspiration. « Passez-le-moi. »

Nancy entendit le policier parler à quelqu'un. Elle s'assit sur le bord du lit et se frotta les yeux.

« Nancy ? fit la voix de Lake.

— Qu'est-ce qui se passe ?

— Est-ce que vous voulez que je m'explique avec les hommes de la patrouille ?

— Ce que je veux, c'est retourner me coucher. Et qu'est-ce que c'est que cette histoire de faire le poireau dans une voiture en pleine nuit, trois soirs de suite ?

— C'est Waters. Je surveillais sa maison.

— Oh, merde! C'est pas croyable! Vous le surveillez? Comme dans un film policier de série B? Je vous retrouve chez Chang dans vingt minutes, Peter. Compris?

— Mais...

— Vingt minutes. C'est tellement stupide qu'il n'y a pas de mots. Repassez-moi Spears. »

Nancy entendit Lake appeler le policier. Elle ferma les yeux et alluma sa lampe de chevet. Puis elle souleva prudemment les paupières. La lumière l'éblouit, comme prévu, et des larmes lui vinrent aux yeux.

« Détective Gordon?

— Ouais. Écoutez-moi, Spears. Il travaille effectivement avec nous. Mais vous avez fait du bon boulot tout de même », ajouta-t-elle, car il lui paraissait jeune et désireux de bien faire, et il serait sans doute sensible au compliment.

« Il n'avait pas l'air très catholique. Et vous comprenez, avec ces meurtres...

— Non, vous avez très bien fait. Mais je préférerais que vous ne parliez à personne de cet incident. Nous ne tenons pas à ébruiter ce que nous faisons.

— Pas de problème.

— Merci d'avoir appelé. »

Elle raccrocha. Elle se sentait plutôt mal, mais il lui fallait découvrir ce que Lake mijotait.

Quand elle arriva chez Chang, l'avocat l'attendait déjà dans un box. Le petit établissement restait ouvert toute la nuit pour les policiers, les camionneurs et quelques rares étudiants. C'était un endroit parfait pour rencontrer quelqu'un. Une tasse de café était posée devant Lake; Nancy demanda à la serveuse de lui en apporter également une.

« J'aimerais bien savoir ce qu'à votre idée, vous étiez en train de fabriquer, Peter, attaqua Nancy, une fois que la serveuse eut tourné le dos.

— Je suis désolé si j'ai dépassé les bornes, répondit-il, mais je suis certain que Waters est le tueur. Je l'ai pris en filature pendant trois jours. Croyez-moi, j'ai fait du bon boulot. Il ne s'est rendu absolument compte de rien.

— Ce n'est pas comme ça que les choses se passent, Peter. On ne se met pas à courir partout avec une vague hypothèse en tête sortie tout droit d'une série télé genre « *Magnum* ». La brigade est une équipe. Vous devez lui soumettre vos idées avant de faire quoi que ce soit.

» Plus grave encore, vous ignorez le b-a-ba de la surveillance de suspect. Voyez comme les voisins vous ont facilement repéré. Si jamais Waters vous a remarqué et que vous lui ayez fait peur, il peut ne plus bouger et être définitivement perdu pour nous. En plus, s'il est bien le tueur, vous auriez pu être en danger. L'individu qui a tué votre femme et votre fille, quel qu'il soit, est un homme dépourvu de scrupules qui n'hésiterait pas à faire disparaître un gêneur. Ne l'oubliez pas.

— J'ai comme l'impression d'avoir été stupide.

— Ce n'est pas qu'une impression.

— Vous avez raison. Je vous présente mes excuses. Je n'avais pas pensé que je pouvais faire capoter l'enquête ou courir un risque. Tout ce qui m'est venu à l'esprit, c'est que... »

L'avocat se tut et se mit à contempler la table.

« Je sais bien que vous voulez l'avoir, Peter. Comme nous tous. Mais avec des initiatives de ce genre, vous allez saboter le travail, c'est tout. »

Lake hocha la tête, l'air songeur. « Vous avez fait bien plus que votre devoir pour m'aider, Nancy, et croyez que j'apprécie. Je commence à me faire à l'idée que j'ai perdu Sandy et Melody, et c'est un peu grâce à vous. »

Il lui sourit, mais elle ne lui rendit pas son sourire et continua de l'étudier, attentive et sérieuse.

« J'ai décidé de reprendre mon travail. Le petit incident de cette nuit m'a convaincu que je n'étais pas très utile à l'enquête. Je croyais sincèrement pouvoir vous aider, mais c'était de la prétention et du désespoir. Je ne suis pas flic, et j'ai été fou de m'imaginer que je pouvais faire davantage que vous.

— Bien. Je suis contente de vous l'entendre dire. C'est bon signe.

— Cela ne signifie pas que je vais complètement cesser de m'y intéresser. J'aimerais qu'on me fasse parvenir, à mon bureau, des copies de tous les rapports de police. Je peux peut-être remarquer quelque chose qui vous échappera, ou vous proposer un autre point de vue. Mais vous ne me verrez plus au poste de police.

— Si O'Malley est d'accord, on vous enverra ces rapports. Il faudra cependant qu'ils restent strictement confidentiels. Même vos associés ne doivent pas les voir.

— Bien sûr. Vous savez, vous vous êtes vraiment bien occupée de moi, dit-il, retrouvant son sourire. Est-ce que cela vous dirait que nous dînions ensemble un de ces jours ? Pour mieux nous connaître ? Rien à voir avec l'affaire.

— On verra », répondit-elle, mal à l'aise.

L'avocat consulta sa montre. « Hé, je crois qu'on ferait mieux d'y aller. Sinon, vous allez être vannée demain matin. C'est moi qui paie, cette fois, pas de discussion. »

Nancy se glissa hors du box et lui dit au revoir. Il était tard et elle n'avait guère dormi, mais elle était parfaitement réveillée. Il n'y avait plus de doute. Alors que sa femme était morte depuis moins de trois semaines, Peter Lake lui faisait du gringue. Et ce n'était pas la seule chose qui la tarabustait ; elle aurait bien aimé savoir pour quelle raison, exactement, il avait filé Henry Waters.

9

« Docteur Escalante, dit Wayne Turner en s'adressant à l'homme corpulent au teint sombre dont le regard triste trahissait un profond désespoir, je fais partie des détectives qui travaillent sur la disparition de votre épouse.

— Gloria est morte ? » demanda le médecin, s'attendant au pire.

Les deux hommes se trouvaient dans le cabinet du docteur, à la clinique Wayside ; c'était un immeuble moderne à un seul étage, situé à l'extrémité du Wayside Mall. Escalante était l'un des médecins qui composaient l'équipe de la clinique. Sa spécialité était la cardiologie et il avait une consultation à l'hôpital de Hunter's Point. On disait le plus grand bien de lui sur le plan professionnel. On disait aussi que c'était un type vraiment sensationnel, toujours d'humeur joyeuse. On l'avait dit du moins jusqu'à ce jour où il avait trouvé un message accompagné d'une rose noire, un mois et demi auparavant, en rentrant chez lui — une maison de style Tudor dans Hunter's Point Ouest.

« Je crains de n'avoir aucune information nouvelle à vous donner au sujet de votre épouse, docteur Escalante. Nous supposons qu'elle est encore en vie tant que nous n'avons pas la preuve du contraire.

— Dans ce cas, pourquoi êtes-vous ici ?

— J'ai quelques questions à vous poser en rapport avec l'affaire. »

Turner lui lut le nom des autres femmes disparues et de leur époux, y compris les Lake. Tout en déclinant les identités, le policier disposa les photos des victimes et de leurs conjoints sur le bureau du médecin.

« Est-ce que vous-même ou votre femme connaissiez l'une ou l'autre de ces personnes, à quelque titre que ce soit, docteur ? » demanda Turner.

Escalante étudia attentivement les clichés. Il prit l'un d'eux. « Il s'agit bien de Simon et Samantha Reardon, n'est-ce pas ? »

Le détective acquiesça.

« Lui est neurochirurgien. Je les ai vus tous les deux à certaines des réunions de l'Association médicale. Il y a quelques années, il a présenté un papier lors d'un séminaire auquel j'assistais. Je ne me souviens plus du sujet.

— Bien. Étiez-vous amis avec eux ? »

Escalante partit d'un rire sans joie. « Les gens qui ont la même couleur de peau que vous et moi, détective, ne fréquentent pas les mêmes cercles sociaux que les Reardon. Je suis prêt à parier qu'on ne vous a pas laissé interroger mon estimable collègue au Delmar Country Club. »

Wayne Turner hocha affirmativement la tête.

« Ouais... Eh bien, Simon Reardon fait partie de cette catégorie d'hommes... »

Escalante se souvint brusquement pour quelle raison le policier s'intéressait à Reardon et à sa femme.

« Je suis désolé. Je devrais me montrer plus charitable. Simon doit probablement vivre le même enfer que moi.

— Probablement. Aucun des autres ne vous dit quelque chose ? »

Le médecin commença à secouer négativement la tête, puis s'interrompit.

« Celui-ci... c'est bien un avocat, non ? dit-il en indiquant la photo de Peter Lake.

— Oui, en effet, répondit Turner, qui s'efforça de dissimuler son excitation.

— Cela ne m'avait pas encore frappé... quelle coïncidence !

— Une coïncidence ?

— Gloria a été tirée au sort pour être juré, il y a six mois de cela. Elle a assisté à l'une des affaires défendues par Lake. Je m'en souviens, parce qu'elle m'a dit alors qu'elle était contente qu'il ne s'agisse pas d'un cas de faute médicale, sans quoi elle aurait été récusée. C'est de toute façon sans importance ; les avocats sont arrivés à un compromis avant le jugement, et elle n'a pas eu à se prononcer.

— Vous êtes bien certain que c'était une affaire défendue par Lake ?

— Oui. J'ai été chercher Gloria à la sortie du tribunal pour aller dîner. Je l'ai vu à ce moment-là.

— Très bien. Votre témoignage nous sera de la plus grande utilité. Personne d'autre que vous reconnaissiez ? » ajouta Turner. Mais à la vérité, à ce stade, ça ne l'intéressait plus tellement.

« C'est Lake, chef, dit Frank Grimsbo à O'Malley. Nous en sommes sûrs.

— Avez-vous des preuves formelles ? voulut savoir l'Irlandais.

— Pas encore. Mais il y a trop de coïncidences pour que l'on cherche ailleurs, intervint Wayne Turner.

— Et vous, qu'est-ce que vous en pensez ? demanda O'Malley en se tournant vers Glen Michaels et Nancy Gordon.

— Ça se tient, concéda Michaels. Je vais revoir l'ensemble des indices demain et vérifier s'il n'y a pas quelque chose en rapport avec Lake. »

Le chef se tourna vers Nancy, dont l'expression était peu amène.

« Je suis parvenue à la même conclusion, mais pour d'autres raisons, chef. Si j'ignore comment nous pourrons le coincer, je suis en tout cas certaine que c'est notre homme. J'ai eu une conversation téléphonique ce matin avec le Dr Klien et je lui ai décrit Lake. Il a estimé que c'était possible. Beaucoup de psychopathes ne sont pas des tueurs en série. On trouve parmi eux des hommes d'affaires, des politiciens ou des avocats qui réussissent bien. Pensez aux avantages dont on dispose dans ces professions, si l'on n'a pas de conscience pour vous freiner. Au cours de ces derniers jours, j'ai parlé à des gens qui connaissent Lake. Tous s'accordent à dire qu'il est charmant, mais il n'y en a pas un seul qui lui tournerait le dos sans rétroviseur. Il passe pour avoir autant de sens moral qu'un requin et pour être assez malin pour rester juste en deçà de la ligne à ne pas franchir. Plusieurs plaintes contre lui ont été déposées au barreau, mais aucune n'a été suivie d'effet. Des histoires de malversations. J'ai parlé aux avocats qui ont représenté les plaignants. Il les a tous massacrés.

— Il y a toutefois une grande différence entre être un avocat marron et l'assassin de six personnes, y compris sa propre fille, observa O'Malley. Pourquoi aurait-il pris le risque de se mêler d'aussi près à l'enquête ?

— Afin de savoir ce que nous tenions, suggéra Grimsbo.

— Je crois qu'il y a plus grave, chef. Il mijote quelque chose. »

Nancy raconta alors à O'Malley l'incident de la filature de Waters.

« Ça ne tient pas debout, remarqua Turner. Waters n'est pas vraiment un suspect. Il se trouve simplement qu'il était dans le secteur de la maison des Escalante le jour où Gloria Escalante a disparu. Il n'y a pas le moindre lien entre Waters et aucune des autres victimes.

— Mais il y en a un entre Lake et chacune d'elles, intervint Grimsbo.

— Voyons ça, demanda O'Malley.

— Très bien. Pour commencer, Gloria Escalante siège dans l'un de ses jurys. Lui et les Reardon appartiennent au même country club, le Delmar. Patricia Cross et Sandra Lake ont fait du sport universitaire ensemble. Le mari d'Anne Hazelton est avocat. Il dit avoir assisté à des réunions du barreau auxquelles les Lake étaient également présents.

— Certains de ces liens me paraissent plutôt ténus.

— Quelles chances avons-nous, statistiquement, pour qu'une personne ait un lien avec les six victimes? demanda Turner.

— Tout de même, Hunter's Point n'est pas une très grande ville.

— En plus, chef, intervint Nancy, il m'a fait du rentre-dedans.

— Quoi?

— Il m'a draguée. Il m'a fait très nettement comprendre que je l'intéressais. »

Nancy raconta la façon dont l'avocat avait agi au cours de leurs deux rencontres chez Chang.

O'Malley fronça les sourcils. « Je ne sais pas trop ce que ça prouve, Nancy.

— Sa femme est morte il y a moins d'un mois. Ce n'est pas normal.

— Vous êtes belle fille. Il essaie de surmonter son chagrin. Après tout, il ne s'entendait peut-être pas très bien avec sa femme. Avez-vous eu vent de quelque chose de ce genre quand vous avez interrogé les voisins? »

Grimsbo secoua la tête. « Aucun commérage sur les Lake, chef. D'après les gens à qui j'ai parlé, c'était un couple normal, menant une vie normale.

— Pareil pour moi, dit Turner.

— Est-ce que ça ne fiche pas votre théorie par terre?

— D'après le Dr Klien, un meurtrier en série peut très bien avoir une femme et une famille, ou une relation normale avec une petite amie, répondit Nancy.

— Voyez le cas de sa femme et de sa fillette, enchaîna Turner. Nous savons, par l'un de ses associés qui travaillait tard ce jour-là, que Lake a quitté son bureau peu avant sept heures. Le voisin a vu passer sa Ferrari à sept heures vingt, ou quelques minutes plus tard. Il a appelé le 911 quarante-cinq minutes plus tard. Qu'a-t-il fait à l'intérieur, alors qu'il y avait les deux cadavres ? En admettant que la mère et la fille aient été mortes, évidemment.

— Notre hypothèse est que lorsqu'il est arrivé, sa femme lui a mis sous le nez quelque chose qui le mettait en relation avec les disparitions.

— Mais rien n'avait été divulgué, observa O'Malley. Personne n'en avait entendu parler.

— Et merde ! jura Michaels.

— Quoi ?

— Le message. C'est le seul qui comporte des empreintes digitales.

— Et alors ? lança Grimsbo.

— Les autres messages n'avaient aucune empreinte digitale, mais celui trouvé à côté du corps de Sandra Lake avait les siennes. D'après le rapport d'autopsie, Sandra Lake est morte sur le coup, ou du moins a été inconsciente après avoir reçu le coup sur la nuque. Quand a-t-elle touché la feuille de papier ?

— Je ne comprends toujours...

— Elle trouve le message, ou la rose, ou les deux. Elle demande à Lake ce qu'ils signifient. Il sait que l'histoire finira par éclater dans les journaux. Il peut bien lui raconter ce qu'il veut sur le moment, elle finira par comprendre que le tueur à la rose, c'est lui. Il est pris de panique, il la tue et laisse la rose et le message à côté d'elle pour nous faire croire que c'est la même personne qui est responsable de tout. Ce qui expliquerait pourquoi seul ce message-ci comporte des empreintes, et pourquoi ces empreintes sont celles de Sandra Lake. Elle tenait le papier juste avant d'être tuée.

— Et ça expliquerait aussi qu'on n'ait vu aucun véhicule étranger au lotissement entrer et sortir des Meadows. »

O'Malley s'adossa plus confortablement à son siège. Il paraissait troublé.

« Vous finissez par m'y faire croire, dit-il enfin. Mais des théories ne sont pas une preuve. Si c'est bien Lake, comment le prouver avec des éléments convaincants pour un jury ? »

Avant que quelqu'un ait pu formuler une réponse, la porte du bureau s'ouvrit, laissant entrer un policier en tenue.

« Désolé de vous interrompre, chef, mais on vient juste

d'avoir un 911 en rapport avec ces femmes qui ont disparu. Avez-vous un suspect du nom de Waters ?

— Qu'est-ce qui se passe ? demanda Grimsbo.

— Le type qui a appelé dit qu'il a parlé avec Waters au One Way Inn, et que Waters lui aurait dit qu'il avait une femme dans son sous-sol.

— Le type a donné son nom ? »

Le policier en tenue secoua la tête. « Il a dit qu'il ne voulait pas être mêlé à l'affaire, mais qu'il ne pouvait s'empêcher de penser à la petite fille qui avait été assassinée et que sa conscience ne le laissait pas tranquille.

— Quand est-ce que cette conversation de bar a eu lieu ? voulut savoir Nancy.

— Il y a quelques jours.

— Waters a-t-il décrit la femme, ou donné des détails ?

— Il aurait dit au type qu'elle avait des cheveux roux.

— Patricia Cross, murmura Turner.

— Ça, c'est un coup de Lake, dit Nancy. La coïncidence est trop belle. »

Wayne vint à sa rescousse. « Je suis d'accord avec Nancy. L'hypothèse Waters ne tient pas la route.

— Pouvons-nous prendre le risque ? demanda Michaels. Avec Lake, nous n'avons qu'un raisonnement par déduction. Nous savons par contre que Waters se trouvait dans le secteur du domicile des Escalante au moment où Gloria Escalante a disparu, et il a un passé de délits sexuels.

— Vous allez vous bouger le train tous les quatre et fissa, intervint O'Malley. Je préfère me tromper que rester ici le cul sur ma chaise alors que nous pouvons peut-être sauver l'une de ces femmes. »

Henry Waters vivait dans l'un des plus anciens quartiers de Hunter's Point. Les rues y étaient larges, ombragées par des chênes. Des haies élevées préservaient l'intimité des résidents. La plupart des maisons étaient coquettes, avec des pelouses bien entretenues ; la maison des Waters, en revanche, commençait à tomber en décrépitude. Les gouttières, bouchées, débordaient. L'une des marches de l'accès au porche était cassée ; le gazon, envahi de mauvaises herbes, n'avait pas été tondu depuis un bon moment.

Le soleil était sur le point de se coucher lorsque Wayne Turner, Frank Grimsbo et Nancy Gordon s'engagèrent sur l'allée dallée qui menait à l'entrée de la maison. Michaels attendait dans la voiture, au cas où on aurait besoin de lui pour procéder à l'examen d'une « scène du crime ». Trois policiers en tenue étaient allés se poster derrière la maison, dans l'allée qui divisait les grandes parcelles de terrain ; deux autres précédaient les détectives et vinrent se placer de part et d'autre de la porte d'entrée, l'arme au poing, mais dissimulée.

« On y va en douceur et on est polis, avertit Turner. Il faut obtenir son consentement, sans quoi on risquerait des ennuis pour avoir effectué la fouille sans mandat. »

Les deux autres acquiescèrent. Et personne ne lança la moindre plaisanterie sur Turner et son respect du code, comme on l'aurait sans doute fait en d'autres circonstances. Nancy parcourut des yeux la pelouse envahie de chiendent et la maison battue par les intempéries dont la peinture marron s'écaillait ; une moustiquaire à moitié arrachée pendait d'une fenêtre. Elle alla jeter un coup d'œil par un interstice entre un store insuffisamment baissé et le rebord de la fenêtre. Il n'y avait personne dans la pièce de devant. On entendait le bruit de la télévision, venant de l'arrière de la maison.

« Il aura moins peur s'il voit une femme », dit Nancy. Grimsbo acquiesça et Nancy appuya sur la sonnette. Elle portait une veste qui cachait l'étui de son arme. Ce n'était plus la canicule du milieu de la journée, mais il faisait encore très chaud, et elle sentait un filet de sueur lui couler sous les bras.

Elle appuya une deuxième fois sur la sonnette et le son de la télé baissa. A travers le rideau semi-opaque qui voilait l'imposte, elle aperçut une vague silhouette qui se déplaçait. Quand la porte intérieure s'ouvrit, Nancy tira à elle la moustiquaire et sourit. L'individu dégingandé aux membres trop longs qui se tenait en face d'elle ne lui rendit pas son sourire. Il était habillé d'un jean et d'un T-shirt taché. Ses

100

cheveux, gras et longs, auraient eu bien besoin d'un coup de peigne. Son regard morne, après s'être fixé sur Nancy, se tourna vers les policiers en tenue ; son front se creusa d'un pli, comme s'il se livrait à un calcul mental. Nancy lui mit son insigne sous le nez.

« Monsieur Waters ? Je m'appelle Nancy Gordon, et je suis détective à la police de Hunter's Point.

— J'ai rien fait, protesta Waters, sur la défensive.

— J'en suis tout à fait certaine, répondit-elle d'un ton amical mais ferme. Cependant, nous avons reçu certaines informations que nous voudrions vérifier. Pouvons-nous entrer ?

— Qu'est-ce que c'est ? fit une voix de femme aigrelette en provenance du fond de la maison.

— C'est ma mère, expliqua Waters. Elle est malade.

— Je suis désolée. Nous nous efforcerons de ne pas la déranger.

— Qu'est-ce que vous avez besoin de la mettre dans tous ses états ? protesta l'homme, dont l'inquiétude grandissait. Elle est malade, j'vous dis !

— Vous ne m'avez pas comprise, monsieur Waters. Nous ne cherchons pas du tout à ennuyer votre mère. Nous voulons simplement jeter un coup d'œil. Est-ce possible ? Nous n'en aurons pas pour longtemps.

— J'ai rien fait, répéta l'homme dont les yeux allaient avec anxiété de Turner à Grimsbo avant de revenir aux policiers en tenue. Vous z'avez qu'à parler à Mlle Cummings. C'est mon OP. Elle vous dira.

— Nous avons en effet interrogé votre officier de probation, et elle nous a fait un très bon rapport. Elle nous a dit que vous aviez coopéré avec beaucoup de bonne volonté. Nous aimerions que vous coopériez aussi avec nous. Vous ne tenez pas à attendre ici pendant que l'un de nous va chercher un mandat de perquisition, n'est-ce pas ?

— Pourquoi vous voulez fouiller ma maison ? » demanda Waters d'un ton de colère. Les deux flics en tenue se tendirent. « Pourquoi que vous pouvez pas me laisser tranquille, bon Dieu ? J'ai plus jamais regardé c'te fille. Je travaille. Mlle Cummings vous le dira.

— Vous n'avez aucune raison de vous énerver, répondit

101

Nancy calmement. Plus vite nous aurons pu jeter un coup d'œil, plus vite vous serez débarrassé de nous. »

Waters réfléchit quelques instants. « Qu'est-ce que vous voulez voir ?

— Le sous-sol.

— Y a rien dans le sous-sol, observa l'homme, l'air sincèrement intrigué.

— Dans ce cas, nous n'en aurons pas pour longtemps », l'assura Nancy.

Waters eut un reniflement de mépris. « Le sous-sol ! Vous pouvez le voir tant que vous voulez. Y a rien que des toiles d'araignée là-d'dans. »

De la main, il leur indiqua un couloir sombre qui longeait une cage d'escalier et conduisait vers le fond de la maison.

« Accompagnez-nous, monsieur Waters. Vous nous montrerez le chemin. »

Si le couloir était mal éclairé, il y avait de la lumière dans la cuisine. Nancy aperçut un évier rempli de vaisselle sale et les restes de deux plateaux-télé sur la table en formica. Le sol était crasseux, couvert de taches. Une porte en bois plein s'ouvrait sous l'escalier, juste à côté de l'entrée de la cuisine. Waters l'ouvrit. Puis ses yeux s'agrandirent et il recula d'un pas. Nancy passa devant lui, le bousculant au passage. L'odeur était telle qu'elle remonta d'une marche.

« Restez avec M. Waters », lança-t-elle aux deux policiers en tenue. Elle prit une profonde inspiration et manœuvra l'interrupteur qui se trouvait en haut de l'escalier. Elle ne vit rien de spécial au bas des marches de bois. Elle commença à les descendre, tenant son pistolet d'une main et la rampe branlante de l'autre. Turner et Grimsbo suivaient en silence.

A mi-chemin, elle s'accroupit pour parcourir le sous-sol des yeux. La lumière provenait d'une unique ampoule nue qui pendait au plafond. Dans un coin, rouillait une chaudière. Des meubles dépareillés, cassés pour la plupart, s'empilaient le long d'un mur, pris d'assaut par une marée montante de cartons et de tas de vieux journaux. Une porte, au fond, s'ouvrait sur un puits de jour donnant dans l'allée qui courait derrière la maison. L'angle proche de la porte était en grande partie plongé dans l'ombre, mais Nancy distingua néanmoins un pied humain et une mare de sang.

« Bordel de Dieu », murmura-t-elle en aspirant l'air.

Grimsbo passa devant la jeune femme, mais celle-ci lui emboîta aussitôt le pas. Elle avait compris qu'il n'y avait rien dans le sous-sol qui représentât un danger pour elle, mais elle avait du mal à respirer. Turner pointa sa lampe torche vers l'angle obscur et appuya sur le bouton.

« Putain de merde ! » dit-il d'une voix étranglée.

La femme, nue, gisait sur le sol de béton froid, baignant dans son sang ; il s'en dégageait une odeur insupportable de matières fécales. Elle n'avait pas été « tuée » ou « assassinée ». Mais profanée, déshumanisée. Là où la peau ne disparaissait pas sous le sang ou les excréments, on ne voyait que chair brûlée. Les intestins s'écoulaient d'un grand trou dans son abdomen. On aurait dit un chapelet de saucisses boursouflées. Nancy détourna les yeux.

« Faites venir Waters ! » beugla Grimsbo en direction de l'escalier. Il avait les tendons du cou qui ressortaient et les yeux exorbités.

« Tu ne touches pas au type, Frank », réussit à articuler Turner.

Nancy agrippa l'avant-bras massif de Grimsbo. « Wayne a raison. Je m'en occupe. Tiens-toi tranquille. »

Un policier en tenue poussait Waters dans l'escalier. Lorsque l'homme vit le corps, il devint blanc comme de la craie et tomba à genoux. Ses lèvres bougeaient, mais pas un son n'en sortait.

Nancy ferma un instant les yeux et rassembla ses forces. Le cadavre n'était pas ici. L'odeur n'empuantissait pas l'air. Elle s'agenouilla à côté de Waters.

« Pourquoi, Henry ? » dit-elle doucement.

L'homme la regarda. Son visage se défit et il se mit à geindre comme un animal blessé.

« Oh, non, non, non ! » s'écria-t-il, se prenant la tête à deux mains ; il s'agitait convulsivement à chaque dénégation et ses longs cheveux s'ébouriffaient un peu plus.

« Mais alors, qui l'a fait, Henry ? Elle est là, dans votre sous-sol. »

Il la regarda, bouche bée.

« Je vais vous réciter vos droits. On vous les a déjà récités, n'est-ce pas ? » demanda Nancy. Mais il était clair que Waters n'était pas en état de prendre connaissance de ses droits constitutionnels. La tête rejetée en arrière, il émettait des hurlements inhumains.

« Emmenez-le au poste, ordonna-t-elle au policier en tenue qui se trouvait derrière Waters. Si vous, ou quelqu'un d'autre, posez une seule question à cet homme, vous vous retrouverez à nettoyer les chiottes du quartier général. C'est compris ? On ne lui a pas donné lecture de ses droits. Je veux qu'on le mette dans une des pièces réservées aux interrogatoires, avec deux hommes dedans et un dehors. Personne, y compris le chef, ne doit lui adresser la parole. Je vais appeler O'Malley d'ici pour le mettre au courant. Et envoyez-moi Michaels. Dites-lui d'appeler une équipe complète d'experts judiciaires. Mettez un homme en faction en haut de l'escalier. Que personne ne descende ici tant que Glen n'aura pas donné le feu vert. Je ne veux pas que l'on me fiche en l'air la scène du crime. »

Grimsbo et Turner s'étaient rapprochés du corps, mais en prenant bien garde de rester au-delà du cercle de sang dans lequel il baignait. Grimsbo respirait à petits coups brefs ; Turner se força à regarder les traits de la femme. C'était bien Patricia Cross, même s'il eut du mal à la reconnaître. Dans son acharnement et sa sauvagerie, le tueur n'avait pas épargné le visage.

Le jeune policier en uniforme ne pouvait non plus détacher ses yeux du cadavre. C'est pour cette raison qu'il mit un certain temps à réagir lorsque Waters bondit sur ses pieds. Nancy était en partie tournée et vit ce qui se passait du coin de l'œil. Mais le temps qu'elle se mette en position, le flic fut jeté à terre et l'homme se précipita dans l'escalier, hurlant quelque chose à sa mère.

Le policier resté en haut des marches entendit les cris de Waters et s'avança dans l'encadrement de la porte, revolver au poing, à l'instant où le fleuriste fonçait sur lui.

« Ne tirez pas ! » hurla Nancy, juste au moment où retentissait la détonation de l'arme. Le policier partit à la renverse et alla s'effondrer contre le mur opposé du couloir, tandis que la balle traversait le cœur de Waters. L'homme dégringola l'escalier, et sa tête vint se fracturer contre le sol en béton. Mais il ne sentit pas l'impact ; il était déjà mort.

10

« C'était aux informations. Je n'arrive pas à croire que vous l'ayez attrapé », lança Peter Lake à Nancy Gordon. Seule dans le bureau de la brigade spéciale, elle rédigeait son rapport. Elle fit pivoter sa chaise. L'avocat se tenait dans l'encadrement de la porte. Il portait un jean repassé et une chemise sport bleu et marron. Ses cheveux étaient impeccablement coiffés. Il avait l'air heureux et excité. Rien n'indiquait qu'il pensait à sa femme et à sa fille. Aucune trace de chagrin.

« Comment l'avez-vous coincé ? demanda-t-il, s'asseyant en face de Nancy.

— Un tuyau anonyme, Peter. Rien de bien extraordinaire.

— C'est fabuleux !

— On dirait que vous allez bien. »

Lake haussa les épaules, retenant un sourire.

« Dites-moi... (il prit un ton intimidé)... vous n'avez parlé à personne de ma filature, n'est-ce pas ?

— C'est notre petit secret.

— Merci. Je me sens idiot d'avoir agi tout seul comme ça. Vous aviez raison. Si Waters m'avait surpris, il m'aurait probablement tué.

— Vous devez vous sentir soulagé à l'idée que l'assassin de Sandy et Melody a été pris », remarqua Nancy, avec l'espoir d'une réaction.

Lake afficha soudain une mine sombre. « C'est un poids énorme qui vient de m'être enlevé. Je vais peut-être pouvoir enfin reprendre une vie normale.

— Vous savez, Peter, dit Nancy d'un ton naturel, il y a eu une époque où j'avais même envisagé la possibilité que vous soyez l'assassin.

— Comment ça ? fit-il, choqué.

105

— Vous n'avez jamais été un suspect sérieux, mais il y avait quelques points bizarres dans votre version des faits.

— Lesquels, par exemple ?

— La chronologie des événements. Vous n'avez appelé le 911 qu'à huit heures et quart, alors qu'un voisin vous a vu arriver peu avant sept heures et demie. Je n'arrivais pas à comprendre qu'il vous ait fallu tout ce temps pour appeler la police.

— Vous plaisantez, n'est-ce pas ? »

Nancy haussa les épaules.

« J'étais suspect à cause de cette histoire d'heure ?

— Qu'avez-vous fait pendant ces quarante-cinq minutes ?

— Bon Dieu, Nancy, je ne m'en souviens pas. J'étais complètement sonné. Je me demande même si je ne suis pas resté quelque temps évanoui.

— Vous n'en avez jamais parlé. »

Lake regarda Nancy, bouche ouverte. « Je suis toujours suspect ? C'est un interrogatoire ? »

Elle secoua la tête. « L'affaire est bouclée, Peter. Le chef va tenir une conférence de presse ce matin. Il y avait trois roses noires et un autre de ces messages sur une étagère, dans le sous-sol. Et, bien entendu, le cadavre de la pauvre Patricia Cross.

— Mais vous ne le croyez pas, tout de même ? Vous pensez sincèrement que j'aurais pu... ?

— Calmez-vous, Peter, répondit Nancy, fermant les yeux. Je suis vraiment très fatiguée et je n'ai pas les idées claires. La journée a été particulièrement longue.

— Me calmer ! Vous comprenez, je vous aimais bien, moi, et je croyais que vous m'aimiez bien, aussi. C'est tout de même un choc de se rendre compte que vous avez sérieusement cru que je pourrais faire quelque chose... quelque chose comme ce qui a été fait à cette femme. »

Elle rouvrit les yeux. Lake avait une expression distante, comme s'il se représentait le cadavre éviscéré de Patricia Cross. Mais il n'avait pas vu les lieux du crime ni lu le rapport d'autopsie ; et on n'avait pas révélé aux médias dans quel état on avait retrouvé le corps de la malheureuse.

« J'ai dit que vous n'aviez jamais été un suspect sérieux, et c'est vrai, mentit Nancy en se forçant à sourire. Sinon, j'aurais parlé de votre filature à Grimsbo et Turner, non ?

— Sans doute.

— Eh bien, je ne l'ai pas fait et il n'y a plus le moindre soupçon qui pèse sur vous, maintenant que Waters est mort, n'est-ce pas ? »

Lake secoua la tête.

« Écoutez, enchaîna-t-elle. Je suis vraiment rétamée. Il me reste encore un rapport à rédiger avant de partir. Rentrez donc chez vous, vous aussi, et commencez à mener une nouvelle existence. »

L'avocat se leva. « C'est un bon conseil. Je vais le suivre. Mais avant, je tiens à vous remercier pour tout ce que vous avez fait pour moi. Sans vous, je me demande comment je m'en serais sorti. »

Il lui tendit la main. Nancy hésita une seconde. Était-ce celle qui avait sauvagement assassiné Patricia Cross, Sandra et Melody Lake, ou bien était-elle folle ? Elle serra finalement la main tendue. Lake la lui tint un peu plus longtemps que nécessaire et la pressa un instant avant de la relâcher.

« Quand les choses seront revenues à la normale pour vous et moi, j'aimerais vous inviter à dîner, dit-il.

— Passez-moi un coup de fil », répondit Nancy, l'estomac révulsé. Elle avait besoin de faire appel à toute son énergie pour continuer à sourire.

Lake quitta la pièce et le sourire disparut du visage de la détective. Waters, c'était trop beau pour être vrai. Elle ne pouvait l'imaginer auteur de ce carnage dans le sous-sol. Lake devait avoir été au courant de l'existence de l'allée et de la porte de derrière. Avec le fils au travail et la mère invalide, il n'aurait pas été bien compliqué de venir se garer derrière la maison sans être vu, de descendre le corps dans le sous-sol et de le charcuter, une fois là. L'appel anonyme provenait de Lake, elle en était sûre. Mais elle n'avait pas la moindre preuve. Et O'Malley allait d'ici peu déclarer à la face du monde que Henry Waters était le tueur en série de Hunter's Point et que le dossier était clos.

TROISIÈME PARTIE

UNE PREUVE CLAIRE ET CONVAINCANTE

Chapitre VI

« Voilà donc ce qui est arrivé, monsieur Page, conclut Nancy Gordon. On a clos le dossier. Henry Waters a été officiellement considéré comme le tueur à la rose. Peu après, Peter Lake a disparu. Sa maison a été vendue. Il a fermé tous ses comptes bancaires. Il a laissé un cabinet florissant à ses associés. Et on n'a plus jamais entendu parler de lui. »

Page parut perplexe. « Il y a peut-être quelque chose qui m'a échappé. Votre dossier contre Lake reste purement circonstanciel. A moins d'apporter de nouvelles preuves, je ne comprends pas pourquoi vous êtes tellement certaine que Peter Lake a tué ces femmes et piégé Waters. »

De son porte-documents, la jeune femme retira une coupure de journal et la photographie d'un homme quittant une chambre de motel. Elle les posa côte à côte.

« Reconnaissez-vous cet homme ? » demanda-t-elle en indiquant le cliché. Page se pencha et le prit.

« Il s'agit de Martin Darius.

— Examinez maintenant attentivement la photo de cette coupure de presse. C'est celle de Peter Lake. Et dites-moi à qui il vous fait penser. »

Page étudia les deux documents. Il imagina Lake avec une barbe, et Darius sans son bouc. Il essaya d'estimer la taille et le gabarit des deux hommes.

« Il pourrait s'agir de la même personne, admit-il.

— C'est bien la même personne. Et l'homme qui assassine vos femmes est le même que celui qui a assassiné celles de

111

Hunter's Point. Nous n'avons jamais révélé quelle était la couleur des roses ni le contenu du message. Celui qui commet ces meurtres est en possession d'informations détenues seulement par les ex-membres de la brigade spéciale de la police de Hunter's Point et par le tueur lui-même. »

Gordon prit un bristol dans son porte-documents et le tendit à Page.

« Ce sont les empreintes digitales de Lake. Comparez-les à celles de Darius. Vous devez bien les avoir quelque part dans un dossier.

— Comment avez-vous découvert la présence de Lake à Portland ? »

La jeune femme plongea une fois de plus la main dans son porte-documents et en retira une feuille de papier à lettres qu'elle posa sur la table basse à côté de la photographie.

« J'ai fait rechercher la présence d'empreintes. Mais il n'y en avait aucune. »

Le procureur prit la lettre, qui provenait de l'imprimante d'un traitement de texte. Le papier était ordinaire, probablement du genre que l'on trouve en vente partout et dont l'origine est impossible à déterminer. Le message était bref : « A Portland, Des Femmes Ont Disparu Mais Ne Sont Pas Oubliées. » Tous les mots commençaient par une majuscule, comme dans les messages trouvés chez les victimes.

« J'ai reçu cela hier. La lettre, d'après le cachet, a été postée à Portland. A l'intérieur, il y avait la photo de Darius et une biographie sommaire le concernant, parue dans l'*Oregonian*. J'ai instantanément reconnu Lake. Ce n'était pas tout ; la lettre contenait aussi une coupure de presse vous concernant, monsieur Page, avec votre adresse, ainsi qu'un billet pour un vol de United Airlines. Personne ne m'attendait à l'aéroport ; je suis donc venue directement chez vous.

— Que proposez-vous, détective Gordon ? Avec ce que vous nous avez apporté, on ne peut évidemment pas convoquer Darius pour l'interroger.

— Certainement pas ! s'exclama-t-elle, alarmée. Il ne faut pas l'alerter. Vous devez vous tenir à l'écart de cet homme tant que vous n'aurez pas un dossier en béton contre lui. Vous ne pouvez pas savoir à quel point ce type est habile. »

Page fut surpris par le ton de désespoir avec lequel la jeune femme avait parlé.

« Nous connaissons notre travail, détective, lui assura-t-il.

— Je n'en doute pas. Mais vous ne connaissez pas Peter Lake. Jamais vous n'avez eu affaire à quelqu'un comme lui.

— Vous me l'avez déjà dit.

— Vous devez me croire.

— Y aurait-il d'autres éléments que vous ne m'auriez pas encore communiqués ? »

Nancy Gordon parut sur le point d'ajouter quelque chose, puis secoua la tête. « Je suis épuisée, monsieur Page. J'ai besoin de me reposer. Vous ne pouvez imaginer ce que cette affaire représente pour moi. Voir Lake refaire surface, après toutes ces années... Si vous aviez vu comment il a massacré Patricia Cross ! »

Il y eut un silence prolongé que le procureur n'interrompit pas.

« Il me faut trouver une chambre, maintenant, reprit abruptement Nancy. Avez-vous un motel à me suggérer ? Un endroit tranquille, de préférence.

— Il y a bien le Lakeview. C'est là que nous logeons les témoins qui ne sont pas de la ville. Je peux vous y conduire.

— Non, ne vous donnez pas cette peine. Je vais m'y rendre en taxi. Pouvez-vous en appeler un ?

— Bien sûr. L'annuaire est dans ma chambre. Je reviens tout de suite.

— Je vais vous laisser les empreintes digitales, la photo et les coupures de journaux. J'en ai des copies, dit Gordon en rassemblant les documents.

— Vous êtes bien sûre de ne pas vouloir que je vous raccompagne ? Ce n'est pas un problème. »

Elle secoua négativement la tête. Page alla téléphoner dans la chambre. Lorsqu'il revint dans le séjour, la jeune femme s'était laissé aller contre le canapé et avait les yeux fermés.

« Il sera là dans dix minutes », dit-il.

Elle ouvrit brusquement les yeux et eut l'expression de surprise un peu effrayée de quelqu'un qui se serait endormi.

« J'ai eu une longue journée, dit-elle, l'air gêné.

« — Décalage horaire, observa Page pour entretenir la conversation. J'espère que vous avez raison pour Darius.

— J'ai raison, répliqua-t-elle, les traits figés. J'ai cent pour cent raison. Vous devez me croire, monsieur Page. La vie de beaucoup de femmes en dépend. »

Chapitre VII

1

Il y avait quelque chose qui clochait, indiscutablement, dans le récit de Nancy Gordon. Il donnait l'impression d'un livre dont le scénario serait sensationnel, mais qui se terminerait en queue de poisson. Et il comportait des incohérences. A la manière dont la jeune femme avait présenté les choses, elle, Grimsbo et Turner étaient des policiers consciencieux. S'ils avaient été convaincus que Lake avait assassiné six femmes et tendu un piège à Waters, comment avaient-ils pu laisser classer l'affaire sans réagir ? Et comment se faisait-il que Lake ait choisi de disparaître brusquement, abandonnant un cabinet florissant, s'il s'était cru mis hors de cause ? Avait-il continué à courtiser Nancy Gordon ? Elle n'avait mentionné aucun contact après la soirée de l'arrestation tragique de Waters. Et finalement, cette question que Page avait oublié de poser. Ces femmes disparues... qu'étaient-elles devenues ? Gordon n'en avait rien dit.

En attendant que quelqu'un veuille bien décrocher, au quartier général de la police de Hunter's Point, Page nota la liste de ses interrogations sur une feuille de ce papier jaune de l'administration. Des vagues de gros nuages sombres arrivaient de l'ouest. Il en avait vraiment assez de la pluie. Si seulement ces cumulus pouvaient lui ficher la paix et passer au-dessus de la ville avant de se délester de leur chargement ! Peut-être le

115

soleil finirait-il par trouver un petit coin dégagé à travers lequel briller...

« Roy Lenzer à l'appareil. »

Il reposa son crayon. « Détective Lenzer, je m'appelle Alan Page. Je suis le procureur général du comté de Multnomah. A Portland, dans l'Oregon.

— Que puis-je faire pour vous ? demanda Lenzer d'un ton cordial.

— Avez-vous chez vous une femme détective répondant au nom de Nancy Gordon ?

— Bien sûr. Mais elle est en vacances. Elle devrait être de retour dans environ une semaine.

— Pouvez-vous me la décrire ? »

La description de Lenzer correspondait tout à fait à la femme qui avait rendu visite au procureur.

« Puis-je encore vous être utile ?

— Peut-être. Nous sommes dans une situation un peu bizarre, voyez-vous. Trois femmes ont disparu. Dans chacun des cas, on a trouvé dans leur chambre à coucher un message et une rose. Le détective Gordon m'a dit qu'elle avait eu à démêler une affaire identique à Hunter's Point, il y a environ dix ans.

— Je crois avoir entendu parler de cette histoire, mais cela ne fait que cinq ans que je suis détective ici. Auparavant, j'étais dans l'Indiana. Je ne puis guère vous être utile.

— Et Frank Grimsbo et Wayne Turner ? Ils étaient aussi détectives, à l'époque.

— Il n'y a ni Grimsbo ni Turner au département, à l'heure actuelle. »

Page entendit un grondement de tonnerre et leva les yeux vers la fenêtre. Un drapeau, sur le faîte du bâtiment d'en face, claquait violemment, comme si le vent était sur le point de l'arracher.

« Je suppose que je n'ai guère de chances d'obtenir une copie du dossier. Le type qui a finalement été arrêté s'appelait Waters...

— W-A-T-E-R-S ?

— C'est bien ça. Abattu pour avoir tenté de résister. Je crois qu'il y avait eu six femmes assassinées. L'une d'elles s'appelait Patricia Cross. Il y avait aussi une fillette, Melody Lake, et sa mère, Sandra Lake. Je ne me souviens pas du nom des autres.

— Si c'est arrivé il y a dix ans, les dossiers ont été rangés aux archives. Je vais m'en occuper et je vous préviendrai quand je les aurai trouvés. Quels sont vos adresse et numéro de téléphone ? »

Page donnait ce renseignement à Lenzer lorsque Randy Highsmith, son premier adjoint aux affaires criminelles, ouvrit la porte pour introduire William Tobias, le chef de la police, et Ross Barrow, le détective responsable de l'affaire de la rose noire. Le procureur leur fit signe de s'asseoir et raccrocha.

« On vient peut-être de faire un pas décisif dans le dossier des disparues », dit Page. Puis il commença à raconter l'affaire de Hunter's Point, telle que la lui avait rapportée Gordon.

« Avant la découverte du corps au domicile de Waters, le principal suspect était Peter Lake, le mari de l'une des victimes, conclut Page. Il y avait suffisamment d'indices pour penser qu'il avait pu tendre un guet-apens à Waters. Peu après le classement définitif du dossier, Lake a disparu.

» Il y a deux jours, Gordon a reçu une lettre anonyme dans laquelle on disait : *A Portland, Des Femmes Ont Disparu Mais Ne Sont Pas Oubliées*. Avec tous les mots commençant par une majuscule, comme dans le message de notre type. Dans la lettre, il y avait aussi une photo de Martin Darius quittant un motel. Martin Darius et Peter Lake sont peut-être un seul et même homme. D'après Gordon, ce serait notre tueur.

— Je connais bien Martin Darius ! s'exclama Tobias, incrédule.

— Tout le monde le connaît, admit Page, mais que savons-nous au juste de lui ? »

Le procureur disposa la photo de Darius et celle en provenance du journal sur son bureau, tournées vers ses visiteurs. Barrow, Tobias et Highsmith se penchèrent dessus.

« Bon sang ! » dit Highsmith, secouant la tête.

Le chef Tobias parut moins convaincu. « Je ne sais pas, Al. La photo du journal n'est pas très nette.

— Gordon m'a laissé les empreintes digitales de Lake. Pouvez-vous faire la vérification, Ross ? »

Barrow acquiesça et prit le bristol.

« J'ai du mal à avaler un truc pareil, observa Tobias. J'aimerais bien parler à votre détective.

— Je peux l'appeler, si vous voulez. J'aimerais que vous l'entendiez raconter l'histoire », répondit Page sans leur faire part de ses doutes, car il les voulait sans a priori quand ils écouteraient le récit de Nancy Gordon.

Le procureur composa le numéro du Lakeview et demanda la chambre de la détective ; puis il s'enfonça dans son siège et attendit.

« Elle n'est pas là ? Bon. Ceci est très important. Savez-vous quand elle est partie ?... Je vois... Très bien, dites-lui d'appeler Alan Page dès qu'elle revient. »

Il laissa son numéro et raccrocha. « On lui a donné sa chambre à une heure du matin, mais pour l'instant elle n'est pas là. Elle est peut-être sortie prendre son petit déjeuner.

— Que comptez-vous faire, Al ? demanda Highsmith.

— Je voudrais qu'on dispose une surveillance de vingt-quatre heures sur vingt-quatre autour de Darius, au cas où Gordon aurait raison.

— C'est possible, dit Barrow.

— N'employez que des hommes sûrs, Ross. Je ne tiens pas à ce que Darius se doute de quelque chose. Pour votre part, Randy, vérifiez-moi un peu le passé de notre homme. Je veux l'histoire de sa vie aussitôt que possible. »

Highsmith acquiesça.

« Dès que Gordon m'aura joint, je vous rappellerai. »

Highsmith quitta le bureau du procureur, suivi de Tobias et Barrow, et referma la porte. Page songea à rappeler le Lakeview, puis y renonça — il venait juste de raccrocher. Il pivota sur son siège pour faire face à la fenêtre. Il tombait des cordes.

Pourquoi n'avait-il pas repéré plus vite les incohérences du récit de Gordon, la veille ? Cela tenait-il à la femme ? Elle paraissait avoir du mal à se contrôler, être à cran, comme si elle était parcourue d'un courant électrique. Il n'avait pu détacher le regard de ses yeux tout le temps qu'elle avait parlé. Il ne s'agissait pas d'une attirance physique, mais de quelque chose d'autre. Sa passion, son désespoir. Maintenant qu'elle n'était

118

plus devant lui, il pouvait réfléchir plus froidement ; mais à côté d'elle, on avait l'impression qu'elle créait un champ perturbé — comme les éclairs qui zébraient le ciel en ce moment au-dessus de la rivière.

2

Des yeux, Betsy parcourut la salle du restaurant réservé aux femmes célibataires, tandis qu'elle suivait l'hôtesse entre les rangées de tables. Elle remarqua une femme grande, athlétique, habillée d'une blouse d'un jaune éclatant et d'un tailleur bleu marine, assise dans l'un des boxes qui longeaient le mur. A l'approche de Betsy, la femme se leva.

« Vous devez être Nora Sloane », dit l'avocate en lui tendant la main. Sloane avait le teint pâle, des yeux bleus également pâles, et des cheveux châtains coupés court. Betsy remarqua bien quelques fils blancs, mais elle supposa qu'elles devaient être à peu près du même âge.

« Je vous remercie d'avoir accepté de me rencontrer, madame Tannenbaum.

— Appelez-moi donc Betsy. Vous êtes bonne vendeuse, dites-moi. Lorsque vous m'avez appelée ce matin, je me suis laissé tenter par le coup de l'invitation à déjeuner. »

Sloane éclata de rire. « Ravie que vous soyez aussi décontractée, car un déjeuner gratuit, c'est tout ce que vous obtiendrez de moi. J'ai eu l'idée de cet article lorsque j'ai couvert le procès, pour l'*Arizona Republic*, que vous faisiez au mouvement anti-avortement.

— Vous êtes de Phoenix ?

— Non, de New York, à l'origine. Mon mari avait trouvé un poste à Phoenix, mais nous nous sommes séparés un an après notre arrivée dans l'Arizona. Comme ce coin ne me plaisait pas beaucoup, surtout du fait que mon ex y habitait, je n'ai pas eu de mal à tomber amoureuse de Portland pendant que je couvrais votre affaire. Voilà pourquoi, il y a un mois, j'ai quitté mon travail pour déménager. Je vis grâce à l'argent que j'ai mis de côté, tout en cherchant du travail; en attendant, autant essayer de faire cet article. J'en ai parlé à Gloria Douglas, qui est directrice de rédaction au *Pacific West*, et elle est tout à fait intéressée. Mais elle voudrait un brouillon du papier avant de se décider.

— Il porte sur quoi, exactement?

— Les femmes du barreau. Je veux faire de vous et de vos affaires le morceau de résistance de l'article.

— J'espère que vous n'allez pas en rajouter sur moi!

— Hé, ne faites pas la modeste avec moi, repartit Sloane avec un petit rire. Il y a encore peu, les femmes avocates se voyaient reléguées aux affaires mineures et aux divorces. Des dossiers considérés comme acceptables pour un " travail de femme ". Je cherche à démontrer que vous êtes à l'avant-garde d'une nouvelle génération de femmes capables de s'occuper d'affaires de meurtres au pénal, ou d'obtenir des dommages de plusieurs millions au civil — autrement dit, dans des domaines jusqu'ici dominés par les hommes.

— Voilà qui paraît intéressant.

— Je suis contente de vous l'entendre dire, car votre cas intrigue vraiment les gens. Vous serez l'accroche de l'article, en réalité.

— Qu'est-ce qu'il faut que je fasse?

— Rien de spécial. Avant tout, me parler de l'affaire Hammermill et des autres. A l'occasion, j'aimerais bien m'incruster un peu quand vous irez plaider.

— Ça me convient. Je crois même que le fait d'avoir à expliquer mes affaires pourrait m'aider à les mettre en perspective. Je suis trop immergée dedans au moment où les procès ont lieu. »

La serveuse arriva. Sloane s'arrêta sur une salade César et un verre de vin blanc; Betsy prit du thon aux pâtes, sans vin.

« Par quoi voulez-vous commencer aujourd'hui? demanda Betsy dès que la commande fut passée.

— Je m'étais dit que nous pourrions approfondir un peu votre curriculum. J'ai lu l'article du *Time*, mais je l'ai trouvé bien superficiel. Il ne permet pas de comprendre comment vous êtes devenue ce que vous êtes aujourd'hui. Par exemple, étiez-vous un leader, au lycée? »

120

Betsy éclata de rire. « Bon sang, non ! Vous ne pouvez pas savoir combien j'étais timide. Une vraie godiche. »

La journaliste sourit. « Je comprends ça. Vous étiez trop grande, n'est-ce pas ? J'ai eu le même problème.

— Je dominais tout le monde d'une bonne tête. A la petite école, je marchais la tête rentrée dans les épaules et les yeux baissés, avec constamment l'envie de disparaître. Dans le secondaire, les choses n'ont fait qu'empirer, à cause de mes lunettes en cul de bouteille et de mon appareil dentaire. On aurait dit Frankenstein.

— Quand avez-vous commencé à prendre confiance en vous ?

— Je me demande si c'est quelque chose que j'ai jamais ressenti. Voyez-vous, je sais que je fais du bon boulot, mais j'ai toujours l'impression que j'aurais pu faire mieux. C'est sans doute pendant les dernières années du secondaire que j'ai dû commencer à croire en moi. J'étais parmi les premières de la classe, l'appareil dentaire avait disparu, mes parents m'avaient payé des verres de contact et les garçons se mettaient à me remarquer. Le temps de passer mon diplôme à Berkeley, j'avais acquis pas mal d'assurance.

— Vous avez rencontré votre mari à la faculté de droit, n'est-ce pas ? »

Betsy acquiesça. « Nous sommes séparés, à l'heure actuelle.

— Oh, je suis désolée.

— Je ne tiens pas à parler de ma vie privée. J'espère que ce n'est pas nécessaire ?

— Pas si vous n'y tenez pas. Ce n'est pas un article pour l'*Inquirer*.

— Bon. Je n'ai aucune envie de m'étendre sur le cas de Rick.

— Je vous comprends à cent pour cent. Je suis passée par là à Phoenix, moi aussi. Je sais trop bien combien ça peut être difficile. Changeons de sujet. »

La serveuse arriva avec les plats et Sloane posa à Betsy un certain nombre de questions sur son enfance pendant qu'elles mangeaient.

« Vous n'avez pas commencé votre carrière par la clientèle privée, n'est-ce pas ? demanda la journaliste lorsque la serveuse eut débarrassé les assiettes.

121

— Non, en effet.

— Comment cela se fait-il, étant donné que vous vous en sortez si bien ?

— Ç'a été une question de chance, répondit Betsy en rougissant légèrement. En sortant de la faculté, je ne songeais nullement à me mettre à mon compte. J'avais obtenu de bonnes notes à mes examens, mais pas au point de pouvoir prétendre entrer dans un grand cabinet. J'ai travaillé pour le procureur général sur des problèmes d'environnement pendant quatre ans. Le travail me plaisait, mais j'ai arrêté lorsque je suis tombée enceinte de Kathy.

— Quel âge a-t-elle ?

— Six ans.

— Comment avez-vous repris, ensuite ?

— J'en avais assez de rester à la maison à ne rien faire lorsque Kathy est entrée en maternelle. Rick et moi en avons parlé, et j'ai décidé d'ouvrir un cabinet à mon domicile, afin d'être sur place pour Kathy. Margaret McKinnon, une amie de fac, me prêtait sa salle de conférences pour recevoir mes clients. Je ne croulais pas sous les affaires, à vrai dire. Quelques nominations d'office pour des petits délits, quelques divorces sans trop de problèmes. Juste assez pour m'occuper l'esprit.

» Sur quoi, Margaret m'a proposé un bureau sans fenêtre de la taille d'un placard à balai, sans loyer, en échange de vingt heures de travail chaque mois. Sur le coup je me suis sentie coupable, mais Rick a estimé que c'était une bonne idée, que ça me ferait du bien de sortir un peu de chez moi, tant que je m'arrangeais pour ne pas avoir trop de dossiers afin de pouvoir passer prendre Kathy à la maternelle et rester à la maison quand elle était malade. Continuer à jouer le rôle de la maman, en somme. Bref, cet arrangement a bien marché et j'ai eu quelques affaires plus importantes, délits et divorces, qui m'ont rapporté un peu plus.

— C'est bien l'affaire Peterson qui vous a lancée, n'est-ce pas ?

— Ouais. Un jour que j'étais là à traîner sans grand-chose à faire, le greffier qui distribue les nominations d'office m'a demandé si je ne pourrais pas représenter Grace Peterson. Je ne savais pas grand-chose sur le syndrome de la femme battue, mais j'avais tout de même entendu parler le Dr Lenore Walker à la télé. C'est la spécialiste de cette question. La cour débloqua les fonds et Lenore vint de Denver pour s'entretenir avec Grace. Ce que lui faisait son mari était particulièrement ignoble. Je crois que jusqu'alors, j'avais mené une existence protégée. Personne, parmi les gens au milieu desquels j'avais grandi, ne se comportait ainsi.

— Pour autant que vous le sachiez. »

Betsy hocha affirmativement la tête, l'air triste. « Vous avez raison, pour autant que je l'aie su. Toujours est-il que l'affaire a fait pas mal de bruit. Nous avions le soutien de certains groupes de femmes et celui de la presse. C'est après l'acquittement que mes affaires ont sérieusement démarré, lorsque Andrea m'a engagée à cause du verdict que j'avais obtenu pour Peterson. »

La serveuse arriva avec le café. Sloane consulta sa montre. « Vous avez bien dit que vous aviez un rendez-vous à une heure trente, n'est-ce pas ? »

Betsy jeta un coup d'œil à sa propre montre. « Une heure dix, déjà ! Je me suis vraiment laissé emporter.

— Parfait. Je me doutais que vous seriez aussi passionnée par ce projet que moi.

— Je le suis, en effet. Appelez-moi pour que nous puissions reparler de tout ça bientôt.

— Parfait, c'est promis. Et merci d'avoir pris sur votre temps. Croyez bien que j'apprécie. »

3

Randy Highsmith secoua son parapluie et le posa sous le tableau de bord tandis qu'Alan Page démarrait et quittait le garage. Le parapluie n'avait pas servi à grand-chose, sous la pluie chassée par les rafales de vent, et le substitut du procureur, tout mouillé, était frigorifié.

Avec ses quelques kilos en trop, son air sérieux et son solide conservatisme, Highsmith était le meilleur avocat général du bureau de Page, ce dernier y compris. Pendant qu'il préparait son diplôme de droit à l'université de Georgetown, il était tombé amoureux de Patty Archer, une jeune femme qui travaillait au Congrès. Puis il était tombé amoureux de Portland, lorsqu'il y était venu faire la connaissance des parents de Patty. Lorsque le politicien dont elle dirigeait le cabinet avait décidé de ne pas se représenter aux élections, les nouveaux mariés avaient bouclé leurs valises et pris la route de l'ouest : Patty avait ouvert un cabinet de consultant politique et Randy s'était fait embaucher au bureau du procureur général du comté de Multnomah.

« Parlez-moi de Darius, dit Page en s'engageant sur l'autoroute.

— Il est arrivé à Portland il y a huit ans. Il avait de l'argent et put emprunter avec ses biens propres comme garants. Il s'est fait un nom et a augmenté sa fortune en pariant sur le réaménagement du centre de Portland. Son premier gros succès a été le centre commercial de Couch Street. Il a racheté tout un bloc d'immeubles en ruine pour une bouchée de pain et l'a transformé en centre commercial couvert, puis il a fait des rues adjacentes le quartier le plus chic de la ville en louant, à des prix modérés, des locaux commerciaux pour y installer des boutiques à la mode et des restaurants. Les loyers augmentaient au fur et à mesure que le quartier prospérait. Les étages supérieurs de beaucoup de ces bâtiments furent transformés en appartements. En gros, c'est sa méthode : acheter tous les bâtiments d'une zone de taudis, y installer un centre d'attraction, et reconstruire autour. Depuis peu, il s'est tourné vers les centres commerciaux de banlieue, les complexes résidentiels et ainsi de suite.

» Il y a deux ans, il a épousé Lisa Ryder, la fille du juge à la Cour suprême de l'Oregon, Victor Ryder. C'est l'ancien cabinet du juge, Parish, Marquette & Reeves, qui gère ses affaires sur le plan légal. J'ai pu parler en confidence à quelques amis que j'ai chez eux. D'après ce qu'ils m'ont dit, Darius est brillant mais sans scrupules. La moitié de l'énergie du cabinet est consacrée à le faire rester dans les limites de l'honnêteté ; l'autre moitié à assurer sa défense, lorsqu'ils n'ont pas réussi et qu'on lui intente un procès.

— Qu'ont voulu dire vos amis par *sans scrupules ?* Il viole la loi, la déontologie, quoi ?

— Non, rien d'illégal. Mais il a des façons de faire bien à lui et se moque totalement de ce qu'éprouvent les autres. Par exemple, cette année, il a acheté toute une rue de maisons historiques dans le quartier nord-ouest, afin de les raser et de construire par-dessus. Un comité de défense s'est constitué, qui a réussi à obtenir d'un juge une injonction de suspension temporaire des travaux ; leur idée était de faire classer l'ensemble monument historique. Un petit futé d'avocat de Parish a convaincu le juge d'annuler l'injonction. Le soir même, Darius mettait ses bulldozers en branle et rasait le quartier dans la nuit avant que le comité ait seulement su ce qui se passait.

— Un type comme ça a bien dû commettre un jour quelque chose d'illégal, non ?

— Ce qui y ressemble le plus, c'est une rumeur voulant qu'il ait des liens d'amitié avec Manuel Ochoa, un homme d'affaires mexicain soupçonné par les services de lutte anti-drogue de blanchir l'argent d'un cartel sud-américain. Il se peut que Ochoa prête de l'argent à Darius sur certains de ses grands projets considérés comme trop risqués par les banques.

— Et son passé ? demanda Page en entrant dans le parking du Lakeview Motel.

— Il n'en a pas, ce qui est logique s'il est bien Lake.

— Avez-vous consulté les articles de journaux, les portraits ?

— Mieux que ça. J'ai parlé avec le spécialiste du monde des affaires à l'*Oregonian*. Darius ne donne aucune interview sur sa vie privée. Pour ce que nous en savons, il est né il y a huit ans. »

Page alla se garer dans un emplacement en face de la réception. L'horloge du tableau de bord indiquait cinq heures vingt-six.

« Attendez-moi ici. Je vais voir si Gordon est de retour.

— D'accord. Mais il y a autre chose que vous devez savoir. »

Page attendit, la portière entrouverte. « Il existe un lien entre Darius et les femmes disparues. »

Le procureur général referma la porte. Highsmith sourit. « J'avais gardé le meilleur pour la fin. Tom Reiser, le mari de Wendy Reiser, travaille pour Parish, Marquette & Reeves. C'est lui l'avocat qui a réussi à convaincre le juge de laisser tomber l'injonction. Pour les dernières fêtes de Noël, les Reiser ont été invités à une soirée donnée dans la propriété de Darius. Cet été, on les a vus à la réception organisée pour célébrer l'ouverture d'un nouveau centre commercial, deux semaines avant le début des disparitions. Reiser s'est occupé de nombreuses affaires pour le compte de Darius.

» Le cabinet d'expert-comptable de Farrar compte Darius Construction parmi ses clients. Lui et sa femme, Laura, se trouvaient aussi à la fiesta pour l'ouverture du centre commercial. Il a beaucoup travaillé pour Darius.

» Reste Victoria Miller. Son mari, Russel, travaille pour Brand, Gates & Valcroft. C'est la boîte de publicité qui gère le budget de Darius Construction. Russel venait tout juste d'être nommé responsable de ce budget ; lui et sa femme avaient été invités sur le yacht de Darius, ainsi qu'à son domicile. Ils étaient également présents, bien entendu, à l'ouverture du centre commercial.

— C'est incroyable. Écoutez, il nous faut la liste des femmes qui assistaient à cette inauguration. Il faut alerter Bill Tobias et Barrow.

— Je l'ai déjà fait. Ils mettent une deuxième équipe sur Darius.

— Bon boulot. Gordon pourrait être la clef qui nous permettra de boucler cette affaire. »

Highsmith suivit Page des yeux lorsque celui-ci se faufila sous la pluie jusqu'à la réception. Un homme replet à chemise à carreaux se tenait derrière le comptoir. Page lui montra sa carte et lui posa une question. Highsmith vit le gérant secouer négativement la tête. Le procureur ajouta quelque chose. L'homme disparut un instant, revint habillé d'un imperméable et décrocha une clef au tableau. Page le suivit à l'extérieur, faisant signe à son adjoint.

Highsmith claqua la portière et courut jusqu'à la protection relative qu'offrait la coursive du premier étage. La chambre de Gordon se trouvait à l'angle du rez-de-chaussée. Il arriva au moment où le gérant frappait à la porte et lançait le nom de la détective. Il n'y eut pas de réponse. Une fenêtre donnait sur le parking, mais les rideaux verts étaient tirés. Le panonceau « Ne pas déranger » pendait au bouton de porte.

« Mademoiselle Gordon ? » fit encore le gérant. Ils attendirent une minute, et l'homme haussa les épaules. « Pour autant que je sache, elle n'a pas été là de la journée.

— Très bien, dit Page, ouvrez-nous. »

Le gérant s'exécuta et se mit de côté. La pièce était plongée dans la pénombre, mais la lumière était restée allumée dans la salle de bains, si bien qu'on distinguait quelques formes vagues. Page alluma et regarda autour de lui. Le lit n'était pas défait. La valise couleur havane de Gordon attendait, ouverte, sur le porte-bagages placé à côté de la penderie. Le procureur s'avança jusque dans la salle de bains. Une brosse à dents, du dentifrice et un nécessaire à maquillage étaient disposés sur la tablette. Il ouvrit le rideau de la douche. Une bouteille de shampooing était posée sur l'étagère. Il sortit de la salle de bains.

« Elle a commencé à défaire sa valise. Il y a du shampooing dans la douche, mais ce n'est pas un modèle du motel. On dirait qu'elle avait prévu de prendre une douche.

— Elle a été interrompue », ajouta Highsmith avec un geste vers un tiroir de la commode à demi ouvert. Certains vêtements s'y trouvaient déjà ; les autres étaient encore dans la valise.

« Elle avait un porte-documents avec elle lorsqu'elle est venue chez moi. Le voyez-vous ? »

Les deux hommes fouillèrent la chambre sans le trouver.

« Regardez ça », dit Highsmith. Il se tenait près de la table de nuit. Page remarqua un petit bloc-notes portant le logo du motel à côté du téléphone.

« On dirait des indications. Une adresse.

— N'y touchez pas. Je veux qu'un gars du labo vienne passer la pièce au peigne fin. Il faut la traiter comme une scène du crime tant qu'on n'en sait pas davantage.

— Il n'y a aucun signe de lutte.

— Il n'y en avait pas non plus au domicile des autres disparues. »

Highsmith acquiesça. « Je vais appeler depuis le bureau du gérant, au cas où il y aurait des empreintes sur le téléphone.

— Avez-vous une idée où se trouve cet endroit ? » demanda Page en lisant à nouveau les notes jetées sur le bloc.

Le front du substitut se plissa quelques instants, puis il prit une mine plus sombre. « A la vérité, oui. Vous vous souvenez des maisons anciennes que Darius a fait raser ? On dirait bien l'adresse.

— Qu'est-ce qu'il y a, maintenant ?

— Un terrain vague de la dimension d'un pâté de maisons. Dès que les voisins ont vu ce qui s'était passé, ils sont devenus fous furieux. Il y a eu des protestations, des plaintes. Darius n'en a pas moins poursuivi ses travaux et a fait construire trois unités, mais quelqu'un y a mis le feu. Depuis, le chantier est arrêté.

— Ça ne me plaît pas, cette affaire. Qui pouvait savoir où se trouvait Gordon ? C'est moi qui lui ai suggéré de prendre une chambre au Lakeview.

— Elle a peut-être téléphoné à quelqu'un.

— Non. J'ai demandé au gérant. Aucun appel n'est parti de sa chambre. De plus, elle ne connaît personne à Portland. C'est pour cela qu'elle est venue directement chez moi. Elle avait cru que l'auteur de la lettre anonyme l'attendrait à l'aéroport, mais personne ne s'est fait connaître. Dans la lettre, il y avait une coupure de presse me concernant et mon adresse. Si elle avait connu d'autres personnes, elle aurait sans doute été chez elles.

— Alors, c'est que quelqu'un l'a suivie depuis l'aéroport jusqu'à chez vous, et ensuite jusqu'ici.

— C'est possible.

— Et à supposer que cette personne ait attendu qu'elle soit dans sa chambre et lui ait téléphoné pour lui demander de se rendre sur le chantier ?

— A moins qu'elle ne soit venue ici et l'ait convaincue de la suivre, de gré ou de force...

— Gordon est détective, observa Highsmith. On peut tout de même penser qu'elle sait faire preuve de prudence. »

Le procureur réfléchit. Il revoyait cette grande femme, la tension qui l'habitait, son air à cran.

« Quelque chose de plus fort qu'elle la pousse, Randy. Elle m'a dit qu'elle était restée flic pour pouvoir poursuivre Lake. Cela fait dix ans qu'elle est sur cette affaire, au point qu'elle en rêve. Gordon est une femme intelligente, mais elle perd peut-être une partie de ses moyens quand il s'agit de ce dossier. »

Le chantier était plus vaste que ne l'avait imaginé Page. Les maisons rasées par les bulldozers de Darius occupaient un escarpement qui dominait la rivière Columbia, et le terrain comprenait la forte pente boisée qui descendait jusqu'à la berge. Un haut grillage entourait le site. Un panneau DARIUS CONSTRUCTION — ENTRÉE INTERDITE était accroché à la clôture. Page et Highsmith se recroquevillaient sous leur parapluie, le col de l'imper remonté jusqu'aux joues, et examinaient le cadenas apposé au portail. C'était la pleine lune, mais les nuages la cachaient la plupart du temps. A cause de la pluie, il faisait aussi sombre que s'il n'y avait pas eu du tout de lune.

« Qu'en pensez-vous ? demanda Highsmith.

— Longeons le grillage. Il y a peut-être une autre entrée. Rien n'indique qu'elle soit venue jusqu'ici.

— Mes chaussures neuves ! » se plaignit le substitut.

Page s'avança le long du grillage sans répondre. Le sol avait été mis à nu pendant les travaux. Il sentait ses souliers s'enfoncer dans la boue molle. Il jetait des coups d'œil à travers les croisillons métalliques, tout en marchant, et allumait de temps en temps sa lampe torche. Là où les bulldozers avaient travaillé, le terrain était plat et dégagé. A un endroit, s'élevait une cabane de chantier ; à un autre, le rayon de la lampe tomba sur des poutres à moitié consumées qui avaient appartenu à l'une des constructions incendiées de Darius.

« Venez voir par là, Al ! » s'écria soudain Highsmith, qui avait pris un peu d'avance ; du geste, il lui montra une portion de grillage que l'on avait sectionnée et roulée pour la dégager. Page se précipita. Il s'arrêta juste avant d'arriver à côté du substitut. Une rafale de vent le frappa de plein fouet ; il se détourna une seconde, agrippant le col de son imperméable.

« Regardez-moi ça », dit-il. Il se trouvait sous un vieux chêne, le faisceau de la lampe tourné vers le sol. Des traces de pneus étaient profondément imprimées dans le sol à l'endroit où ils se tenaient. Sous le dais formé par la ramure de l'arbre, on les distinguait à peine. Les deux hommes les suivirent en partant du grillage.

« Quelqu'un est venu en voiture à travers champs jusqu'au chantier, constata le procureur.

— Pas forcément ce soir, cependant. »

Les traces s'arrêtaient à hauteur de la rue et disparaissaient ensuite. La pluie devait avoir chassé la boue déposée sur l'asphalte.

« A mon avis, le conducteur est allé jusqu'à la barrière en reculant, Al. Rien n'indique qu'il a fait demi-tour.

— Pourquoi en reculant ? Pourquoi d'ailleurs rouler jusqu'au grillage, au risque de s'embourber ?

— Qu'est-ce qu'il y a, à l'arrière d'une voiture ? »

Page acquiesça, imaginant Nancy Gordon repliée dans l'espace confiné d'un coffre d'auto.

« Allons voir ça », dit-il, reprenant la direction de l'ouverture pratiquée dans le grillage. Il avait la certitude irrationnelle que la détective se trouvait quelque part là-dedans, enterrée dans le sol mou.

Le substitut le suivit. En se penchant pour franchir le trou, il accrocha son imperméable à un bout de fil de fer. Le temps de se libérer, son patron avait pris un peu d'avance et, dans l'obscurité, seul le rayon oscillant de la lampe indiquait sa position.

« Voyez-vous des traces ? lui demanda Highsmith lorsqu'il l'eut rattrapé.

— Attention ! » lui cria Page en l'attrapant par le vêtement. Highsmith s'immobilisa, tandis que la lampe se tournait vers le sol. Les deux hommes se trouvaient sur le bord d'une fosse profonde, creusée pour servir de fondation. Les parois boueuses descendaient en pente raide vers le fond, qui se perdait dans l'obscurité. Soudain, la lune fit une apparition, baignant le fond d'une lumière pâle. La surface irrégulière était ponctuée de roches et de tas de terre.

« J'y descends », dit le procureur, franchissant le bord pour attaquer la pente de biais ; il gardait l'équilibre en enfonçant le bord de ses chaussures dans la boue. A mi-chemin, il glissa et commença à dégringoler, ne se rattrapant que grâce à une racine qui dépassait. Mais celle-ci avait été coupée par la lame d'une pelleteuse et se détacha de la terre ; Page avait cependant suffisamment ralenti pour avoir le temps de retrouver l'équilibre.

« Rien de cassé ? lui cria Highsmith dans le vent.

— Non, ça va. Venez voir ça, Randy. Quelqu'un a creusé un trou ici, récemment. »

Le substitut jura et entreprit à son tour de descendre. Lorsqu'il atteignit le fond, Page le parcourait lentement, étudiant tout ce qu'éclairait le rayon de sa lampe. On aurait dit, en effet, que le sol venait d'être récemment retourné. Il l'examina aussi attentivement qu'il le put, fouillant l'obscurité.

Le vent tomba soudain et Page crut entendre un bruit. Comme quelque chose qui se serait glissé dans l'ombre, à la limite de son champ de vision. Il se raidit, tendant l'oreille en dépit du vent qui avait repris, scrutant inutilement les ténèbres. Lorsqu'il se fut convaincu qu'il était la victime de son imagination, il se tourna et éclaira la base d'une poutrelle d'acier ; soudain il sursauta, recula d'un pas, se prit le talon dans un fragment de chevron à demi caché dans la boue, trébucha et laissa échapper la lampe. Le rayon décrivit un arc de cercle sur le sol imbibé d'eau et éclaira quelque chose de blanc ; un rocher ou une tasse en carton. Page s'agenouilla vivement et récupéra la torche, puis se dirigea vers l'objet auprès duquel il s'accroupit. Sa respiration s'arrêta. Une main humaine dépassait de la terre.

Le soleil se levait tout juste lorsqu'ils retirèrent le dernier cadavre. Et lorsque les deux policiers en tenue l'allongèrent sur une civière, l'horizon se para de nuances écarlates. Autour d'eux, d'autres policiers marchaient lentement sur le sol boueux du chantier à la recherche d'autres tombes éventuelles, mais toute la zone avait été inspectée de fond en comble et personne ne s'attendait plus à en trouver.

Une voiture de patrouille était garée en bordure de la fosse, la portière ouverte côté conducteur. Alan Page, assis sur le siège avant avec une jambe dehors, tenait une coupe en carton pleine d'un café noir brûlant, s'efforçant de ne pas penser à Nancy Gordon mais ne pouvant penser à rien d'autre.

Il se laissa aller contre l'appui-tête. Au fur et à mesure que le jour se levait, la rivière commençait à prendre ses vraies dimensions. Il regarda le ruban noir et plat devenir liquide et turbulent dans les rougeoiements de l'aurore. Il était convaincu que la jeune femme se trouvait enfouie quelque part au fond du trou, sous des couches de boue. Il se demandait s'il aurait pu faire quelque chose pour la sauver. Il imaginait ce qu'avaient dû être la rage et la frustration de la détective au moment où elle allait mourir des mains de l'homme qu'elle s'était juré d'abattre.

La pluie avait cessé peu après l'arrivée du premier véhicule de police. Ross Barrow avait pris la responsabilité de la scène du crime après avoir consulté les techniciens du labo de la police sur la meilleure façon d'opérer. Des projecteurs éclairaient les fossoyeurs depuis les bords du trou. Les zones de recherche étaient délimitées par des rubans de plastique jaune. On avait disposé des barrières pour contenir les curieux. Dès que Page avait eu la certitude que Barrow pouvait se passer de lui, il était allé avaler un repas rapide dans un restaurant du coin, en compagnie de Highsmith. Le temps de revenir sur place, Barrow avait formellement identifié le corps de Wendy Reiser et un homme en tenue avait repéré une deuxième tombe. A travers le pare-brise, Page regarda Randy Highsmith se diriger pesamment vers la voiture. Il était resté dans la fosse pendant que Page prenait quelques instants de repos.

« C'est le dernier, dit le substitut.

— Ce qui nous fait ?

— Quatre cadavres, dont trois formellement identifiés : ceux de Laura Farrar, de Wendy Reiser et de Victoria Miller.

— Ont-elles été tuées comme Patricia Cross ?

— Je n'y ai pas regardé d'aussi près, Al. A dire vrai, je me demande même si j'ai regardé. Le Dr Gregg est là en bas. Elle pourra te donner tous les détails quand elle remontera. »

Page acquiesça. Il était habitué à voir des cadavres, mais ça ne signifiait pas qu'il aimait les regarder, lui non plus.

« Et la quatrième femme ? demanda-t-il d'un ton hésitant. Est-ce qu'elle correspond à ma description de Nancy Gordon ?

— Ce n'est pas une femme, Al.

— Quoi ?

— Un homme adulte, également nu, le visage et les doigts brûlés à l'acide. On aura de la chance si on parvient à l'identifier. »

Le procureur aperçut Ross Barrow qui pataugeait dans la boue, et il descendit de voiture.

« Ne me dites pas que vous arrêtez, Ross !

— Il n'y a plus rien, là en bas. Vous pouvez aller vérifier si vous voulez.

— J'étais sûr que Gordon... tout ça ne tient pas debout. C'est elle qui a écrit l'adresse.

— Elle a peut-être retrouvé quelqu'un ici et est repartie avec ce quelqu'un, suggéra Barrow.

— Nous n'avons pas retrouvé d'empreintes de pas, lui rappela Highsmith. Elle n'a peut-être pas trouvé d'entrée.

— Avez-vous découvert la moindre chose, là-dedans, qui puisse nous aider à imaginer qui a fait ça ?

— Absolument rien, Al. A mon avis, ces quatre personnes ont été tuées ailleurs et transportées ensuite ici.

— Et pour quelles raisons ?

— Des organes manquent sur certains des corps. Nous ne les avons pas trouvés, pas plus que des fragments de chair ou d'os. Personne n'aurait pu nettoyer aussi parfaitement un tel endroit.

— Pensez-vous que nous avons de quoi arrêter Darius ? demanda Page à Highsmith.

— Pas sans Gordon ou des preuves plus solides en provenance de Hunter's Point.

— Et si nous ne la retrouvons pas ? » Il y avait de l'anxiété dans la voix du procureur.

« A la limite, vous pourriez prêter serment à partir de ce qu'elle vous a dit. Avec ça, nous pourrions obtenir un mandat d'arrêt d'un juge. Elle est flic. C'est quelqu'un de sérieux. Mais je me demande... dans une affaire de ce genre, il vaut peut-être mieux ne pas se précipiter.

— De plus, ajouta Barrow, le lien qui existe entre Darius et les victimes est des plus ténus. Les retrouver sur l'un des chantiers de Darius Construction ne signifie absolument rien. En particulier du fait qu'il est désert et que n'importe qui aurait pu s'y introduire.

— Savons-nous au moins si Darius et Lake sont la même personne ? demanda Page à Barrow.

— Oui. Les empreintes correspondent.

— Ça, c'est au moins quelque chose. Si les empreintes de roue correspondent à celles d'une voiture de Darius...

— Et si nous arrivons à retrouver Nancy Gordon », ajouta

Page, les yeux perdus au fond de la fosse. Il souhaitait désespérément que la détective soit en vie, mais cela faisait trop longtemps qu'il s'occupait de crimes et de morts violentes, trop longtemps qu'il avait perdu ce genre d'espoir pour se raccrocher à celui-ci.

Chapitre VIII

1

« Détective Lenzer ? Alan Page de Portland, dans l'Oregon, à l'appareil. Nous nous sommes parlé l'autre jour.

— En effet. J'étais sur le point de vous donner un coup de fil. Le dossier que vous m'avez demandé est manquant. Nous sommes passés sur informatique il y a sept ans, mais j'ai tout de même regardé. Il ne figurait pas sur les listes. J'ai demandé à une secrétaire d'éplucher les anciens dossiers papier des archives. On n'a trouvé ni référence ni dossier.

— Quelqu'un d'autre l'aurait-il sorti ?

— Dans ce cas, la personne n'a pas respecté la procédure. En principe on doit remplir un bulletin de sortie, au cas où quelqu'un d'autre en aurait besoin, mais aucune mention ne figure sur le registre prévu à cet effet.

— La détective Gordon aurait-elle pu l'emprunter ? Elle avait un duplicata des empreintes digitales avec elle. Il venait probablement de ce dossier.

— Non. Nous ne l'avons pas trouvé dans son bureau et le règlement interdit d'emporter un dossier chez soi ; ou alors, il faut remplir un bulletin de sortie. Rien n'indique qu'on ait usé de cette procédure. Je dois ajouter qu'avec six meurtres, il s'agit d'un record absolu de victimes pour une seule affaire à Hunter's Point. Autrement dit, nous parlons d'un dossier qui devrait occuper toute une étagère, sinon plus. Je ne la vois pas

135

s'encombrer d'une telle masse de documents. Il faudrait au moins deux valises pour l'emporter. »

Le procureur réfléchit quelques instants. « Êtes-vous certain qu'il n'a pas été simplement déplacé dans vos archives ?

— Croyez-moi, il n'y est pas. La personne qui l'a cherché a procédé à une fouille exhaustive et je l'ai moi-même aidée à un moment donné. »

Cette fois-ci, Page garda le silence plus longtemps. Il décida finalement de tout dire à Lenzer.

« Voyez-vous, détective, j'ai la quasi-certitude que Nancy Gordon court un grave danger. Elle est peut-être même morte, à l'heure actuelle.

— Quoi ?

— J'ai fait sa connaissance il y a seulement deux soirs de cela ; elle m'a raconté l'affaire des meurtres de Hunter's Point. Elle était convaincue que leur auteur vivait maintenant à Portland, sous une autre identité, et y commettait des crimes identiques.

» Gordon a quitté mon appartement vers minuit, en taxi, pour regagner son motel. Peu de temps après être passée à la réception, elle a quitté précipitamment sa chambre. Dans celle-ci, nous avons trouvé une adresse relevée sur un bloc-notes, c'est celle d'un chantier de construction. Nous l'avons fouillé et avons découvert les corps de trois femmes de Portland portées disparues, ainsi que le cadavre d'un homme non identifié. Tous avaient été torturés à mort. Nous ignorons totalement où se trouve Nancy Gordon, et je commence à croire qu'elle avait raison en ce qui concerne notre tueur de Portland.

— Nom de Dieu ! J'aime beaucoup Nancy. Elle est un peu exaltée, mais c'est un très bon flic.

— La clef de cette affaire réside peut-être dans le dossier de Hunter's Point. Il n'est pas impossible qu'elle l'ait emporté chez elle. Il faut sans doute envisager de fouiller son domicile.

— Je ferai mon possible pour vous aider. »

Le procureur dit au policier qu'il pouvait le rappeler n'importe quand et lui donna son numéro personnel avant de raccrocher. Lenzer avait qualifié Gordon d'« exaltée » et Page lui donnait raison. Elle était également opiniâtrement vouée à sa cause. Dix ans à patienter, et elle brûlait d'un feu toujours

136

aussi intense. Le procureur avait été comme ça, autrefois, mais le poids des années se faisait sentir. La liaison de Tina et le divorce l'avaient asséché, sur le plan des émotions, mais il avait commencé à perdre la foi avant même d'être mis KO par l'infidélité de sa femme. Le combat qu'il avait mené pour la nomination au poste de procureur général avait été stimulant. Chaque jour l'avait été. Puis, un matin, il s'était réveillé avec cette nouvelle responsabilité sur les épaules et la peur de ne pas être à la hauteur. Il avait dominé cette peur en travaillant dur, mais l'exaltation avait disparu. Les journées se succédaient, identiques, et il commençait à se demander ce qu'il ferait dans dix ans.

La sonnerie de l'intercom le tira de sa rêverie et il appuya sur le bouton.

« J'ai un homme sur la trois qui aurait des informations sur l'une des femmes retrouvées sur le chantier, lui dit sa secrétaire. Je crois que vous devriez lui parler.

— Très bien. Comment s'appelle-t-il ?

— Ramon Gutierrez. C'est un employé de l'Hacienda Motel, à Vancouver. Vancouver, dans l'État de Washington, pas au Canada. »

Page enclencha le bouton de la ligne trois et s'entretint pendant trois minutes avec l'employé de l'Hacienda Motel. Puis il appela aussitôt après Ross Barrow et courut ensuite jusqu'au bureau de Randy Highsmith, au bout du couloir. Un quart d'heure plus tard, Barrow embarquait le procureur et son adjoint en bas de l'immeuble et les trois hommes fonçaient vers Vancouver.

2

« Je peux regarder la télé ?

— Tu as mangé assez de pizza ?

— Oui, j'en peux plus. »

Betsy se sentait coupable d'avoir servi un tel repas, mais

elle avait eu une journée épuisante au tribunal et elle ne s'était pas senti l'énergie de cuisiner.

« Papa va venir à la maison, ce soir? demanda Kathy, une lueur d'espoir dans l'œil.

— Non, pas ce soir », répondit sa mère, qui aurait bien aimé ne pas avoir à répondre à ce genre de questions. Elle avait plusieurs fois expliqué à Kathy qu'ils s'étaient séparés, mais la petite ne voulait pas accepter l'idée que Rick ne reviendrait probablement jamais vivre de nouveau avec elles.

Kathy eut une expression inquiète. « Pourquoi papa reste pas à la maison? »

L'avocate prit sa fille dans ses bras et la porta jusqu'au canapé du séjour.

« C'est qui, ta meilleure amie?

— Melanie.

— Tu te rappelles comment vous vous êtes disputées toutes les deux, la semaine dernière?

— Oui.

— Eh bien, papa et moi, on s'est disputés, nous aussi. Une dispute sérieuse. Comme toi avec ta meilleure amie. »

La fillette parut perplexe. Tout en la tenant sur ses genoux, Betsy posait des baisers sur les cheveux fins.

« Oui, mais on n'est plus fâchées, maintenant. Papa et toi, vous allez arrêter d'être fâchés?

— Peut-être. Pour le moment, je ne sais pas. En attendant, papa habite ailleurs.

— Papa est fâché contre toi parce qu'il a été obligé d'aller me chercher à la maternelle?

— Qu'est-ce qui te fait dire ça?

— Il était très fâché l'autre jour et je vous ai entendus vous disputer à cause de moi.

— Non, ma chérie, répondit Betsy en serrant l'enfant un peu plus fort contre elle. Ça n'a rien à voir avec toi. C'est juste entre papa et moi. On est furieux l'un contre l'autre.

— Pourquoi? demanda Kathy, dont la mâchoire inférieure tremblait.

— Ne pleure pas, ma chérie.

— Je veux mon papa, geignit-elle, le visage enfoui contre

138

l'épaule de Betsy. Je veux pas qu'il habite ailleurs. Je veux pas qu'il s'en aille.

— Il ne s'en ira pas. Il restera toujours ton papa, Kathy. Il t'aime. »

Soudain, la fillette se dégagea des bras de sa mère et sauta de ses genoux.

« C'est ta faute — c'est parce que tu travailles ! » cria-t-elle. Sur le coup, Betsy resta interloquée. « Qui t'a dit ça ?

— Papa. Tu n'as qu'à rester à la maison, comme la maman de Melanie.

— Papa travaille aussi, observa Betsy en s'efforçant de garder son calme. Il travaille plus que moi.

— Oui, mais les hommes doivent travailler. Toi, tu dois t'occuper de moi. »

Betsy aurait aimé que Rick soit là pour pouvoir lui mettre son poing dans la figure.

« Qui est resté à la maison avec toi quand tu avais la grippe ? » demanda-t-elle.

Kathy réfléchit quelques instants. « Toi, maman, répondit-elle, levant les yeux vers sa mère.

— Et quand tu t'es fait mal au genou, à l'école, qui est venu te chercher pour te ramener à la maison ? »

La fillette baissa les yeux.

« Qu'est-ce que tu voudras faire, quand tu seras grande ?

— Actrice. Ou docteur.

— C'est un travail, mon chou. Les actrices et les docteurs travaillent exactement comme les avocats. Si tu restais toute la journée à la maison, tu ne pourrais pas faire ces métiers. »

Kathy arrêta de pleurer et Betsy la reprit sur ses genoux.

« Je travaille parce que c'est intéressant. Je m'occupe aussi de toi. C'est encore plus intéressant. Je t'aime beaucoup plus que mon travail. La question ne se pose même pas. Mais je ne veux pas rester toute la journée à la maison à ne rien faire en attendant que tu rentres de l'école. Je m'ennuierais, tu ne crois pas ? »

La fillette parut réfléchir. « Est-ce que tu vas te raccommoder avec papa, comme moi avec Melanie ?

— Je n'en suis pas sûre, ma chérie. Mais d'une manière ou d'une autre, tu verras papa souvent. Il t'aime toujours autant et il sera toujours ton papa... Bon. Et si tu regardais un peu la télé pendant que je fais la vaisselle ? Ensuite, je te lirai un nouveau chapitre du *Magicien d'Oz*.

— J'ai pas envie de regarder la télé, ce soir.

— Tu veux m'aider à ranger la cuisine ? »

Kathy haussa les épaules.

« Qu'est-ce que tu dirais d'un chocolat chaud ? Je pourrais en faire un pendant qu'on rangera la vaisselle.

— D'accord », répondit sans grand enthousiasme la fillette, qui se dirigea vers la cuisine, suivie de sa mère. Elle était encore bien petite pour avoir à porter le lourd fardeau de la mésentente de ses parents, mais il allait bien falloir. C'était comme ça que se passaient les choses, et Betsy n'y pouvait rien.

La cuisine rangée, Betsy lut deux chapitres du *Magicien d'Oz* à sa fille et la coucha. Il était presque neuf heures. Elle regarda les programmes de télé et était sur le point d'en choisir un lorsque le téléphone retentit. Elle passa dans la cuisine et décrocha à la troisième sonnerie.

« Betsy Tannenbaum ? fit une voix d'homme.

— Elle-même.

— Martin Darius. La police est chez moi, avec un mandat de perquisition. Je veux que vous veniez immédiatement. »

Un haut mur de brique entourait la propriété de Darius. Un policier, dans une voiture de patrouille, montait la garde à côté du portail en fer forgé de l'entrée. Lorsque Betsy engagea la Subaru dans l'allée, le policier descendit de son véhicule et vint se pencher à la vitre.

« Vous ne pouvez entrer, madame, j'en ai peur.

— Je suis l'avocat de M. Darius », répondit-elle en tendant sa carte de membre du barreau. Le policier l'examina un instant et la lui rendit.

« J'ai ordre d'empêcher quiconque de rentrer.

— Ces ordres ne s'appliquent pas à l'avocat de M. Darius.

— Madame, on procède à une perquisition. Votre présence serait une gêne.

— Je suis précisément ici à cause de cette perquisition. Un mandat de perquisition n'autorise pas la police à interdire l'accès à l'endroit qui est l'objet de la perquisition. Vous avez un talkie-walkie dans votre voiture. Appelez donc le détective responsable de la fouille et demandez-lui si je peux entrer. »

Le sourire protecteur du policier laissa place à un regard à la Clint Eastwood, mais il n'en retourna pas moins au véhicule de patrouille pour prendre son talkie-walkie. Il revint une minute plus tard, l'air de l'avoir saumâtre.

« Le détective Barrow dit que vous pouvez entrer.

— Merci », répondit poliment Betsy. Dans le rétroviseur, elle vit le flic qui la foudroyait du regard.

Après le mur de brique à l'ancienne et la grille en fer forgé aux motifs convolutés, Betsy s'était attendue à trouver quelque belle demeure de style colonial ; au lieu de cela, elle vit un assemblage de verre et d'acier tout en angles aigus et courbes délicates qui n'avait rien à voir avec le XIXe siècle. Elle se gara à côté d'une autre voiture de patrouille, à l'extrémité de l'allée. Un pont, protégé d'un vélum bleu, reliait l'allée à l'entrée de la maison. Elle regarda à travers le toit de verre que franchissait le pont et vit plusieurs policiers en tenue sur les bords d'une piscine intérieure.

Un autre policier l'attendait à l'entrée. Empruntant une courte volée de marches, il la précéda jusque dans un séjour aux proportions monumentales. Darius se tenait sous une peinture abstraite géante aux tons de rouge et vert criards. Une femme mince en robe noire se tenait à côté de lui. Une chevelure sombre et brillante cascadait sur ses épaules et son bronzage trahissait un séjour récent sous les tropiques. Elle était d'une beauté exceptionnelle.

L'homme qui se tenait près de Darius, en revanche, n'avait rien d'un Apollon. Il présentait un durillon de comptoir replet, et avait la figure de quelqu'un qui serait plus à l'aise dans un bar de sportifs que dans un quatre étoiles aux Bahamas. Il portait un costume brun froissé et une chemise blanche, la cravate de travers. Il avait jeté son imperméable à la diable sur un canapé d'un blanc immaculé.

Avant que Betsy ait seulement ouvert la bouche, Darius lui tendit un papier roulé en tuyau.

« Ce mandat est-il valide ? Je refuse de laisser envahir mon domicile tant que vous n'aurez pas examiné ce foutu papier.

— Je m'appelle Ross Barrow, madame Tannenbaum, dit l'homme au costume marron. Ce mandat porte la signature du juge Reese. Plus vite vous aurez expliqué à votre client que nous agissons dans la légalité, plus vite nous quitterons les lieux. J'aurais déjà pu commencer, mais je vous ai attendue pour être certain que M. Darius était représenté pendant la perquisition. »

Si le promoteur avait été un dealer de drogue à la peau noire, et non un homme d'affaires blanc aux nombreuses relations, Betsy savait que la maison aurait été sens dessus dessous le temps qu'elle arrive. Barrow avait manifestement reçu l'ordre d'y mettre toutes les formes.

« Le mandat me paraît être en bonne et due forme, mais j'aimerais voir l'affidavit », dit Betsy, demandant ainsi le document que la police prépare pour convaincre un juge qu'elle a de bonnes raisons de vouloir procéder à une fouille domiciliaire. L'affidavit aurait comporté le détail des faits ayant conduit l'enquête à soupçonner la présence d'indices incriminants dans la maison de Darius.

« Désolé, mais l'affidavit est sous scellé.

— Ne pouvez-vous au moins me dire ce que vous cherchez ? Ou si vous préférez, les charges qui pèsent sur mon client ?

— Pour l'instant, il n'y en a aucune.

— Ne me faites pas jouer aux devinettes, détective. On ne dérange pas quelqu'un comme Martin Darius sans de bonnes raisons.

— Dans ce cas, adressez-vous au procureur général Page, madame Tannenbaum. J'ai pour instruction de lui faire suivre toutes les requêtes.

— Où puis-je le joindre ?

— Je l'ignore, j'en ai bien peur. Il est sans doute chez lui, mais je ne suis pas autorisé à vous donner son numéro personnel.

— Qu'est-ce que c'est que toutes ces conneries ? intervint Darius, qui bouillait.

— Calmez-vous, monsieur, lui dit Betsy. Le mandat est parfaitement légal et il peut procéder à la perquisition. Pour l'instant, nous ne pouvons rien y faire. Si l'affidavit se révèle fautif, nous pourrons faire supprimer toutes les pièces à conviction qu'ils pourraient trouver. »

La femme en noir posa une main sur l'épaule de son mari.

« Laisse-les fouiller, Martin, je t'en prie. Je ne souhaite qu'une chose, les voir partir d'ici, et ils resteront tant qu'ils n'auront pas eu ce qu'ils veulent. »

Darius se dégagea. « Fouillez cette foutue baraque, cracha-t-il à Barrow, mais vous avez intérêt à vous trouver un bon avocat, parce que dès demain je vous assigne ! »

Le détective s'éloigna, tandis que les insultes rebondissaient sur son large dos sans produire le moindre effet. Juste au moment où il atteignait les marches qui conduisaient hors du vaste séjour, un homme à cheveux gris, habillé d'un coupevent, entra dans la maison.

« Les empreintes des pneus de la BMW correspondent et il y a une Ferrari noire dans le garage », l'entendit dire Betsy. Barrow fit signe aux deux policiers en tenue qui se tenaient à l'entrée ; quand ce dernier revint vers Darius, ils le suivirent.

« Monsieur Darius, je vous arrête pour les meurtres de Wendy Reiser, Laura Farrar et Victoria Miller. »

Toute couleur disparut du visage de Darius et la femme en noir porta la main à sa bouche, comme si elle allait vomir.

« Vous avez le droit de garder le silence... », enchaîna le détective, lisant le début du texte de la loi Miranda sur une carte usée qu'il avait tirée de sa poche.

« Qu'est-ce que c'est que cette nouvelle connerie ? explosa le promoteur.

— Je dois vous informer de vos droits, monsieur Darius.

— Je crois que nous avons droit à des explications, détective Barrow, intervint l'avocate.

— Non, madame, nullement, répliqua Barrow, avant d'en terminer avec le Miranda. Et maintenant, monsieur Darius, reprit-il, je vais vous passer les menottes. C'est la procédure légale. Nous le faisons avec toutes les personnes que nous arrêtons.

— Pas question de me passer les menottes ! protesta Darius en reculant d'un pas.

— N'offrez pas de résistance, monsieur, lui dit Betsy. Même

si l'arrestation est illégale, vous ne le pouvez pas. Suivez-le. Simplement, ne dites pas un mot. Détective Barrow, je désire accompagner M. Darius jusqu'au poste de police.

— Ce n'est pas possible. Je suppose que vous ne voulez pas que nous l'interrogions. Nous le mettrons au secret dès que nous serons dans nos locaux. A votre place, je ne me présenterais pas à la prison avant demain matin. La procédure d'enregistrement risque de ne pas être finie avant.

— Quel est le montant de la caution? voulut savoir Darius.

— Il n'y en a pas pour meurtre, monsieur Darius, répondit calmement Barrow. Mme Tannenbaum peut toujours demander une audience au juge pour ça.

— Qu'est-ce qu'il raconte? demanda la femme en noir, incrédule.

— Puis-je parler quelques instants seul à seul avec mon client?» demanda Betsy.

Le détective acquiesça. « Mettez-vous là », dit-il avec un geste vers un coin du séjour loin des fenêtres. Betsy entraîna le promoteur avec elle. La femme en noir voulut les suivre, mais le détective l'en empêcha.

« Comment ça, pas de caution? Je ne vais tout de même pas me retrouver avec toute une bande de trafiquants de drogue et de maquereaux !

— Il n'existe pas de cautionnement automatique dans les cas de meurtre ou de trahison, monsieur Darius. C'est dans la Constitution américaine. Mais il existe une procédure permettant à un juge d'en fixer un. Je vais demander une audience de cautionnement en référé, et je viendrai vous voir demain matin à la première heure.

— Je n'arrive pas à y croire !

— Eh bien, croyez-le et écoutez-moi. Tout ce que vous pouvez dire, à qui que ce soit, pourra être utilisé contre vous. Ne parlez à personne, à personne ! Ni aux flics ni à vos compagnons de cellule. Personne. En prison, on trouve ce qu'on appelle des moutons ou des mouchards, qui répéteront tout en échange d'une remise de peine, et chaque garde répétera ce que vous pourriez dire au procureur.

— Bon Dieu de bon Dieu, Tannenbaum ! Il faut me sortir

de là, et vite. Je vous paie pour me protéger. Je ne tiens pas à moisir en prison. »

Betsy vit Barrow faire signe aux deux policiers en tenue, qui se dirigèrent vers elle et Darius.

« N'oubliez pas : pas un mot à âme qui vive, répéta-t-elle.

— Les mains dans le dos », ordonna l'un des policiers. Le promoteur s'exécuta et se retrouva menotté. La femme en noir suivait la scène, les yeux agrandis par l'incrédulité.

« Demain matin à la première heure — je compte sur vous ! lança Darius tandis qu'on l'entraînait.

— J'y serai. »

Betsy sentit une main se poser sur son bras.

« Madame Tannenbaum ?

— Vous pouvez m'appeler Betsy.

— Je suis la femme de Martin, Lisa. Qu'est-ce qui se passe ? Pourquoi l'emmènent-ils ? »

Lisa Darius paraissait certes abasourdie, mais l'avocate ne vit pas briller la moindre larme dans son œil. Elle faisait penser à une hôtesse dont la soirée viendrait d'être complètement gâchée, plutôt qu'à l'épouse d'un homme que l'on vient d'arrêter pour plusieurs meurtres.

« Vous en savez autant que moi, Lisa. Est-ce que les policiers ont fait allusion à la raison de leur présence ici ?

— Ils ont dit... je n'arrive pas à y croire. Ils nous ont parlé des trois femmes retrouvées dans l'un des chantiers de Darius Construction.

— C'est vrai. » Betsy, soudain, comprit pourquoi les noms prononcés par Barrow lui avaient paru si familiers.

« Martin ne peut rien avoir à voir avec ça. Nous connaissons les Miller. Nous les avions invités sur notre yacht, l'été dernier. Il s'agit forcément d'une erreur.

— Madame Darius ? » fit une voix.

Les deux femmes se tournèrent vers les marches. Un détective noir, habillé d'un jean et d'un blouson noir et rouge aux armes de l'équipe des Trail Blazers de Portland, se dirigeait vers elles.

« Nous saisissons la BMW. Puis-je avoir les clefs, s'il vous plaît ? demanda-t-il poliment, tendant la copie carbone d'un reçu.

— Notre voiture ? Ils peuvent la prendre ? s'étonna Lisa.

— Le mandat de perquisition mentionne les véhicules.

— Oh, mon Dieu... Où cela finira-t-il ?

— Mes hommes vont devoir fouiller votre maison, reprit le policier d'un ton d'excuse. Nous nous efforcerons d'être le plus discrets possible et de remettre en place ce que nous n'emporterons pas. Si vous voulez, vous pouvez venir avec nous.

— Je m'en sens bien incapable. Faites vite, c'est tout ce que je demande. Il me tarde seulement de vous voir partir de chez moi. »

Le détective avait l'air gêné et sortit les yeux baissés. Barrow avait repris son imperméable, mais il y avait une tache d'humidité sur le canapé, à l'endroit où il avait été posé. Lisa Darius regarda la souillure avec dégoût et alla s'asseoir le plus loin possible. Betsy s'installa à côté d'elle.

« Combien de temps Martin va-t-il rester en prison ?

— Ça dépend. L'Etat, par l'intermédiaire du procureur, a la charge de convaincre la cour qu'il détient des preuves solides, s'il veut que le juge refuse toute demande de cautionnement. Je vais demander à être entendue le plus vite possible. Si le ministère public, c'est-à-dire l'État, ne peut faire sa démonstration, il sortira très vite. Sinon, il ne sortira pas du tout, sauf si l'on obtient un verdict de non-culpabilité.

— C'est incroyable !

— Lisa, commença Betsy d'un ton prudent, soupçonniez-vous que quelque chose de ce genre puisse se produire ?

— Que voulez-vous dire ?

— D'après mon expérience, il est bien rare que la police agisse sans avoir de solides présomptions. Il leur arrive de se tromper, bien entendu, mais c'est plus rare qu'on ne le croirait en regardant la télévision. En plus, votre mari n'est pas un petit voyou quelconque. Je n'imagine pas Alan Page s'attaquant à quelqu'un de la pointure du patron de Darius Construction sans de solides preuves. En particulier sur un tel chef d'accusation. »

Lisa regarda l'avocate pendant quelques instants, l'œil rond, bouche bée.

« Voudriez-vous dire... ? Je pensais que vous étiez l'avocate de Martin. Si vous ne le croyez pas, vous n'avez aucune raison

146

de vous occuper de son cas ! D'ailleurs, je ne sais pas pourquoi il vous a engagée. D'après papa, Oscar Montoya et Matthew Reynolds sont les meilleurs avocats criminels de l'Oregon. Il aurait pu prendre l'un ou l'autre.

— Un avocat qui ne pense que comme son client veut qu'il pense ne fait pas son boulot, observa calmement Betsy. S'il y a quelque chose que vous savez concernant cette accusation, il faut me mettre au courant, afin que je puisse défendre Martin convenablement.

— Eh bien, il n'y a rien que je sache, répondit Lisa en détournant les yeux. Toute cette histoire est scandaleuse. »

Betsy décida de ne pas insister. « Quelqu'un peut-il vous tenir compagnie ?

— J'aime autant rester toute seule.

— Ça va être dur, Lisa. Vous allez avoir la presse aux trousses, jour et nuit. Il est plus difficile qu'on ne se l'imagine de vivre sous les projecteurs de l'actualité. Avez-vous un répondeur ? Ça vous permettrait de filtrer les coups de téléphone. »

La jeune femme acquiesça.

« Bien. Branchez-le et ne répondez à aucun appel des médias. Étant donné que nous n'avons aucune idée des accusations portées contre Martin, nous ne savons pas ce qui pourrait lui porter tort. Par exemple, le fait de savoir où il se trouvait à telle date précise pourrait être crucial. Si jamais vous disiez à la presse qu'il n'était pas avec vous ce jour-là, vous risqueriez de détruire un alibi. Donc, ne dites rien. Si un journaliste parvient à vous joindre, adressez-le-moi. Et pas un mot à la police ni au personnel appartenant au bureau du procureur général. La loi prévoit une exception sur les communications entre époux et vous avez le droit de refuser de parler à quiconque. M'avez-vous comprise ?

— Oui. Ça ira. Je suis désolée de vous avoir dit... que Martin aurait pu avoir quelqu'un de mieux. C'est juste que...

— Inutile de vous excuser ou d'expliquer. J'imagine que c'est une épreuve très difficile pour vous.

— Vous n'êtes pas obligée de rester avec moi.

— Je ne partirai pas tant que la perquisition ne sera pas terminée. Je tiens à voir ce qu'ils emportent. Cela pourrait nous

147

faire comprendre sur quelles bases Martin est impliqué. J'ai entendu un des détectives dire à Barrow que les empreintes de pneus de la BMW correspondaient. Ce qui signifie qu'ils ont relevé le passage de la voiture de Martin quelque part. Peut-être sur la scène du crime.

— Et alors ? Il passe son temps à aller sur ses chantiers. C'est grotesque !

— Nous ne tarderons pas à le savoir », répondit Betsy. Mais elle était inquiète. Lisa Darius avait peut-être été secouée et surprise par l'arrestation de son mari, mais celui-ci, non. Personne ne donne une avance de cinquante-huit mille dollars à un conseil juridique parce qu'il s'attend à être accusé de vol à l'étalage. C'est plutôt la somme que l'on donne à un avocat pour être défendu lorsqu'on est inculpé de meurtre.

Chapitre IX

« C'est un plaisir de faire votre connaissance, madame Tannenbaum, dit Alan Page lorsque Betsy se fut assise en face de lui, de l'autre côté du bureau. Randy Highsmith a été très impressionné par la manière dont vous avez traité l'affaire Hammermill. Il n'a eu que des mots aimables pour vous. C'est vraiment un compliment parce qu'il a horreur de perdre, en règle générale.

— Je crois que Randy n'aurait pas maintenu l'accusation s'il avait su quelle était la brutalité du mari d'Andrea.

— Vous êtes charitable. Voyons les choses en face. Randy croyait qu'il ne ferait qu'une bouchée de vous. Il a pris une bonne leçon. Avoir perdu Hammermill fera de lui un meilleur procureur. Mais vous n'êtes pas ici pour parler d'une affaire classée, n'est-ce pas ? Vous êtes ici pour Martin Darius.

— Le détective Barrow vous a sans doute appelé à ce numéro personnel qu'il n'a pas voulu me communiquer.

— Ross Barrow est un bon flic qui respecte les ordres qu'on lui donne.

— Allez-vous enfin me dire sur quel motif on a arrêté mon client ?

— Je crois qu'il a assassiné les quatre personnes que l'on a retrouvées sur l'un de ses chantiers de construction.

— Ça, je l'avais compris, monsieur Page.

— Appelez-moi donc Al.

— Avec plaisir. Vous pouvez également m'appeler Betsy. Et maintenant qu'on se connaît par nos petits noms, pourquoi ne

149

pas me dire pour quelles raisons vous avez perquisitionné la maison de Martin et pour quelles raisons vous l'avez arrêté ? »

Le procureur sourit. « Je crains bien de ne pouvoir le faire.

— Vous voulez dire que vous ne le ferez pas, en somme.

— Vous savez parfaitement, Betsy, que vous ne pouvez exiger la communication des rapports de police tant que l'inculpation n'a pas été prononcée.

— Vous allez bien devoir dire au juge ce que vous avez, pour l'audience de la demande de cautionnement.

— Certes. Mais la date n'a pas encore été arrêtée et il n'y a pas d'inculpation ; je m'en tiendrai donc à la lettre du règlement. »

Betsy s'enfonça dans son siège et sourit doucement. « Vous ne devez pas être bien sûr de vous dans cette affaire, Al. »

Page se mit à rire afin de dissimuler sa surprise d'avoir été si vite percé à jour, et il préféra mentir. « J'ai tout à fait confiance dans mon dossier, Betsy. Mais j'éprouve aussi un respect salutaire pour votre compétence. Je ne commettrai pas l'erreur de vous sous-estimer, comme l'a fait Randy. Je dois cependant avouer que j'ai été passablement surpris lorsque Ross m'a dit que vous défendiez Darius, étant donné votre implication dans le féminisme.

— Qu'est-ce que le féminisme a à voir avec le fait de défendre Darius ?

— Il ne vous a pas dit ce qu'il a fait ?

— Martin Darius n'a aucune idée des raisons qui vous ont poussé à l'arrêter, et moi non plus. »

Page la regarda quelques instants, puis décida : « Je crois qu'il n'est pas correct de vous laisser dans un brouillard complet ; je vais donc vous dire que nous prévoyons d'inculper votre client pour avoir enlevé, torturé et assassiné trois femmes et un homme. »

Page sortit d'une enveloppe de papier bulle une photo en couleurs du cadavre de Wendy Reiser et la tendit à Betsy. Elle pâlit. On avait pris le cliché tout de suite après l'exhumation. Le corps nu gisait dans la boue. On voyait les incisions dans l'abdomen, les entailles, les brûlures sur ses jambes. On distinguait aussi très bien le visage. Morte, elle paraissait souffrir encore.

« Voilà ce que Martin Darius fait aux femmes, Betsy, et il ne s'agit pas de la première fois. Nous avons des informations on ne peut plus solides prouvant qu'il y a dix ans, un homme du nom de Peter Lake a assassiné des femmes à Hunter's Point, dans l'État de New York, d'une manière tout à fait semblable. Nous avons également la preuve matérielle que Peter Lake et Martin Darius sont une seule et même personne. Vous allez peut-être avoir envie de lui poser la question.

» Une dernière chose, enfin. Une autre femme est portée disparue. Je vais vous faire une proposition que je ne renouvellerai pas : si elle est vivante et s'il nous dit où elle est, on pourra trouver un arrangement. »

L'ascenseur de la prison s'ouvrit sur un petit palier bétonné, peint en jaune et marron, où se découpaient trois portes massives. Betsy se servit de la clef qu'on lui avait donnée au greffe et ouvrit celle du milieu. Elle pénétra dans une pièce minuscule, divisée en deux ; la partie inférieure était en béton, surmontée d'un rebord étroit, et la partie supérieure en verre à l'épreuve des balles. Betsy plaça son bloc-notes sur le rebord, s'assit sur une chaise métallique pliante inconfortable et décrocha le combiné du téléphone mural placé à portée de main.

Martin Darius en fit autant de l'autre côté de la vitre. Il portait un survêtement orange, mais il paraissait tout aussi imposant que lorsqu'il était venu dans le bureau de l'avocate. Il avait les cheveux et la barbe peignés et se tenait bien droit, l'air à l'aise. Il se pencha jusqu'à effleurer la vitre. Une certaine tension dans son regard était le seul indice de son mécontentement.

« Pour quand est prévue l'audience du cautionnement ? demanda-t-il.

— La date n'a pas été arrêtée.

— Je vous ai dit que je voulais sortir d'ici. Vous auriez dû commencer par ça ce matin, toutes affaires cessantes.

— Vous n'allez pas le prendre sur ce ton. Je ne suis pas votre bonniche, mais votre avocate. Si vous avez besoin de quelqu'un à qui donner des ordres, je peux vous trouver une femme de chambre. »

Darius l'observa quelques instants d'un regard aigu, puis eut le bref sourire de quelqu'un qui bat en retraite.

« Désolé. Au bout de douze heures dans cet endroit, on n'est pas dans les meilleures dispositions du monde.

— J'ai vu Alan Page, le procureur général, à la première heure. Il m'a dit certaines choses très intéressantes. Il m'a aussi montré les photos prises sur la scène du crime. Ces trois femmes ont été torturées, Martin. J'avais déjà vu des manifestations de cruauté, mais jamais comme celles-ci. Le meurtrier ne s'est pas contenté de les tuer, il les a massacrées, déchiquetées... »

Elle s'interrompit, la respiration coupée à l'évocation de ce qu'elle avait vu. Darius la regardait. Elle attendit qu'il ait une réaction. Comme il ne disait rien, elle lui demanda : « Ceci n'évoque-t-il rien pour vous ?

— Je n'ai pas tué ces femmes.

— Ce n'est pas la question que je vous ai posée. Je vous ai demandé si ces crimes n'évoquaient rien pour vous. »

Il se contenta d'étudier l'avocate, qui n'aima pas trop cette impression d'être un spécimen de laboratoire sous le regard d'un chercheur.

« Pourquoi ces questions ? lança-t-il enfin. C'est pour moi que vous travaillez, pas pour le procureur.

— Monsieur Darius, c'est moi qui décide pour qui je travaille, et pour l'instant, je ne suis pas sûre de vouloir travailler pour vous.

— Page vous a dit quelque chose, n'est-ce pas ? Il vous a bourré le crâne ?

— Qui est Peter Lake ? »

Betsy s'attendait bien à une réaction, mais pas à celle qu'il eut. Le calme glacial qu'il affichait disparut. Ses lèvres se mirent à trembler. Il eut l'air, soudain, d'être sur le point de pleurer.

« Page est donc au courant pour Hunter's Point.

— Vous n'avez pas été franc avec moi, monsieur Darius.

— C'est à cause de ça, fit Darius, montrant la vitre à l'épreuve des balles, que vous avez demandé à me voir dans ces conditions ? Vous avez eu peur que... »

Il se tut soudain et se prit la tête dans les mains, sans lâcher le combiné.

«Je n'ai pas l'impression d'être la personne qu'il vous faut pour vous représenter, monsieur Darius.

— Pourquoi donc? demanda-t-il d'une voix douloureuse. Parce que Page prétend que j'ai violé et assassiné ces femmes? Avez-vous refusé de représenter Andrea Hammermill lorsque le procureur général l'a inculpée du meurtre de son mari?

— Andrea Hammermill était la victime d'un homme qui l'a battue sans répit pendant tout leur mariage.

— Mais elle l'a tué, Betsy! Moi, je n'ai pas tué ces femmes. Je le jure. Je n'ai tué personne à Hunter's Point. Peter Lake, c'était moi, en effet. Mais savez-vous qui était ce Peter Lake? Page vous l'a-t-il dit? Le sait-il, au moins?

» Peter Lake, enchaîna-t-il, était le mari de la femme la plus merveilleuse au monde et le père d'une fillette délicieuse. Une fillette qui n'avait jamais fait de mal à personne. Et sa femme et sa fille ont été assassinées par un fou du nom de Henry Waters pour une raison démente que Peter n'a jamais pu découvrir.

» Peter était avocat. Il se faisait beaucoup d'argent. Il vivait dans une maison splendide et roulait dans une voiture de sport, mais tout ce qu'il possédait ne pouvait lui faire oublier la femme et l'enfant qu'on lui avait enlevés. Alors il est parti. Il a pris une nouvelle identité et commencé une nouvelle vie, car l'ancienne lui était devenue insupportable. »

Le promoteur se tut. Il avait les larmes aux yeux. Betsy ne savait que penser. Quelques instants auparavant, elle était convaincue d'avoir affaire à un monstre. Maintenant, en le voyant manifester sa douleur, elle ne savait plus trop quoi penser.

«Je vais vous proposer quelque chose, Betsy, reprit-il, d'une voix à peine plus élevée qu'un murmure. Si, à un moment donné, vous en arrivez à me croire coupable, vous pourrez renoncer à me défendre, avec ma bénédiction, et conserver l'avance. »

Elle ne savait que répondre. Ces photos. Elle ne cessait de se demander ce que ces femmes avaient ressenti en ces premiers et longs moments de terreur, sachant que ce qui pouvait leur arriver de mieux, dans le temps qu'il leur restait à vivre, était la mort qui mettrait un terme à leurs souffrances.

« Je comprends, reprit Darius, je sais ce que vous éprouvez. Vous, vous n'avez vu que des photos ; moi, j'ai vu les corps de ma femme et de ma fille. Et je les vois toujours, Betsy. »

L'avocate se sentait mal. Elle prit une profonde inspiration. Elle était incapable de rester plus longtemps dans cette pièce exiguë. Elle avait besoin d'air. Et besoin d'en apprendre un peu plus sur Peter Lake et ce qui s'était passé à Hunter's Point.

« Vous allez bien ? demanda Darius.

— Non, pas tellement. Je suis complètement déboussolée.

— Je le vois. Page vous a fichu un sacré poids sur les épaules. En principe, je dois comparaître demain. Prenez une bonne nuit de sommeil et venez me dire ce que vous avez décidé. »

Elle acquiesça.

« Deux choses encore, ajouta-t-il, la regardant droit dans les yeux.

— Quoi donc ?

— Si vous décidez de me garder comme client, vous devez vous battre bec et ongles pour moi.

— La seconde ?

— A partir de maintenant, je veux que toutes vos visites aient lieu dans une salle normale. Pas dans une cage de verre. Je refuse d'être traité comme un animal de zoo par mon avocat. »

Chapitre X

A peine Rita Cohen avait-elle entrouvert la porte que Kathy se faufilait par l'entrebâillement et se précipitait dans la cuisine.

« Ne me dis pas que tu lui as encore acheté de ces céréales parfumées au chewing-gum, maman !

— C'est une enfant, Betsy. Qui pourrait supporter cette nourriture soi-disant diététique dont tu la bourres tout le temps ? Laisse-la vivre un peu.

— C'est ce que j'essaie de faire. Si ça ne tenait qu'à toi, elle ne mangerait que des aliments bourrés de cholestérol.

— Quand j'étais petite, personne ne s'occupait de ces histoires de cholestérol. On mangeait ce qui nous faisait plaisir, pas des trucs bons pour les chevaux. Et regarde-moi. Soixante-quatorze ans et en pleine forme. »

Betsy prit sa mère dans ses bras et l'embrassa sur le front. Rita était beaucoup plus petite que sa fille, qui dut s'incliner vers elle. Le père de Betsy atteignait tout juste un mètre soixante-dix ; personne ne savait d'où elle tenait sa grande taille.

« Comment se fait-il qu'il n'y ait pas classe ?

— Encore une de ces journées réservées à la formation des maîtres. Je n'ai pas fait attention à la circulaire qu'ils ont envoyée à la maison, si bien que je ne l'ai appris qu'hier au soir, quand Kathy en a parlé.

— As-tu au moins le temps de prendre une tasse de café ? » demanda Rita.

155

Betsy consulta sa montre. Il n'était que sept heures et demie. On ne la laisserait pas voir Darius avant huit heures.

« D'accord », dit-elle en laissant tomber le sac à dos contenant les affaires de sa fille sur une chaise, avant de suivre sa mère dans le séjour. La télévision était déjà branchée sur une émission de la matinée.

« Ne la laisse pas trop regarder la télé, maman. J'ai mis des livres et des jeux dans son sac.

— Un peu de télé ne lui fera pas plus de mal que mes céréales. »

Betsy se mit à rire. « Une journée passée avec toi suffit à fiche en l'air une année à prendre de bonnes habitudes. Tu es une vraie calamité.

— C'est absurde », répliqua Rita d'un ton grognon. Elle remplit les deux tasses qu'elle avait disposées en prévision du passage de sa fille. « Au fait, qu'as-tu donc de si important à faire, ce matin, pour abandonner ce pauvre petit ange à une ogresse comme moi ?

— Tu as entendu parler de Martin Darius ?

— Bien entendu.

— Je suis chargée de le défendre.

— Qu'est-ce qu'il a fait ?

— Le procureur général le soupçonne d'avoir violé et tué les trois femmes dont on a retrouvé les corps sur l'un de ses chantiers de construction. Il pense aussi que Darius a déjà torturé et tué six femmes à Hunter's Point, dans l'État de New York, il y a dix ans.

— Oh, mon Dieu ! Est-il coupable ?

— Je ne sais pas. Lui jure qu'il est innocent.

— Et tu le crois ? »

Betsy secoua la tête. « C'est trop tôt pour le dire.

— C'est un homme riche, observa Rita. La police ne l'arrêterait pas sans preuves convaincantes.

— Si je m'étais fiée à la police et au ministère public, Andrea Hammermill et Grace Peterson seraient aujourd'hui en prison, maman. »

Rita prit une expression soucieuse. « Est-il bien de défendre un homme qui a violé et torturé des femmes, toi qui as fait tant pour les droits des femmes ?

— Rien ne prouve encore qu'il l'ait fait ; quant à cette étiquette de féministe, c'est la presse qui me l'a collée sur le dos. Je souhaite travailler pour défendre les droits des femmes, mais je ne suis pas l'avocate de la cause des femmes. Cette affaire permettra de prouver que mon champ n'est pas aussi restreint. Elle pourrait lancer ma carrière. Enfin, et c'est le plus important, Darius est peut-être innocent. Le procureur refuse de me dire pour quelles raisons il le croit coupable. Son attitude me rend particulièrement méfiante. S'il avait des preuves assez solides contre Darius, il n'hésiterait pas à me le dire.

— Tout ce que je veux, c'est que tu n'aies pas à souffrir des conséquences.

— Il n'y en aura pas, maman, parce que je ferai du bon travail. J'ai appris quelque chose quand j'ai gagné le procès Peterson. J'ai appris que j'avais du talent. Je suis un très bon avocat. J'ai l'art et la manière de m'adresser aux jurés. Je suis sensationnelle dans les contre-interrogatoires de témoins. Si je remporte cette affaire, tout le monde, dans le pays, le saura ; et c'est pour cette raison que je tiens tant à la plaider. Mais je vais avoir besoin de ton aide.

— Comment ça, de mon aide ?

— L'affaire va s'étaler au moins sur une année. Le procès lui-même risque de durer plusieurs mois. Si le ministère public requiert la peine de mort, je vais devoir épuiser toutes les possibilités juridiques de recours, et le dossier est extrêmement complexe. Ça va me prendre tout mon temps. Il s'agit en effet d'événements qui se sont produits il y a dix ans. Il faut que je découvre tout ce qu'il y a à savoir sur l'affaire de Hunter's Point, sur le passé de Darius. Ce qui signifie que je vais devoir travailler tard, ainsi que pendant les week-ends, et que je vais avoir besoin d'aide pour Kathy. Quelqu'un devra passer la prendre à la maternelle si je suis coincée au tribunal, lui préparer à dîner...

— Et Rick ?

— Je ne peux pas le lui demander. Tu sais bien pourquoi.

— Non, je ne le sais pas. C'est le père de Kathy. C'est aussi ton mari. Il devrait être le premier à te soutenir, il me semble.

— Eh bien, ce n'est pas le cas. Il n'a jamais accepté le fait que j'étais une vraie avocate, que je réussissais dans ma partie.

157

— Qu'est-ce qu'il s'imaginait donc que tu faisais, lorsque tu as vissé ta plaque?

— Il s'est sans doute dit que ça me ferait une gentille distraction, comme la collection de timbres; quelque chose qui m'occuperait quand je ne serais pas en train de passer l'aspirateur ou de préparer le repas.

— N'empêche, c'est lui l'homme de la maison. Les hommes aiment bien avoir l'impression qu'ils commandent. Et te voilà, toi, qui fais la manchette des journaux et qui passe à la télé.

— Écoute, maman, je n'ai pas envie de parler de Rick. Ça ne fait que me mettre en colère.

— Très bien, n'en parlons pas. Et bien entendu, je vais t'aider.

— Je ne sais pas comment je ferais si tu n'étais pas là, maman. »

Rita rougit et agita les mains. « C'est à ça que servent les mères, que veux-tu.

— Mamie! cria Kathy depuis la cuisine, je trouve pas le sirop de chocolat!

— Qu'est-ce que c'est que ce sirop de chocolat à sept heures et demie du matin? demanda Betsy d'un ton menaçant.

— Ça ne te regarde pas, lui répondit sa mère tout aussi vivement. J'arrive, mon cœur. C'est trop haut pour toi. Tu ne peux pas l'atteindre.

— Il faut que j'y aille, dit Betsy, secouant la tête d'un air résigné. S'il te plaît, pas trop de télé.

— On ne fera que lire du Shakespeare et étudier l'algèbre, ce matin, promis! » répliqua Rita avant de disparaître dans la cuisine.

Reggie Stewart attendait Betsy sur un banc, à la prison, à côté du bureau des visiteurs. Stewart était passé par un certain nombre de petits boulots peu satisfaisants, jusqu'au jour où il s'était découvert un talent d'enquêteur. Mesurant plus d'un mètre quatre-vingts, mince, il avait des cheveux bruns ébouriffés et des yeux d'un beau bleu vif, et aimait par-dessus tout s'habiller de confortables chemises de laine à carreaux et de jeans, et porter des bottes de cow-boy. Il avait une façon bien à lui de considérer les événements et une expression sarcastique qui avait le don d'agacer certaines personnes. Betsy appréciait la manière dont il se servait de son imagination et l'art avec lequel il savait gagner la confiance des gens. Ces talents s'étaient révélés sans prix dans les deux affaires Hammermill et Peterson, car les meilleures preuves de sévices — les témoignages accablants des parents de la victime — seraient restées enfouies sous la chape de l'orgueil et des haines familiales sans l'opiniâtreté et les dons de persuasion de Reggie.

« Prête, patronne ? demanda Stewart en dépliant sa longue carcasse.

— Toujours », lui répondit Betsy avec un sourire.

Le privé avait déjà rempli les formulaires destinés aux visiteurs. Betsy les poussa sous l'hygiaphone, avec leurs cartes d'identité, vers le gardien qui attendait de l'autre côté de sa paroi de verre ; elle demanda à parler à Martin Darius. La permission accordée, elle et Reggie vidèrent leurs poches de tous les objets métalliques qu'elles contenaient, et enlevèrent montres et bijoux avant de passer par le détecteur de métaux. Le garde contrôla le porte-documents de Betsy puis appela l'ascenseur. Une fois dans la cabine, Betsy inséra la clef du septième dans son logement et tourna. L'appareil ne fit aucun arrêt en chemin et s'immobilisa à hauteur de ce même palier étroit que la veille. Mais cette fois-ci, elle alla directement à la porte la plus éloignée, dont le battant massif était en métal et percé d'un hublot en verre épais. A travers cette vitre, elle vit que les deux pièces du parloir de l'étage étaient vides.

« Darius est un client pas commode, avertit Betsy pendant qu'ils attendaient le garde. Il a l'habitude de commander, il est très intelligent et il est soumis à une terrible pression.

— Vu, répondit Stewart.

— Aujourd'hui, on écoute. La notification de l'inculpation n'est pas avant neuf heures ; nous disposons donc de presque une heure. Il me faut sa version des faits sur ce qui s'est passé à Hunter's Point ; si nous n'avons pas fini à ce moment-là, vous reviendrez plus tard.

— Qu'est-ce qu'il risque ? »

Betsy retira un exemplaire de l'inculpation de son porte-documents.

« C'est pas fameux, commenta Stewart après l'avoir lu. Qui est ce John Doe[1] ?

— L'homme. La police n'a aucune idée sur son identité. Son visage a été défiguré et ses empreintes digitales brûlées à l'acide. Le tueur lui a même cassé les dents au marteau pour rendre l'identification impossible grâce à elles. »

Stewart grimaça. « Voilà un dossier de photos qu'il ne me tarde pas spécialement de voir.

— Ce sont les pires de tout le lot, Reggie. Regardez-les avant de prendre votre déjeuner. J'ai failli rendre le mien.

— Comment voyez-vous les choses ?

— Vous voulez savoir si je crois Darius coupable ? Je ne suis sûre de rien. Page en est convaincu, mais soit Darius m'a fait un numéro sensationnel, hier, soit il n'est pas coupable.

— Un vrai cas de manuel de qui-est-l'auteur-du-crime, autrement dit ?

— Peut-être bien. »

Hors de leur champ de vision, une serrure cliqueta bruyamment. Betsy aperçut Darius, suivi d'un gardien, qui s'engageait dans l'étroit espace entre les deux parloirs. Une fois Darius enfermé dans l'un d'eux, le gardien fit entrer Betsy et Stewart dans le couloir, puis referma la porte du palier sur lequel ils avaient attendu. Lorsqu'il eut finalement enfermé les visiteurs avec leur client, il quitta la zone des parloirs par la porte par laquelle il était entré.

Le parloir était minuscule ; une grande table ronde et trois chaises en plastique occupaient l'essentiel de l'espace. Darius, déjà assis, ne se leva pas quand Betsy entra.

« Je constate que vous avez amené un garde du corps, attaqua-t-il, étudiant Stewart avec attention.

— Martin Darius, voici Reggie Stewart, mon enquêteur personnel.

— Vous n'en avez qu'un ? » répondit Darius, qui ignora la main tendue de l'homme. Lentement, ce dernier l'abaissa. .

« Reggie est très fort. Je n'aurais pas gagné " Hammermill " sans lui. Si j'estime qu'il nous faut d'autres enquêteurs, j'en engagerai. Voici une copie de l'inculpation. »

1. John Doe = Tartampion, Dupont (N.d.T.).

Darius prit le document et le lut.

« Page vous inculpe, sous plusieurs chefs, de meurtre aggravé pour la mort de chaque personne : d'avoir assassiné un être humain après avoir déjà commis le crime d'enlèvement ; d'assassinat par torture ; d'assassinat de plusieurs personnes. S'il obtient une condamnation sur n'importe lequel de ces chefs d'accusation, nous passerons à la deuxième étape du procès, celle qui doit déterminer la peine.

» Au cours de cette deuxième phase, le ministère public devra convaincre les jurés que vous avez commis le meurtre délibérément, que les provocations des victimes, s'il y en a eu, n'atténuent pas l'acte meurtrier et que demeure la probabilité que vous resterez dangereux dans l'avenir. Si les jurés répondent oui à ces trois questions, vous serez condamné à la peine de mort, à moins qu'un seul des jurés ne vous trouve des circonstances atténuantes pour ne pas faire appliquer cette peine.

» Si un seul des jurés vote non à l'une des trois questions, ils auront à choisir entre une condamnation d'emprisonnement à vie sans remise possible de peine ou une condamnation à un minimum de trente ans. Des questions là-dessus ?

— Oui, Tannenbaum, répondit Darius avec un sourire amusé. Pourquoi gaspiller votre temps à m'expliquer tout cela, puisque je n'ai ni enlevé, ni torturé, ni tué ces femmes ? J'attends de vous que vous expliquiez cela au jury.

— Et Hunter's Point ? L'affaire de Hunter's Point risque d'avoir un rôle capital.

— L'assassin était un homme du nom de Henry Waters. Il a été tué lorsqu'il a tenté de s'enfuir, au moment de son arrestation. Ils ont trouvé le corps éventré de l'une de ses victimes dans le sous-sol de sa máison. Tout le monde savait que ce type était le coupable, et le dossier a été définitivement classé.

— Dans ce cas, comment se fait-il que Page soit convaincu que vous êtes l'auteur des meurtres de Hunter's Point ?

— Je n'en ai pas la moindre idée. Dans cette affaire, j'étais une victime, pour l'amour du ciel ! Je vous l'ai dit. Waters a tué Sandy et Melody. Je faisais même partie de la brigade spéciale qui a enquêté sur les meurtres.

161

— Comment cela, vous faisiez partie... ?

— Je me suis porté volontaire. J'étais un excellent avocat et j'ai commencé par faire beaucoup de criminel en début de carrière. Il me semblait que je pouvais apporter un point de vue original à l'enquête. Le maire a accepté.

— Pourquoi ne pas vous être inscrit au barreau, dans l'Oregon ? »

Le sourire disparut sur le visage de Darius. « En quoi est-ce important ?

— Vous donnez l'impression d'avoir essayé de vous cacher. Comme le fait de teindre vos cheveux en noir.

— Ma femme et ma petite fille ont été assassinées, Tannenbaum. C'est moi qui ai trouvé les corps. Ces deux morts font partie de mon ancienne vie. Lorsque je suis venu ici, j'y ai vu l'occasion de repartir à zéro. Je n'avais aucune envie de revoir mon ancienne tête dans les miroirs, car je me souvenais trop de celle que j'avais sur les photos où j'étais avec Sandy et Melody. Je ne voulais pas exercer la même profession, car il y avait trop de rapports entre celle-ci et mon ancienne vie. »

Il vint s'accouder sur la table, posant le visage entre ses mains aux doigts minces ; puis il se massa le front comme pour en chasser des souvenirs trop douloureux.

« Je suis désolé si mon comportement vous paraît être celui d'un fou, mais je suis resté plus ou moins fou pendant un certain temps. J'étais tellement heureux. Et ce cinglé est arrivé... »

Le promoteur ferma les yeux. Stewart l'observait avec beaucoup d'attention. Betsy avait raison. Ou ce type était un comédien de première, ou il était innocent.

L'avocate se tourna vers son enquêteur. « Nous allons avoir besoin du dossier de l'affaire de Hunter's Point. Il va sans doute falloir que vous alliez là-bas pour parler aux détectives qui ont mené les investigations. Le chef d'accusation de Page ne tient pas la route si Martin n'est pas l'auteur de ces meurtres. »

Stewart acquiesça puis se pencha vers Darius.

« Qui sont vos ennemis, monsieur Darius ? Qui peut vous haïr au point de vous coller ces meurtres sur le dos ? »

Il haussa les épaules. « Je me suis fait beaucoup d'ennemis.

A commencer par ces barjots qui ont bloqué le chantier dans lequel on a retrouvé les cadavres.

— Sauf tout le respect que je vous dois, vous ne suggérez tout de même pas, monsieur, demanda l'enquêteur d'un ton patient, qu'un groupe de citoyens cherchant à préserver un patrimoine historique serait responsable d'un tel traquenard ?

— Ils ont bien mis le feu à trois de mes immeubles.

— Ne voyez-vous aucune différence entre le fait de mettre le feu à des bâtiments inhabités et celui de torturer trois femmes à mort ? L'homme que nous cherchons est un monstre. Un être sans conscience, sans compassion, pour qui les gens ne sont rien de plus que des insectes et qui hait la terre entière. »

Betsy ne s'attendait pas à ce que Darius encaisse cette insolence sans broncher ; cependant, sa réaction la surprit. Au lieu de piquer une colère, il s'adossa à sa chaise, le front plissé, l'air de chercher quelle réponse donner à la question de Stewart.

« Ce que je dis ne sortira pas d'ici, n'est-ce pas ?

— Reggie est notre agent. Il jouit des mêmes privilèges que moi et la justice ne peut exiger de lui qu'il témoigne contre vous.

— Parfait. Il y a bien un nom qui me vient à l'esprit. J'ai monté un projet immobilier, dans le sud de l'Oregon, pour lequel je n'ai pas pu trouver de financement. Les banques n'avaient pas confiance. J'ai donc contacté Manuel Ochoa. C'est un homme qui ne fait pas grand-chose mais qui a beaucoup d'argent. Je ne lui ai jamais demandé d'où lui venaient ses fonds, mais des rumeurs sont parvenues jusqu'à mes oreilles.

— C'est des Colombiens qu'il s'agit, monsieur Darius, non ? Cocaïne, héroïne ? demanda Reggie.

— Je l'ignore et je ne voulais pas le savoir. Je lui ai demandé des fonds, et il m'en a avancé. Je vais cependant avoir beaucoup de mal à remplir certaines clauses de notre contrat si je reste en prison. Si Darius Construction manque à ses obligations, Ochoa se fera beaucoup d'argent.

— Sans compter que des barons de la drogue risquent de ne pas avoir beaucoup de scrupules à trucider une ou deux femmes, ajouta Stewart.

163

— Ochoa était-il au courant, pour Hunter's Point ? demanda soudain Betsy. Ce n'est pas un simple malade mental que nous cherchons, maintenant. Mais un malade mental qui connaît intimement un passé que vous vouliez garder secret.

— Très juste, observa Stewart. Qui, en dehors de vous, était au courant de l'affaire de Hunter's Point ? »

Darius, soudain, eut l'air au bout du rouleau. Il remit ses coudes sur la table et laissa pesamment tomber sa tête entre ses paumes ouvertes. « C'est la question que je me pose moi-même, Tannenbaum, depuis que j'ai compris qu'on m'avait tendu un piège. Sauf que je suis incapable d'y répondre. Je n'ai jamais parlé à quiconque, à Portland, de ce qui était arrivé à Hunter's Point. Jamais. Mais celui qui m'a tendu cette embuscade est parfaitement au courant, et ça, c'est incompréhensible. »

« Du café, noir, lança Betsy à sa secrétaire en fonçant dans le bureau, et un club-sandwich à la dinde du Heathman Pub. »

Elle posa son porte-documents et jeta un rapide coup d'œil au courrier et aux messages qu'Ann avait empilés au centre du sous-main. L'avocate jeta la publicité à la poubelle, rangea les lettres importantes dans le bac « instance » et estima que parmi les appels reçus, aucun n'exigeait de réaction immédiate.

« Le sandwich sera là dans un quart d'heure, dit Ann en posant le café sur le bureau de sa patronne.

— Parfait.

— Comment s'est passée la notification ?

— Un vrai cirque. Les journalistes grouillaient comme des mouches dans le tribunal. Pire encore que pour Hammermill. »

Ann la laissa. Betsy but quelques gorgées de café puis composa le numéro du Dr Raymond Keene, ancien médecin légiste de l'État qui exerçait maintenant dans le privé. Quand un avocat de la défense avait besoin d'une contre-expertise médicale, c'est à lui qu'il s'adressait.

« Quelque chose pour moi, Betsy ?

— Salut, Ray. C'est moi qui assure la défense de Darius.

— Sans blague !

— Sans blague. Trois femmes et un homme. Tous affreusement torturés. Je veux tout savoir sur leur mort et sur ce qui leur a été fait avant leur mort.

— Qui a pratiqué les autopsies ?

— Susan Gregg.

— Elle est compétente. Avez-vous un motif particulier pour vouloir contrôler ses résultats ?

— La question n'est pas tellement là. Le ministère public pense que Darius est un récidiviste qui aurait déjà commis le même genre de crime à Hunter's Point, État de New York. Six femmes auraient été assassinées à l'époque, d'après ce que j'ai compris. Un des suspects a été tué au moment de son arrestation, en cherchant à s'enfuir. Page ne croit pas que le suspect en question soit le meurtrier. Quand nous aurons les rapports d'autopsie de Hunter's Point, je voudrais que vous les compariez à ceux de Gregg pour voir s'il existe une similitude.

— Ça paraît intéressant. Page a-t-il donné son accord ?

— Je le lui ai demandé après l'inculpation.

— Je vais appeler Sue et voir si je peux passer à la morgue cet après-midi.

— Le plus vite sera le mieux.

— Voulez-vous que je procède à une nouvelle autopsie ou dois-je simplement analyser son rapport ?

— Faites ce que vous estimez devoir faire. A ce stade, je n'ai aucune idée de ce qui est important ou non.

— Savez-vous quelles analyses Sue a demandées ?

— Non.

— Probablement pas autant qu'il le faudrait. Je vérifierai. Les pressions budgétaires n'encouragent pas le recours au labo.

— Nous n'avons pas à nous inquiéter pour l'argent. Darius paiera tout recta.

— Voilà ce que j'aime entendre. Je vous rappelle dès que j'ai quelque chose de nouveau. Envoyez-les tous au diable. Betsy !

— Je n'y manquerai pas. » Elle raccrocha.

« Toujours d'accord pour le déjeuner ? » demanda d'une voix hésitante Nora Sloane depuis la porte du bureau. Betsy leva les yeux, étonnée.

« Votre secrétaire n'était pas là. J'ai attendu quelques minutes.

— Oh, je suis désolée, Nora. Nous devions déjeuner ensemble, c'est bien cela ?

— Oui, à midi.

— Je vous présente mes excuses. J'ai complètement oublié. Je viens juste de prendre une nouvelle affaire qui dévore tout mon temps.

— Oui, Martin Darius, je sais. Elle fait les manchettes de l'*Oregonian*.

— J'ai bien peur que la date soit mal choisie pour ce déjeuner, Nora. Je suis vraiment coincée. Pouvons-nous le repousser ?

— Pas de problème. En fait j'étais sûre que vous alliez l'annuler. J'ai tout d'abord pensé vous appeler, mais... écoutez, Betsy, reprit-elle d'un ton excité, je pourrais peut-être suivre cette affaire de près, assister aux réunions, parler à votre enquêteur ? C'est une occasion exceptionnelle de voir comment vous travaillez sur un dossier de cette envergure.

— Je ne sais pas si...

— Je ne piperai pas mot, bien entendu. Je garderai pour moi tout ce qui est confidentiel. Je me ferai aussi petite qu'une souris dans son trou. »

La journaliste paraissait tout excitée ; Betsy aurait bien voulu lui faire plaisir, mais la moindre fuite concernant la stratégie de la défense pouvait avoir des conséquences catastrophiques. La porte s'ouvrit et Ann apparut dans l'entrebâillement, un sac en papier à la main. Sloane regarda par-dessus son épaule.

« Désolée », dit la secrétaire en battant en retraite. Betsy lui fit signe de rester et dit : « Je vais en parler à Darius. Il me faut son accord. Puis j'y réfléchirai. Je ne veux rien faire qui puisse porter tort à un client.

— Je comprends parfaitement, dit Sloane. J'appellerai dans deux ou trois jours pour savoir ce que vous avez décidé.

— Désolée pour le déjeuner.

— Oh non, ça ne fait rien. Et merci. »

Quand Betsy voulut s'engager dans l'allée de son garage, chez elle, deux fourgonnettes, l'une portant le logo de CBS, l'autre d'ABC, s'y trouvaient déjà.

« Qui c'est, m'man ? » demanda Kathy, alors que deux blondes impeccablement habillées et au visage parfait s'approchaient de la voiture en tendant un micro. Elles étaient suivies de solides gaillards armées de caméras vidéo portables.

« Monica Blake, pour CBS, madame Tannenbaum », dit la plus petite des deux blondes tandis que Betsy ouvrait sa portière. La jeune femme recula d'un pas et sa collègue en profita pour se faufiler.

« Comment expliquez-vous qu'une femme connue pour ses prises de position fortement féministes défende un homme accusé d'avoir enlevé, violé et assassiné trois femmes ? »

Betsy sentit le sang lui monter à la tête. Elle se tourna brusquement et foudroya la journaliste d'ABC du regard, ignorant le micro qu'elle brandissait.

« En premier lieu, je n'ai aucune explication à vous donner. Le ministère public, lui, en a. En second lieu, je suis avocate. Mon rôle consiste à défendre, indépendamment de leur sexe, les personnes accusées d'un crime. Il arrive parfois que ces personnes soient injustement accusées parce que le ministère public s'est trompé. Martin Darius est innocent et je suis fière de le défendre contre ces fausses accusations.

— Mais si elles ne l'étaient pas ? demanda la blonde de CBS. Pourriez-vous dormir la nuit, sachant ce qu'il a fait à ces femmes ?

— Je vous invite fermement à relire notre constitution, madame Blake. Darius est présumé innocent. Et maintenant, j'ai un dîner à préparer et une fille dont je dois m'occuper. Je considère ceci comme une intrusion inadmissible dans ma vie privée. Si vous voulez me parler, demandez un rendez-vous à mon bureau. Je vous prie instamment de ne plus venir me relancer chez moi. »

Betsy fit le tour de sa voiture et ouvrit la portière pour Kathy.

La fillette sauta à terre et se retourna pour regarder les caméras, tandis que sa mère l'entraînait vers la maison. Les deux journalistes continuaient de la harceler de questions, criant de plus en plus fort.

« Dis, maman, on va passer à la télé ? » voulut savoir Kathy tandis que Betsy claquait violemment la porte.

Chapitre XI

1

Prisonnier d'une voiture, Alan Page fonçait à tombeau ouvert dans une descente sinueuse, au milieu de la circulation ; ses pneus fumaient, les freins grinçaient et il donnait des coups de volant de plus en plus désespérés pour éviter l'inévitable collision. Lorsqu'il se mit sur son séant, dans le lit, il n'était plus qu'à quelques centimètres des phares aveuglants d'un poids lourd grand comme un mastodonte. La transpiration lui collait le pyjama au corps et son cœur battait la chamade. Il se mit à respirer à grandes bouffées, ne sachant pas encore très bien s'il allait mourir ou non dans une boule de feu incandescente, au milieu de ferrailles tordues et de verre brisé.

« Nom de Dieu », fit-il d'une voix chevrotante lorsqu'il eut repris ses esprits. La pendulette affichait quatre heures cinquante-huit — il était à une heure et demie du moment où elle allait sonner, et à quatre heures et demie de l'audience du cautionnement. Il se laissa retomber sur son oreiller, angoissé, persuadé qu'il ne pourrait se rendormir, hanté par la question qui n'avait cessé de le tourmenter depuis l'arrestation de Martin Darius. Avait-il agi trop tôt ? Existait-il des preuves « claires et convaincantes » que le promoteur fût un assassin ?

Ross Barrow et Randy Highsmith s'étaient prononcés contre la perquisition de la maison de Darius, même après avoir entendu Gutierrez dire ce qu'il avait à dire. Ils auraient préféré attendre que l'on ait retrouvé Nancy Gordon ; leurs arguments ne manquaient pas de poids, mais il ne les avait pas suivis, néanmoins, donnant pour instruction au détective d'arrêter le promoteur au cas où les sculptures des pneus, sur l'un de ses véhicules personnels, correspondraient aux empreintes relevées sur le chantier. Il avait compté que Nancy Gordon réapparaîtrait avant l'audience, mais les trois détectives qui travaillaient sur l'affaire, jusqu'ici, avaient fait chou blanc.

S'il était incapable de dormir, au moins pouvait-il se reposer. Il ferma les yeux et revit Nancy Gordon. Il avait constamment pensé à la détective de Hunter's Point depuis qu'il avait appris que l'on n'avait pas retrouvé son corps dans la fosse. Si elle était vivante, elle aurait dû entrer en contact avec lui en apprenant l'arrestation de Darius ; si elle était vivante, elle serait retournée au Lakeview. Était-elle morte, une expression de souffrance inimaginable sur les traits ? Darius connaissait la réponse à cette question, mais la loi empêchait le procureur de la lui poser.

Page allait avoir besoin de toute son énergie, devant le tribunal, mais la peur qu'il avait au ventre refusait de céder. Il décida de prendre une douche, de se raser, de déjeuner, de s'habiller de son meilleur costume et de mettre une chemise impeccablement blanche et amidonnée. Oui, avec une bonne douche et un solide petit déjeuner, il se sentirait de nouveau humain. Après quoi, il se rendrait au palais de justice et s'efforcerait de convaincre l'honorable Patrick Norwood, juge au tribunal du comté de Multnomah, que Martin Darius appartenait à la catégorie des tueurs en série.

2

Martin Darius avait très bien dormi et se sentait parfaitement reposé lorsqu'il se réveilla, en même temps que les autres pensionnaires de la prison du comté. Betsy Tannenbaum s'était arrangée pour qu'il ait les cheveux coupés par son coiffeur habituel, et le gardien-chef avait autorisé une douche supplémentaire avant le passage devant la cour. Il fallut un petit déjeuner à base de crêpes caoutchouteuses noyées dans la mélasse pour entamer sa bonne humeur; il profita du goût acide du café carcéral pour tempérer leur écœurante douceur et les mangea tout de même, car la journée allait être longue.

Betsy lui avait fait parvenir une garde-robe complète en échange des vêtements dans lesquels il avait été arrêté. Lorsque le promoteur la retrouva dans le parloir, avant de passer devant le tribunal, il portait un costume sombre croisé à fines rayures blanches, une chemise de popeline et une cravate bleu marine à pois blancs en soie. Betsy, de son côté, avait adopté un tailleur droit noir et blanc et une blouse blanche à grand col. Lorsqu'ils s'engagèrent ensemble dans le corridor du palais de justice, sous les projecteurs aveuglants de la télévision, on aurait davantage dit un couple sorti tout droit des pages des revues mondaines qu'un suspect de meurtres en série escorté de son porte-parole.

« Comment vous sentez-vous? demanda Darius.

— En pleine forme.

— Très bien. Il faut que vous soyez parfaite, aujourd'hui. La prison est un endroit intéressant, du point de vue de la sociologie expérimentale, mais je suis prêt à changer de domaine de recherche.

— Je suis contente de voir que vous conservez votre sens de l'humour. »

Il haussa les épaules. « J'ai confiance en vous, Tannenbaum. C'est pour cette raison que je vous ai engagée. Vous êtes la meilleure. Vous ne me laisserez pas tomber. »

L'éloge fit du bien à Betsy; elle le savoura et crut volontiers ce que lui disait Darius. Elle était la meilleure. C'était pour cette raison que le promoteur l'avait choisie à la place de Matthew Reynolds, d'Oscar Montoya ou des autres gros calibres du barreau.

« Qui est notre juge? demanda Darius.

— Pat Norwood.

— De quoi a-t-il l'air?

— C'est une espèce de vieux ronchon qui n'est pas loin de la retraite. Il ressemble à un nabot et se comporte en géant du haut de son banc. Ce n'est pas non plus un grand spécialiste de

171

droit. En revanche, il est parfaitement impartial. Norwood est aussi impatient et grossier avec le ministère public qu'avec la défense, et il ne se laissera impressionner ni par Page ni par la presse. Si le procureur n'arrive pas à être convaincant dans la démonstration de sa preuve, Norwood fera ce qu'il a à faire.

— Et croyez-vous que le ministère public est en mesure de faire cette démonstration ? demanda Darius.

— Non, à mon avis. »

Le promoteur sourit. « Voilà ce que je voulais entendre. » Puis son sourire laissa la place à une expression inquiète. « Lisa sera-t-elle là ?

— Bien sûr. Nous nous sommes parlé hier.

— On dirait que vous arrivez à joindre ma femme plus facilement que moi.

— Elle est allée habiter chez son père. Elle se sentait mal à l'aise, toute seule dans la maison.

— Amusant, tout de même, dit Darius avec un sourire glacial. J'ai appelé Son Honneur hier au soir et il m'a dit qu'elle n'y était pas.

— Elle était peut-être sortie.

— Exact. Mais la prochaine fois que vous la verrez, ayez la gentillesse de lui demander de me rendre visite, voulez-vous ?

— Volontiers. Oh... avant que j'oublie. Il y a une femme du nom de Nora Sloane qui prépare un article sur les femmes avocats. Elle voudrait me suivre pendant cette affaire. Si j'accepte, il y a des chances pour qu'elle soit mise au courant de notre stratégie de défense ou de confidences avocat-client. Je lui ai dit que je devais vous poser la question avant d'accepter. Voyez-vous des objections au fait de l'avoir à nos basques ? »

Darius réfléchit quelques instants, puis secoua négativement la tête : « Non, ça m'est égal. En outre (il sourit), vous aurez d'autant plus envie de vous défoncer qu'elle sera là en observatrice.

— Je n'y avais pas pensé sous cet angle.

— C'est pour cette raison que je suis millionnaire, Tannenbaum. Je pense toujours aux angles. »

3

Il existait plusieurs nouvelles salles d'audience, équipées d'un matériel vidéo dernier cri et d'ordinateurs, que le juge Patrick Norwood aurait facilement pu se faire attribuer en tant que doyen du tribunal, mais il préférait la salle dans laquelle il avait régné avec une main de fer pendant vingt ans. Elle avait des plafonds élevés, de nobles piliers de marbre et comportait une estrade en bois sculpté. Conçue à l'ancienne mode, elle était parfaite pour un homme qui avait le tempérament des juges du siècle passé que n'effarouchait pas la peine de mort.

Cette salle d'audience était pleine à craquer pour la présentation de la demande de caution de Darius. Les retardataires étaient obligés de rester debout dans le hall adjacent. Les spectateurs avaient dû passer à travers un détecteur de métaux avant d'aller s'asseoir et le service d'ordre avait été renforcé à cause de menaces de mort.

Harvey Cobb, un Noir âgé, annonça la cour. Il était le greffier du juge Norwood depuis le jour où ce dernier avait été nommé. Norwood fit son entrée par une porte donnant derrière le banc. Petit, râblé, laid comme le péché, sa face de crapaud était surmontée d'une magnifique chevelure d'un blanc neigeux.

« Asseyez-vous ! » lança Cobb. Betsy prit place à côté de Martin Darius et jeta un bref coup d'oeil à Alan Page qui s'installait près de Randy Highsmith.

« Veuillez appeler votre premier témoin, monsieur Page, demanda Norwood.

— Le ministère public appelle Ross Barrow, Votre Honneur. »

Harvey Cobb fit prêter serment au détective, qui jura de dire toute la vérité, puis resta assis à la barre des témoins pendant que Page établissait son statut d'officier de police ayant grade de « détective-enquêteur » dans les affaires criminelles.

« Dites-moi, détective Barrow... n'avez-vous pas commencé à être alerté, vers la mi-août, par une série de disparitions étranges ?

— Oui, en effet. A cette époque, un détective du bureau qui s'occupe de ces questions m'a dit qu'un certain M. Larry Farrar lui avait signalé la disparition de son épouse, Laura Farrar. Larry Farrar a expliqué au détective...

— Objection, propos rapportés, dit Betsy en se levant.

— Objection rejetée, déclara Norwood. Il s'agit d'une audience de caution, pas d'un procès. J'ai l'intention de laisser une certaine latitude au ministère public. Si vous souhaitez interroger des témoins, il vous faudra les citer à comparaître. Continuez, monsieur Page. »

Le procureur adressa un signe de tête à Barrow qui reprit le récit de l'enquête.

« Farrar a expliqué au détective qu'il était rentré chez lui, après le travail, vers huit heures du soir, le 10 août. La maison avait un aspect normal, mais sa femme était absente. Tous ses vêtements étaient là, ainsi que son nécessaire à maquillage. En fait, pour autant qu'il ait pu en juger, rien ne manquait dans la maison. Seule circonstance inhabituelle, la présence d'une rose et d'un message que M. Farrar trouva sur l'oreiller du lit.

— Cette rose avait-elle quelque chose de particulier ?

— Oui, monsieur. Le rapport du laboratoire indique qu'elle a été teinte en noir.

— Et que disait le message ?

— *Disparue... Oubliée ?* »

Page tendit un document et une photo au greffier.

« Voici une photocopie du message et une photo de la rose, Votre Honneur. Les originaux sont toujours au labo. J'en ai parlé avec Mme Tannenbaum et elle a accepté que ces pièces à conviction soient présentées ici, mais uniquement dans le cadre de l'audience de cautionnement.

— Est-ce exact ? » demanda le juge à Betsy. Celle-ci acquiesça. « Pièces à conviction acceptées.

— Le détective chargé du service des personnes disparues ne vous a-t-il pas parlé d'un autre cas, à la mi-septembre ?

— En effet, monsieur. Thomas Reiser nous a signalé la disparition de son épouse, Wendy Reiser, dans des circonstances identiques.

— Rien ne manquait dans la maison, rien n'y avait été dérangé ?

— Exactement, monsieur.

— M. Reiser a-t-il trouvé une rose noire et un message sur l'oreiller de sa femme ?

— Oui, monsieur. »

Page fit passer une photocopie du deuxième message et une photo de la deuxième rose.

« Qu'a déclaré le labo à propos de ces deux pièces ?

— Qu'elles étaient identiques au message et à la rose trouvés chez M. Farrar.

— Finalement, détective Barrow, n'y a-t-il pas eu récemment une troisième disparition ?

— Si, monsieur. Russel Miller a signalé la disparition de son épouse, Victoria, dans des circonstances identiques aux deux autres cas. Message et rose sur l'oreiller. Rien de dérangé ni de manquant dans la maison.

— N'avez-vous pas appris où se trouvaient ces femmes, il y a quelques jours ? »

Barrow hocha la tête affirmativement, l'air grave. « Les trois femmes et une quatrième personne, de sexe masculin et non identifiée, ont été retrouvées enterrées dans un chantier qui est la propriété de Darius Construction.

— Qui est propriétaire de Darius Construction ?

— Martin Darius, l'inculpé.

— Le portail donnant sur le chantier était-il verrouillé ?

— Oui, monsieur.

— N'y avait-il pas un grand trou dans le grillage de clôture, dans le secteur où l'on a retrouvé les corps ?

— Si, monsieur.

— N'y avait-t-on pas repéré des traces de pneus près de ce trou ?

— En effet.

— Le soir de l'arrestation de M. Darius, avez-vous procédé à une perquisition de sa maison ?

— Oui, monsieur.

— Avez-vous trouvé des véhicules au cours de cette perquisition ?

— Oui. Un break, une BMW et une Ferrari noire.

— Je demande la présentation des pièces à conviction dix à vingt-trois, à savoir les photos du chantier, du trou dans la clôture, des traces de pneus, du site d'inhumation, des corps qui en ont été retirés et des véhicules.

— Pas d'objection, dit Betsy.

— Accepté.

— A-t-on pris une empreinte des traces de pneus ?

— Oui. Les empreintes du chantier correspondent à celles des sculptures des pneus de la BMW que nous avons trouvée chez M. Darius.

— A-t-on examiné le coffre de cette BMW pour y chercher des indices comme des cheveux ou des fibres textiles ayant pu appartenir à l'une ou l'autre des victimes ?

— Oui, monsieur. Rien n'a été trouvé.

— Le labo explique-t-il pourquoi ?

— Oui. Ce coffre venait d'être passé à l'aspirateur et nettoyé.

— La BMW était-elle neuve ?

— Ce véhicule avait un an, monsieur.

— Avez-vous relevé, détective Barrow, un lien entre l'inculpé et les femmes assassinées ?

— En effet. Oui. M. Reiser travaille pour le cabinet d'avocats chargé des intérêts légaux de Darius Construction. Lui et son épouse ont rencontré l'inculpé lors d'une réception organisée cet été par M. Darius pour fêter l'ouverture d'un nouveau centre commercial.

— Combien de temps avant la disparition de la première femme, Laura Farrar, cette réception a-t-elle eu lieu ?

— Environ trois semaines.

— M. et Mme Farrar y assistaient-ils ?

— Oui, monsieur Farrar travaille au cabinet d'experts-comptables qui gère la comptabilité de Darius Construction.

— Et Russel et Victoria Miller ?

— Ils se trouvaient également à la soirée, mais ils ont des liens plus étroits avec l'inculpé. M. Miller venait tout juste de recevoir la responsabilité du budget publicitaire de Darius Construction à l'agence Brand, Gates & Valcroft. Le couple entretenait des relations mondaines avec M. et Mme Darius. »

Page consulta ses notes, échangea quelques mots avec Highsmith, plus déclara : « Le témoin est à vous, madame Tannenbaum. »

176

Betsy consulta le bloc-notes sur lequel elle avait consigné plusieurs points qu'elle voulait faire préciser à Barrow. Elle prit certains des rapports de police que lui avait fait parvenir le procureur général.

« Bonjour, détective Barrow. Les experts en criminologie du laboratoire spécialisé de la police de l'Oregon ont bien étudié chacune des maisons des trois femmes disparues, n'est-ce pas ?

— C'est exact.

— N'est-il pas exact aussi qu'aucun de ces remarquables spécialistes n'a trouvé le moindre indice matériel établissant un rapport physique entre Martin Darius et les maisons de Laura Farrar, Victoria Miller et Wendy Reiser ?

— La personne qui a assassiné ces femmes est très habile. Elle sait comment nettoyer une scène du crime.

— Votre Honneur, dit calmement Betsy, pourriez-vous demander au détective Barrow, s'il vous plaît, d'écouter les questions que je lui pose et de se contenter d'y répondre ? Je suis sûre que M. Page prendra la peine d'expliquer les problèmes que pose cette affaire pendant sa plaidoirie. »

Le juge Norwood fusilla l'avocate du regard. « Je n'ai pas besoin qu'on me fasse la leçon, madame Tannenbaum. Contentez-vous de présenter vos objections. » Il fit pivoter son fauteuil en direction du témoin. « Vous avez témoigné ici assez souvent pour savoir que vous devez vous contenter de répondre aux questions qui vous sont posées. Épargnez-nous vos commentaires. Ils ne m'impressionnent pas.

— Alors, détective Barrow, que répondez-vous ? A-t-on découvert dans l'une des maisons le moindre lien matériel entre mon client et l'une des victimes ?

— Non.

— Et sur les corps ?

— Nous avons trouvé les empreintes de pneus.

— Votre Honneur ? fit Betsy.

— Détective Barrow, ces empreintes de pneus étaient-elles sur le corps de l'une de ces femmes ? » demanda le juge d'un ton sarcastique.

Barrow parut embarrassé. « Désolé, Votre Honneur.

— Vous m'avez compris, cette fois ?

— Il n'y avait aucun indice matériel, sur les lieux d'inhuma-

177

tion, reliant l'inculpé à aucune des femmes, répondit le détective.

— N'a-t-on pas également découvert le cadavre d'un homme au même endroit ?

— Si.

— De qui s'agit-il ?

— Nous l'ignorons.

— Il n'y a donc rien non plus qui établisse un lien entre cet homme et Martin Darius ?

— Nous ne le savons pas. Tant que nous n'aurons pas établi son identité, nous ne pouvons enquêter sur l'éventualité d'un lien avec votre client. »

Betsy fut sur le point de soulever une objection, puis décida de laisser passer cette remarque. Si Barrow continuait comme ça, il risquait surtout de se faire prendre en grippe par le juge.

« Vous avez déjà parlé au juge des traces de pneus trouvées près de la clôture. Ne croyez-vous pas que vous devriez également lui parler de l'entretien que vous avez eu avec Rudy Doschman ?

— Je l'ai interrogé, c'est exact. Que voulez-vous savoir ?

— Avez-vous le compte rendu de cet entretien ? reprit Betsy en se dirigeant vers la barre des témoins.

— Pas avec moi.

— Voyez-vous un inconvénient à emprunter mon exemplaire et à lire ce paragraphe ? » demanda-t-elle en lui tendant un double du rapport. Barrow lut le passage qu'elle lui avait indiqué et leva les yeux.

« M. Doschman est bien contremaître à Darius Construction et c'est bien lui qui travaillait sur le chantier où l'on a découvert les corps, n'est-ce pas ?

— Oui.

— Il vous a dit que M. Darius a rendu visite au chantier à de nombreuses reprises ?

— Oui.

— Dans sa BMW ?

— Oui.

— Il vous a également expliqué que le trou dans le grillage existait depuis quelque temps ?

— Oui.

— En fait, c'est sans doute par là que les incendiaires qui ont mis le feu à plusieurs des constructions en cours de M. Darius sont entrés pour commettre leur délit, il y a plusieurs semaines ?

— C'est possible.

— Il n'existe aucun lien matériel entre M. Darius et les roses ou les messages ? »

Barrow eut l'air de vouloir répliquer quelque chose, mais il se retint et secoua négativement la tête.

« Et vous confirmez cette assertion, en dépit du fait que les officiers du bureau de police de Portland ont procédé à une perquisition complète, dans le cadre d'un mandat, de la maison de M. Darius ?

— Nous n'avons rien trouvé qui établisse un rapport entre lui, les roses et les messages, répondit sèchement le détective.

— Pas d'arme du crime non plus ?

— Non.

— Rien non plus, dans le coffre de la BMW, établissant un lien avec l'un des crimes ?

— Non. »

Betsy se tourna vers Darius. « Voyez-vous d'autres questions à poser ? »

Le promoteur sourit. « Vous êtes sensationnelle, Tannenbaum.

— Pas d'autre question. »

Barrow quitta la barre des témoins et gagna vivement le fond du tribunal, tandis que Page appelait son témoin suivant.

« Docteur Susan Gregg. »

Une femme d'aspect séduisant, ayant à peine dépassé les quarante ans, les cheveux poivre et sel et habillée d'un strict tailleur gris, vint à la barre.

« La défense souhaite-t-elle que l'on établisse les titres et qualités du Dr Gregg pour cette audience ? demanda Page à Betsy.

— Nous supposons que le Dr Gregg est bien connue de la cour, répondit l'avocate. Dans le cadre de cette seule audience, nous stipulons que le Dr Gregg est le médecin légiste de l'État, et qu'elle est qualifiée pour donner un avis sur la cause des décès.

— Merci. Docteur Gregg, vous a-t-on fait venir sur un

179

chantier, propriété de Darius Construction, au début de cette semaine, pour examiner les restes de quatre personnes qui y avaient été enterrées ?

— En effet.

— C'est vous qui avez procédé à l'autopsie des quatre victimes ?

— Oui.

— Qu'est-ce qu'une autopsie, docteur Gregg ?

— L'examen d'un corps après la mort dans le but de déterminer, entre autres choses, la cause du décès.

— Pouvez-vous nous expliquer ce que cet examen implique ?

— Volontiers. J'ai examiné soigneusement les corps, à la recherche de blessures graves, de maladies naturelles ou d'autres causes naturelles ayant pu entraîner la mort.

— L'une des victimes est-elle morte de mort naturelle ?

— Non.

— Quelles blessures avez-vous constatées ?

— J'ai observé, sur les quatre personnes, de nombreuses brûlures et entailles en différentes parties des corps. Trois des doigts de l'homme avaient été tranchés. Les seins des femmes présentaient de profondes coupures. Les mamelons avaient subi des mutilations, comme les parties génitales de l'homme et des femmes. Souhaitez-vous que je donne plus de détails ?

— Ce ne sera pas nécessaire dans le cadre de cette audience. Comment sont mortes les trois femmes ?

— Elles ont eu l'abdomen profondément entaillé, ce qui s'est traduit par de graves blessures des différents viscères.

— Quand une personne est éventrée, meurt-elle rapidement ?

— Non. On peut continuer à vivre pendant un certain temps.

— Pourriez-vous être plus précise ? »

Gregg haussa les épaules. « C'est difficile. Entre deux et quatre heures. On meurt du fait de l'état de choc et d'hémorragie.

— Et c'est ce qui a été la cause du décès de ces femmes ?

— Oui.

— Et de l'homme ?

— Non. Il est mort d'un coup d'arme à feu dans la nuque.

— Avez-vous demandé des tests de laboratoire ?

— Oui. J'ai fait rechercher de l'alcool dans le sang. Résultats négatifs pour les quatre victimes. Une analyse d'urine pour les narcotiques interdits. Ce qui implique de rechercher cinq drogues : cocaïne, morphine, marijuana, amphétamines et PCP. Tous les résultats ont été négatifs. »

Page étudia ses notes et s'entretint brièvement avec Highsmith avant de laisser le témoin à Betsy. Celle-ci relut une partie du rapport d'autopsie et fronça les sourcils.

« Docteur Gregg... certaines remarques, à la page quatre de votre rapport, me laissent perplexe. Les femmes ont-elles été violées ?

— C'est difficile à dire. J'ai trouvé sur les trois des ecchymoses et des tissus déchirés dans la région du vagin et du rectum. Les tissus déchirés semblent indiquer une pénétration par un corps étranger.

— Avez-vous fait une recherche de sperme ?

— Je n'ai trouvé aucune trace de liquide séminal.

— Vous ne pouvez donc affirmer avec certitude que les femmes ont été violées ?

— Je peux simplement dire qu'il y a eu pénétration violente et blessure. Il n'y a aucune trace d'éjaculation masculine.

— Êtes-vous parvenue à une conclusion quant au fait que les femmes ont été ou non tuées sur le chantier ?

— Je crois qu'elles ont été tuées ailleurs.

— Pourquoi ?

— Il aurait dû y avoir d'importantes quantités de sang sur place, du fait du nombre et de la gravité des blessures. Certains organes internes de deux des femmes étaient également manquants.

— La pluie aurait-elle pu faire disparaître le sang ?

— Non. Les cadavres étaient enterrés. La pluie aurait pu à la rigueur emporter le sang à la surface, mais on aurait dû en trouver d'importantes quantités sous les cadavres, dans la fosse.

— Vous estimez donc que les femmes ont été tuées ailleurs, puis transportées sur le chantier ?

— Oui.

— A supposer que les corps aient été transportés dans le

coffre d'une BMW, aurait-il été possible de faire disparaître toute trace de sang de ce coffre?

— Objection! s'écria Page. Le Dr Gregg n'est pas qualifiée pour répondre à cette question. Elle est médecin légiste et non pas expert judiciaire.

— Qu'elle réponde, décida le juge, si elle estime pouvoir le faire.

— Je crains que cela ne soit en dehors de mes compétences, répondit le médecin légiste.

— L'homme n'a pas été éviscéré?

— Non.

— Pas d'autre question. »

Alan Page se leva. Il paraissait un peu hésitant. « Votre Honneur, dit-il, je vais m'appeler moi-même comme témoin. M. Highsmith procédera à l'interrogatoire.

— Objection, Votre Honneur. Il est contraire à l'éthique de témoigner, pour un procureur, dans le cadre de poursuites qu'il a lui-même intentées.

— Cet argument serait sans doute recevable lors d'un procès avec jury, Votre Honneur, se défendit Page, mais la cour ne devrait avoir aucun mal à établir ma crédibilité comme témoin, car je défends aussi le point de vue de l'État. »

Norwood parut troublé. « Cette démarche est inhabituelle. Pourquoi faut-il que vous témoigniez?

— Qu'est-ce qu'il mijote? » murmura Darius à l'oreille de Betsy.

L'avocate secoua la tête. Elle étudiait Page; celui-ci paraissait mal à l'aise mais déterminé. Il y avait quelque chose qui tracassait le procureur général.

« Il se trouve, Votre Honneur, que je détiens des éléments qui doivent parvenir à votre connaissance pour que vous puissiez prendre une décision circonstanciée sur la question de la caution. Si je ne témoigne pas, il vous manquera les présomptions les plus importantes qui font que nous croyons que Martin Darius est l'homme qui a tué Laura Farrar, Wendy Reiser et Victoria Miller.

— Vous m'embrouillez, monsieur Page, dit le juge d'un ton agacé. Comment détenez-vous ces preuves? Où est votre témoin? Je ne comprends pas. » Il secoua la tête.

Page s'éclaircit la gorge. « Votre Honneur, j'ai bien un témoin. Son nom est Nancy Gordon. » Darius prit une profonde inspiration et se pencha, tendu. « Il y a dix ans, une série de meurtres identique à celle-ci a eu lieu à Hunter's Point, dans l'État de New York. Le jour qui a précédé la découverte des corps, le détective Gordon m'a parlé de ces meurtres et m'a dit pour quelle raison elle croyait qu'ils étaient l'œuvre de Martin Darius.

— Dans ce cas, faites témoigner le détective Gordon.

— Je ne peux pas. Elle a disparu, et elle est peut-être morte. Après notre entretien, elle est allée prendre une chambre dans un motel. Je l'ai appelée à plusieurs reprises à partir de huit heures-huit heures et demie, le lendemain matin ; je crains qu'il ne lui soit arrivé quelque chose peu après son installation au motel. Il semble qu'elle ait été interrompue pendant qu'elle défaisait ses bagages. Toutes ses affaires étaient dans la chambre, mais elle n'est pas revenue les prendre. Une équipe de détectives est sur l'affaire, mais jusqu'ici les recherches n'ont rien donné.

— Votre Honneur, intervint Betsy, si M. Page entend rapporter les affirmations de cette soi-disant détective pour prouver que mon client a tué un certain nombre de femmes il y a dix ans de cela, ce ne sera que pur ouï-dire. J'admets que la cour accorde une certaine marge de manœuvre au ministère public, mais les droits constitutionnels fédéraux et étatiques de M. Darius sont clairs ; il a notamment celui d'être confronté au témoin qui dépose contre lui. »

Norwood acquiesça. « En effet, madame Tannenbaum. Je dois vous dire, monsieur Page, que cela m'ennuie. N'y a-t-il pas un autre témoin de Hunter's Point que vous pourriez faire témoigner à propos de ces autres crimes ?

— Pas dans un délai aussi bref. Je connais le nom des autres détectives qui ont travaillé sur l'affaire, mais ils ne sont plus dans les forces de police de Hunter's Point et je n'ai pas encore pu retrouver leurs traces. »

Norwood s'enfonça dans son fauteuil et disparut presque complètement à la vue. Betsy mourait d'envie de savoir ce que la détective avait pu raconter à Page, mais elle devait tout faire pour se dispenser de son témoignage si c'étaient les munitions dont Page avait besoin pour garder Martin Darius en prison.

183

« Il est onze heures et quart, mes enfants, dit Norwood. L'audience est suspendue jusqu'à une heure trente. »

Le juge se leva et quitta la salle du tribunal. Harvey Cobb donna du marteau et tout le monde se leva.

« Cette fois, j'ai compris pourquoi Page pense que j'ai tué ces femmes, murmura Darius à l'oreille de Betsy. Pouvons-nous parler ?

— Je vous retrouve tout de suite à la prison. » Elle se tourna vers l'un des gardiens. « Pouvez-vous faire passer M. Darius dans le parloir ? Je dois m'entretenir avec lui.

— Sans problème, madame Tannenbaum. On va simplement attendre que la salle soit évacuée avant de monter avec lui. Vous pouvez même prendre l'ascenseur avec nous, si vous voulez.

— Merci, d'accord. »

Le gardien passa les menottes à Darius. Betsy regarda vers le fond de la salle. Lisa Darius se tenait près de la porte du fond et parlait avec Nora Sloane. Lisa jeta un coup d'œil en direction de Betsy ; celle-ci lui sourit. Lisa ne lui rendit pas son sourire, se contentant d'un hochement de tête. Betsy eut un geste de la main pour dire qu'elle allait la rejoindre incessamment. Lisa dit quelque chose à Sloane. La journaliste sourit et tapota l'épaule de la jeune femme, puis quitta la salle.

« Je vais parler un instant avec Lisa », dit Betsy à Darius.

L'épouse du promoteur attendait à côté de la porte, regardant nerveusement, par la partie vitrée, les reporters qui attendaient.

« Cette femme prétend travailler avec vous sur un article pour le *Pacific West*, dit-elle.

— C'est exact. Elle va nous suivre pendant tout le procès de Martin pour voir comment je m'y prends.

— Elle voudrait me parler. Que dois-je faire ?

— Elle n'a pas l'air d'une évaporée, mais c'est à vous de décider. Vous tenez le coup ?

— C'est affreux. Les journalistes n'arrêtent pas de me harceler. Quand je suis allée habiter chez mon père, j'ai dû me faufiler hors de la propriété en passant par les bois pour qu'ils ne sachent pas où j'allais.

— Je suis désolée pour vous, d'autant plus que ça ne va pas aller en s'améliorant. »

La jeune femme eut un instant d'hésitation, puis demanda :
« Est-ce que le juge va accepter de laisser Martin sortir sous
caution ?

— Il y a de bonnes chances pour qu'il y soit obligé. Les
présomptions présentées par le ministère public sont pour
l'instant bien faibles. »

Lisa paraissait inquiète.

« Quelque chose ne va pas ?

— Non, répondit-elle trop précipitamment.

— Si vous savez quoi que ce soit sur cette affaire, je vous en
prie, dites-le-moi. Je ne tiens pas à avoir de mauvaises
surprises.

— Ce sont les journalistes. Ils me rendent vraiment nerveuse », expliqua Lisa. Mais Betsy savait qu'elle mentait.

« Nous sommes prêts, vint dire le gardien à l'avocate.

— Il faut que j'aille parler à Martin. Il voudrait que vous
veniez le voir. »

Lisa Darius acquiesça, mais elle paraissait penser à autre
chose.

« Qui est Nancy Gordon ? » demanda Betsy à Darius. Ils
étaient assis l'un à côté de l'autre dans le parloir exigu des salles
de détention provisoire du palais de justice.

« L'un des policiers de la brigade spéciale. Je l'ai vue pour
la première fois le soir de l'assassinat de Sandy et Melody.
Elle m'a interrogé à mon domicile. Gordon était fiancée à un
autre flic, qui avait été tué quelques semaines avant leur
mariage. Elle était encore sous le coup de ce deuil lorsque je
me suis joint à la brigade et elle m'a aidé à surmonter le
mien.

» Nous nous sommes revus à plusieurs occasions. Je ne m'en
suis pas rendu compte, sur le moment, mais elle a pris mon
comportement amical pour autre chose et... » Il se tourna vers
l'avocate. Dans la position où ils étaient, leurs genoux se
touchaient presque. Il se pencha vers elle. « J'étais vulnérable.
Nous l'étions tous les deux. Vous ne pouvez savoir ce que l'on
ressent quand on perd un être aimé dans de telles circonstances.
Il faut l'avoir vécu.

» J'acquis la conviction que Waters était le tueur à la rose et je pris une initiative stupide. Sans le dire à personne, j'ai commencé à le filer. J'ai même surveillé sa maison, en espérant pouvoir le prendre en flagrant délit. (Il eut un sourire piteux.) J'ai été d'une maladresse insigne et j'ai failli faire capoter l'enquête. J'étais tellement discret qu'un voisin a appelé la police pour se plaindre de ce drôle de type qui campait devant chez lui. Les flics sont venus. Je me suis senti idiot. Nancy m'a tiré de là. Nous nous sommes retrouvés dans un restaurant non loin du poste de police et elle m'a passé un savon.

» Le temps que nous ayons fini notre repas, il était déjà tard ; je lui ai proposé de la raccompagner, car son auto était en réparation. On avait bu quelques bières tous les deux. Je ne sais même pas qui a commencé. Toujours est-il que nous avons fini dans un lit. »

Darius contempla ses mains, comme s'il avait honte de lui. Puis il secoua la tête.

« C'était la dernière chose à faire. J'aurais dû me douter qu'elle prendrait ça au sérieux. Vous comprenez, c'était bon, pour elle comme pour moi, d'avoir quelqu'un avec qui passer la nuit. On se sentait tellement seuls tous les deux. Mais elle a cru que je l'aimais, ce qui n'était pas le cas. La mort de Sandy était encore trop récente. Lorsque je lui ai dit que je ne voulais pas poursuivre cette liaison, elle m'en a voulu. Par chance, Waters a été capturé très peu de temps après et mon rôle dans la brigade spéciale a pris automatiquement fin. Nous n'avions plus de raison de nous voir. Sauf que Nancy ne put s'y résoudre. Elle m'appelait chez moi, à mon bureau. Elle voulait me revoir, pour parler de nous. Je lui ai dit qu'il n'y avait aucun " nous ", mais elle avait du mal à l'accepter.

— Finalement, elle l'a fait ? »

Il acquiesça. « Elle a arrêté d'appeler, mais je savais qu'elle en avait gros sur le cœur. Ce que je n'arrive pas à comprendre, c'est comment elle a pu se fourrer dans l'idée que j'aurais tué ma propre femme et ma propre fille.

— Si le juge laisse Page témoigner, dit Betsy, nous ne tarderons pas à le savoir. »

Chapitre XII

« Permettez-moi de vous expliquer comment je vois les choses, madame Tannenbaum, dit le juge Norwood. Je sais très bien ce que dit la constitution sur le droit dont dispose un inculpé d'être confronté à un témoin à charge, et je ne prétends pas que vous ayez tort de soulever ce point ; mais il s'agit ici de statuer sur une libération sous caution et non de faire le procès du prévenu. M. Page cherche simplement à me convaincre que les présomptions dont il dispose sont telles qu'il est presque certain d'obtenir un verdict de culpabilité lors du procès. Il pense qu'une partie des informations viendront de la femme détective disparue ou de quelqu'un d'autre de l'État de New York. Je vais lui permettre de me présenter ces présomptions, mais je vais également tenir compte du fait qu'il ne dispose pas de son témoin et qu'il ne pourra peut-être pas le présenter, ni lui ni les autres détectives de Hunter's Point, lors du procès. Autrement dit, je vais décider du crédit à accorder à ce témoignage, tout en acceptant qu'il soit donné. Que ma décision ne vous convienne pas, je l'admets volontiers. Je peux me tromper. C'est pour cela qu'il existe des cours d'appel. Mais pour l'instant, j'autorise M. Page à témoigner. »

Betsy avait déjà présenté ses objections, elles avaient été notées, et elle ne dit donc rien lorsque le procureur général prêta serment.

« Monsieur Page, commença Highsmith, au cours de la soirée qui a précédé la découverte des corps de Victoria Miller, Wendy Reiser, Laura Farrar, ainsi que celui d'un homme non

187

identifié, dans un chantier appartenant à l'inculpé, avez-vous reçu la visite d'une femme à votre domicile?

— Oui.

— Qui était cette femme?

— Nancy Gordon, détective au département de police de Hunter's Point, dans l'État de New York.

— Au moment de cette visite du détective Gordon, les détails concernant les trois disparitions de femmes intervenues à Portland étaient-ils connus du public?

— Bien au contraire, monsieur Highsmith. La police et le ministère public ne savaient pas ce qu'il était advenu de ces femmes et traitaient donc leur cas comme celui de personnes portées disparues. Personne dans la presse n'était au courant des similitudes que présentaient ces affaires et les époux avaient accepté de coopérer avec nous en ne divulguant aucun de ces détails.

— Quelles étaient ces similitudes auxquelles vous faites allusion?

— Les roses noires et les messages disant *Disparue... Oubliée?*

— Que vous a déclaré le détective Gordon qui a pu vous conduire à croire qu'elle détenait des informations utiles à l'enquête concernant les disparitions?

— Elle était au courant, pour les roses et les messages.

— Et quand en avait-elle entendu parler pour la première fois?

— Il y a dix ans, à Hunter's Point, lorsque s'est produite une série de disparitions presque identique.

— Quel était son rôle dans l'affaire de Hunter's Point?

— Elle faisait partie de la brigade spéciale chargée d'élucider cette affaire.

— Comment le détective Gordon a-t-elle été mise au courant des disparitions de Portland et des similitudes entre les deux affaires?

— Elle m'a dit avoir reçu une lettre anonyme qui l'a amenée à croire que la personne responsable des meurtres de Hunter's Point habitait maintenant à Portland.

— Qui était cette personne?

— Elle la connaissait sous le nom de Peter Lake.

— Vous a-t-elle donné d'autres informations sur ce Peter Lake ?

— Oui. Il faisait une belle carrière d'avocat à Hunter's Point. Il était marié à Sandra Lake et avait une fille de six ans, Melody. Mme Lake et sa fille ont été assassinées et on a trouvé une rose noire et un message *Disparue... Oubliée ?* près du corps de la mère. Lake avait un certain pouvoir politique et s'en est servi pour que le maire de Hunter's Point fasse pression sur la police ; c'est ainsi qu'il s'est retrouvé dans la brigade spéciale. Lake devint rapidement le premier suspect, même s'il ne s'en rendit pas compte.

— Les empreintes digitales de Peter Lake ont-elles été comparées à celles de Martin Darius ?

— Oui.

— Avec quel résultat ?

— Martin Darius et Peter Lake sont une seule et même personne. »

Highsmith tendit au greffier deux bristols portant des empreintes digitales et un rapport d'expert, afin qu'ils soient joints au dossier comme pièces à conviction.

« Monsieur Page... est-ce que le détective Gordon vous a expliqué pour quelle raison elle croyait que l'inculpé avait assassiné les femmes de Hunter's Point ?

— Oui.

— Répétez à la cour ce qu'elle vous a déclaré.

— Peter Lake avait un lien avec chacune des femmes qui avaient disparu à Hunter's Point. Gloria Escalante avait siégé comme juré à l'un des procès où il assurait la défense d'un prévenu. Samantha Reardon appartenait au même country club que les époux Lake. Le mari d'Anne Hazelton était avocat et les Lake et les Hazelton avaient assisté aux mêmes réunions organisées par l'association locale du barreau. Patricia Cross et Sandra Lake avaient fait partie de la même équipe de sport au collège.

» Le détective Gordon fit connaissance de Lake le soir où Sandra et Melody Lake furent assassinées. C'était la première fois que l'on découvrait un corps. Dans tous les autres cas, lorsqu'une femme disparaissait, on retrouvait simplement la rose et le message sur son oreiller. Aucun de ces messages ne comportait d'empreintes digitales. Le message trouvé près du corps de Sandra Lake, en revanche, portait celles de la victime. L'hypothèse des enquêteurs était que Sandra Lake avait découvert le message et que son mari l'avait tuée pour qu'elle ne fasse pas le lien entre lui et les disparitions au moment où les détails de celles-ci seraient rendus publics. Ils pensaient aussi que Melody avait assisté au meurtre de sa mère et avait été tuée pour cette raison.

— Y a-t-il eu un problème quant à l'heure à laquelle Peter Lake a signalé ces meurtres à la police ?

— Oui. Lake déclara à la police qu'il avait découvert les corps tout de suite en entrant chez lui, qu'il s'était assis quelques instants sur une marche, sous le choc, puis qu'il avait appelé le 911. Or cet appel eut lieu à huit heures quinze et un voisin des Lake affirma avoir vu celui-ci arriver chez lui peu après sept heures vingt. Les enquêteurs de la brigade spéciale estimèrent que s'il avait fallu plus de cinquante minutes à Peter Lake pour signaler le drame, c'était parce que les victimes étaient vivantes lorsqu'il était arrivé chez lui.

— D'autres détails impliquaient-ils Lake ?

— Un homme du nom de Henry Waters travaillait pour un fleuriste. On avait vu son véhicule de livraison non loin de la maison des Escalante le jour de la disparition de Mme Escalante. Waters avait déjà eu des ennuis avec les autorités pour exhibitionnisme. On retrouva le corps de Patricia Cross dans le sous-sol de la maison de Waters. Elle avait été éventrée, exactement comme les trois femmes de Portland.

» Waters n'avait jamais été un suspect sérieux, ce que ne savait pas Lake. Il souffrait d'un léger retard mental et n'avait jamais commis de violences. Il n'y avait aucun rapport entre lui et les autres victimes. Sans le dire à personne, Lake décida de surveiller la maison de Waters et le suivit dans les jours qui précédèrent la découverte du corps de Patricia Cross.

— Comment la police fut-elle amenée à perquisitionner la maison de Waters ?

— Une voix masculine, qui n'a jamais pu être identifiée,

190

l'a appelée. Les membres de la brigade spéciale pensent que c'est Lake qui a amené Patricia Cross dans le sous-sol de la maison Waters, qu'il l'a tuée là, puis qu'il a donné son coup de téléphone anonyme.

— Comment se fait-il que Lake n'ait pas été l'objet de poursuites à Hunter's Point?

— Waters fut tué au cours de son arrestation. Le chef de la police et le maire annoncèrent publiquement que l'assassin à la rose était Waters. Il n'y eut pas d'autre meurtre et le dossier fut classé.

— Pourquoi Nancy Gordon est-elle venue à Portland?

— Lorsqu'elle a été mise au courant des messages et des roses, elle a tout de suite compris que le responsable des meurtres de Hunter's Point et de Portland était une seule et même personne, car la couleur des roses et le contenu des messages n'avaient jamais été rendus publics à Hunter's Point.

— Où le détective Gordon s'est-elle rendue après avoir quitté votre domicile?

— Au Lakeview Motel. D'après le gérant, elle s'est présentée environ vingt minutes après être partie de chez moi.

— Avez-vous vu le détective Gordon ou lui avez-vous parlé, depuis lors?

— Non. Elle a disparu.

— Avez-vous fouillé sa chambre, au motel?»

Page acquiesça. «On aurait dit qu'elle avait été dérangée pendant qu'elle défaisait ses valises. Quand elle est arrivée chez moi, elle avait un porte-documents contenant beaucoup de pièces relatives à l'affaire. Il avait disparu. Nous avons également trouvé, sur un bloc-notes à côté du téléphone, l'adresse du chantier où nous avons découvert les corps.

— Quelles conclusions en avez-vous tirées?

— Que quelqu'un l'avait appelée pour lui donner cette adresse.

— Que croyez-vous qu'il se soit passé ensuite?

— Elle n'avait pas de voiture. Nous avons vérifié auprès de toutes les sociétés de taxi. Aucun n'est venu la chercher au Lakeview. Je crois que la personne qui l'a appelée est venu la chercher.

— Plus d'autre question, Votre Honneur.»

191

Betsy sourit à Page, mais le procureur ne lui rendit pas la pareille. Il affichait un air sinistre et il s'assit avec raideur, le dos droit, les mains croisées sur les genoux.

« Monsieur Page, dit-elle, il y a eu une enquête minutieuse à Hunter's Point, n'est-ce pas?

— C'est ce que m'a dit le détective Gordon.

— Je suppose que vous avez lu les rapports de cette enquête?

— Non, je ne les ai pas lus, répondit-il en se déplaçant sur son siège, mal à l'aise.

— Comment cela se fait-il?

— Je ne les possède pas.

— Avez-vous demandé à Hunter's Point de vous les faire parvenir?

— Non. »

L'avocate fronça les sourcils. « Si vous envisagez de faire témoigner le détective Nancy Gordon, il faudra présenter ces rapports.

— J'en suis conscient.

— Avez-vous une raison de ne pas les avoir demandés? »

Le visage du procureur s'empourpra. « Ils ont été déplacés.

— Que voulez-vous dire?

— Que le département de police de Hunter's Point les recherche. Ces rapports auraient dû être archivés à un certain endroit, mais ils n'y sont pas. Nous pensons que le détective Gordon doit savoir où ils se trouvent, puisqu'elle m'a confié des doubles de certaines pièces à conviction, comme les empreintes digitales de Lake, qui semblent bien provenir de ces dossiers. »

Betsy décida de changer de sujet. « Pendant l'interrogatoire de M. Highsmith, vous avez mentionné à plusieurs reprises l'opinion des membres de la brigade spéciale. Leur avez-vous parlé?

— Non, je n'ai parlé qu'au détective Gordon.

— Savez-vous au moins où ils sont?

— Je viens tout juste d'apprendre que Frank Grimsbo est responsable de la sécurité chez Marlin Steel.

— Où se trouvent les bureaux de cette société?

— A Albany, État de New York. »

Betsy prit une note. « Vous n'avez donc pas parlé à Frank Grimsbo ?

— Non.

— Quels sont les noms des autres détectives ?

— En dehors de Gordon et Grimsbo, il y avait un criminologue du nom de Glen Michaels et un autre détective, Wayne Turner. »

L'avocate releva tous ces noms. Lorsqu'elle se tourna de nouveau vers lui, Page affichait une expression complètement fermée.

« N'est-il pas vrai, monsieur Page, que vous n'avez rien pour confirmer la version des faits rapportée par votre mystérieuse visiteuse ?

— Je ne dispose en effet que de ce que m'a rapporté la détective.

— Quelle détective ?

— Nancy Gordon.

— C'était bien la première fois que vous voyiez cette femme, n'est-ce pas ? »

Le procureur acquiesça.

« Avez-vous jamais vu une photo de Nancy Gordon ?

— Non.

— Autrement dit, vous ne pouvez certifier que la personne qui s'est présentée chez vous comme étant le détective Nancy Gordon est bien Nancy Gordon ?

— Il existe bien une Nancy Gordon qui travaille à la police de Hunter's Point.

— Je n'en doute pas. Mais nous ne sommes pas certains que ce soit la personne qui vous a rendu visite, non ?

— Non.

— Rien ne prouve non plus que cette femme soit morte ; elle a pu aussi bien être victime d'une mauvaise plaisanterie, n'est-ce pas ?

— Elle a disparu.

— A-t-on trouvé du sang dans sa chambre ?

— Non.

— Des traces de lutte ?

— Non plus, répondit Page à contrecœur.

— Y a-t-il eu des témoins de l'assassinat de Sandra et Melody Lake ?

193

— Il est possible que votre client en ait été témoin, jeta Page d'un air de défi.

— Vous n'avez rien pour étayer votre point de vue, en somme, mis à part les hypothèses avancées par votre mystérieuse visiteuse.

— C'est exact.

— N'est-il pas également exact que le chef de la police et le maire de Hunter's Point ont déclaré officiellement que Henry Waters était le meurtrier de toutes les femmes ?

— Oui.

— Ce qui inclurait Sandra et Melody Lake ?

— Oui.

— Ce qui fait que M. Lake — ou Darius — serait en réalité une victime, non ? »

Page ne répondit pas et Betsy n'insista pas. « On compte, reprit-elle, six victimes dans l'affaire de Hunter's Point, y compris une fillette de six ans. Pouvez-vous imaginer ce qui a pu pousser les autorités à classer un dossier comme celui-ci et à déclarer qu'une personne est le meurtrier, s'il y avait la moindre possibilité que le véritable auteur de ces crimes coure encore ?

— Les autorités ont peut-être voulu calmer les craintes de la communauté.

— Vous voulez dire que cette déclaration publique aurait fait partie d'un stratagème visant à rendre le tueur moins méfiant pendant que l'enquête se poursuivait ?

— Exactement.

— Mais précisément, cette enquête n'a pas continué, n'est-ce pas ?

— Non, d'après le détective Gordon.

— Les meurtres se sont d'ailleurs arrêtés après la mort de Henry Waters.

— En effet. »

Betsy se tut et se tourna vers le juge Norwood. « Pas d'autre question, Votre Honneur.

— Monsieur Highsmith ? fit le juge.

— Je n'ai pas d'autres questions à poser à M. Page.

— Vous pouvez quitter la barre, monsieur Page. »

Le procureur se leva lentement. Betsy lui trouva l'air fatigué et vaincu. Elle en conçut une certaine satisfaction. Elle ne tenait

194

pas à humilier le représentant de l'État, pour qui elle avait de l'estime, mais il méritait ce qui lui arrivait. Il était manifeste qu'il avait arrêté Martin Darius sur des présomptions sans fondement, qu'il lui avait fait passer huit jours en prison et avait porté gravement atteinte à sa réputation. Un revers public cuisant n'était qu'un faible prix à payer pour un manquement aussi grossier à ses obligations.

« D'autres témoins ? demanda le juge.

— Oui, Votre Honneur, deux, répondit Highsmith.

— Faites-les venir.

— Le ministère public appelle Ira White. »

Un homme rondouillard habillé d'un costume brun qui lui allait mal s'avança depuis le fond du tribunal. Il sourit nerveusement pendant qu'il prêtait serment. Betsy lui donnait la trentaine.

« Quelle profession exercez-vous, monsieur White ? attaqua Highsmith.

— Je suis représentant en outillage pour Finletter Tools.

— Où se trouve le siège social de cette entreprise ?

— A Phoenix, dans l'Arizona, mais mon secteur est l'Oregon, le Montana, le Washington, l'Idaho et une partie de la Californie du Nord, près de la frontière avec l'Oregon.

— Où vous trouviez-vous à deux heures de l'après-midi, le 11 octobre de cette année ? »

Cette date disait quelque chose à Betsy ; elle consulta les rapports de police. C'était le jour où l'on avait signalé la disparition de Victoria Miller.

« Dans ma chambre de l'Hacienda Motel, répondit White.

— Où est situé ce motel ?

— A Vancouver, État de Washington.

— Pourquoi vous trouviez-vous dans votre chambre ?

— Je venais juste de la prendre. J'avais un rendez-vous prévu à trois heures, et je voulais profiter de ce délai pour défaire ma valise, me doucher et changer de vêtements.

— Vous souvenez-vous du numéro de votre chambre ?

— C'est-à-dire... vous m'avez montré une photocopie du registre. La 102.

— Où est-elle située, par rapport à la réception ?

— Tout à côté, au rez-de-chaussée.

— A environ deux heures, monsieur White, n'avez-vous pas entendu quelque chose dans la chambre voisine ?

— Une femme qui criait et qui sanglotait.

— Donnez davantage de détails au juge.

— D'accord, répondit le représentant de commerce en se tournant vers Norwood. Je n'ai rien remarqué jusqu'au moment où je suis sorti de la douche. A cause du bruit de l'eau. Mais une fois les robinets fermés, j'ai entendu un fort gémissement, comme si quelqu'un souffrait. Ça m'a surpris. Les murs du motel ne sont pas épais. La femme suppliait qu'on ne lui fasse pas de mal, elle poussait des cris, pleurait. Il n'était pas facile de distinguer ses paroles, mais j'ai compris quelques mots. J'entendais par contre très bien ses pleurs.

— Combien de temps cela a-t-il duré ?

— Pas très longtemps.

— Avez-vous vu vos voisins de chambre, à un moment ou un autre ?

— J'ai vu la femme. J'étais sur le point d'appeler le gérant lorsque tout est devenu calme. Comme je l'ai dit, ça n'a pas duré très longtemps. Bref, je me suis rhabillé et je suis sorti vers deux heures et demie pour me rendre à mon rendez-vous. Elle est sortie en même temps que moi.

— La femme de la chambre voisine ? »

White acquiesça.

« Vous rappelez-vous comment elle était ?

— Oh, ouais. Très jolie femme. Blonde. Bien faite. »

Highsmith alla montrer une photographie au témoin. « Ce visage vous est-il connu ? »

White regarda la photo. « C'est elle.

— Vous en êtes certain ?

— Tout à fait.

— Votre Honneur, dit Highsmith, voici la pièce à conviction trente-cinq du ministère public, une photographie de Victoria Miller.

— Pas d'objection, intervint Betsy.

— Pas d'autres questions, conclut le substitut.

— Je n'ai rien à demander à M. White », dit Betsy.

Le juge Norwood s'adressa au témoin. « Nous vous libérons, monsieur White.

— Le ministère public appelle Ramon Gutierrez à la barre. »

Un jeune homme à la peau sombre et à la moustache en trait de crayon, habillé avec soin, vint prendre place.

« Monsieur, pouvez-vous nous dire où vous travaillez ?

— A l'Hacienda Motel.

— A Vancouver ?

— Oui.

— Vous y occupez quelles fonctions ?

— Réceptionniste de jour.

— Que faites-vous le soir ?

— Je suis des cours au collège de Portland.

— Dans quel domaine ?

— Assistance médicale.

— Autrement dit, vous essayez de vous en sortir ? demanda Highsmith avec un sourire.

— Oui.

— Ça ne doit pas être facile.

— Non, en effet.

— Étiez-vous à la réception du motel, monsieur Gutierrez, le 11 octobre de cette année ?

— Oui.

— Décrivez-nous la disposition de l'établissement.

— Il a un étage, avec un palier qui fait tout le tour du bâtiment au premier. Le bureau de la réception est situé à l'extrémité nord du rez-de-chaussée, après quoi ce sont les chambres.

— Comment sont numérotées ces chambres ?

— La première, celle qui est à côté de la réception, porte le numéro 102, la suivante le 103 et ainsi de suite.

— Nous avez-vous apporté le registre des entrées du 11 octobre ?

— Oui, répondit Gutierrez en tendant à l'adjoint du procureur une grande feuille de classeur d'un jaune éteint.

— Qui a pris la chambre 102, cet après-midi-là ?

— Ira White de Phoenix, Arizona.

Highsmith tourna le dos au témoin et regarda Martin Darius. « Et qui a pris la chambre 103 ?

— Une femme du nom d'Elizabeth McGovern, de Seattle.

— Est-ce vous qui lui avez donné sa clef?

— Oui.

— A quelle heure?

— Un peu après midi.

— Je présente au témoin la pièce à conviction trente-cinq du ministère public. Est-ce que vous reconnaissez cette femme?

— Il s'agit de Mme McGovern.

— Vous en êtes certain?

— Oui. C'était une beauté, répondit Gutierrez d'un ton attristé. Ensuite, j'ai vu sa photo dans l'*Oregonian*. Je l'ai tout de suite reconnue.

— A quelle photo faites-vous allusion?

— A celle de l'une des femmes assassinées. Sauf qu'on disait qu'elle s'appelait Victoria Miller.

— Avez-vous appelé le bureau du procureur général après avoir lu le journal?

— Tout de suite. J'ai parlé avec M. Page.

— Qu'est-ce qui a motivé votre coup de téléphone?

— On disait dans l'article qu'elle avait disparu le soir du 11 et j'ai donc pensé que la police aimerait avoir des détails sur le type que j'avais vu.

— Quel type?

— Celui qui était avec elle dans la chambre.

— Vous avez vu un homme dans la chambre de Mme Miller?

— Non, pas exactement dans la chambre. Mais je l'ai vu entrer et sortir de la 103. Il était déjà venu au motel.

— Avec Mme Miller?

— Oui. Quelque chose comme une ou deux fois par semaine. C'était elle qui prenait la chambre et il arrivait plus tard. » Gutierrez secoua la tête. « Ce que je n'arrive pas à comprendre, s'il tenait tant à être discret, c'est pourquoi il avait une voiture pareille.

— Quelle voiture?

— Une Ferrari noire, superbe. »

Highsmith chercha parmi les pièces à conviction déposées sur la table du greffier, prit une photo et la tendit au témoin. « Voici la pièce à conviction dix-neuf du ministère public, une photo de la Ferrari noire de M. Martin Darius, et je vous demande si cette voiture est semblable à celle de l'homme qui était dans la chambre avec Mme Miller.

— Je sais que c'est la même.

— Comment cela se fait-il ? »

Gutierrez eut un geste vers le banc de la défense. « C'est bien Martin Darius, n'est-ce pas ?

— Oui, monsieur Gutierrez.

— L'homme de la chambre 103, c'est lui. »

« Pourquoi ne m'avez-vous pas parlé de Victoria Miller ? demanda Betsy dès qu'elle put se retrouver seule avec son client dans le parloir.

— Calmez-vous, répondit-il d'un ton apaisant.

— Vous en avez de bonnes, me calmer ! s'écria-t-elle, rendue encore plus furieuse par l'attitude glaciale du promoteur. Nom d'un chien, Martin, je suis votre avocat, oui ou non ? Croyez-vous que ça m'amuse de découvrir que non seulement vous baisiez l'une des victimes mais que vous lui fichiez une correction précisément le jour de sa disparition ?

— Je ne l'ai pas battue. Je lui ai dit que je ne voulais plus la revoir et elle est devenue hystérique. Elle s'est jetée sur moi et j'ai dû la maîtriser. Et d'abord, qu'est-ce que le fait que je baisais Vicky a à voir avec le cautionnement ? »

Betsy secoua la tête. « Je n'arrive pas à croire que vous ayez été avocat, Martin. Ce détail peut vous couler. Je connais Norwood. C'est un type de la vieille école, très collet monté. Il est marié à la même femme depuis quarante ans et va à l'église tous les dimanches. Si vous m'aviez mise au courant, j'aurais pu atténuer l'effet produit. »

Il haussa les épaules. « Je suis désolé », concéda-t-il. Mais il n'en pensait pas un mot.

« Avez-vous eu des relations sexuelles avec Laura Farrar ou Wendy Reiser ?

— C'est à peine si je les connaissais.

— Et cette réception, pour l'inauguration du centre commercial ?

— Il y avait des centaines de personnes. Je ne me souviens même pas si j'ai parlé à l'une ou l'autre. »

Betsy se laissa aller contre le dossier de son siège. Elle se sentait très mal à l'aise, seule avec Darius, dans l'espace exigu de ce parloir.

« Qu'avez-vous fait en quittant l'Hacienda Motel ? »

Darius eut un sourire de gamin pris en faute. « Je me suis rendu à une réunion chez Brand, Gates & Valcroft où il y avait Miller et tous ceux qui s'occupent du budget publicitaire de Darius Construction. Je m'étais arrangé pour que Russ soit nommé responsable de ce budget. J'ai bien peur que ça ne marche plus.

— Vous êtes tout de même un sacré salopard, Martin. Vous baisez la femme de Miller, puis vous jetez un os à ronger au mari. Et maintenant vous faites des plaisanteries alors qu'elle a été assassinée. Le Dr Gregg a déclaré qu'elle avait pu rester vivante plusieurs heures, le ventre ouvert, dans des souffrances épouvantables. Imaginez-vous ce qu'elle a dû endurer avant de mourir ?

— Non, Tannenbaum, je ne l'imagine pas, répondit Darius, dont le sourire s'effaça. Je ne l'imagine pas parce que ce n'est pas moi qui l'ai tuée. Que diriez-vous de me réserver aussi un peu de sympathie et de compréhension ? C'est moi qui suis tombé dans ce traquenard. C'est moi qui me réveille tous les matins dans la puanteur de la prison et qui dois bouffer cette merde qui passe pour de la nourriture. »

Betsy le foudroya du regard. « Gardien ! cria-t-elle en martelant la porte. Je vous ai assez vu pour aujourd'hui, Martin.

— Comme vous voudrez. »

Le garde introduisit la clef dans la porte.

« La prochaine fois que nous aurons un entretien, je veux la vérité. Sur tout. Y compris sur Hunter's Point. »

La porte s'ouvrit et Betsy sortit. Il la suivit du regard, le plus fin des sourires venant jouer sur ses lèvres.

Chapitre XIII

1

La société International Exports, au vingt-deuxième étage de l'immeuble de la First Interstate Bank, occupait une suite de petits bureaux tout au fond d'un couloir obscur, à côté d'une compagnie d'assurances. Une femme de type hispanique et d'âge moyen quitta des yeux l'écran de son traitement de texte lorsque Reggie Stewart ouvrit la porte. Elle paraissait surprise, comme si les visites étaient une rareté.

Quelques instants plus tard, Stewart était assis de l'autre côté du bureau derrière lequel se tenait Manuel Ochoa, un Mexicain corpulent, habillé avec recherche, au teint basané et à la moustache buissonnante poivre et sel.

« Cette affaire avec Martin est absolument lamentable. Votre procureur général doit avoir perdu l'esprit, pour arrêter quelqu'un d'aussi éminent. Il n'y a évidemment aucune preuve contre lui, n'est-ce pas ? » dit Ochoa en offrant un mince cigarillo à Stewart.

L'enquêteur, d'un geste de la main, le refusa.

« Pour être franc, nous ne savons pas ce dont dispose Alan Page. Il joue serré. C'est pourquoi nous contactons les personnes qui connaissent Martin Darius. Nous essayons de nous figurer ce que pense le procureur. »

Ochoa secoua la tête, une expression de sympathie sur le visage.

« Je ferai tout mon possible pour vous aider, monsieur Stewart.

— Pouvez-vous m'expliquer quelles sont vos relations avec M. Darius ?

— Nous sommes associés pour certaines affaires. Il avait en projet la construction d'un centre commercial près de Medford. Comme les banques ne voulaient pas le financer, il est venu m'en parler.

— Et comment se présente ce projet, actuellement ?

— Pas très bien, je le crains. Martin a eu des ennuis récemment. A commencer par les malheureux incidents sur le chantier où vous avez trouvé les corps. Il avait engagé des fonds importants dans ce programme d'immeubles d'habitation, et ses dettes s'accumulent. Le programme est au point mort, pour le moment.

— Quelle est la gravité de sa situation financière ? »

Ochoa souffla un jet de fumée bleue vers le plafond. « Critique. Je suis inquiet pour mon investissement, bien entendu, mais j'ai pris mes précautions.

— Si M. Darius reste en prison ou est condamné, que va-t-il arriver à son entreprise ?

— Je l'ignore. Martin est l'homme qui tire les ficelles, mais il est aidé par une équipe compétente.

— Quels sont vos rapports personnels avec Darius ? »

Ochoa tira une longue bouffée sur son cigarillo. « Jusqu'à il y a peu, on aurait pu penser que nous étions amis, mais pas intimes. Il serait plus juste de dire que nous avions de bonnes relations d'affaires. Martin est venu chez moi et nous sommes sortis ensemble, de temps en temps. Cependant, les problèmes dont je viens de vous parler ont tendu ces relations. »

Stewart posa sur le sous-main les photos des trois femmes et un papier avec la date de leur disparition.

« Étiez-vous avec Darius, à l'une de ces trois dates ?

— Je ne crois pas.

— Et les photos ? Avez-vous jamais vu M. Darius avec l'une de ces femmes ? »

Le Mexicain étudia les clichés, puis secoua négativement la tête. « Non, mais j'ai vu Martin avec d'autres que celles-ci. » Stewart prit son bloc-notes. « Je vis seul dans une grande maison. J'aime bien y recevoir des amis, ainsi que de jolies jeunes femmes.

— Pouvez-vous être plus clair, monsieur Ochoa ? »

L'homme d'affaires éclata de rire. « Martin aime les jolies jeunes femmes, mais il est toujours discret. J'ai plusieurs chambres d'amis qui se sont révélées utiles.

— Arrivait-il à M. Darius de se droguer ? »

Ochoa se mit à étudier attentivement le visage de l'enquêteur. « Quel rapport avec l'affaire, monsieur Stewart ?

— Mon rôle consiste à en apprendre le plus possible sur mon client. On ne sait jamais ce qui est important.

— A ma connaissance, il n'y a rien à signaler dans ce domaine et (il consulta sa Rolex) j'ai un autre rendez-vous.

— Merci d'avoir pris le temps de me recevoir.

— Avec plaisir. Si je peux encore être utile à Martin, n'hésitez pas. Et souhaitez-lui bon courage de ma part. »

2

Nora Sloane attendait Betsy sur un banc, devant l'ascenseur du palais de justice. « Avez-vous parlé de moi à M. Darius ?

— Oui. Il est d'accord.

— Super !

— Retrouvons-nous à la fin de l'audience, pour mettre au point une ligne de conduite.

— Entendu. Savez-vous ce que va décider le juge Norwood ?

— Non. Sa secrétaire nous a convoqués à deux heures, c'est tout. »

Betsy s'engagea dans le corridor conduisant à la salle d'audience de Norwood située à l'autre bout. La foule et les équipes de télévision étaient massées autour de l'entrée de la salle. Un garde faisait passer les gens par le détecteur de métaux. Betsy exhiba sa carte du barreau, et le garde la laissa entrer. Suivie de Sloane, elle pénétra dans le tribunal sans avoir besoin de franchir le détecteur.

Martin Darius et Alan Page attendaient déjà dans la salle. L'avocate se glissa sur le siège libre à côté de son client et sortit ses dossiers et un bloc-notes de son porte-documents.

« Avez-vous vu Lisa ? » demanda-t-il.

Betsy parcourut des yeux le prétoire grouillant de monde. « J'ai dit à ma secrétaire de l'appeler, mais elle n'est pas encore ici.

— Qu'est-ce qu'il va décider, Tannenbaum ? »

Darius cherchait à prendre un air décontracté, mais on sentait une certaine tension dans sa voix.

« Nous n'allons pas tarder à le savoir. »

A ce moment-là, Harvey Cobb donna deux brefs coups de marteau, et le juge Norwood fit son apparition. Il tenait à la main plusieurs feuilles de papier jaune ligné. Le juge était habituellement du genre à improviser. S'il avait pris la peine de rédiger les attendus de sa décision, c'est qu'il prévoyait qu'il y aurait appel.

« Il s'agit d'un cas qui me rend très perplexe, commença-t-il en guise de préliminaires. Quelqu'un a torturé et assassiné quatre personnes innocentes avec une brutalité inouïe. On ne peut laisser le coupable de tels actes rôder à sa guise dans nos rues. Par ailleurs, notre justice considère traditionnellement qu'une personne est innocente tant que sa culpabilité n'a pas été prouvée. De plus, notre constitution prévoit la possibilité d'une mise en liberté sous caution, laquelle peut être refusée à un inculpé, en cas de meurtre, seulement si le ministère public apporte la preuve claire et convaincante de la culpabilité.

» Monsieur Page, vous nous avez prouvé que ces personnes ont été assassinées. Vous avez prouvé qu'elles avaient été enterrées dans un chantier appartenant à M. Darius et sur lequel il s'est rendu. Vous avez prouvé que M. Darius connaissait trois des victimes. Vous avez également prouvé qu'il avait une liaison amoureuse avec l'une d'elles, et qu'il l'avait peut-être même battue le jour de la disparition de celle-ci. En revanche, vous n'avez pu établir, de manière claire et convaincante, le moindre lien entre l'inculpé et les meurtres.

» Personne n'a vu M. Darius tuer ces personnes. Les expertises de laboratoire n'ont trouvé aucun indice matériel reliant M. Darius aux victimes ou à leur domicile. Les empreintes de roues laissées sur le chantier de construction correspondent bien à celles de la BMW de M. Darius, mais celui-ci venait souvent sur ledit chantier. Je vous accorde qu'il est bizarre que ces traces de pneus aillent justement jusqu'au trou dans la clôture, mais cela est loin de suffire, d'autant qu'aucun indice matériel ne relie la BMW avec l'une ou l'autre des victimes.

» Je sais bien que vous allez me dire que M. Darius a fait disparaître ces indices en nettoyant le coffre de sa voiture, et que ce fait est en soi suspect. Mais pour refuser la caution, il me faut des preuves claires et convaincantes et, quelles que soient les présomptions que font peser les circonstances, celles-ci ne peuvent être substituées aux preuves.

» En réalité, monsieur Page, le point crucial de votre démonstration réside dans les informations données par cette Nancy Gordon. Mais elle n'a pu faire l'objet d'un contre-interrogatoire par Mme Tannenbaum. Nous ignorons même pourquoi elle n'était pas présente ici. Est-elle victime d'un mauvais plaisant, ou bien a-t-elle inventé l'histoire qu'elle vous a racontée, tout en étant assez maligne pour éviter de se parjurer ?

» Même si j'accepte ce que vous dites, M. Darius n'est coupable des meurtres de Hunter's Point que si nous acceptons la théorie du détective Gordon. La police de Hunter's Point a clairement désigné Henry Waters comme le coupable. Or si c'est bien le cas, M. Darius est en réalité une victime de cet homme. »

Le juge Norwood s'interrompit et but une gorgée d'eau. Betsy dut réprimer le sourire de triomphe qui montait à ses lèvres. Elle jeta un coup d'œil à sa gauche. Alan Page était assis, le dos raide, regardant droit devant lui.

« La caution est fixée à la somme de un million de dollars. Avec le dépôt immédiat de dix pour cent de cette somme, M. Darius peut être remis en liberté.

— Votre Honneur ! s'exclama le procureur, bondissant sur ses pieds.

— C'est inutile, monsieur Page. J'ai pris ma décision. J'avoue d'ailleurs que je suis surpris que vous m'ayez forcé à tenir cette audience avec un dossier aussi fragile. »

Le juge tourna le dos au procureur et quitta le banc.

« Je savais bien que j'avais eu raison de vous engager,

Tannenbaum ! s'écria Darius. Dans combien de temps vais-je sortir d'ici ?

— Le temps de déposer la caution et de procéder à la levée d'écrou.

— Bien. Dans ce cas, appelez Terry Stark, le comptable de Darius Construction. Il attend d'ailleurs votre coup de fil. Dites-lui le montant qu'il doit déposer et de l'apporter immédiatement. »

Nora Sloane attendit que Betsy ait répondu aux questions de la presse, puis l'accompagna jusqu'aux ascenseurs. « Vous devez être rudement contente ! » dit-elle.

Betsy eut la tentation de servir à la journaliste les mêmes propos triomphalistes qu'elle avait tenus devant ses collègues, mais elle aimait bien Nora et avait l'impression qu'elle pouvait se confier à elle. « Pas vraiment, admit-elle.

— Comment cela ?

— Je reconnais que gagner m'a donné une sensation agréable, mais Norwood a raison. Le dossier de Page n'était vraiment pas fameux. N'importe quel avocat aurait pu gagner, aujourd'hui. Si c'est là tout ce que peut faire le bureau du procureur, il n'y aura peut-être même pas procès.

» Par ailleurs, je ne sais pas qui est réellement Martin Darius. S'il s'agit d'un homme qui a trouvé sa femme et sa petite fille brutalement assassinées chez lui, alors j'ai fait quelque chose de bien. Mais s'il est vraiment l'assassin des femmes trouvées dans le chantier ?

— Vous le croyez coupable ?

— Ne me faites pas dire ce que je n'ai pas dit. Martin est innocent, et je n'ai rien vu qui puisse me convaincre du contraire. Ce que je veux dire, c'est que je ne sais toujours pas avec certitude ce qui s'est passé ici et à Hunter's Point.

— Si vous aviez la certitude que Darius est le tueur à la rose, le défendriez-vous encore ?

— En Amérique, nous avons un certain système judiciaire. Il n'est pas parfait mais il a fonctionné pendant deux siècles. Il est fondé sur le fait que tout prévenu, quoi qu'il ait fait, a droit à un procès en bonne et due forme. Dès l'instant où l'on commence à distinguer les cas, le système s'écroule ; ce qui le met à l'épreuve, ce sont justement les cas où il a affaire à un Bundy, un Charles Manson, une personne que tout le monde redoute et méprise. Si l'on peut juger équitablement une telle personne, cela signifie que nous sommes dans un État de droit.

— Pouvez-vous imaginer de refuser de défendre quelqu'un ? insista Sloane. Un client que vous trouveriez tellement répugnant que votre conscience vous empêcherait de le représenter ?

— C'est la question à laquelle on est confronté lorsqu'on décide de faire du droit criminel. Si vous n'êtes pas capable d'assurer la défense d'un tel client, il faut changer de métier. » Elle consulta sa montre. « Écoutez, Nora, on va en rester là pour aujourd'hui. Je dois m'assurer que la caution de Martin a bien été déposée ; et comme c'est ma mère qui garde Kathy, je dois quitter le bureau un peu plus tôt.

— Kathy... votre fille ? »
Betsy sourit.
« J'aimerais faire sa connaissance, dit Sloane.

— Je vous la présenterai bientôt. Ainsi que ma mère. Elles vous plairont, toutes les deux. Je vous inviterai même peut-être à dîner.

— Super ! »

3

« Lisa Darius vous attend dans votre bureau, dit Ann dès qu'elle aperçut Betsy. J'espère que vous ne m'en voudrez pas ; elle avait l'air bouleversée et craignait de s'asseoir dans la salle d'attente.

— Non, vous avez bien fait. Sait-elle que Martin va être libéré sous caution ?

— Oui. Quand elle est arrivée, je lui ai demandé ce qu'avait décidé le juge et elle m'a dit que vous aviez gagné.

— Je ne l'ai pas vue au tribunal.

— Pourtant, je lui ai téléphoné pour l'avertir de l'audience dès que vous me l'avez demandé.

— Je n'en doute pas. Écoutez, appelez Terry Stark, à Darius Construction, dit Betsy en notant sur un papier le nom et le numéro de téléphone. Je lui ai expliqué il y a quelques jours comment faire pour la caution. Il lui faut un chèque de banque de cent mille dollars. S'il y a un problème, passez-le-moi dans mon bureau. »

Sur le coup, elle ne reconnut pas Lisa. La jeune femme portait un jean serré, un chandail à col roulé et un coupe-vent de ski multicolore. Elle avait tressé ses longs cheveux en natte et ses yeux émeraude étaient rouges à force d'avoir pleuré.

« Quelque chose ne va pas, Lisa ?

— Je ne m'attendais pas à ce qu'on le laisse sortir. J'ai tellement peur !

— De Martin ? Pourquoi ? »

La jeune femme se cacha le visage dans les mains. « Il est si cruel ! Personne ne se doute à quel point il est cruel. Devant les gens, il est charmant. Et par moments, il est tout aussi charmant avec moi, quand nous sommes seuls. Il me fait des surprises, m'offre des fleurs, des bijoux. Quand il en a envie, il me traite comme une reine, et j'oublie ce qu'il est au-dedans de lui. Oh, mon Dieu, Betsy... je suis sûre qu'il a tué ces femmes. »

L'avocate fut abasourdie. Lisa se mit à pleurer.

« Voulez-vous un peu d'eau ? proposa Betsy à la jeune femme, qui secoua la tête.

— Non merci. Accordez-moi juste un instant, le temps que je me remette. »

Elles n'échangèrent plus un mot, et Lisa retrouva peu à peu une respiration normale. Dehors, le soleil d'hiver brillait et l'air était paré d'une transparence fragile, comme s'il avait pu éclater en mille morceaux. Lorsque Lisa reprit la parole, ce fut un vrai torrent.

« Je comprends ce qu'a vécu Andrea Hammermill. Tout accepter, parce qu'on ne veut pas que les gens se doutent de ce que l'on vit, et aussi parce qu'il y a de bons moments... et aussi parce qu'on l'aime. »

Elle éclata de nouveau en sanglots, les épaules secouées. Betsy avait envie de la réconforter — mais pas autant que d'apprendre ce que Darius avait pu lui faire pour la mettre dans cet état; elle ne bougea donc pas, raide sur sa chaise, attendant que Lisa reprenne le contrôle d'elle-même.

« Je l'aime et je le hais et j'ai très peur de lui, dit-elle d'un ton désespéré. Mais cela... s'il...

— Les épouses battues sont hélas chose courante, Lisa. Pas les meurtres en série. Qu'est-ce qui peut vous faire penser que Martin a tué ces femmes?

— C'est plus que des corrections. Il y a un côté pervers dans... à ce qu'il fait. Ses besoins sexuels... une fois... c'est très dur pour moi.

— Prenez votre temps.

— Il voulait faire l'amour. On revenait d'une soirée. J'étais fatiguée. Je lui ai dit. Il a insisté. On a eu une discussion. Non, ce n'est pas vrai. Il ne discute jamais. Il... il... »

Elle ferma les yeux. Elle gardait les poings serrés sur les genoux. Son corps était rigide. Elle reprit la parole mais garda les yeux fermés.

« Il m'a dit d'un ton très calme que nous allions faire l'amour. Ça me mettait de plus en plus en colère. A la manière dont il me parlait, on aurait dit qu'il s'adressait à un enfant ou à un retardé mental. J'étais hors de moi. Et plus je criais, plus il devenait calme. Finalement, il m'a dit d'enlever mes vêtements, du ton dont on dit à un chien de se rouler sur le dos. Je lui ai répondu d'aller au diable. Le temps de le dire, je me suis retrouvée par terre. Il me donna alors un coup de poing dans l'estomac qui me coupa le souffle. J'étais sans force.

» Lorsque j'eus repris ma respiration, j'ai levé les yeux : il souriait. Il m'ordonna à nouveau d'enlever mes vêtements, toujours avec cette voix... Je secouai la tête pour dire non. Je ne pouvais pas encore parler, mais je ne voulais pas céder. Il s'est mis à genoux, m'a attrapé le bout d'un sein à travers ma blouse et l'a pincé. J'ai failli m'évanouir, tellement la douleur était forte. Je me suis mise à pleurer et à me débattre sur le sol. Il a recommencé avec l'autre sein. C'était insupportable. Le plus horrible, c'était sa manière méthodique de faire, froide, sans passion. Et ce sourire... une esquisse de sourire, à peine perceptible, comme s'il jouissait profondément de ce qu'il faisait mais ne voulait pas qu'on le sache.

» J'étais sur le point de perdre connaissance quand il a

arrêté. J'étais allongée par terre, épuisée. Je savais que j'étais incapable de lutter davantage. Quand il m'a ordonné pour la troisième fois d'enlever mes vêtements, j'ai obéi.

— Vous a-t-il violée ? » demanda Betsy, au bord de la nausée.

La jeune femme secoua la tête. « Non. Je me demande si ce n'est pas le pire. Il m'a regardée pendant un moment. Jamais je n'oublierai le sourire de satisfaction qu'il arborait. Après quoi, il m'a dit que je devrais toujours me soumettre à son désir quand il voudrait faire l'amour et que je serais punie à chaque fois que je désobéirais. Il m'a ordonné de me mettre à quatre pattes. J'ai tout d'abord cru qu'il allait me prendre par-derrière. Au lieu de cela, il m'a fait ramper sur le sol comme un chien.

» Il y a un placard à vêtements dans notre chambre. Il l'a ouvert et m'a obligée à y entrer nue. Il m'a dit que j'allais y rester jusqu'à ce qu'il me laisse sortir, et que je ne devais pas faire le moindre bruit. Que je serais sévèrement punie si je faisais du bruit. »

Elle se remit à sangloter. « Il m'a laissée dans le placard, sans nourriture, pendant tout le week-end. Il m'a donné un seau et du papier hygiénique... pour l'utiliser si... Je mourais de faim, j'étais morte de peur.

» Il m'a dit qu'il m'ouvrirait quand il serait prêt et que je devrais immédiatement faire l'amour avec lui, sinon je retournerais dans le placard. Lorsqu'il m'a enfin ouvert, j'ai rampé dehors et... et il a fait tout ce qu'il a voulu. Quand il en a eu assez, il m'a conduite dans la salle de bains et m'a baignée, comme si j'étais un bébé. Il y avait des vêtements préparés sur le lit. Une robe de soirée. Et un bracelet qui devait avoir coûté une fortune. Des diamants, des rubis, de l'or. C'était ma récompense, parce que j'avais été obéissante. Je me suis habillée, et nous avons été faire un dîner somptueux dans un restaurant chic. Toute la soirée, il m'a traitée comme une reine.

» J'étais sûre qu'il allait encore vouloir me prendre en rentrant à la maison. De tout le repas, je ne suis pas arrivée à penser à autre chose. J'ai dû me forcer pour manger parce que j'avais la nausée à l'idée de ce qui allait suivre, mais j'avais peur aussi qu'il me fasse quelque chose si je ne mangeais pas. Une fois à la maison, il s'est couché et s'est endormi et ne m'a pas touchée pendant une semaine.

— A-t-il recommencé quelque chose dans ce genre?

— Non, répondit Lisa, inclinant la tête. Il n'en a pas eu besoin. J'avais appris ma leçon. S'il disait qu'il voulait faire l'amour, je ne discutais pas. Et je recevais ma récompense. Et jusqu'à aujourd'hui, personne n'a su ce que j'endurais.

— N'avez-vous jamais pensé à le quitter?

— Il... il m'a dit que si je disais à quelqu'un les choses qu'il me faisait, ou si j'essayais de m'enfuir, il me tuerait. Si vous aviez entendu le ton avec lequel il a dit ça... froid, détaché... je savais qu'il le ferait. Je le savais. »

Lisa Darius respira profondément à plusieurs reprises pour reprendre son souffle.

« Il y a autre chose. » Un sac de commissions était posé sur le sol, à côté de sa chaise. Elle se pencha et en retira un album relié qu'elle posa sur ses genoux. « J'étais sûre que Martin avait une liaison. Il ne m'en a jamais parlé, et je ne l'ai jamais vu avec une femme, mais je le savais. Un jour, j'ai décidé de fouiller ses affaires pendant qu'il était au travail, pour en avoir une preuve. Au lieu de cela, voilà ce que j'ai trouvé. »

Elle tapota la couverture de l'album, puis le tendit à Betsy, qui le posa au milieu du sous-main. La couverture, d'un brun décoloré, était ornée d'un filet d'or. L'avocate l'ouvrit. Sur la première page, sous une feuille de plastique, se trouvaient des coupures de presse concernant l'affaire de Hunter's Point, provenant de journaux locaux mais aussi du *New York Times*, de *Newsday* et d'autres quotidiens nationaux. Betsy feuilleta rapidement le reste de l'album, sans lire les articles; tous portaient sur l'affaire de Hunter's Point.

« Avez-vous jamais demandé à Martin ce qu'il en était?

— Non. J'avais bien trop peur. Je l'ai remis en place. Mais j'ai fait autre chose. J'ai engagé un détective privé pour qu'il suive Martin, et aussi pour qu'il m'en apprenne un peu plus sur Hunter's Point.

— Quel était le nom de ce détective?

— Sam Oberhurst.

— Avez-vous son numéro de téléphone ou son adresse, afin que je puisse le joindre?

— Je n'ai qu'un numéro de téléphone.

— Pas d'adresse?

— J'ai eu son nom par une amie qui avait fait appel à ses services pour son divorce. Le téléphone est celui d'un répondeur automatique. Nous nous rencontrions dans un restaurant.

— Où étaient envoyés les chèques?

— J'ai toujours payé en liquide.

— Donnez-moi le nom de cette amie, que mon enquêteur puisse la contacter, si nécessaire.

— Peggy Fulton. Son avocat, pour le divorce, était Gary Telford. C'est par lui qu'elle avait eu le nom du détective. J'aimerais mieux que vous ne fassiez pas appel à elle, si c'était possible.

— De toute façon, je préfère m'adresser à l'avocat », répondit Betsy en prenant dans un tiroir une feuille de papier qu'elle se mit à remplir. « Ceci est un formulaire de remise d'information qui me donne le droit, à moi ou à mon enquêteur, de consulter les dossiers d'Oberhurst. »

Pendant que Lisa lisait le formulaire, Betsy demanda à Ann de convoquer immédiatement Reggie Stewart au bureau. Lisa signa le formulaire et le rendit à l'avocate.

« Qu'est-ce que vous a appris Oberhurst?

— Il est certain que Martin me trompait, mais il ne m'a pas encore donné de nom.

— Et sur Hunter's Point?

— Il n'avait pas encore commencé à travailler sur cette question. »

Ce que venait de lui apprendre Lisa Darius affecta profondément Betsy. Elle était écœurée à l'idée que Darius traitait sa femme comme un animal, et la description de Lisa lui avait physiquement retourné l'estomac. Cela ne signifiait pourtant pas que le promoteur était un assassin, et elle était encore son avocat.

« Pourquoi êtes-vous venue me voir, Lisa?

— Je ne sais pas. Tout s'embrouille dans ma tête. Vous avez fait preuve de tellement de compréhension l'autre jour, à la maison... Je sais aussi comment vous vous êtes battue pour Andrea Hammermill et Grace Peterson. J'espérais que vous pourriez me dire ce que je dois faire.

— Envisagez-vous d'aller raconter au procureur général ce que vous venez de me confier, ou de lui montrer ce cahier ? »
Lisa parut surprise. « Non. Pourquoi devrais-je le faire ?
— Pour vous venger de Martin.
— Non. Je ne veux pas... Je l'aime toujours. Ou bien, je... madame Tannenbaum, si Martin a fait ces choses... s'il a torturé et tué ces femmes... il faut que je le sache. »
Betsy se pencha vers elle et la regarda droit dans les yeux. « Je suis l'avocat de Martin, Lisa. Professionnellement, je dois rester loyale envers lui, même s'il est coupable. »
La jeune femme parut choquée. « Vous continueriez à le défendre, même s'il a fait ça ? »
Betsy acquiesça. « Mais il ne l'a peut-être pas fait, et ce que vous venez de m'apprendre peut se révéler important ; si par exemple Oberhurst l'a suivi le même jour que celui de la disparition d'une des femmes, il pourrait lui fournir un alibi. Page part du principe que c'est le même homme qui a tué les trois femmes, ce qui est tout à fait vraisemblable. Je n'ai qu'à démontrer que Martin n'a pas tué l'une des victimes pour couper l'herbe sous les pieds du procureur général.
— Je n'avais pas pensé à ça.
— Quand avez-vous parlé pour la dernière fois à Oberhurst ?
— Il y a quelques semaines. J'ai d'ailleurs laissé plusieurs messages sur son répondeur, mais il n'a pas rappelé.
— Mon enquêteur se chargera de prendre contact avec lui. Puis-je garder le cahier ? »
Lisa accepta d'un signe de tête. Betsy fit le tour du bureau et vint poser une main sur l'épaule de la jeune femme. « Merci de vous être confiée à moi. Je sais que ça n'a pas dû être facile.
— Il fallait que j'en parle à quelqu'un... J'ai gardé ça si longtemps pour moi, répondit-elle dans un murmure.
— J'ai une amie qui pourrait vous aider. C'est une fille sensationnelle et pleine de compassion. Je lui ai déjà envoyé des femmes ayant des problèmes du même genre, et elle a pu aider certaines d'entre elles.
— Elle est médecin ?
— Psychiatre, plus exactement Ne vous laissez pas impressionner par ce titre. C'est un nom pompeux pour parler de

213

quelqu'un qui sait bien écouter et qui a l'habitude d'aider les gens dont les idées s'embrouillent. Elle pourrait vous être utile. Vous ne risquez rien à aller la consulter deux ou trois fois, vous pourrez toujours arrêter si vous n'y trouvez pas votre compte. Pensez-y et rappelez-moi.

— Entendu, je le ferai. » Elle se leva. « Et merci de m'avoir écoutée.

— Vous n'êtes pas toute seule, Lisa, ne l'oubliez pas. »

Betsy lui passa un bras autour des épaules et la serra contre elle.

« Martin devrait sortir en fin de soirée. Serez-vous à la maison pour l'accueillir ?

— Je ne pourrai pas. Je vais continuer d'habiter chez mon père jusqu'à ce que je décide ce que je dois faire.

— D'accord.

— Ne dites pas à Martin que je suis venue, s'il vous plaît.

— Si je peux éviter de lui en parler, je le ferai. Il est mon client, mais je ne veux pas vous faire de mal. »

Lisa s'essuya les yeux et partit. L'avocate se sentait vidée. Elle se représentait Lisa, affamée, terrifiée, recroquevillée dans l'obscurité du placard, dans la puanteur de son urine et de ses matières fécales. Son estomac se révulsait encore. Elle sortit des bureaux et se rendit aux toilettes, au fond du corridor, où elle fit couler de l'eau froide dans le lavabo ; elle s'aspergea le visage, puis but dans ses mains.

Elle se souvint des questions que Nora et les journalistes lui avaient posées. Comment allait-elle pouvoir dormir, si elle tirait Martin Darius d'affaire, sachant ce qu'elle savait sur lui ? Qu'est-ce qu'un homme qui traitait son épouse comme une chienne était capable de faire à une femme qu'il ne connaissait pas, si elle tombait en son pouvoir ? Ferait-il ce que le tueur à la rose avait fait à ses victimes ? Martin était-il ce tueur ?

Betsy se souvint de l'album. Elle se sécha le visage et retourna dans son bureau. Elle était plongée dans les coupures de presse lorsque Reggie Stewart s'annonça.

« Félicitations pour l'audience de cautionnement.

— Venez vous asseoir à côté de moi. J'ai appris quelque chose qui pourrait dédouaner Darius.

— Excellent.

— Lisa Darius était ici il y a encore quelques minutes. Elle soupçonnait Martin de la tromper et elle a donc engagé un privé pour le filer. Avez-vous jamais entendu parlé d'un détective du nom de Sam Oberhurst ? »

Stewart réfléchit quelques instants puis secoua la tête négativement. « Le nom me dit vaguement quelque chose, mais je suis sûr de ne l'avoir jamais rencontré.

— Voici son numéro de téléphone et un formulaire signé par Lisa. On le contacte via un répondeur automatique. Si vous n'arrivez pas à le joindre, essayez un avocat spécialisé dans les divorces, du nom de Gary Telford. Lisa a eu le nom d'Oberhurst par l'une de ses clientes. Dites à Gary que vous travaillez pour moi. Nous nous connaissons. Tâchez de découvrir si Oberhurst n'aurait pas par hasard suivi Darius l'un des jours où une femme a disparu. Il pourrait lui fournir un alibi.

— Je m'en occupe tout de suite. »

Lisa montra l'album. « Linda l'a trouvé dans les affaires de Martin, un jour où elle les fouillait pour chercher une preuve de sa liaison. C'est rempli d'articles relatifs à l'affaire de Hunter's Point. »

Stewart regarda par-dessus l'épaule de Betsy pendant que celle-ci tournait les pages. La plupart des articles se rapportaient aux disparitions. Plusieurs concernaient le double meurtre de la maison Lake. Une page contenait les comptes rendus de la découverte du corps éviscéré de Patricia Cross, dans le sous-sol de Henry Waters. Betsy arriva aux dernières coupures de l'album et se figea.

« Mon Dieu, il y a eu des survivantes !

— Quoi ? Je croyais que toutes les femmes avaient été assassinées.

— Non. Regardez. On dit ici que Gloria Escalante, Samantha Reardon et Anne Hazelton ont été retrouvées vivantes dans une ancienne ferme.

— Où ça ?

— Il n'y a pas d'autres informations. Attendez une minute. Non, rien d'autre. D'après l'article, les femmes ont refusé d'être interviewées.

— Il y a quelque chose que je ne pige pas. Darius ne vous en a pas parlé ?

— Pas un mot.

— Et Page ?

— Il y a toujours fait allusion comme si elles étaient mortes.

— Page n'est peut-être pas au courant, murmura Stewart.

— Ça paraît impossible !

— Et si Gordon ne le lui avait pas dit ?

— Pourquoi l'aurait-elle caché ? Et pourquoi Martin me l'at-il caché ? Il y a quelque chose qui cloche là-dedans, Reg. Tout ça ne tient pas debout. Gordon et Martin qui ne parlent pas des survivantes. Le dossier de Hunter's Point qui disparaît. Ça ne me plaît pas.

— Je sais que vous adorez les mystères, Betsy, mais à mon avis, nous en tenons ici la clef. Les survivantes savent forcément qui les a enlevées et torturées. Si ce n'est pas Darius, nous sommes tirés d'affaire.

— Martin ne les a peut-être pas mentionnées parce qu'il savait qu'elles l'identifieraient.

— Il n'y a qu'un moyen de l'apprendre. Demandez à Ann de me réserver le premier vol pour Hunter's Point.

— Vous allez commencer par passer par Albany, la capitale de l'État de New York. Frank Grimsbo, l'un des détectives de la brigade spéciale de l'époque, est maintenant directeur de la sécurité chez Marlin Steel, et son bureau se trouve là.

— C'est comme si c'était fait. »

Betsy appela Ann par l'intercom et lui expliqua ce qu'elle voulait. Quand elle eut fini, Stewart demanda : « Et qu'est-ce qu'on fait du détective privé ?

— Je m'occuperai de lui. Le plus urgent pour vous, c'est de prendre cet avion. Cette affaire a des aspects extrêmement bizarres, Reg, et je suis prête à parier que la clef du mystère, comme vous dites, se trouve à Hunter's Point. »

4

Alan Page quitta la cour dans une espèce de brouillard. A peine entendit-il les questions que lui posaient les journalistes, auxquels il répondit machinalement. Randy Highsmith lui conseilla de ne pas en faire une affaire personnelle, lui assurant que ce n'était pas de leur faute s'ils n'arrivaient pas à retrouver Nancy Gordon ; mais lui-même et Barrow l'avaient mis en garde contre une arrestation prématurée de Darius. Même après avoir appris ce qui s'était passé à l'Hacienda Motel, le substitut et le détective auraient préféré ne rien précipiter. Page avait décidé contre leur avis ; il en payait maintenant le prix.

Il quitta son bureau aussitôt qu'il le put. Il emprunta, au fond du bâtiment, l'ascenseur de service qui descendait jusqu'au sous-sol ; de là, il traversa la rue comme un voleur pour gagner le parking du garage, espérant n'être vu de personne et ne pas se faire bombarder de questions sur l'humiliation publique qu'il venait d'essuyer.

Il se versa un premier whisky dès qu'il eut enlevé son imperméable. Il le but rapidement, s'en servit un deuxième et l'emporta dans sa chambre. Comment avait-il fait pour tout gâcher comme ça ? Il n'arrivait pas à penser correctement, depuis que Tina l'avait quitté. C'était la première fois que ses mécanismes intellectuels dérapaient, mais ça n'avait pas traîné. Il dormait mal, mangeait encore plus mal et n'arrivait pas à se concentrer. Et maintenant, il se retrouvait hanté par le fantôme d'une femme qu'il avait vue, en tout et pour tout deux heures.

Il s'installa devant la télé, l'esprit embrumé par un début d'ivresse. On passait un vieux film qu'il avait déjà vu à plusieurs reprises. Les images en noir et blanc flottaient sur l'écran, mais il ne les voyait pas. Avait-il ordonné l'arrestation de Martin Darius pour protéger Nancy Gordon ? Avait-il cru qu'en isolant le promoteur, il avait une chance de la retrouver ? A quoi cela rimait-il ? A quoi rimait sa vie ?

5

Martin Darius gara la Ferrari devant chez lui. Il faisait frisquet. La brume l'emmitoufla lorsqu'il descendit de voiture. Après une semaine de prison, l'air froid et humide lui faisait du bien. Il franchit le ponceau. Les lumières n'étaient pas allumées. A peine distinguait-il le vague miroitement placide de l'eau de la piscine à travers les parois de verre. Le reste de la maison était également plongé dans l'obscurité. Il ouvrit la porte et pianota le code qui neutralisait le système d'alarme.

Lisa devait probablement se cacher chez son père. Il s'en fichait. Après une semaine passée dans la promiscuité, au milieu de types crasseux et effrayés, dans l'air méphitique des services de détention provisoire du comté, passer une nuit seul allait être un plaisir. Il entendait bien profiter pleinement du calme et se vautrer dans le luxe d'un bain moussant qui le débarrasserait de l'odeur de la prison, incrustée jusque dans les pores de sa peau.

Il se rendit au bar de la salle de séjour et se prépara un verre. Puis il brancha l'éclairage extérieur et, par la baie vitrée, regarda les volutes de brume jouer au-dessus de la pelouse. Il avait la prison en horreur. Il avait en horreur de devoir obéir à des imbéciles, de devoir vivre en compagnie de crétins. A l'époque où il pratiquait le droit criminel à Hunter's Point, il n'avait eu que mépris pour ses clients. C'étaient tous des ratés, mal outillés pour réussir dans le monde, qui s'efforçaient de surmonter leurs problèmes par le vol ou la violence. Un homme supérieur contrôle son environnement et plie les autres à sa volonté.

Du point de vue de Darius, il n'y avait qu'une seule raison de tolérer ces esprits inférieurs : il fallait bien que quelqu'un fasse les corvées. Il se demanda à quoi ressemblerait le monde s'il était dirigé par les forts et si l'on confiait toutes les tâches ingrates à une classe d'esclaves sélectionnés parmi des hommes et des femmes mentalement inférieurs et dociles. Les hommes pourraient faire les labeurs les plus pénibles. Les femmes seraient sélectionnées pour leur beauté.

Il faisait froid dans la maison. Darius frissonna. Il pensait aux femmes. Oui, des femmes dociles, choisies pour leur beauté et leur soumission. Voilà qui ferait d'agréables animaux de compagnie. Il imagina ses esclaves femmes se soumettant instantanément à ses ordres. Bien entendu, il y en aurait qui désobéiraient, qui ne feraient pas ce qu'on leur dirait de faire. Celles-là seraient châtiées.

Ces pensées le firent bander. Il aurait pu facilement donner libre cours à ses fantasmes, ouvrir sa braguette et soulager cette délicieuse sensation de tension. Mais s'y abandonner aurait été une preuve de faiblesse ; au lieu de cela, il ouvrit les yeux et soupira. L'homme inférieur se contente de jouer avec ses fantasmes, parce qu'il manque de volonté et d'imagination. L'homme supérieur les réalise.

Il prit une autre gorgée et plaça le verre glacé contre son front. Pendant sa garde à vue il avait longuement réfléchi au dilemme dans lequel il se trouvait plongé. Il n'avait guère de doute sur ce qui allait suivre. Pour l'instant, il était libre. Les journaux avaient reproduit les attendus du juge Norwood, disant que les présomptions relevées contre lui ne suffisaient pas à l'inculper. Cela signifiait que quelqu'un d'autre allait devoir mourir.

Il consulta sa montre. Presque dix heures. Lisa ne devait pas être encore couchée. Le problème, c'était de la joindre. Depuis la prison, seuls les appels en PCV étaient autorisés. Le juge Ryder avait refusé tous ceux qu'il avait demandés. Il composa le numéro de son beau-père. On décrocha au bout de trois sonneries.

« Résidence Ryder, fit une voix profonde.

— Passez-moi ma femme, s'il vous plaît.

— Elle refuse de vous parler, Martin.

— Je veux qu'elle me le dise elle-même.

— J'ai bien peur que ce ne soit impossible.

— Je suis sorti, maintenant, et je ne supporterai pas longtemps cette façon que vous avez de vous mettre entre elle et moi. Lisa est ma femme. Si elle me dit qu'elle ne veut plus m'adresser la parole, d'accord, mais j'exige de l'entendre de sa bouche.

— Laisse-moi lui parler, papa », dit la voix de Lisa, lointaine. Le juge dut sans doute couvrir le micro, car Darius ne distingua plus que les sons étouffés d'une querelle. Puis ce fut Lisa qui lui parla.

« Je ne veux plus que tu m'appelles, Martin. »

Elle paraissait agitée ; Darius l'imagina qui tremblait.

« Si le juge Norwood m'a laissé sortir, c'est parce qu'il ne me croyait pas coupable, Lisa.

219

— Il... il ne sait pas tout ce que je sais.

— Lisa...

— Je ne veux pas te voir.

— As-tu peur ?

— Oui.

— Bien. Continue d'avoir peur. Il se prépare quelque chose dont tu ignores tout. » Il l'entendit qui aspirait l'air vivement, tandis que le juge demandait à sa fille si Martin la menaçait. « Je ne veux pas que tu viennes à la maison. C'est trop dangereux pour toi. Mais je ne veux pas que tu restes chez ton père non plus. Il n'y a aucun endroit dans Portland où tu seras en sécurité.

— Mais de quoi parles-tu ?

— Je veux que tu t'éloignes jusqu'à ce que je te dise de revenir. Si tu as peur de moi, ne me dis pas où tu vas. J'entrerai en contact avec toi par l'intermédiaire de ton père.

— Je n'y comprends rien. De quoi devrais-je avoir peur ? » Darius ferma les yeux. « Je ne peux pas te le dire, et il vaut mieux que tu ne le saches pas. Crois-moi sur parole quand je te dis que tu cours un grave danger.

— Quel genre de danger ? »

Elle paraissait au bord de la panique. Le juge Ryder lui arracha le combiné des mains. « Ça suffit, Darius. Maintenant raccrochez, sinon j'appelle personnellement le juge Norwood pour qu'il vous refasse boucler.

— J'essaie de sauver la vie de Lisa, et vous, vous la mettez en danger. Il faut absolument que... »

Ryder raccrocha brutalement. Darius écouta la tonalité. Le juge avait toujours été un imbécile prétentieux. Son entêtement de mule allait maintenant coûter la vie à sa fille. Si Darius lui expliquait pourquoi, il ne le croirait jamais. Pis, Ryder se servirait des révélations qu'il lui ferait pour le faire expédier dans la section des condamnés à mort. Le promoteur aurait aimé pouvoir parler de son problème avec Betsy Tannenbaum ; c'était une avocate brillante et elle aurait peut-être une solution, mais il ne pouvait pas non plus s'adresser à elle. Elle respecterait son obligation de réserve, mais elle le laisserait tomber comme client et il avait encore besoin d'elle.

Il n'avait pas vu la lune de tout le temps qu'il était resté en prison. Il la chercha des yeux, mais le brouillard la dissimulait. Il se demanda dans quelle phase on se trouvait. Il espérait qu'elle n'était pas pleine. Ça excitait les cinglés — il était bien placé pour le savoir. Il frissonna, mais pas à cause du froid. Pour l'instant, il était le seul à ne pas être en danger, mais cette situation pouvait changer d'un instant à l'autre. Il n'avait pas envie de l'admettre, mais il avait peur.

QUATRIÈME PARTIE

UN COMPROMIS DIABOLIQUE

Chapitre XIV

1

Gary Telford avait le sourire et le regard brillant d'un jeune homme, mais son corps avachi et son front qui se dégarnissait lui donnaient l'air d'avoir la quarantaine. Il partageait, avec six autres avocats, des bureaux dans l'un des cubes de verre et d'acier de trente étages qui s'étaient mis à pousser dans le centre-ville de Portland au cours des vingt dernières années. Le bureau de Telford avait vue sur la rivière Willamette. Les jours où le temps était clair, on apercevait plusieurs montagnes de la chaîne des Cascade, y compris deux cimes majestueuses, celles du mont Hood et du mont Saint Helens — le volcan qui avait fait irruption au début des années quatre-vingt. Aujourd'hui, des nuages bas bouchaient le ciel et, avec le brouillard qui régnait, c'est à peine si l'on distinguait l'autre rive de la Willamette.

« Merci de me recevoir, dit Betsy tandis qu'ils se serraient la main.

— Au contraire, cela fait déjà trop longtemps que nous ne nous sommes vus, répondit chaleureusement Gary. Sans compter que je meurs d'envie de savoir en quoi j'ai quelque chose à voir avec l'affaire Darius.

— Lorsque vous avez représenté Peggy Fulton, pour son divorce, avez-vous utilisé les services d'un détective privé du nom de Sam Oberhurst? »

Le sourire disparut du visage de l'avocat. « Pourquoi voulez-vous le savoir ?

— Lisa Darius soupçonnait son mari d'avoir une liaison. Elle a demandé conseil à votre cliente, et Peggy lui a donné ce nom. Oberhurst a commencé une filature de Martin Darius ; j'espérais qu'il aurait opéré au moment où l'une des femmes avait disparu, ce qui aurait fourni un alibi à mon client.

— Je ne comprends pas. Si Lisa Darius a employé Oberhurst, en quoi avez-vous besoin de moi ?

— Elle n'a pas son adresse. Rien qu'un numéro de téléphone. J'ai appelé à plusieurs reprises, mais on tombe toujours sur son répondeur. Il ne m'a pas rappelée. J'ai supposé que vous auriez l'adresse de son bureau. »

Telford réfléchit quelques instants. Il paraissait mal à l'aise. « Je ne crois pas qu'Oberhurst ait un bureau.

— Il travaille chez lui ?

— J'imagine. Nous nous sommes toujours rencontrés ici.

— Mais ses factures... où envoyiez-vous les chèques ?

— Il voulait toujours du liquide, et rien que du liquide. D'avance.

— Ça sort un peu de l'ordinaire, on dirait.

— Ouais. Mais le type n'est pas ordinaire non plus. » Après un temps de silence, Telford reprit : « Écoutez, je veux bien vous aider à retrouver Oberhurst, mais il y a une chose que vous devez savoir. Certaines de ses activités ne sont peut-être pas tout à fait légales. Vous me suivez ?

— Pas vraiment. »

Telford se pencha, prenant un ton de conspirateur. « Disons que vous aimeriez bien savoir ce que se disent deux personnes qui pensent avoir une conversation privée : vous engagez Oberhurst. C'est plus clair ?

— Systèmes électroniques ?

— Oui. Écoutes téléphoniques, écoutes de domiciles privés. Il m'a laissé entendre qu'il ne dédaignait pas non plus la photo amateur, style documents dans un coffre. Il a eu des démêlés avec la justice pour une affaire de ce genre. Je crois qu'il a écopé une peine de prison, quelque part dans le Sud, pour cambriolage.

— Tout ça n'est guère ragoûtant.

226

— Ouais. Je ne l'aime pas. Je n'ai fait appel à ses services que cette unique fois, et je regrette de l'avoir fait.

— Pourquoi ? »

L'avocat se mit à tambouriner sur son bureau. Betsy le laissa décider de ce qu'il devait dire.

« Ceci restera-t-il confidentiel ? »

Betsy acquiesça.

« Voyez-vous, Peggy voulait... bon, disons qu'elle était un peu hystérique. Elle prenait le divorce plutôt mal. De toute façon, je n'ai joué qu'un rôle d'intermédiaire dans cette histoire. Elle voulait quelqu'un pour faire quelque chose, un détective privé qui ne poserait pas trop de questions. Je les ai mis en contact, et c'est moi qui l'ai payé. En fait, je ne me suis jamais servi de lui sur ce dossier.

» Bref, quelqu'un a flanqué une raclée à Mark Fulton environ une semaine après que j'avais présenté Oberhurst à Peggy. D'après ce que j'ai entendu dire, l'agresseur n'y avait pas été de main morte. La police a conclu à une tentative de vol qui aurait mal tourné.

— Qu'est-ce qui vous fait penser que c'est autre chose ?

— Oberhurst a essayé de m'extorquer de l'argent. Il est venu dans mon bureau une semaine après l'incident. Il a brandi un article de journal qui en parlait et m'a dit que moyennant deux mille dollars, il me tiendrait hors du coup. Je lui ai répondu d'aller se faire voir. Pour ce que j'en savais, il aurait très bien pu inventer toute cette histoire. Il lui suffisait de lire l'article et de s'imaginer qu'il pouvait m'avoir pour deux mille billets et que je ne piperais pas, vu la faiblesse de ce montant. Que ça ne valait pas le risque.

— N'avez-vous pas eu peur ?

— Et comment ! D'autant que c'est un malabar. Il a même l'allure d'un parfait gangster, avec son nez cassé et ses gros mots. La panoplie complète. Mais je me suis dit qu'il devait tâter le terrain, en fait. Si j'avais cédé, je l'aurais eu tout le temps sur le dos. D'ailleurs, je n'avais rien fait de répréhensible. Comme je vous l'ai dit, je n'avais fait que les mettre en relation.

— Comment peut-on le joindre ? demanda Betsy.

— J'ai eu son nom au cours d'une soirée. Par Steve Wong. Essayez auprès de lui. Dites que vous venez de ma part. »

Telford feuilleta l'annuaire des avocats et écrivit le numéro de Wong au dos d'une de ses cartes de visite professionnelles. « Merci.

— Ravi d'avoir pu vous aider. Mais faites attention avec ce type. C'est pas un cadeau. »

2

Betsy prit son déjeuner au Zen, puis alla s'acheter un tailleur chez Saks Fifth Avenue. Il était une heure quinze quand elle fut de retour au bureau. Plusieurs messages téléphoniques l'attendaient, ainsi que deux douzaines de roses rouges. Elle crut tout d'abord qu'elles venaient de Rick et son cœur se mit à battre. Rick lui envoyait des fleurs à la Saint-Valentin, à l'époque où il lui faisait la cour. C'était le genre de geste qu'il aurait s'il avait l'intention de revenir à la maison.

« D'où viennent-elles ? demanda-t-elle à Ann.

— Je ne sais pas. On les a livrées. Il y a une carte. »

Betsy reposa le paquet de messages téléphoniques. Une petite enveloppe était accrochée au vase. Ses doigts tremblaient pendant qu'elle la déchirait et en retirait un petit bristol sur lequel elle lut :

Au meilleur ami de l'homme, son avocat.
Vous avez fait un boulot sensationnel !
UN CLIENT TRES RECONNAISSANT
Martin

Betsy reposa la carte. Son excitation tourna à l'amertume.

« Elles sont de Darius, dit-elle à Ann, avec l'espoir que sa voix ne trahirait pas sa déception.

— C'est une attention charmante. »

Betsy ne répondit rien. Elle avait si ardemment désiré que les roses soient un cadeau de Rick... Elle pesa un moment le pour et le contre, puis composa finalement son numéro.

« Cabinet de M. Tannenbaum, dit la secrétaire de Rick.

— C'est Betsy à l'appareil, Julie. Est-ce que Rick est ici ?

— Je suis désolée, madame Tannenbaum. Il ne sera pas au bureau de la journée. Dois-je lui dire que vous avez appelé ?

— Non merci, c'est inutile. »

La ligne fut coupée. Elle garda quelques instants le combiné à la main, puis raccrocha. Qu'aurait-elle dit si elle avait eu Rick au bout du fil ? Aurait-elle risqué l'humiliation en lui disant qu'elle voulait qu'il revienne ? Qu'est-ce qu'il aurait répondu ? Elle ferma les yeux et prit plusieurs inspirations pour calmer les battements de son cœur. Afin de se changer les idées, elle commença à parcourir les messages. La plupart pouvaient être remis à plus tard, mais l'un des appels émanait du Dr Keene. Lorsqu'elle eut retrouvé ses esprits, elle composa le numéro du médecin.

« Sue a fait du bon travail, lui dit le pathologiste, après les politesses d'usage. Mais j'ai tout de même quelque chose qui peut vous intéresser.

— Attendez, je prends mon bloc-notes... Allez-y.

— Un médecin légiste recueille toujours des échantillons d'urine pour y rechercher des traces de drogue. La plupart des labos ne s'intéressent qu'aux cinq drogues les plus courantes, morphine, cocaïne, amphétamines, etc. C'est ce que Sue a fait. J'ai pris sur moi de faire rechercher d'autres substances. Et nous sommes tombés sur des taux faramineux de barbituriques pour les trois femmes. J'ai fait refaire une analyse de sang. Chacune de ces dames présentait des doses anormales de pentobarbital.

— Que voulez-vous dire ?

— Le pentobarbital n'est pas très courant comme drogue, ce qui explique qu'il ait échappé au premier labo. C'est un anesthésique.

— Je ne vous suis pas.

— On l'utilise en milieu hospitalier pour endormir les futurs opérés. Ce n'est pas une drogue que ces femmes auraient prise d'elles-mêmes. Quelqu'un la leur a administrée. Et voilà où les choses deviennent vraiment bizarres, Betsy. Ces femmes avaient toutes les trois quatre milligrammes de pentobarbital dans le sang. C'est un niveau très élevé. En fait, un niveau mortel.

— Qu'est-ce que vous racontez ?

— Que ces trois femmes sont mortes d'une overdose de pentobarbital, et pas de leurs blessures.

— Mais elles ont été torturées !

— On les a mutilées, c'est exact. J'ai vu des brûlures, probablement exécutées avec des cigarettes ou des fils électriques, des entailles faites au rasoir ; les seins étaient particulièrement massacrés et on leur a vraisemblablement introduit des objets dans l'anus. Mais il y a une chance pour que ces femmes aient été inanimées au moment où on leur a infligé ces sévices. Autour des blessures, on constate un début, microscopique certes mais réel, de cicatrisation. Ce qui signifie que la mort est intervenue entre douze et vingt-quatre heures après que ces blessures ont été faites. »

Betsy garda quelques instants le silence. Quand elle reprit la parole, ce fut sur le ton de quelqu'un de complètement dérouté. « Tout cela ne tient pas debout, Ray. Quel intérêt un sadique peut-il trouver à torturer une personne inconsciente ?

— Aucune idée. C'est votre problème. Moi, je ne vois pas plus loin que le bout de mes cadavres.

— Et l'homme, au fait ?

— C'est une tout autre histoire. Tout d'abord, pas de pentobarbital. Rien. En second lieu, les traces de cicatrisation qu'on remarque autour de certaines blessures montrent qu'il a été torturé sur une période de temps relativement longue. La mort est intervenue plus tard, d'une balle dans la nuque, comme l'a dit Sue.

— Mais comment le Dr Gregg a-t-elle pu se tromper sur les causes réelles du décès ?

— Facile. On voit un cadavre entaillé de la poitrine à l'aine, le cœur arraché, les intestins pendant au-dehors, et on suppose automatiquement qu'il en est mort. C'est exactement ce que j'aurais dit si je n'avais pas trouvé le pentobarbital.

— Vous êtes en train de me filer une migraine carabinée, toubib.

— Prenez deux aspirines et rappelez-moi demain matin.

— Très drôle.

— Content d'avoir pu apporter un peu de joie dans votre existence. »

Ils raccrochèrent, mais Betsy continua de contempler les

notes qu'elle avait prises, tout en faisant des petits dessins informes autour. Ces dessins avaient autant de sens que ce que venait de lui apprendre le Dr Keene.

3

Le vol qui fit traverser le continent à Reggie Stewart arriva en retard à JFK, l'aéroport de New York, et il dut franchir le terminal au pas de course pour attraper l'avion qui devait l'amener dans le nord de l'État. Il était vanné en arrivant à Albany. Après avoir pris une chambre dans un motel proche de l'aéroport, il s'offrit un repas chaud et une douche, puis changea sa tenue de cow-boy pour un costume bleu marine, une chemise blanche et une cravate à fines rayures jaunes et rouges. Il se sentait de nouveau humain lorsqu'il gara sa voiture de location dans le parking du siège social de Marlin Steel, quinze minutes avant l'heure prévue pour son rendez-vous avec Frank Grimsbo.

« Je vous remercie de me recevoir dans des délais aussi brefs, dit Stewart dès que la secrétaire l'eut laissé avec le responsable de la sécurité.

— A la vérité, j'ai cédé à la curiosité, répondit l'homme avec un sourire sympathique. Je n'arrive pas à m'imaginer ce qu'un enquêteur privé de Portland, dans l'Oregon, peut me vouloir. » Il eut un geste en direction d'un petit bar. « Je vous offre quelque chose ?

— Un bourbon, sec », répondit Stewart, tout en contemplant par la fenêtre la vue exceptionnelle qu'on avait sur la rivière Hudson.

Le lieu de travail de Grimsbo était meublé d'un bureau en bois de rose de deux mètres cinquante de long, avec crédence assortie. Des gravures anglaises représentant des scènes de chasse décoraient les murs. Canapé et fauteuils étaient en cuir noir. Pas grand-chose à voir avec le cagibi encombré qu'il avait dû partager avec les autres membres de la brigade spéciale à Hunter's Point. De même que son environnement, Grimsbo avait changé aussi. Il roulait en Mercedes et non plus dans une Chevrolet cabossée, et cela faisait longtemps qu'il avait perdu son goût pour le polyester. Son costume classique gris à fines rayures était coupé sur mesure de manière à dissimuler ce qui restait d'une bedaine arrondie dans le temps à la bière, et spectaculairement réduite à force d'exercices et de privations. Il avait également perdu l'essentiel de ses cheveux mais sinon, il avait gagné sur tous les autres plans. Et si ses anciennes relations pensaient qu'il regrettait l'époque où il était détective à la brigade criminelle de Hunter's Point, ils se trompaient complètement.

« Alors, qu'est-ce qui vous amène de Portland, tout près du Pacifique, à Albany, pas très, très loin de l'Atlantique ? demanda Grimsbo en tendant un verre à son visiteur.

— Je travaille pour une avocate du nom de Betsy Tannenbaum. Elle représente un homme d'affaires important qui a été accusé de meurtre.

— C'est ce que m'a dit ma secrétaire lorsque vous avez appelé. Quel rapport avec moi ?

— A une certaine époque, vous avez travaillé au département de police de Hunter's Point, n'est-ce pas ?

— Cela fait neuf ans que je n'ai eu aucun contact avec mes collègues de Hunter's Point.

— J'aimerais parler avec vous d'une affaire sur laquelle vous avez travaillé il y a dix ans. Celle du tueur à la rose. »

Grimsbo, qui portait le verre à ses lèvres, interrompit brusquement son geste. « Qu'est-ce qui vous intéresse dans cette affaire ? C'est de l'histoire ancienne.

— Ayez un peu de patience, et vous allez comprendre. »

L'ancien policier secoua la tête. « Oh, ce n'est pas le genre d'affaire que l'on oublie.

— Je vous écoute. »

Grimsbo inclina la tête en arrière et ferma les yeux, comme s'il essayait de se représenter les événements, puis prit une gorgée de whisky.

« Tout a commencé par des signalements de disparition de femmes. Aucune trace de lutte, rien qui manquait sur les scènes du crime, mais on retrouvait à chaque fois une rose et un message qui disait *Disparue... Oubliée ?*, posés sur l'oreiller de ces femmes. Puis une mère et sa fillette de six ans ont été assassinées. C'est le mari qui a trouvé les corps. Il y avait une rose et un message auprès de la femme.

» Un voisin avait vu une fourgonnette de fleuriste devant la maison de l'une des victimes, ou non loin. Cela fait un bon moment, et je me trompe peut-être sur certains détails. Bref, on a pensé que c'était le livreur. Un type du nom de Henry Waters. Il avait déjà été arrêté pour un délit sexuel. Puis un homme, lors d'un appel anonyme, nous a dit que Waters s'était vanté devant lui d'avoir une femme dans son sous-sol. Et ça n'a pas raté, nous l'avons trouvée. » Il secoua la tête. « Bon Dieu, vous parlez d'un spectacle ! Vous ne pouvez imaginer ce que ce salopard lui avait fait. Je n'avais qu'une envie, le descendre sur place, et je l'aurais sans doute fait si le destin ne s'en était pas mêlé. Cette ordure a tenté de s'enfuir et un autre policier l'a abattu. Terminé.

— Peter Lake était-il bien le mari qui a trouvé les deux corps ? La mère et la fille ?

— C'est ça, Lake.

— Avez-vous la certitude que le livreur était bien le tueur ?

— Tout à fait. On a trouvé quelques roses et un message dans le sous-sol. Et, bien entendu, il y avait le corps. Ouais, on a eu notre type.

— On avait constitué une brigade spéciale pour résoudre ce cas, n'est-ce pas ? »

Grimsbo acquiesça.

« Nancy Gordon en faisait-elle partie ?

— Bien sûr.

— Monsieur Grimsbo...

— Frank.

— Frank... mon client est Peter Lake. Il a débarqué à Portland il y a environ huit ans et a pris le nom de Martin Darius. C'est un promoteur qui a très bien réussi, qui est très respecté. Il y a environ six mois, des femmes ont commencé à disparaître à Portland. On a trouvé sur l'oreiller de ces femmes des roses et des messages identiques à ceux de l'affaire de Hunter's Point. Il y a deux semaines, on a découvert les corps des trois femmes, avec en plus celui d'un homme, enterrés dans un chantier de construction appartenant à Martin Darius.

233

Nancy Gordon a déclaré à notre procureur général que Darius, autrement dit Lake, les avait tués. »

Grimsbo secoua de nouveau la tête. « Nancy n'a jamais pu encaisser ce Lake.

— Vous n'êtes pas d'accord avec elle?

— Non. Comme je vous l'ai dit, le tueur était bien Waters. Je n'ai pas le moindre doute là-dessus. Cela dit, nous avons soupçonné Lake pendant quelque temps. Un certain nombre de présomptions pesaient sur lui, et le personnage ne m'était pas sympathique. Mais ces présomptions n'étaient que des indices circonstanciels, alors que les preuves qui accablaient Waters étaient solides.

— Et le fait que Lake ait quitté Hunter's Point?

— On ne peut pas le lui reprocher. Si on avait assassiné ma femme et ma fille dans des circonstances aussi affreuses, je n'aurais pas aimé que tout me le rappelle chaque jour. Quitter la ville, commencer une nouvelle existence, il me semble que c'était ce qu'il avait de mieux à faire.

— Les autres enquêteurs étaient-ils d'accord sur l'innocence de Lake?

— Tous, mis à part Nancy.

— Lake a-t-il été innocenté par quelque chose?

— Que voulez-vous dire?

— Par exemple, avait-il un alibi pour la date de l'une des disparitions?

— Je n'en ai pas le souvenir; mais évidemment, tout cela remonte à pas mal de temps. Pourquoi ne pas aller consulter les archives? Je suis sûr qu'ils les ont encore à Hunter's Point.

— Le dossier a disparu.

— Disparu? Mais comment?

— Nous l'ignorons... Quelle était la personnalité de Nancy Gordon? »

Grimsbo prit une gorgée de whisky et fit pivoter son fauteuil vers la fenêtre. Il faisait bon dans le bureau, mais une fine couche de neige recouvrait le sol, de l'autre côté de la baie vitrée, et les arbres dénudés s'agitaient sous l'effet d'un vent glacé.

« Opiniâtre et décidée. Cette affaire nous a tous marqués, mais Nancy plus qu'aucun de nous. Elle s'est produite alors qu'elle venait de perdre son fiancé. Flic lui aussi. Tué pendant le service juste avant leur mariage. Vraiment tragique. Je crois que ça l'a déstabilisée pendant un certain temps. Puis les femmes ont commencé à disparaître, et elle s'est littéralement immergée dans l'affaire. Maintenant, ne me faites pas dire que ce n'est pas une excellente détective. Au contraire. Mais dans ce cas précis elle a perdu son objectivité. »

Stewart acquiesça et prit quelques notes.

« Combien de femmes avaient disparu à Hunter's Point ?

— Quatre.

— Et c'est l'une d'elles que l'on a découverte dans le sous-sol de Waters ?

— Oui.

— Qu'est-il arrivé aux autres femmes ?

— On les a retrouvées dans une ferme abandonnée, au fin fond de la campagne si je me souviens bien. Je n'étais pas de l'expédition, mais coincé au bureau à remplir un rapport.

— Comment ont-elles été trouvées ?

— Je vous demande pardon ?

— Waters n'a-t-il pas été abattu presque immédiatement après la découverte du corps dans sa cave ? »

Grimsbo hocha affirmativement la tête. « Honnêtement, je ne me rappelle pas. Peut-être la mère savait-elle quelque chose. Waters vivait avec sa mère. Ou il avait peut-être écrit quelque chose. Non, vraiment, aucune idée.

— Est-ce que l'une des survivantes a formellement reconnu Waters comme étant leur tortionnaire ?

— C'est possible. Comme je vous l'ai dit, je n'en ai interrogé aucune. D'ailleurs, si je me souviens bien, elles étaient dans un état épouvantable. A peine en vie. Torturées. Elles sont allées directement à l'hôpital.

— Nancy Gordon aurait-elle de bonnes raisons de ne pas dire à notre procureur général qu'il y avait eu des survivantes ?

— Elle ne le lui a pas dit ?

— Il semble bien que non.

— Bon sang, j'en sais rien ! Pourquoi ne pas lui avoir posé la question ?

— Elle a disparu.

— Quoi ? s'écria Grimsbo, l'air inquiet.

— Gordon a débarqué un soir, assez tard, au domicile de notre procureur général, Alan Page, et lui a parlé de l'affaire de Hunter's Point. Puis elle a pris une chambre dans un motel. Lorsque Page l'a appelée le lendemain matin, elle était partie. Ses vêtements étaient encore dans la chambre, mais elle n'était pas là.

— L'a-t-on cherchée ? demanda l'ex-policier.

— Et comment ! Tout le dossier de Page repose sur son témoignage. Il a perdu, lors de l'audience de cautionnement, parce qu'il n'a pu la faire appeler à la barre.

— Je ne sais que vous dire. Elle ne serait pas revenue à Hunter's Point ?

— Non. Pour ses collègues, elle est en vacances. Elle n'a dit à personne qu'elle se rendait à Portland et ils n'ont aucune nouvelle d'elle.

— Bon Dieu ! J'espère qu'il ne lui est rien arrivé de sérieux. Elle est peut-être partie ailleurs. Puisque les types de Hunter's Point vous ont dit qu'ils la croyaient en vacances...

— Elle n'aurait pas quitté Portland en laissant ses vêtements et sa trousse de toilette.

— Ouais... » Grimsbo avait l'air grave. Il secoua la tête. L'enquêteur l'étudia ; l'homme paraissait extrêmement affecté. « Est-ce que je peux faire autre chose pour vous, monsieur Stewart ?

— Non merci. Votre aide m'a été très précieuse, répondit le jeune homme en posant une carte de visite professionnelle de Betsy sur le bureau. Si jamais vous vous rappeliez quelque chose qui pourrait nous aider, n'hésitez pas à nous téléphoner.

— Je n'y manquerai pas.

— Ah, une dernière chose. J'aimerais parler aux autres membres de la brigade spéciale de Hunter's Point. Savez-vous où je peux trouver Glen Michaels et Wayne Turner ?

— Cela fait des années que je n'ai pas eu de nouvelles de Glen Michaels, mais vous n'aurez pas de mal à trouver Wayne, dans deux semaines.

— Comment ça ?

— Vous n'aurez qu'à brancher la télé. Il est l'assistant du sénateur Colby. Il devrait être assis juste à sa droite, pendant l'audience de confirmation. »

Stewart griffonna cette information sur son calepin, remercia Grimsbo et s'en alla. A peine avait-il refermé la porte derrière son hôte que le chef de la sécurité retournait à son bureau et composait un numéro de téléphone à Washington. Wayne Turner décrocha à la première sonnerie.

Chapitre XV

1

Reggie Stewart s'installa dans un siège, de l'autre côté du bureau du Dr Pedro Escalante. Le cardiologue avait pris du poids, au cours des dix dernières années. Ses cheveux noirs frisés grisonnaient de plus en plus. Il adoptait toujours un ton joyeux vis-à-vis de ses patients, mais sa bonne humeur n'était plus chez lui une seconde nature.

Le rendez-vous avait lieu dans le bureau du cardiologue, à la clinique Wayside. Sur un mur, figuraient deux diplômes, un de la Brown University et l'autre de la Tufts Medical School. Au-dessous, était épinglé un dessin d'enfant fait aux crayons de couleur ; on y voyait une fillette en bâtonnets à côté d'une fleur jaune presque aussi grande qu'elle, tandis qu'un arc-en-ciel traversait tout le dessin.

« C'est votre fille ? » demanda Stewart. Une photo de Gloria Escalante tenant une fillette sur ses genoux était posée sur un coin du bureau. Il supposa que c'était elle l'auteur du dessin et posa quelques questions sur l'enfant ; c'était une façon diplomatique d'aborder un sujet qui n'allait pas manquer d'évoquer des souvenirs douloureux pour le médecin.

« Notre fille adoptive, répondit ce dernier d'un ton triste. Gloria est devenue incapable de procréer, après le supplice qu'elle a enduré. »

Stewart répondit d'un simple hochement de tête ; il ne savait que dire.

« J'ai bien peur que vous n'ayez fait un déplacement inutile, si vous n'aviez pour but que de vous entretenir avec ma femme. Nous avons tout fait pour tirer un trait sur ce passé.

— Je comprends parfaitement que Mme Escalante ne veuille pas me parler, mais il s'agit littéralement d'une question de vie ou de mort. La peine de mort existe, dans l'Oregon, et il ne fait aucun doute que c'est ce qui attend notre client s'il est reconnu coupable. »

Les traits du médecin se durcirent. « Monsieur Stewart, laissez-moi vous dire que si votre client a traité ces femmes comme mon épouse l'a été, la peine de mort est une punition trop clémente pour lui.

— Vous avez connu mon client sous le nom de Peter Lake, docteur. Sa femme et sa fille ont été tuées par Henry Waters. Il a connu les mêmes angoisses que vous. Ce dont il est question, c'est du plus horrible des guet-apens, et votre femme détient peut-être des informations pouvant prouver que l'homme incriminé est en fait innocent. »

Le médecin regarda le dessus de son bureau. « Notre position est ferme, monsieur Stewart. Ma femme ne parlera avec personne de ce qui lui est arrivé. Il nous a fallu toutes ces années pour surmonter ce traumatisme, et nous entendons bien conserver cet acquis. Je peux cependant vous être utile, de mon côté ; il est possible que je puisse répondre à certaines de vos questions.

— Nous apprécierons toute l'aide que vous pourrez nous apporter.

— Je ne voudrais pas que vous vous imaginiez que ma femme n'a pas été sensible à votre requête. Nous avons envisagé très sérieusement la chose, mais ce serait plus qu'elle ne pourrait en supporter. Elle est solide. Très solide. Sans quoi, elle n'aurait pas survécu. Mais si forte qu'elle soit, cela ne fait que deux ou trois ans qu'elle est à peu près redevenue la femme qu'elle était auparavant. Et depuis votre coup de téléphone, les cauchemars ont recommencé.

— Croyez que je n'ai nullement l'intention de soumettre votre femme à...

— Non, non, je comprends très bien la raison de votre

239

présence ici. Je ne vous critique pas. Je désire simplement que vous compreniez pourquoi je ne peux permettre qu'elle revive ce qu'elle a vécu.

— Docteur Escalante, si je tenais à parler avec votre épouse, c'était avant tout pour savoir si elle avait vu le visage de l'homme qui l'avait enlevée.

— Dans ce cas, vous allez être déçu, je le crains. Elle a été prise par-derrière. A l'aide de chloroforme. Pendant sa captivité, elle était obligée de porter un capuchon sans trous pour les yeux à chaque fois... chaque fois que son ravisseur... quand il venait.

— Elle n'a jamais vu son visage ?

— Jamais.

— Et les autres femmes ? L'une d'elles l'a-t-elle vu ?

— Je l'ignore.

— Savez-vous où je peux trouver Ann Hazelton ou Samantha Reardon ?

— Ann Hazelton a mis fin à ses jours six mois après sa libération. Samantha Reardon a passé un certain temps en hôpital psychiatrique, victime d'une profonde dépression. Simon Reardon, son mari, a demandé le divorce, ajouta Escalante avec un mépris évident. Il a déménagé il y a de cela des années. Il est neurochirurgien ; vous devriez pouvoir le retrouver par le biais de l'American Medical Association. Il sait peut-être où vit son ex-femme.

— Ce renseignement est très précieux, dit Stewart en griffonnant l'information dans son calepin.

— Vous pourriez demander à l'autre enquêteur. Il l'a peut-être trouvée.

— Pardon ?

— Vous avez eu un prédécesseur. Je ne l'ai pas laissé parler à Gloria non plus. Il est venu avant l'été.

— Mais... les disparitions n'ont pas commencé avant le mois d'août.

— Non, c'était en mai ou début juin, quelque chose comme ça.

— De quoi avait-il l'air ?

— Un costaud. Il avait dû jouer au football américain ou faire de la boxe car il avait le nez cassé.

— Je ne vois personne, au bureau du procureur général, qui ressemble à cette description. De toute façon, à cette date, l'affaire n'avait pas encore éclaté. Vous souvenez-vous de son nom et d'où il était ?

— Il venait de Portland, et j'ai conservé sa carte. » Le médecin ouvrit le tiroir du haut de son bureau et en retira une carte de visite blanche. « Sam Oberhurst », ajouta-t-il en la tendant à Stewart. Il y avait un numéro sous le nom de l'homme, mais pas d'adresse ; le numéro était le même que celui que possédait déjà Betsy.

« Qu'est-il arrivé à votre épouse et aux autres femmes après leur enlèvement, docteur Escalante ? »

Le médecin prit une profonde inspiration. Au bout de dix ans, l'évocation de ces souvenirs était toujours douloureuse.

« Ma femme m'a raconté qu'elles étaient quatre en tout. Prisonnières dans une vieille ferme. Elle n'a pas pu me dire bien clairement où se trouvait cette ferme, car elle était inconsciente lorsqu'elle y fut transportée et en état de choc quand elle en est sortie. Presque morte de faim. Ce fut un miracle. »

Le médecin se tut un instant ; il se passa la langue sur les lèvres et respira de nouveau profondément. « Elles étaient nues, installées dans des stalles. Enchaînées par les chevilles. A chaque fois qu'il venait, il était masqué et les obligeait à mettre leur capuchon. Puis il... il les torturait. » Il ferma les yeux et secoua la tête, comme pour chasser des images trop doulou-reuses. « Je n'ai jamais demandé à Gloria de me décrire ce qu'il lui a fait, mais j'ai vu ses rapports médicaux. »

Il marqua une nouvelle pause.

« Je n'ai pas besoin de ces renseignements, docteur.

— Merci.

— L'important, c'est une éventuelle identification. La possi-bilité que votre femme se souvienne de quoi que ce soit, concernant son ravisseur, qui pourrait nous aider à mettre Peter Lake hors de cause.

— Oui, je comprends. Je lui poserai la question, mais je suis certain qu'elle ne pourra rien faire pour vous aider. »

Le Dr Escalante serra la main de Stewart et le reconduisit jusqu'à la porte. En revenant dans son bureau, il prit la photo de sa femme et de sa fille et la regarda.

2

Betsy, qui avait le début d'un procès en divorce prévu pour le vendredi suivant, était occupée à ranger le dossier dans son porte-documents lorsque sa secrétaire la prévint qu'elle avait Reggie Stewart en ligne.

« Comment s'est passé le voyage ?

— Sans problèmes, mais je n'ai pas fait beaucoup de progrès. Il y a quelque chose de bizarre dans cette affaire, de plus en plus bizarre, même.

— Je vous écoute.

— Je n'arrive pas à mettre le doigt sur ce qui ne colle pas ; mais pourtant, je suis sûr qu'on me fait tourner autour du pot, alors que personne ne devrait avoir la moindre raison de me mentir.

— A propos de quoi vous ment-on ?

— Justement. Je n'en ai aucune idée. Néanmoins, je sens qu'il y a quelque chose de pas clair.

— Dites-moi au moins ce que vous avez appris », demanda Betsy.

Stewart lui rapporta ses conversations avec Frank Grimsbo et le Dr Escalante. « Après avoir quitté Escalante, je suis allé passer quelques heures à la bibliothèque, à lire les journaux qui ont fait des comptes rendus de l'affaire. J'espérais y trouver des interviews des victimes, des flics. Rien. Le chef de la police, John O'Malley, a joué le rôle de porte-parole du maire. Il a déclaré que Waters était le meurtrier. Affaire classée. Les femmes survivantes ont été immédiatement hospitalisées. Reardon a été internée en psychiatrie. Escalante a refusé de parler aux journalistes. Idem pour Hazelton. Au bout de quelques semaines, l'intérêt a faibli. On est passé à d'autres faits divers. N'empêche, on lit les articles, on lit les déclarations d'O'Malley, et on n'est pas plus avancé sur ce qui est arrivé à ces femmes.

» J'ai pu ensuite parler à Roy Lenzer, qui est détective au département de police de Hunter's Point. C'est le type qui a essayé de retrouver le dossier de l'affaire pour Page. Il sait que Gordon a disparu. Il a fouillé son domicile, à la recherche des dossiers. Pas de chance. Quelqu'un a déménagé toutes les archives relatives à cette histoire. Attention, il s'agit de toute une étagère, avec photos et tout. Mais pour quelle raison ? Pourquoi faire disparaître tous les dossiers d'une affaire classée et vieille de dix ans ? Qu'y avait-il donc dedans ?

— Oberhurst a-t-il été voir aussi la police ?

— J'ai posé la question à Lenzer. J'ai même rappelé Grimsbo. Pour autant que je sache, Oberhurst n'a parlé à personne après sa rencontre avec Escalante. Ce qui ne tient pas debout. S'il enquêtait pour le compte de Lisa Darius, il aurait dû commencer par passer à la police.

— Pas forcément, observa Betsy, qui raconta alors à Reggie son entrevue avec Gary Telford. Toute cette affaire me donne un mauvais pressentiment. Faisons une hypothèse, Reg. Supposons que vous êtes un privé dépourvu de scrupules. Un ancien taulard qui travaille sur des trucs douteux. Quelqu'un qui n'aurait rien, a priori, contre un petit chantage. La femme d'un homme d'affaires de haut vol vous engage parce qu'elle pense que son mari a une liaison. Elle vous montre aussi un album contenant des articles relatifs à une ancienne affaire de meurtres.

» Supposons encore que ce privé, un peu escroc sur les bords, vienne à Hunter's Point et parle avec le Dr Escalante. Celui-ci ne l'aide pas, mais lui donne cependant assez d'informations pour retrouver Samantha Reardon, la seule autre victime encore vivante. Admettons maintenant que Oberhurst ait retrouvé Reardon, et que celle-ci identifie formellement Peter Lake comme l'homme qui l'a enlevée et torturée.

— D'accord. Et quand Oberhurst retourne à Portland, qu'est-ce qu'il fait ? objecta Stewart. Il se lance dans un chantage ? Avec un tueur en série ? Il faudrait être clinglé.

— D'après vous, Reg, qui est le type que la police a appelé John Doe ? »

Il y eut quelques instants de silence sur la ligne. « Oh, merde...

— Exactement. Nous savons que Oberhurst a menti à Lisa. Il lui a dit qu'il n'avait pas commencé son enquête sur l'affaire

243

de Hunter's Point ; or il s'y est rendu. Et il a disparu. J'ai parlé à tous les avocats que j'ai trouvés et qui l'ont employé. Ce John Doe est du même gabarit qu'Oberhurst. Voulez-vous parier que le cadavre a le nez cassé ?

— Sûrement pas. Qu'allez-vous faire ?

— Nous ne pouvons rien faire. Darius est notre client. Nous sommes ses représentants. Tout ceci est confidentiel.

— Même s'il a tué le type ?

— Oui, même s'il l'a tué. »

Betsy entendit un soupir de surprise, puis Stewart reprit : « C'est vous le patron. Que dois-je faire maintenant ?

— Avez-vous essayé de prendre rendez-vous avec Wayne Turner ?

— Pas moyen. Sa secrétaire dit qu'il est trop occupé, avec l'audience de confirmation en vue.

— Nom d'un chien ! Gordon, Turner, Grimsbo. Tous savent quelque chose. Et le chef de la police, au fait ? Il s'appelle comment, déjà ?

— O'Malley. D'après Lenzer, il a pris sa retraite en Floride il y a environ neuf ans.

— Pardi, fit Betsy avec une note de désespoir dans la voix. Essayez tout de même de trouver Samantha Reardon. Elle reste notre meilleur atout.

— Si je le fais, c'est bien pour vous, Betsy. Il faut que je vous dise quelque chose. D'habitude, ces trucs-là ne me font ni chaud ni froid, mais là, je commence à être mal à l'aise. Cette affaire ne me plaît pas.

— Dans ce cas, on est deux. Je ne sais tout simplement plus ce que je dois faire. Rien ne prouve non plus que j'aie raison. Il faut donc commencer par vérifier ça.

— Et si vous avez raison ?

— Pas plus avancée. »

244

3

Betsy coucha Kathy à neuf heures et se mit en chemise de nuit. Après avoir préparé du café, elle disposa les documents relatifs à l'affaire de divorce de vendredi sur la table de la salle à manger. Le café la tenait réveillée, mais son esprit ne cessait de retourner au mystère Darius. L'homme était-il coupable ? Elle n'arrivait pas à penser à autre chose qu'à la question qu'elle avait elle-même posée au procureur général durant son contre-interrogatoire : Alors qu'il y avait six victimes, y compris une fillette de six ans, le maire et le chef de la police de Hunter's Point auraient-ils classé l'affaire s'il y avait eu la moindre possibilité que Peter Lake — ou quelqu'un d'autre — soit le véritable meurtrier ? Cela n'avait aucun sens.

Elle repoussa les papiers qu'elle venait d'étaler et prit un bloc-notes de papier jaune, sur lequel elle commença à dresser la liste de ce qu'elle savait sur l'affaire Darius. Il fallut trois pages. Elle en arriva alors aux informations que lui avait transmises Stewart l'après-midi même. Une idée lui vint à l'esprit. Elle fronça les sourcils.

L'avocate n'ignorait pas qu'Oberhurst n'aurait eu aucun complexe à faire un peu de chantage ; il avait bien essayé avec Gary Telford. Si Martin Darius était le tueur à la rose, il n'aurait pas eu non plus le moindre scrupule à tuer le détective privé au cas où celui-ci aurait essayé de le faire chanter. Mais l'hypothèse de Betsy — à savoir que John Doe était Samuel Oberhurst — ne tenait debout que si Samantha Reardon avait reconnu en Martin Darius le tueur à la rose. Là gisait la difficulté. La police avait certainement interrogé Reardon après l'avoir sauvée ; si les flics avaient soupçonné Lake d'être le tueur, ils auraient montré une photo de Lake à la jeune femme — qui, d'ailleurs, avait rencontré celui-ci auparavant. Or si elle avait déclaré que son bourreau était bien Lake, comment le maire et le chef de la police avaient-ils pu annoncer que Waters était le coupable ? Pourquoi avaient-ils classé l'affaire ?

D'après le Dr Escalante, Samantha Reardon avait été

internée en hôpital psychiatrique; peut-être n'avait-on pu l'interroger tout de suite. Mais on aurait bien fini par y arriver. Grimsbo avait dit à Reggie que Nancy Gordon était obsédée par cette affaire et n'avait jamais cru que Waters était l'assassin. Bon, se dit Betsy, supposons que Reardon ait identifié l'homme à un moment ou un autre. Comment se faisait-il alors que Gordon — ou un autre policier — n'ait pas rouvert le dossier?

Oberhurst avait peut-être été le premier à poser la question à Samantha Reardon; cependant, celle-ci avait bien dû apprendre ce qui était arrivé à Henry Waters et savoir que la police se trompait de coupable? Bon. Supposons qu'elle ait été tellement traumatisée qu'elle ait préféré oublier tout ce qui lui était arrivé, y compris au risque de laisser Lake en liberté. Mais alors, pourquoi aurait-elle confié à Oberhurst que Lake était son kidnappeur?

L'avocate poussa un soupir. Quelque chose lui échappait. Elle se leva, emportant sa tasse jusque dans le séjour. L'édition du dimanche du *New York Times* attendait dans le porte-journaux d'osier, près de son fauteuil préféré. Elle s'y installa pour parcourir le quotidien. Parfois, la meilleure façon de résoudre un problème consiste à commencer par l'oublier un moment. Elle avait déjà lu la section littéraire et les rubriques artistiques, mais pas encore la « Revue de la semaine ».

Elle parcourut en diagonale un article sur l'agitation en Ukraine et commença à lire un portrait de Raymond Colby. Elle savait que sa confirmation ne serait qu'une formalité et elle était furieuse. Il n'y aurait plus d'opinion minoritaire à la Cour suprême. Elle allait être entièrement contrôlée par des Blancs fortunés, aux mêmes origines socio-politiques et partageant les mêmes convictions. Des hommes qui n'avaient aucune idée de ce qu'étaient la pauvreté et la déréliction, des hommes nommés par le président pour l'unique raison qu'ils feraient passer les intérêts des riches et du gouvernement avant les droits des individus. Colby était de la même étoffe. Faculté de droit de Harvard, ancien PDG de Marlin Steel, gouverneur de l'État de New York, puis membre du Sénat des États-Unis depuis neuf ans. Elle lut le résumé de son action en tant que gouverneur et sénateur et les pronostics sur la façon dont il allait sans doute voter dans plusieurs affaires en cours, en ce moment, devant la Cour suprême. Puis elle passa à un article sur l'économie. Sa lecture terminée, elle retourna dans la salle à manger.

Ce divorce était encore un beau gâchis. Le couple n'avait pas d'enfant et s'était mis d'accord pour partager tous leurs biens — ou presque. Ils allaient en effet devant le tribunal parce que chacun voulait garder un paysage sans valeur, acheté à un artiste de Montmartre pendant qu'ils étaient en voyage de noces à Paris. Le seul fait de plaider leur coûtait dix fois le prix de cette croûte, mais ils étaient aussi inébranlables l'un que l'autre. De toute évidence, la peinture n'était qu'un prétexte, et leur rage venait d'ailleurs. C'était le genre d'affaires qui donnait envie à Betsy de se faire religieuse. Mais voilà, songea-t-elle avec un soupir rentré, c'était aussi ces affaires-là qui payaient les traites. Elle commençait à parcourir les requêtes, lorsque soudain quelque chose lui revint à l'esprit à propos de l'article qu'elle venait de lire sur Colby.

Elle reposa la requête. L'idée lui était venue si brusquement qu'elle en avait presque le tournis. Elle retourna dans le séjour et lut à nouveau la biographie de Colby. Et c'était bien là, noir sur blanc. Il occupait son siège de sénateur depuis neuf ans. John O'Malley, chef du département de police de Hunter's Point, avait pris sa retraite neuf ans auparavant. Frank Grimsbo avait été engagé par la Marlin Steel, la société de Colby, neuf ans plus tôt. Et Wayne Turner était l'assistant administratif du sénateur.

Elle avait l'impression d'avoir mis le feu aux poudres et en même temps d'étreindre un bloc de glace. De retour une fois de plus dans la salle à manger, elle parcourut encore la liste des faits importants de l'affaire Darius. Tout concordait à la perfection. Il suffisait d'envisager les choses sous un certain angle. Martin Darius était le tueur à la rose. La police de Hunter's Point le savait quand elle avait classé le dossier en déclarant que Henry Waters était l'assassin. Betsy venait de comprendre comment Peter Lake avait pu quitter Hunter's Point avec tout le sang de ces innocents sur les mains.

Ce qu'elle n'arrivait pas à imaginer, c'était comment et pour quelle raison le gouverneur de l'État de New York avait pu conspirer avec les responsables de la police et le maire de Hunter's Point pour rendre la liberté à un tueur en série.

Chapitre XVI

1

Le soleil brillait, mais le thermomètre était descendu au dessous de zéro. Betsy se débarrassa de son manteau. Le froid lui brûlait les joues. Elle se frotta les mains et demanda à Ann de lui apporter une tasse de café. En attendant, elle composa un numéro de téléphone à Washington.

« Bureau du sénateur Colby.

— Je voudrais parler à Wayne Turner, s'il vous plaît.

— Je vais vous passer sa secrétaire. »

Betsy prit la tasse qu'Ann venait de poser sur son bureau. Sa main tremblait légèrement. Elle aurait voulu paraître sûre d'elle, mais elle mourait de peur.

« Puis-je vous aider ? fit une agréable voix féminine.

— Je m'appelle Betsy Tannenbaum. Je suis membre du barreau de Portland, dans l'Oregon. J'aimerais parler à M. Turner.

— M. Turner est extrêmement occupé, avec l'audience de confirmation en vue. Laissez-moi votre numéro, il vous rappellera dès qu'il le pourra. »

L'avocate savait très bien que Turner ne rappellerait jamais. Il n'y avait qu'une manière de le contraindre à répondre. Elle était convaincue de savoir ce qui s'était passé à Hunter's Point, et elle devait faire le pari qu'elle avait vu juste.

« C'est une affaire qui ne peut attendre. Dites à M. Turner

que c'est l'avocat de Peter Lake qui est au téléphone. » Puis Betsy ajouta autre chose, que lui fit répéter la secrétaire. « Si M. Turner refuse de me parler, ajoutez alors ceci : que je suis sûre que la presse se chargera de lui poser mes questions. »

La secrétaire mit Betsy en attente. Elle ferma les yeux et essaya d'appliquer une technique de méditation qu'elle avait apprise dans un cours de yoga, lorsqu'elle était étudiante. Ça ne marcha pas, car elle sursauta lorsque Turner prit la communication.

« Qui est à l'appareil ? aboya-t-il.

— J'ai donné mon nom à votre secrétaire, monsieur Turner. Je m'appelle Betsy Tannenbaum et je suis l'avocat de Martin Darius. Vous l'avez connu sous le nom de Peter Lake quand il habitait Hunter's Point. Je veux parler immédiatement au sénateur Colby.

— Le sénateur est extrêmement pris en ce moment, madame Tannenbaum. Ne peut-on pas attendre la fin de l'audience de confirmation ?

— Je ne vais certainement pas attendre que le sénateur soit à l'abri à la Cour suprême, monsieur Turner. S'il ne veut pas me parler, je me verrai forcée d'en référer à la presse.

— Bon Dieu, si jamais vous répandez des propos irresponsables...

— Calmez-vous, monsieur Turner. Si vous prenez le temps d'y réfléchir, vous comprendrez que cela serait très mauvais pour mon client de faire un scandale. Je ne ferai appel aux journaux qu'en dernier ressort. Mais je ne me laisserai pas écarter.

— Si vous êtes au courant pour Lake, si vous êtes au courant pour le sénateur, pourquoi faites-vous cela ? » objecta Turner d'un ton plus conciliant.

Betsy garda un instant le silence. Bonne question, en effet. Pourquoi avait-elle gardé cela pour elle-même ? Pourquoi n'en avait-elle pas parlé à Reggie Stewart ? Pourquoi était-elle prête à traverser le continent pour avoir la réponse à ses questions ?

« Pour moi, monsieur Turner, répondit-elle enfin. Il faut que je sache qui est l'homme que je représente. Je dois connaître la vérité. Je dois rencontrer le sénateur Colby. Je peux prendre un vol pour Washington demain matin. »

Ce fut au tour de Turner de garder le silence pendant quelques secondes. Betsy regarda par la fenêtre. Dans le bureau qui faisait face au sien, de l'autre côté de la rue, deux hommes en manches de chemise discutaient devant un plan d'architecte. A l'étage au-dessus, un groupe de secrétaires travaillait devant des écrans d'ordinateurs. Vers le haut de l'immeuble, le ciel se reflétait sur les parois de verre. Des nuages verts défilaient sur un fond de ciel vert.

« Je vais en parler au sénateur Colby et je vous rappelle, dit l'assistant.

— Il ne s'agit pas d'une menace, monsieur Turner. Je ne cherche pas à empêcher la nomination du sénateur. Dites-le-lui. »

Turner raccrocha et Betsy poussa un long soupir. Elle n'avait pas l'habitude de chercher à intimider les sénateurs des États-Unis, pas plus que celle de traiter des affaires qui risquaient de provoquer la ruine d'hommes publics d'une telle stature. Puis elle pensa aux deux cas Hammermill et Peterson. Par deux fois, elle avait pris sur elle la responsabilité de sauver une vie humaine ; il n'y en avait pas de plus grande. Colby avait beau être sénateur des États-Unis, il n'était qu'un homme et c'était peut-être à cause de lui que Martin Darius avait eu tout loisir d'assassiner quatre personnes innocentes à Portland.

« J'ai Nora Sloane sur la un », dit Ann par l'intercom.

L'avocate devait retrouver sa cliente du divorce à huit heures quarante-cinq au tribunal. Il n'était que huit heures dix. Elle aurait voulu se concentrer sur les détails de cette affaire, mais elle se dit qu'elle pouvait bien consacrer quelques minutes à la journaliste.

« Désolée de vous déranger, s'excusa Sloane. Vous vous souvenez qu'il avait été question que j'aie une entrevue avec votre mère et avec Kathy ? Croyez-vous que cela serait possible ce week-end ?

— Je risque de ne pas être ici... C'est probablement ma mère qui va garder Kathy ; vous pourriez les voir ensemble. Maman va être ravie d'être interviewée. Je lui en dis deux mots et je vous rappelle. Quel est votre numéro ?

— Non, c'est moi qui vous rappellerai. Je dois sortir et je ne sais pas où je serai.

251

— D'accord. Il faut que je sois au tribunal dans une demi-heure. Je devrais avoir terminé vers midi. Appelez-moi cet après-midi. »

Elle jeta un coup d'œil à sa montre. Elle avait vingt minutes pour préparer son intervention devant la cour et plus une seule pour penser à Martin Darius.

2

Reggie Stewart trouva le nom de Ben Singer, l'avocat qui s'était occupé du divorce de Samantha Reardon, en consultant les archives du palais de justice. Singer n'avait pas entendu parler de son ancienne cliente depuis des années, mais il avait une adresse, près du campus universitaire.

La plupart des maisons de ce quartier étaient des demeures familiales anciennes, entourées de pelouses bien entretenues et ombragées de chênes et d'ormes ; il y avait cependant un îlot d'immeubles d'habitation et de pensions qui hébergeaient les étudiants, à proximité de la voie rapide. Stewart s'engagea dans un parking qui s'étendait sur toute la longueur de la résidence d'un gris éteint. Il avait neigé pendant la nuit et il s'arrêta contre le tas de neige que l'on avait repoussé du trottoir, devant le bureau du gérant. Une femme âgée d'une quarantaine d'années, habillée d'un pantalon épais et d'un chandail de laine vert vint lui ouvrir. Elle tenait une cigarette à la main et avait le visage cramoisi. Des bigoudis retenaient ses cheveux rose framboise.

« Je m'appelle Reggie Stewart. Je voudrais parler au gérant de l'immeuble.

— On est complet », répondit la femme avec brusquerie.

Il lui tendit sa carte. Elle mit la cigarette à la bouche et l'examina.

« Vous êtes la gérante ? »

La femme acquiesça.

« J'essaie de retrouver Samantha Reardon. C'est la dernière adresse d'elle que je possède.

— Qu'est-ce que vous lui voulez ? demanda la femme d'un ton soupçonneux.

— Elle détient peut-être des informations qui me permettraient de disculper un client. Un homme qui vivait autrefois à Hunter's Point.

— Alors vous n'avez pas de chance. Elle n'est pas là.

— Savez-vous quand elle doit revenir ?

— Aucune idée. Elle est partie depuis l'été. » La gérante étudia de nouveau la carte de visite. « L'autre enquêteur était aussi de Portland. Je m'en souviens, parce que vous êtes les deux seules personnes de l'Oregon que j'aie jamais rencontrées.

— C'était bien un costaud avec le nez cassé ?

— Oui. Vous le connaissez ?

— Pas personnellement. Quand est-ce qu'il est passé ?

— Il faisait chaud. C'est tout ce dont je me souviens. Reardon est partie le lendemain. Elle a payé un mois de loyer d'avance. Elle a dit qu'elle ne savait pas pour combien de temps elle en avait. Une semaine après, elle est revenue et a déménagé.

— Vous a-t-elle confié des affaires ?

— Non. D'ailleurs les appartements sont meublés et elle n'avait pas grand-chose à elle. » Elle secoua la tête. « Je suis montée une fois, pour réparer l'évier. Pas un tableau sur les murs, pas même une babiole sur la table. La pièce était exactement dans le même état que le jour où elle avait emménagé. Ça faisait plutôt drôle.

— Vous lui avez parlé ?

— Oh bien sûr. Je la voyais de temps en temps. Mais en général, ça se réduisait plutôt à « bonjour » et « comment ça va » de ma part, et à pas grand-chose de la sienne. Elle était très réservée.

— Elle avait un boulot ?

— Ouais, elle travaillait quelque part. Je crois qu'elle était secrétaire, ou réceptionniste. Un truc dans ce genre. Pour un docteur, il me semble. Ouais, c'est ça. Elle tenait aussi la comptabilité. Ouais, c'est bien ça. Elle avait d'ailleurs la tête de l'emploi. Une vraie petite souris. Elle ne prenait pas soin d'elle. Pourtant, si on la regardait bien, elle n'était pas si mal. Mignonne, grande et un corps athlétique. Mais elle s'habillait toujours comme une vieille fille. On aurait dit, à mon avis, qu'elle cherchait à faire peur aux hommes, si vous voyez ce que je veux dire.

— Vous n'auriez pas une photo d'elle, par hasard ?

— Et où je l'aurais dégotée ? J'vous dis, elle avait même pas une gravure accrochée au mur. Bizarre. Tout le monde a des photos, des bidules, des trucs qui vous rappellent les bons moments.

— Certaines personnes préfèrent ne pas se rappeler le passé. »

La gérante tira une bouffée sur sa cigarette. « Elle était comme ça ? De mauvais souvenirs ?

— Les pires, répondit Stewart. Les pires que l'on puisse imaginer. »

3

« Je vais t'aider à ranger la vaisselle », dit Rita. Elles avaient laissé les assiettes sales, après le dîner, afin de pouvoir regarder avec Kathy son émission de télé préférée, avant qu'elle aille au lit.

« Pendant que j'y pense, dit Betsy en rassemblant les couverts, tu risques d'avoir un coup de téléphone d'une femme qui s'appelle Nora Sloane. C'est moi qui lui ai donné ton numéro. C'est la journaliste qui écrit cet article pour le *Pacific West*.

— Ah bon ?

— Elle veut t'interviewer, ainsi que Kathy, pour connaître un peu le contexte dans lequel je vis.

— M'interviewer ? roucoula Rita.

— Ouais, m'man. L'occasion ou jamais d'atteindre à l'im-mortalité !

— C'est toi, mon immortalité, ma chérie. Mais si elle appelle, je suis disponible. Qui mieux que moi peut lui raconter les choses vues de l'intérieur ?

— C'est bien ce que je crains. »

Betsy rinça les assiettes et les tasses, pendant que sa mère les disposait dans le lave-vaisselle.

« Rien ne te presse pour rentrer chez toi, m'man ? J'aimerais te parler de quelque chose.

— Volontiers.

— Un thé, un café ?

— Un café, s'il te plaît. »

Betsy prépara les tasses et les deux femmes retournèrent dans la salle de séjour.

« C'est à propos de l'affaire Darius, reprit Betsy. Je ne sais pas ce que je dois faire. Je n'arrête pas de penser à ces femmes, à ce qu'elles ont subi. Et si c'était lui qui les avait tuées, m'man ?

— Toi qui me dis toujours que la culpabilité ou l'innocence du client est sans importance. Tu es son avocat, non ?

— Je sais bien. Je n'ai pas changé d'avis. J'y crois. Sans compter que je vais avoir besoin de l'argent que je vais gagner dans l'affaire, si Rick et moi... si nous divorçons. Et le prestige. Même si je perds, je resterai toujours connue comme l'avocat de Martin Darius. Avec ce dossier, je joue dans la cour des grands. Si je laisse tomber, je vais me faire la réputation de quelqu'un qui n'est pas capable de supporter la pression d'une cause difficile.

— En somme, tu crains de gagner et de le faire sortir ?

— Exactement. Je sais que je peux le tirer de là. Page n'a pas présenté les bons éléments. C'est ce que lui a reproché le juge Norwood pour l'audience de cautionnement. Mais voilà, je suis au courant de choses que le procureur ignore, et je... »

Betsy secoua la tête, visiblement perturbée.

« Il faut bien que quelqu'un assure la défense de Darius, observa Rita d'un ton mesuré. Si ce n'est pas toi qui le fais, un autre avocat prendra ta place. Je n'ai pas oublié que tu as toujours affirmé que tout le monde avait droit à un procès équitable, même les tueurs et les trafiquants de drogue. Je trouve ça dur à accepter. Un homme capable de faire ça à une femme. Ou à n'importe qui. On a envie de lui cracher au visage. Ce n'est pas cette personne que tu défends, cependant. C'est bien ce que tu m'as expliqué, non ? Tu contribues à préserver un bon système.

— Ça, c'est la théorie... Mais lorsque ça te rend malade?
Quand tu ne peux pas dormir à l'idée que tu risques de faire
acquitter quelqu'un qui... Il a fait la même chose à Hunter's
Point, m'man. J'en suis certaine. Si je le tire de là, qui sera la
suivante? Je n'arrête pas de penser au calvaire de ces femmes.
Seules, impuissantes, dépouillées de toute dignité humaine.»

Rita vint prendre la main de sa fille dans la sienne. «Je suis
fière de toi, de ce que tu as fait dans la vie. Quand j'étais
gamine, je n'aurais jamais rêvé de devenir avocate. C'est une
grande profession. Tu es un personnage important, qui accom-
plit des choses importantes. Des choses que les autres n'ont pas
le courage de faire. Mais il y a un prix à payer. Crois-tu que le
président dorme bien? Et les juges? Les généraux? Tu es en
train de découvrir les aspects moins agréables de la responsabilité. Dans le cas des femmes battues, les choses étaient simples.
Tu étais du côté de Dieu. Maintenant, Dieu est de l'autre bord.
Mais tu dois faire ton travail, même si tu en souffres. Tu dois
t'accrocher et non pas te défiler.»

Soudain, Betsy éclata en sanglots. Rita se rapprocha un peu
plus et passa un bras autour des épaules de sa fille.

«Je suis dans un état, m'man... J'aimais tellement Rick... Je
lui ai tout donné, et il est parti... Si seulement il était là pour
m'aider... Je n'y arriverai jamais toute seule.

— Mais si, tu peux y arriver. Tu es quelqu'un de solide.
Personne n'aurait pu faire tout ce que tu as fait jusqu'ici sans
être solide.

— Pourquoi je n'arrive pas à voir les choses ainsi? Je me
sens vidée, au bout du rouleau.

— C'est toujours difficile de se voir à travers les yeux des
autres. Tu sais que tu n'es pas parfaite, alors tu ne vois plus que
tes défauts. Mais tu as beaucoup de force, crois-moi.»

Rita se tut. Son regard se perdit quelques instants dans le
vague, puis elle se tourna de nouveau vers sa fille. «Je vais te
dire quelque chose que je n'ai jamais dit à âme qui vive. Le soir
où ton père est mort, j'ai été bien près de me suicider.

— Maman!

— J'étais dans notre chambre. Toi, tu dormais dans la
tienne. J'ai pris une boîte de somnifères dans l'armoire à
pharmacie de la salle de bains. J'ai dû regarder ces pilules

pendant une heure, mais j'étais incapable de faire le geste. Tu m'en as empêchée. Le fait que tu existais. L'idée de ne pas te voir grandir était insupportable. Comme celle de ne pas savoir la direction que prendrait ta vie. Ne pas avaler ces pilules, voilà la chose la plus intelligente que j'aie jamais faite de ma vie, et tout ça pour pouvoir te voir telle que tu es devenue. Je suis si fière de toi !

— Mais moi, je ne suis peut-être pas aussi fière de moi que ça. Et si je ne faisais tout ça que pour l'argent et la réputation ? Et si j'aidais un homme qui est le mal incarné à échapper au châtiment, afin qu'il soit libre d'infliger des souffrances insupportables à de pauvres êtres innocents ?

— Je ne sais quoi te dire, répondit Rita. Je ne connais pas tous les faits, et je ne peux pas me mettre à ta place. Mais j'ai confiance en toi. Je sais que tu feras ce qu'il faut. »

Betsy s'essuya les yeux. « Je suis désolée de t'avoir mis ça sur les épaules, mais tu es la seule à qui je puisse me confier, maintenant que Rick n'est plus là.

— Je suis contente de savoir que je suis bonne à quelque chose », fit Rita avec un sourire. Betsy la serra dans ses bras. Ça lui avait fait du bien de pleurer, de pouvoir se soulager de ce qu'elle gardait au-dedans d'elle ; mais à ses questions, elle n'avait toujours pas la moindre réponse.

Chapitre XVII

Le dimanche après-midi, Raymond Colby, debout devant la cheminée du salon, chez lui, attendait l'arrivée de l'avocate de Portland. Un domestique avait allumé le feu. Le sénateur tendait les mains vers les flammes pour chasser une impression de froid qui n'avait que peu de chose à voir avec la pluie glaciale qui retenait la plupart de ses voisins chez eux et laissait les rues de Georgetown désertes.

La porte d'entrée s'ouvrit et se referma. Wayne Turner et Betsy Tannenbaum, sans doute. Colby rectifia son veston. Qu'est-ce que voulait l'avocate ? Telle était la seule question. Était-elle du genre avec qui l'on peut discuter, raisonner ? Avait-elle un prix ? Turner ne croyait pas qu'elle savait tout — mais assez, néanmoins, pour lui enlever toute chance de se voir confirmé. Peut-être se rangerait-elle à leurs côtés, une fois qu'elle connaîtrait les faits. Après tout, une révélation publique serait fatale tout autant à son client qu'au sénateur.

La porte du salon s'ouvrit et Wayne Turner s'effaça pour laisser passer la visiteuse. D'un regard, Colby la jaugea. Betsy Tannenbaum était une femme séduisante, mais il vit tout de suite que ses charmes ne faisaient pas partie de son arsenal stratégique. Elle portait un tailleur noir strict sur une blouse couleur crème. Sérieuse, un peu nerveuse, soupçonna-t-il, se sentant un peu hors de son cadre, mais prête à tenir tête à un homme puissant sur son propre terrain. Elle avait une poignée de main ferme et ne craignait pas de regarder Colby droit dans les yeux, ni de l'étudier comme lui-même l'avait fait avec elle.

« Comment s'est passé le vol ? demanda le sénateur.

— Sans histoires. » Betsy regarda autour d'elle. Elle vit une pièce confortable, avec trois fauteuils à haut dossier placés autour de la cheminée. Colby lui fit signe de s'installer dans l'un d'eux.

« Puis-je vous offrir quelque chose pour vous réchauffer ?

— Un café, s'il vous plaît.

— Rien de plus fort ?

— Non merci. »

Betsy choisit le siège le plus proche de la fenêtre. Colby prit celui du milieu. Wayne Turner versa le café, servi dans une cafetière d'argent qu'un domestique avait posée sur un ancien dressoir en noyer. Betsy contemplait les flammes. Elle avait à peine fait attention au temps en venant de l'aéroport. Mais maintenant qu'elle était à l'intérieur, elle frissonnait, réagissant à retardement à la tension des heures précédentes. Turner lui tendit une tasse et une soucoupe en porcelaine ornée d'un délicat motif de roses et d'un filet d'or.

« En quoi puis-je vous aider, madame Tannenbaum ?

— Je sais ce que vous avez fait il y a dix ans à Hunter's Point, sénateur. Je voudrais en connaître la raison.

— Et qu'ai-je fait, selon vous ?

— Vous avez corrompu la police de cette ville, vous avez fait détruire des dossiers d'enquête et vous avez monté une opération de camouflage pour protéger un tueur en série dont le plus grand plaisir était de torturer des femmes. »

Colby hocha la tête, l'air triste. « Une partie de ce que vous venez de dire est vrai, mais pas tout. Aucun policier n'a été soudoyé.

— Je suis au courant des divers avantages qu'ils ont reçus, répondit sèchement Betsy.

— Que croyez-vous donc savoir ? »

Betsy s'empourpra. Elle avait été aiguillonnée par des coïncidences, des improbabilités, en direction de la seule solution possible ; elle ne voulait cependant pas avoir l'air de se vanter. Par ailleurs, si elle laissait voir à Colby la façon dont elle avait raisonné, il comprendrait qu'il ne pouvait la mystifier.

« Le mandat d'un sénateur est de six ans, reprit-elle, et vous êtes au milieu de votre deuxième mandat. Ce qui signifie que

259

vous êtes sénateur des États-Unis depuis neuf ans. Il y a neuf ans, Frank Grimsbo a quitté un poste mal payé dans la police d'une petite ville anonyme pour occuper des fonctions grassement rémunérées chez Marlin Steel, votre ancienne société. Il y a neuf ans, John O'Malley, le chef de cette force de police, a pris sa retraite en Floride. Wayne Turner, autre membre de la brigade spéciale affectée au tueur à la rose, est votre assistant administratif. Je me suis demandé comment il pouvait se faire que les membres d'une même brigade de police d'une petite ville aient pu si bien réussir, tout d'un coup, et justement l'année où vous décidez de vous présenter à l'élection sénatoriale. La réponse saute aux yeux. On les avait soudoyés pour garder un secret et détruire les dossiers de l'enquête sur le tueur à la rose. »

Colby acquiesça. « Excellentes déductions, mais partiellement incorrectes. Il s'agissait de récompenses et non de pots-de-vin. Frank Grimsbo ne doit qu'à son mérite d'avoir été nommé au poste de responsable de la sécurité ; je l'avais simplement fait entrer dans le service, tout au bas de l'échelle. Le chef O'Malley a eu une crise cardiaque et a été obligé de prendre sa retraite. Je suis très riche. Wayne m'a dit que John avait des problèmes financiers, et je l'ai aidé. Quant à Wayne, il suivait déjà des cours du soir en droit au moment où se sont produits les enlèvements et les meurtres. Il a obtenu son diplôme deux ans plus tard et je l'ai seulement aidé à trouver un travail à Washington, mais pas dans mon équipe. Il ne nous a rejoints qu'un an avant la fin de mon premier mandat. Il s'était déjà taillé une excellente réputation sur la Colline[1]. Lorsque Larry Merrill, mon assistant administratif de l'époque, décida de retourner dans le privé, à Manhattan, j'ai demandé à Wayne si le poste l'intéressait. Comme vous le voyez, l'explication de ces événements est moins sinistre que ce que vous aviez supposé.

— J'ai néanmoins raison pour les archives.
— C'est le chef O'Malley qui s'en est occupé.
— Et l'amnistie ? »

Brusquement, les traits de Colby se défirent et il parut très

---

1. La Colline : Washington (*N.d.T.*).

vieux. « Tout le monde a fait quelque chose dans sa vie qu'il souhaiterait ne pas avoir fait. Je pense constamment à Hunter's Point, mais je n'arrive toujours pas à voir comment j'aurais pu agir autrement.

— Mais comment avez-vous pu prendre une décision pareille, sénateur ? Cet homme n'est pas humain. Vous deviez bien savoir qu'il recommencerait, un jour, ailleurs. »

Colby se tourna vers l'avocate, mais il ne la voyait pas. Il paraissait complètement perdu, comme un homme à qui on vient d'apprendre qu'il est atteint d'une maladie incurable. « Que Dieu nous pardonne, mais nous le savions, en effet. Nous le savions, mais nous n'avions pas le choix. »

CINQUIÈME PARTIE

HUNTER'S POINT

Chapitre XVIII

1

Nancy Gordon entendit le tintement du verre brisé; Peter Lake venait de casser la vitre du bas de la porte de derrière, afin de pouvoir passer la main et ouvrir de l'intérieur. Elle perçut ensuite le grincement des gonds rouillés. Elle se tassa sous les couvertures et se concentra sur la porte, dans un effort pour distinguer quelque chose dans l'obscurité.

Deux heures auparavant, elle s'était trouvée seule dans le local de la brigade spéciale, lorsque Lake était venu lui dire qu'il avait appris, aux informations, la mort de Henry Waters pendant son arrestation. Comme prévu, elle avait avoué à Lake l'avoir soupçonné un temps d'être le tueur à la rose, à cause du délai entre le moment où il était rentré chez lui et celui où il avait composé le 911, et aussi à cause de la filature de Waters à laquelle il s'était livré. Lake en avait conçu de l'inquiétude, mais Nancy l'avait assuré qu'elle ne doutait plus que Waters soit le coupable — gardant ses soupçons pour elle-même. Puis elle avait bâillé et dit à Lake qu'elle rentrait chez elle. Depuis lors, elle était au lit et attendait.

Sa tenue — pantalon noir, chandail à col roulé noir et passe-montagne noir — contribuait à rendre Lake presque invisible. Il tenait à la main un affreux pistolet à canon court. Elle ne l'entendit pas traverser le séjour. Tout d'un coup, sa silhouette se profila sur le seuil de la porte de la chambre. Lorsqu'il ouvrit la lumière, elle s'assit dans le lit, jouant la surprise. L'avocat retira son passe-montagne.

« Vous aviez deviné, n'est-ce pas, Nancy ? » Elle le regarda bouche bée, comme si elle ne comprenait pas encore le sens de sa visite. « Vous me plaisez vraiment beaucoup, mais je ne peux pas courir le risque de vous voir rouvrir le dossier de cette affaire. »

Elle regarda le revolver. « Vous ne vous imaginez tout de même pas que vous allez vous en tirer en assassinant un flic ?

— Je n'ai pas tellement le choix. Vous êtes bien trop intelligente. Vous auriez fini par comprendre que Waters était innocent. Et vous vous seriez lancée à mes trousses. Vous auriez même été capable de découvrir suffisamment de preuves pour convaincre un jury. »

L'homme fit le tour du lit. « Mettez les mains sur le drap et tirez-le lentement », ordonna-t-il avec un geste de la main qui tenait l'arme. Elle n'avait sur elle qu'un drap léger, à cause de la chaleur ; elle le tira avec lenteur, prenant soin de le rassembler à la hauteur de sa hanche droite afin que Lake n'ait aucune chance d'apercevoir le revolver qu'elle avait caché là. Elle portait un slip minuscule et un T-shirt. Le T-shirt avait remonté sous ses seins et laissait voir sa paroi abdominale musclée. Elle entendit Lake pousser un soupir.

« Ravissant. Enlevez le T-shirt. »

Nancy se força à le regarder en écarquillant les yeux.

« Non, je ne vais pas vous violer, affirma-t-il. Ce n'est pas l'envie qui m'en manque, remarquez. J'ai beaucoup joué avec cette idée, Nancy. Vous êtes tellement différente des autres. Elles sont toutes molles, des vaches, il n'y a pas d'autre mot, si faciles à contraindre... Mais vous, vous êtes une dure. Je suis certain que vous auriez résisté. J'aurais beaucoup aimé ça. Mais voilà, je tiens à ce que les autorités continuent à croire que Waters était l'assassin à la rose, et vous allez donc mourir au cours d'un cambriolage qui aura mal tourné. »

Elle le regarda, dégoûtée. « Comment avez-vous pu tuer votre propre femme, votre propre fille ?

— Ne croyez pas que je l'avais prémédité. Je les aimais, Nancy. Mais Sandy a trouvé un message et une rose que j'envisageais d'utiliser le lendemain. Je ne suis pas très fier de

266

moi. J'ai été pris de panique. Je n'arrivais pas à trouver la moindre explication plausible à donner à Sandy, une fois que ces détails auraient été révélés par la presse. Elle serait allée en parler à la police, et c'en était fini de moi.

— Et c'est aussi pour cette raison que vous avez tué Melody? C'était encore un bébé ou presque! »

Lake secoua la tête. Il paraissait sincèrement désolé. « Si vous croyez que ç'a été facile... » Sa mâchoire tremblait. Une larme perla au coin de son œil. « Sandy s'est mise à hurler. J'ai réussi à l'avoir avant qu'elle ait pu recommencer, mais Melody l'a entendue. Elle était dans l'escalier et regardait à travers les barreaux de la rampe. Je l'ai attrapée et serrée dans mes bras en cherchant un moyen de l'épargner, mais il n'y en avait pas, alors je... elle n'a pas souffert. C'est la chose la plus difficile que j'aie jamais faite.

— Laissez-moi vous aider, Peter. On ne vous déclarera jamais coupable. J'en parlerai au procureur général. On plaidera la folie. »

Lake eut un sourire triste. « Ça ne marchera jamais, Nancy. Personne ne prendra le risque de me laisser en liberté aussi facilement. Pensez à ce que j'ai fait à Pat. Pensez aux autres. De plus, je ne suis pas fou. Si vous saviez pourquoi je l'ai fait, vous comprendriez.

— Expliquez-le-moi. J'aimerais en effet comprendre.

— Désolé. Pas le temps. D'ailleurs, quelle différence pour vous ? Vous allez mourir.

— Je vous en prie, Peter. Il faut que je sache. Il doit y avoir des raisons, pour imaginer un plan aussi brillant. »

L'avocat eut un sourire condescendant. « Inutile de jouer à ce petit jeu. Ça ne sert à rien. Vous ne faites que reculer pour mieux sauter.

— Vous pouvez commencer par me violer. Attachez-moi. Vous en mourez d'envie, n'est-ce pas ? Je ne pourrai pas résister, le supplia-t-elle, glissant la main droite sous le drap.

— Ne vous déshonorez pas, Nancy. Je vous croyais plus de classe que les autres. »

Il vit la main de Nancy qui se déplaçait. Son visage s'assombrit. « Qu'est-ce que vous fabriquez ? »

Elle tenta de s'emparer du pistolet. Lake la frappa à la joue de la crosse de son arme. Il y eut un craquement d'os, et elle fut aveuglée pendant une ou deux secondes. La porte du placard s'ouvrit brusquement. Lake se figea lorsque Wayne Turner en jaillit, faisant feu dans la foulée. Il atteignit l'avocat à l'épaule. Celui-ci laissa tomber son revolver sur le sol au moment où Frank Grimsbo faisait irruption par la porte de la chambre et venait clouer Lake contre le mur.

« Ne bougez pas ! » cria Turner à Nancy. Il bondit par-dessus le lit, lui coupant la respiration au passage. D'une main, Grimsbo maintenait l'agresseur de Nancy contre le mur et de l'autre le bourrait de coups de poing à la figure.

« Arrête, Frank ! s'époumona Turner. Arrête ! » Gardant son arme braquée sur Lake, il essaya, de sa main libre, de refréner son collègue. Celui-ci porta un dernier coup ; après avoir heurté le mur, la tête du tueur se mit à pendre sur le côté. Une tache humide commença de s'étaler sur le tissu noir de son vêtement, à hauteur de l'épaule droite : le sang qui coulait de sa blessure.

« Attrape son pistolet, commanda Turner. Il est tombé à côté du lit. Et regarde comment va Nancy. »

Grimsbo se redressa. Il tremblait de tous ses membres.

« Je vais bien », dit Nancy. Elle avait la joue tout engourdie et pouvait à peine voir de l'œil gauche.

Grimsbo ramassa le pistolet et se tint au-dessus de Lake, la respiration de plus en plus saccadée.

« Passe-lui les menottes », ordonna Turner. Mais Grimsbo ne bougea pas et l'arme qu'il tenait se braqua comme si elle était animée d'une vie propre.

« Fais pas le con, Frank, dit Turner. Passe-lui les menottes, c'est tout.

— Pourquoi ? demanda Grimsbo. Hein, pourquoi ? On aurait pu le toucher deux fois, depuis qu'il a agressé Nancy.

— Toi tu l'as atteint à l'épaule en sortant du placard et moi j'ai tiré la balle mortelle lorsque ce tas d'ordure s'est tourné vers moi et que la fatalité a voulu que je le cueille entre les deux yeux.

— Ça ne s'est pas passé comme ça, et il se trouve que je le sais, objecta Turner sans s'énerver.

— Et alors ? Tu vas m'arrêter et venir témoigner que je l'ai assassiné ? Tu vas m'expédier à Attica pour le restant de mes jours parce que j'aurai exterminé cet immondice ?

— Personne ne le saurait, Wayne, intervint doucement Nancy. Je soutiendrai Frank. »

Turner se tourna vers la jeune femme ; elle avait pour Lake, à cet instant-là, un regard qui n'était que haine pure.

« Je n'arrive pas à y croire. Vous êtes flics, tous les deux. C'est un meurtre que vous voulez commettre !

— Pas dans ce cas, Wayne, dit Nancy. Pour commettre un meurtre, il faut enlever la vie à un être humain. Lake n'est pas humain. Ne me demande pas de te dire ce qu'il est, je n'en sais rien. Mais un être humain n'assassine pas ses propres enfants. Il ne déshabille pas une femme pour lui ouvrir le ventre, lui sortir les intestins et la laisser mourir de mort lente. Je n'ose même pas imaginer ce qu'il a fait aux autres disparues. » Elle frissonna. « Je préfère ne pas y penser. »

Lake, qui avait repris connaissance, suivait la discussion. Il ne bougeait pas la tête, mais son regard se braquait tour à tour sur chacun des interlocuteurs, tandis qu'on débattait de son sort. Il vit Turner hésiter. Nancy sortit du lit et vint se placer à côté de Grimsbo.

« Il finira par sortir un jour ou l'autre, Wayne, dit-elle. Il sera capable de convaincre la commission de libération sur parole de le relâcher, ou un juré qu'il était fou au moment des faits, et l'hôpital lui rendra la liberté après sa guérison miraculeuse. As-tu envie de te réveiller un beau matin et d'entendre aux informations qu'une femme a été enlevée à Salt Lake City ou à Minneapolis et que le message laissé sur son oreiller disait au mari : *Disparue... Oubliée ?* » ?

Le bras de Turner retomba. Il avait les lèvres sèches, les entrailles nouées.

« C'est moi qui vais le faire, Wayne, dit Grimsbo, tirant son arme de service et tendant à Nancy le revolver de Lake. Tu peux quitter la pièce, si tu préfères. Tu peux même t'en ouvrir de la manière que j'ai dite, parce que c'est comme ça que les choses se seront réellement passées, si nous sommes tous d'accord.

— Bordel de Dieu », marmonna Turner entre ses dents. Il

serrait tellement les poings que l'arme lui écorchait la peau de la main.

« Vous ne pouvez pas me tuer », dit Lake dans un râle ; la douleur de la blessure rendait son élocution difficile.

« Ferme ta sale gueule, gronda Grimsbo, ou je te descends tout de suite.

— Elles ne sont pas mortes », réussit à balbutier Lake d'une voix étranglée. Il ferma les yeux, submergé par la nausée. « Les autres femmes sont encore vivantes. Si vous me tuez, elles meurent. Tuez-moi, et vous les condamnez toutes à mort. »

2

Le gouverneur Raymond Colby se courba sous les pales de l'hélicoptère et courut vers la voiture de police qui l'attendait. Larry Merrill, son assistant, sauta à son tour et le suivit. Un homme corpulent aux cheveux roux et un Noir grand et mince attendaient à côté du véhicule de police. Le rouquin ouvrit la porte arrière pour Colby.

« Je m'appelle John O'Malley, gouverneur. Je suis le chef du département de police de Hunter's Point. Et voici le détective Wayne Turner. Il va vous donner les détails de la situation. Autant vous dire tout de suite qu'elle est dramatique. »

Le gouverneur s'installa à l'arrière ; Turner s'assit à côté de lui et Merrill à l'avant, à la place du passager. O'Malley se mit aussitôt au volant et prit la direction du domicile de Nancy Gordon.

« Qu'est-ce que l'on vous a dit exactement, gouverneur ? demanda Turner.

— Reprenez tout depuis le début, détective. Je veux être sûr de n'avoir rien oublié.

— Des femmes ont commencé à disparaître à Hunter's Point. Toutes mariées à des membres de professions libérales et sans enfant. Aucun signe de lutte. Pour la première, nous avons pensé qu'il s'agissait d'une fugue. La seule bizarrerie était un message posé sur l'oreiller de la femme qui disait : *Disparue...*

Oubliée ? et maintenu en place avec une rose teinte en noir. Nous avons cru que c'était la femme qui l'avait laissé. Puis une deuxième femme s'est volatilisée dans les mêmes conditions.

« Après la disparition de la quatrième, toutes avec le même message et la rose noire, Sandra et Melody Lake ont été assassinées. Sandra était la femme de Peter Lake. Je crois que vous le connaissez. Melody était leur fille.

— Une affaire tragique, commenta Colby. Peter faisait partie de ceux qui m'ont soutenu dans ma campagne. Je l'avais fait nommer à un conseil d'administration, récemment.

— C'est lui qui les a tuées, gouverneur. Il a assassiné sa femme et sa fille de sang-froid. Après quoi, il a monté toute une mise en scène de manière à piéger un type du nom de Henry Waters. Il a introduit l'une des femmes enlevées dans le sous-sol de la maison de Waters et là, il l'a éventrée. Il a pris soin de disposer des roses noires et l'un des messages non loin, après quoi il a adressé un appel anonyme à la police. »

Il était quatre heures du matin et l'obscurité régnait dans la voiture mais, au moment où le véhicule passa dans la lumière d'un réverbère, Turner vit que Colby était blanc comme un linge.

« Peter Lake a tué Sandy et Melody ?

— Oui, monsieur.

— Je trouve ça difficile à avaler.

— Ce que je vais maintenant vous dire n'est connu que du chef O'Malley, des détectives Frank Grimsbo et Nancy Gordon et de moi-même. Le chef a créé une brigade spéciale pour s'occuper des disparitions. Outre Grimsbo, Gordon et moi, elle comprend un expert judiciaire. Nous soupçonnions Lake, même après avoir trouvé le corps de Patricia Cross chez Waters, et nous lui avons donc tendu une souricière. Gordon lui avoua qu'elle l'avait un temps suspecté, mais qu'elle avait gardé pour elle ses présomptions. Lake fut pris de panique, comme nous l'espérions. Il est entré par effraction au domicile de Gordon avec l'intention de la tuer. Elle a réussi à lui faire reconnaître qu'il était l'auteur des meurtres. On avait truffé la maison de micros, et nous avons sa confession enregistrée. Grimsbo et moi nous nous cachions, et nous avons tout entendu. Nous l'avons arrêté.

271

— Mais alors, où est le problème ? demanda Merrill.

— Trois des femmes sont encore vivantes. Tout juste. Lake les maintenait à la limite de l'inanition : il ne les nourrissait qu'une fois par semaine. Il refuse de nous dire quand il leur a donné à manger pour la dernière fois et où elles se trouvent tant qu'il n'aura pas obtenu une amnistie pleine et entière du gouverneur.

— Quoi ? s'écria Merrill, incrédule. Le gouverneur ne peut pas gracier un meurtrier en série, tout de même !

— Est-ce qu'on ne peut pas les retrouver ? demanda Colby. Il a dû les cacher dans l'une de ses propriétés. Les avez-vous fouillées ?

— Lake a gagné pas mal d'argent, au cours de ces dernières années. Il possède un fonds immobilier important. Beaucoup de choses ne sont pas à son nom. Nous n'avons ni le personnel ni le temps de faire ces recherches ; les femmes risquent de mourir de faim et de soif avant.

— Dans ce cas, je vais lui promettre la grâce. Après qu'il nous aura dit où il détient les femmes, vous l'arrêterez. Un accord conclu sous ce genre de coercition ne peut être tenu pour valable. »

Merrill parut mal à l'aise. « J'ai bien peur que si, Ray. A l'époque où je travaillais au bureau du procureur général du pays, nous avons accordé l'immunité à un tueur à gages de la pègre en échange de son témoignage contre un gros bonnet. Il nous avait déclaré qu'il était présent lorsque le contrat avait été lancé, mais qu'il était à Las Vegas le jour où l'on avait trouvé le corps. Nous avons vérifié sa version. Il était bien descendu au Caesar Palace. Plusieurs témoins dignes de foi l'avaient vu manger au casino. Nous avons accepté le marché, il a témoigné, le gros bonnet a été condamné, et lui est reparti, libre. Puis nous avons découvert que c'était lui qui avait exécuté le contrat — un quart d'heure avant minuit, après quoi il avait pris un avion pour Las Vegas.

» On était furieux. Nous l'avons arrêté de nouveau et inculpé de meurtre, mais le juge a rejeté l'inculpation. Dans ses attendus, il expliquait que tout ce que nous avait dit l'homme était vrai. Nous n'avions tout simplement pas posé les bonnes questions. J'ai eu beau me démener comme un beau diable et fouiller toute la jurisprudence de fond en comble pour me pourvoir en appel, rien n'y a fait. Les principes contractuels s'appliquaient, mais les voies légales aussi. Si les deux parties sont de bonne foi dans l'accord qu'elles signent et que l'inculpé remplisse sa part du contrat, les tribunaux doivent faire respecter l'autre part. Si vous acceptez les conditions de Lake en connaissance de cause, Ray, je crois que la grâce tiendra.

— Alors je n'ai pas le choix.

— Mais si, insista Merrill. Vous lui dites qu'il n'en est pas question. Vous ne pouvez pas gracier un tueur en série et espérer être réélu. C'est un suicide politique.

— Mais bon Dieu, Larry, rétorqua Colby, comment crois-tu que les gens réagiront s'ils apprennent que j'ai laissé mourir trois femmes pour remporter une élection ? »

Raymond Colby entra le premier dans la chambre de Nancy Gordon. Frank Grimsbo se tenait près de la porte, l'arme à la main, ne quittant pas le prisonnier des yeux. Les stores étaient baissés et le lit n'avait toujours pas été refait. Peter Lake était menotté à la chaise sur laquelle il était assis. Personne ne s'était occupé des blessures qu'il avait au visage ; le sang avait séché sur ses joues et son menton, et il avait l'air de quelqu'un qui vient de recevoir une solide raclée. Il aurait dû être mort de peur. Au lieu de cela, il donnait l'impression de diriger les opérations.

« C'est gentil d'être venu, Ray.

— Qu'est-ce qui se passe, Pete ? C'est insensé ! Vous avez tué Sandy et Melody ?

— J'étais obligé, Ray. C'est ce que j'ai expliqué à la police. Vous savez bien que je ne l'aurais pas fait, si j'avais eu le choix.

— Une fillette si adorable ! Comment pouvez-vous vous supporter après un tel acte ? »

Lake haussa les épaules. « Là n'est pas le problème, Ray. Il est hors de question que j'aille en prison, et c'est vous qui allez régler ça.

— Ce n'est pas en mon pouvoir, Pete. Vous avez tué trois personnes. Vous êtes moralement responsable de la mort de Waters. Je ne peux rien faire pour vous. »

273

Lake sourit. « Mais alors, qu'est-ce que vous êtes venu faire ici ?

— Vous demander de dire à la police où vous détenez les autres femmes.

— Impossible, Ray. Ma vie en dépend.

— Et vous laisseriez mourir trois femmes innocentes ? »

Le prisonnier haussa de nouveau les épaules. « Trois ou six, qu'est-ce que ça change ? On ne peut pas me condamner deux fois à la prison à vie. Je ne voudrais pas être à votre place, Ray. Croyez-moi si je vous dis que je n'ai aucun plaisir à mettre un vieil ami, une personne que j'admire beaucoup, dans une telle situation. Mais je ne vous dirai où sont les femmes qu'en échange de ma grâce. Et, soyez-en sûr, chaque minute compte. Elles doivent avoir fichtrement faim et soif, à l'heure actuelle. Je ne peux garantir combien de temps elles tiendront sans eau ni nourriture. »

Colby s'assit sur le lit, vis-à-vis de Lake ; il se pencha et se tint les mains serrées, coudes sur les genoux.

« Je me considère comme votre ami, Pete. Je n'arrive pas à croire ce que je viens d'apprendre. En tant qu'ami, je vous supplie de sauver ces femmes. Je vous promets d'intercéder en votre faveur auprès des autorités. On peut même peut-être envisager une inculpation pour homicide involontaire. »

Lake secoua la tête. « La prison, jamais. Pas un jour, pas une heure. Je sais ce qu'on fait en prison aux auteurs de viol. Je ne tiendrais pas une semaine.

— Mais enfin, Peter ! Vous croyez aux miracles ! Comment puis-je vous laisser en liberté ?

— Écoutez-moi bien, Ray. Je me résume : ou vous me laissez partir, ou les femmes meurent. Il n'y a pas d'autre alternative et vous gaspillez un temps précieux en bavardages. »

Le gouverneur se voûta et se mit à contempler le plancher. Le sourire de Lake s'agrandit.

« Quelles sont vos conditions ? demanda Colby.

— L'amnistie pour tous les crimes que j'ai commis dans l'État de New York et l'immunité contre toute inculpation sous quelque chef d'accusation que ce soit que les autorités pourraient imaginer dans le futur. Je veux cette grâce par écrit, avec un enregistrement vidéo du moment où vous la signez. On donnera l'original de la bande vidéo et de la grâce à un avocat de mon choix. Je veux aussi l'immunité devant un tribunal fédéral...

— Je ne peux pas la garantir. Je n'ai aucune autorité...

— Appelez le procureur fédéral, appelez le procureur général des États-Unis. Rien de tout cela n'est négociable. Je ne veux pas risquer de me faire avoir sur une inculpation pour avoir enfreint des droits civiques au fédéral.

— Je vais voir ce que je peux faire.

— C'est tout ce que je demande. Mais si vous n'obtenez pas ce que je veux, les femmes mourront. Encore autre chose. Vous paierez tous les frais de procédure au cas où je serais attaqué en justice par les survivantes ou le mari de Patricia. Je refuse de perdre un centime à cause de ça. Y compris les frais d'avocat. »

Cette dernière remarque contribua à dessiller les yeux du gouverneur sur ce qu'était réellement l'individu qu'il avait devant lui. Ce beau jeune homme élégant avec lequel il avait dîné et joué au golf était le déguisement endossé par un monstre. L'espèce d'engourdissement dans lequel était Colby, depuis qu'il avait appris quelle était la véritable nature de Lake, laissa place à la rage.

Il se leva. « Il faut au moins que je sache combien de temps ont encore ces femmes devant elles, afin de dire au procureur fédéral de quel délai nous disposons.

— Je ne vous répondrai pas, Ray. Vous n'aurez pas la moindre information de ma part tant que je n'aurai pas eu ce que je veux. Mais, ajouta-t-il avec un sourire, je vous conseillerais de faire vite. »

3

Les voitures de police et les ambulances cahotaient sur la mauvaise route de terre, leurs sirènes hurlant dans l'espoir que les captives les entendraient et reprendraient courage. Chacune des trois ambulances avait son équipe de médecins et d'infirmières. Le gouverneur Colby et Larry Merrill étaient dans le même véhicule que le chef O'Malley et Wayne Turner. Frank Grimsbo, au volant d'une deuxième voiture de patrouille, avait Nancy Gordon à sa droite ; Herb Carstairs, l'avocat demandé par Lake, était assis à l'arrière. Un enregistrement vidéo du gouverneur Colby signant la grâce et l'exemplaire original du document, avec un addendum signé par le procureur général des États-Unis, se trouvaient en sécurité dans le coffre de Carstairs. A côté de l'avocat, les fers aux pieds et les menottes aux poignets, Peter Lake semblait indifférent à la course folle du véhicule.

La caravane sortit d'un virage et Nancy aperçut la ferme. Le bâtiment paraissait désert. Les mauvaises herbes avaient tout envahi, et la peinture pelait de partout. Sur la droite, de l'autre côté d'un bout de cour poussiéreux, s'élevait une grange délabrée.

Nancy sauta de la voiture avant même qu'elle soit arrêtée et se mit à courir. Elle franchit les marches du perron en deux enjambées et ouvrit la porte d'un coup de pied, suivie de près par les équipes médicales. Lake leur avait dit que les femmes étaient dans le sous-sol. Nancy trouva rapidement la porte de la cave et l'ouvrit à la volée. Elle fut assaillie par une puanteur d'urine, d'excréments et de corps pas lavés tellement forte qu'elle crut étouffer. Puis elle prit une profonde inspiration et cria : « Police, vous ne risquez plus rien ! » tout en se précipitant dans l'escalier. Mais elle s'arrêta brutalement quand elle vit le spectacle qui l'attendait.

On aurait dit qu'une poigne monstrueuse venait de lui ouvrir la poitrine et de lui arracher le cœur. Plus tard, il lui vint à l'esprit que sa réaction avait dû être semblable à celle des soldats qui avaient libéré les prisonniers des camps de concentration nazis. Les fenêtres du sous-sol avaient été barbouillées de noir, et la seule lumière était celle que diffusaient des ampoules nues pendant du plafond. Une partie de la cave était divisée en six petites stalles par des parois en contre-plaqué. On en comptait trois de vides ; toutes avaient de la paille et un matelas défoncé sur le sol. En face de chacune des stalles était braquée une caméra vidéo montée sur un trépied. Outre les matelas, il y avait dans chaque loge une horloge bon marché, une bouteille d'eau en plastique avec une paille en plastique et une assiette de nourriture pour chien. Les bouteilles paraissaient vides ; on voyait les restes d'une sorte de gruau dans les assiettes.

Il y avait à côté une zone dégagée, avec un matelas recouvert d'un drap et une grande table. Nancy n'aurait su donner les noms de tous les instruments disposés dessus, mais l'un d'eux était indiscutablement un aiguillon électrique à bestiaux.

Elle s'écarta du chemin pour laisser passer les médecins, sans pour autant pouvoir détacher les yeux des trois survivantes. Elles étaient nues et enchaînées au mur par une cheville. La longueur de la chaîne leur permettait tout juste d'atteindre la bouteille d'eau et le plat de nourriture pour chien. Les femmes des deux premières stalles étaient allongées sur le côté ; leurs yeux paraissaient flotter dans leurs orbites. Leurs côtes saillaient. Elles avaient des ecchymoses et des traces de brûlures sur tout le corps. La femme de la troisième stalle était Samantha Reardon. Elle se pelotonnait contre le mur, le visage dépourvu d'expression, regardant ses sauveteurs sans les voir.

Nancy descendit lentement les deux dernières marches de l'escalier. Elle reconnut Ann Hazelton à sa chevelure rousse. Elle avait les jambes recroquevillées contre la poitrine, dans la position du fœtus, et elle gémissait d'une manière pitoyable. Son mari avait donné à la police une photo où on la voyait au dix-huitième trou de leur club de golf, souriante, un ruban jaune retenant ses longs cheveux.

C'était donc Gloria Escalante qui occupait la deuxième stalle. Son visage était également sans expression, mais Nancy vit des larmes dans ses yeux tandis qu'un médecin se penchait vers elle pour l'examiner et qu'un policier s'attaquait à ses fers.

La détective se mit à trembler. Wayne Turner arriva derrière elle et posa une main sur le bras de la jeune femme.

« Venez, dit-il, on ne fait que les gêner. »

Elle se laissa reconduire à la lumière du jour. Le gouverneur Colby était descendu, avait jeté un coup d'œil et était rapidement remonté respirer l'air frais de l'extérieur. Il avait la peau grise et s'était assis sur l'une des marches du porche, incapable de rester debout.

Nancy se tourna vers le véhicule, garé un peu plus loin, où se trouvait Lake. Frank Grimsbo montait la garde à côté. L'avocat

277

s'était éloigné pour fumer une cigarette. La jeune femme passa devant le gouverneur, qui lui demanda comment allaient les prisonnières, mais elle ne répondit pas. Wayne Turner la suivit. « Laisse tomber, Nancy », lui dit-il, mais elle l'ignora.

Frank Grimsbo les attendait, une interrogation dans le regard. « Elles sont toutes les trois en vie », lui apprit Turner. Nancy se pencha pour regarder Lake. La vitre était légèrement baissée, pour que le prisonnier puisse respirer, dans l'atmosphère étouffante qui régnait. Il tourna la tête vers la détective. Il paraissait détendu et tranquille, sachant qu'il serait bientôt libre.

Il grimaça un sourire, la défiant du regard, sans dire un mot. S'il s'était attendu à la voir en furie, il s'était trompé. Elle lui offrait un visage dépourvu d'expression, mais ses yeux le transperçaient. « Ça n'est pas fini », dit-elle. Puis elle se redressa et gagna un bosquet d'arbres, sur le côté de la maison à l'opposé de la grange. Le dos aux constructions, le spectacle qu'elle avait devant elle n'était que beauté. La ramure dispensait ombre et fraîcheur ; l'air embaumait de l'odeur de l'herbe et des fleurs sauvages. Un oiseau chantait. L'horreur que Nancy avait éprouvée en voyant les malheureuses captives avait disparu. Sa colère avait disparu. Elle savait ce que lui réservait l'avenir et elle n'en avait pas peur. Aucune femme n'aurait plus jamais à redouter Peter Lake, car Peter Lake était un homme mort.

4

Nancy Gordon portait une tenue de jogging noire ; elle avait enduit ses Nike blancs de cirage noir et ses cheveux courts étaient cachés par un foulard bleu marine. Elle était pratiquement invisible dans la faible lueur du croissant de lune qui planait au-dessus des Meadows. Elle avait garé sa voiture dans une rue latérale tranquille. Après l'avoir verrouillée, elle s'était glissée dans une arrière-cour. Tendue à l'extrême, elle captait les moindres bruits. Un chien aboya mais les maisons, de part et d'autre, restèrent plongées dans l'obscurité.

Jusqu'au jour où Peter Lake avait fait irruption dans sa vie, jamais Nancy Gordon n'avait haï un autre être humain. Elle n'était même pas certaine, en réalité, de le haïr. Ce qu'elle ressentait était au-delà de la haine. Dès l'instant où elle avait vu les femmes prisonnières, dans la cave de la ferme, elle avait compris que Lake devait être supprimé, de la même manière que l'on supprime de la vermine.

Nancy était flic et avait prêté serment de respecter la loi. Elle se sentait engagée par ce serment. Mais elle se trouvait dans une situation tellement étrangère à toute expérience humaine normale qu'elle avait le sentiment qu'ici, les lois de tous les jours ne s'appliquaient plus. Elle ne pouvait attendre, jour après jour, que les journaux lui apprennent la nouvelle d'une autre disparition. Elle savait que dès l'instant où l'on retrouverait le corps de Lake, elle compterait parmi les premiers suspects. Elle n'avait certes aucune envie de passer le reste de ses jours en prison, mais elle n'avait pas le choix. Si elle se faisait prendre, tant pis. Si elle tuait Lake et réussissait à s'en tirer, ce serait la volonté de Dieu. Elle pourrait vivre avec ce geste sur la conscience. Elle ne pouvait vivre avec celui d'avoir lâché Peter Lake dans la nature.

Nancy fit le tour de la maison de Lake, un édifice à un étage de style colonial, en longeant le lac artificiel. Si les maisons voisines étaient plongées dans l'obscurité, il y avait ici de la lumière dans le séjour. Elle consulta sa montre. Trois heures trente du matin. Lake aurait dû dormir. Elle savait que le système de sécurité qui protégeait la demeure comportait un minuteur qui allumait automatiquement les lumières, et elle décida de faire le pari que c'était la raison pour laquelle la pièce était éclairée.

Courbée en deux, elle traversa l'arrière-cour au pas de gymnastique. Une fois à hauteur de la maison, elle se colla contre le mur. Elle avait à la main un calibre 38 qu'Ed avait pris sur un dealer, deux ans auparavant. Ed n'avait jamais signalé cette prise et il n'existait aucun lien entre elle et l'arme.

A pas prudents, elle s'avança jusqu'à la porte de devant. Elle avait étudié les photos de la scène du crime un peu plus tôt ; mentalement, elle avait appris à se déplacer dans la maison de Lake, s'efforçant de rassembler tous les souvenirs qu'elle avait conservés de son unique visite des lieux. Elle avait appris le code du système d'alarme pendant l'enquête sur le double meurtre. Le tableau se trouvait juste à droite de la porte d'entrée. Il fallait le neutraliser rapidement.

La rue, devant la maison, était déserte. Elle prit le jeu de clefs de Sandra Lake qu'elle avait subtilisé dans l'armoire des pièces à conviction, au poste de police. Elle enfonça la clef dans la serrure et tourna, s'éclairant d'une lampe-crayon. Puis elle prit une profonde inspiration et poussa la porte. L'alarme émit un sifflement. Elle braqua le faisceau de la minuscule lampe sur le tableau de commande et composa le code. Le bruit s'arrêta. Elle se tourna vivement, l'arme tendue. Rien. Elle poussa un long soupir, éteignit la lampe-crayon et avança.

Un tour rapide du rez-de-chaussée lui confirma qu'elle avait vu juste en ce qui concernait les lumières du séjour. Après s'être assurée qu'il n'y avait personne à ce niveau, elle s'engagea dans l'escalier, son revolver pointé devant elle. L'obscurité régnait dans tout le premier étage. La première porte à sa gauche était celle de la chambre de Lake ; lorsque ses yeux arrivèrent à hauteur du palier, Nancy constata qu'elle était fermée.

Elle s'en approcha lentement, marchant avec précaution en dépit de la présence d'une moquette qui étouffait le bruit de ses pas. Elle fit une pause devant le battant et repassa la scène de l'exécution dans sa tête : ouvrir tout doucement la porte, allumer la lumière, puis vider l'arme sur Lake. Elle adopta un rythme régulier de respiration et commença à repousser le battant, centimètre par centimètre.

Ses yeux s'étaient accommodés à l'obscurité. Elle devinait les contours du lit « king-size » qui occupait une bonne partie de la pièce. Elle chassa la haine et tous les autres sentiments de son esprit. Elle se détacha même de l'action. Ce n'était pas une personne qu'elle tuait. Elle allait tirer dans un objet. Tout comme pendant un exercice de tir. Elle se glissa dans la pièce, alluma la lumière et visa.

SIXIÈME PARTIE

L'ANGE DE LA VENGEANCE

Chapitre XIX

« Le lit était vide, dit Wayne Turner à Betsy. Lake était parti. Il avait commencé à organiser sa disparition dès le lendemain du jour où il avait assassiné sa femme et sa fille. Il avait vidé tous ses comptes en banque, sauf un, dès ce jour-là, et avait vendu plusieurs de ses biens immobiliers. Son avocat s'occupait de la vente de la maison. Carstairs déclara ne pas savoir où se trouvait son client. De toute façon, personne n'aurait pu l'obliger à le dire, il avait le droit de s'abriter derrière le secret professionnel. On a supposé qu'il avait pour instruction de faire parvenir les fonds sur des comptes en Suisse ou aux îles Caïmans.

— Le chef O'Malley m'a immédiatement appelé, enchaîna le sénateur Colby. J'en étais malade. Signer la grâce de Lake reste la chose la plus difficile que j'aie jamais faite, mais je n'arrivais pas à voir ce que j'aurais pu faire d'autre. Je ne pouvais laisser mourir ces femmes. Lorsque O'Malley m'apprit que Lake avait disparu, je ne pus penser qu'à une seule chose : les victimes innocentes qu'il allait faire à cause de moi.

— Pourquoi ne pas avoir rendu l'affaire publique ? demanda Betsy. Vous auriez pu expliquer à l'univers entier qui était Lake et ce qu'il avait fait.

— Seules quelques personnes savaient qui était le tueur à la rose et nous nous étions tous engagés par serment à garder le silence sur les termes de la mesure de grâce.

— Mais une fois les femmes libérées, pourquoi ne pas avoir envoyé tout ça au diable et convoqué la presse ? »

Colby regardait le feu. C'est d'un timbre de voix creux qu'il répondit : « Nous avons envisagé cette possibilité, mais nous avions peur. Il nous avait dit qu'il se vengerait en tuant quelqu'un si l'un de nous rompait l'accord passé avec lui.

— Rendre l'affaire publique aurait ruiné la carrière du sénateur, ajouta Turner, ce dont personne ne voulait. Nous n'étions qu'une poignée à être dans le secret. O'Malley, Gordon, Grimsbo, moi-même, le procureur fédéral, le procureur général, Carstairs, Merrill et le sénateur. Même le maire n'a jamais su qu'un accord secret avait été conclu avec Lake. Nous estimions tous que Ray avait fait preuve de beaucoup de courage en signant la grâce. On ne voulait pas qu'il ait en plus à souffrir des conséquences. Nous nous sommes donc tous promis de le protéger, et chacun a respecté sa promesse.

— Et vous avez oublié Lake ?

— Nous ne l'avons jamais oublié, madame Tannenbaum, reprit Colby. J'ai utilisé les contacts que j'avais à la police de l'État et au FBI pour le poursuivre. Nancy Gordon a consacré sa vie à le pourchasser. Mais il a été plus fort que nous.

— Maintenant que vous n'ignorez plus rien, qu'allez-vous faire, madame Tannenbaum ? demanda Turner.

— Je ne sais pas.

— Si l'opinion publique est mise au courant de la grâce et de ces nouveaux meurtres, le sénateur Colby ne sera jamais confirmé. Il perdra le soutien des conservateurs, des tenants de la loi et de l'ordre de la commission judiciaire ; quant aux libéraux, ils vont le crucifier. Ce serait du pain bénit pour eux.

— J'en ai bien conscience.

— Rendre l'affaire publique desservirait également votre client.

— Wayne, intervint Colby, Mme Tannenbaum, maintenant qu'elle sait, devra décider de ce qu'elle a à faire en son âme et conscience. Nous ne devons exercer aucune pression sur elle. Dieu sait que celle à laquelle elle est déjà soumise est plus que suffisante. Mais, ajouta-t-il en se tournant vers Betsy, il me reste une question à vous poser. J'ai l'impression que c'est par déduction que vous avez compris l'existence de l'amnistie, non ?

— En effet. Je me suis demandé comment Lake avait bien pu se tirer sain et sauf de Hunter's Point. La grâce était la seule réponse, et seul le gouverneur de l'État de New York pouvait l'accorder. Il était imaginable de garder le secret dessus, mais les membres de la brigade spéciale de la police de Hunter's Point devaient forcément être au courant ; et justement, ils avaient été récompensés. C'était la seule hypothèse qui tenait la route.

— Lake ne sait pas que vous êtes ici, n'est-ce pas ? »

Betsy hésita une seconde avant de répondre : « Non, il l'ignore.

— Et vous ne lui avez pas demandé de confirmer vos déductions ? »

Betsy secoua la tête.

« Pourquoi ?

— Vous souvenez-vous des sentiments conflictuels que vous avez éprouvés lorsque Lake vous a demandé sa grâce ? Imaginez comment je me sens, sénateur. Je suis une très bonne avocate. Assez habile pour faire remettre mon client en liberté. Il maintient qu'il est innocent, mais mon enquête m'a révélé assez de choses pour que je mette sa parole en question. Jusqu'à aujourd'hui, je ne savais pas avec certitude si Martin mentait ou non. Je ne voulais pas le revoir sans connaître la vérité.

— Maintenant que vous savez, qu'allez-vous faire ?

— Je n'y ai pas encore réfléchi. En toute autre circonstance, peu m'importerait. Je ferais mon boulot et défendrais mon client. Mais ce cas est à part. C'est... »

Elle se tut. Que pouvait-elle ajouter que les personnes présentes ne sachent déjà, et par expérience personnelle ?

« Je ne vous envie pas, madame Tannenbaum, dit le sénateur. Je croyais sincèrement que je n'avais pas le choix. C'est pour cette seule raison que j'ai pu vivre avec ce secret, même si je regrette mon acte à chaque fois que j'y repense. Vous pouvez abandonner la défense de Lake.

— Ce serait abandonner mes responsabilités, il me semble.

— Les responsabilités, répéta le sénateur. Pourquoi les endossons-nous ? Pourquoi se charger du fardeau de problèmes qui nous déchirent ? A chaque fois que je pense à Lake, je me prends à regretter d'avoir opté pour une carrière publique. Je pense alors, pour me consoler, au bien que j'ai pu avoir l'occasion de faire. »

Ce fut à son tour de garder le silence. Au bout de quelques instants, il se leva et lui tendit la main. « J'ai été très heureux de vous rencontrer, madame Tannenbaum. Et ce n'est pas une figure de style.

— Merci pour votre sincérité, sénateur.

— Wayne peut vous ramener à votre hôtel en voiture. »

L'adjoint escorta Betsy hors de la pièce. Colby se laissa retomber dans son fauteuil. Il se sentait vieux, au bout du rouleau. Il aurait voulu rester éternellement en face du feu et oublier les responsabilités dont il venait de parler. Il pensa à celle qu'avait Betsy Tannenbaum vis-à-vis de son client et à celle qu'elle avait vis-à-vis de l'espèce humaine. Comment allait-elle pouvoir se regarder dans une glace si elle faisait acquitter Darius ? Elle en serait hantée jusqu'à la fin de ses jours, comme lui-même l'était depuis qu'il avait signé la grâce de Lake.

Le sénateur se demanda si l'amnistie allait devenir publique. Si oui, c'en était fini de sa carrière. Le président retirerait sa nomination et il ne serait jamais réélu. Curieusement, il ne se sentait pas concerné. Il n'avait aucun moyen de contrôle sur Betsy Tannenbaum. Son destin dépendait de la décision qu'elle prendrait.

Chapitre XX

1

« Docteur Simon Reardon ?

— Oui.

— Je m'appelle Reginald Stewart. Je suis détective privé. Je travaille pour le compte de Betsy Tannenbaum, avocate au barreau de Portland, dans l'Oregon.

— Je ne connais personne à Portland. »

Le médecin paraissait agacé. Stewart crut déceler une pointe d'accent anglais dans sa voix.

« C'est à propos de l'affaire de Hunter's Point et de votre ex-femme, docteur Reardon. C'est d'ailleurs de Hunter's Point que je vous appelle. J'espère que vous m'accorderez quelques minutes, le temps de m'expliquer.

— Je n'ai aucune envie de parler de Samantha.

— Je vous en prie, écoutez-moi. Vous souvenez-vous de Peter Lake ?

— Je ne risque pas d'oublier quoi que ce soit de cette époque, monsieur Stewart.

— Récemment, trois femmes ont été enlevées dans des conditions similaires à Portland. A chaque fois, on a retrouvé une rose noire et un message qui disait *Disparue... Oubliée ?* On a exhumé le corps de ces femmes il y a deux semaines environ, dans une propriété appartenant à M. Lake. Il a été accusé d'être le meurtrier.

— Je croyais que la police de Hunter's Point avait pris l'assassin. Il me semble qu'il s'agissait d'un livreur atteint d'un certain retard mental... un exhibitionniste.

— Le procureur général du comté de Multnomah pense que la police de Hunter's Point s'est trompée. J'essaie de retrouver les survivants de cette affaire. Ann Hazelton est décédée. Gloria Escalante refuse de me parler. Votre épouse reste ma dernière chance.

— Samantha n'est plus mon épouse, et cela depuis un bon moment, répondit le médecin avec dégoût. Je n'ai aucune idée de l'endroit où elle se trouve. Je suis allé m'établir à Minneapolis pour la fuir. Cela fait des années que nous ne nous sommes pas parlé. La dernière fois que j'ai eu de ses nouvelles, elle habitait encore Hunter's Point.

— Vous avez divorcé ? »

Reardon eut un ricanement. « Il s'agit d'autre chose que d'un simple divorce, monsieur Stewart. Samantha a essayé de me tuer.

— Quoi ?

— C'est une malade. Je ne perdrais pas mon temps avec elle, à votre place. Vous ne pourrez vous fier à rien de ce qu'elle vous dira.

— Est-ce la conséquence de l'enlèvement ?

— Il ne fait aucun doute que la torture et la captivité n'ont fait qu'exacerber son état, mais ma femme a toujours été plus ou moins déséquilibrée. Malheureusement, j'étais tellement amoureux d'elle que je n'ai rien remarqué jusqu'à notre mariage. Je n'arrêtais pas de lui trouver des excuses, de bonnes raisons... » Le médecin prit une profonde inspiration. « Je suis désolé. Elle me fait encore cet effet. Même après toutes ces années.

— Je ne voudrais surtout pas vous mettre mal à l'aise, docteur Reardon, mais M. Lake risque une condamnation à mort, et j'ai besoin d'en savoir le plus possible sur Hunter's Point.

— La police ne peut-elle pas vous renseigner ?

— Non, monsieur. Le dossier a disparu des archives.

— C'est étrange.

— En effet. Croyez-moi, si j'avais pu le consulter, je ne vous ennuierais pas. Je comprends qu'il soit douloureux pour vous de devoir évoquer cette période de votre vie, mais c'est littéralement une question de vie ou de mort. Notre procureur a pris M. Lake en grippe. Peter était une victime, exactement comme vous, et il a besoin de votre aide. »

Reardon poussa un soupir. « Allez-y. Posez-moi vos questions.

— Merci beaucoup, monsieur. Pouvez-vous me parler de Mme Reardon, à moins qu'elle n'ait changé de nom entre-temps ?

— Je n'ai aucune idée du nom qu'elle porte aujourd'hui. Elle s'appelait Reardon quand j'ai quitté Hunter's Point.

— Quand cela ?

— Il y a environ huit ans. Dès que le divorce a été définitivement prononcé.

— Que s'est-il passé entre vous et votre femme ?

— Elle était infirmière dans le service de chirurgie du University Hospital. Très belle, très lubrique. Le sexe, c'était là qu'elle était la meilleure, dit Reardon avec amertume. J'étais tellement sous l'emprise de sa sensualité que j'en oubliais ce qui se passait autour de moi. Le problème le plus évident étaient les vols. Elle a été arrêtée deux fois pour vol à l'étalage. Notre avocat nous a évité le tribunal, mais il a fallu dédommager les magasins. Elle n'éprouvait pas le moindre remords. Elle parlait de ces incidents comme de plaisanteries, une fois sortie d'affaire.

» Puis il y avait ses dépenses. Je gagnais bien ma vie, mais nous étions endettés jusqu'au cou. Elle a vidé mes comptes d'épargne, tiré sur notre carte de crédit jusqu'à épuisement. Il m'a fallu quatre ans, après notre divorce, pour retomber sur mes pieds. Et il était impossible de la raisonner. Je lui montrais pourtant les factures, je lui faisais un budget. Mais elle m'entraînait au lit et j'oubliais tout ce que je venais de lui dire ; ou alors elle piquait une crise et m'interdisait l'accès de sa chambre. Ce furent les pires années de ma vie.

» Sur quoi, elle fut enlevée et torturée, et les choses ne firent que s'aggraver. Les quelques fils qui la maintenaient encore reliée à la réalité se rompirent pendant sa captivité. Je ne peux même pas vous décrire comment elle était ensuite. Elle resta hospitalisée pendant presque une année. Elle ne parlait pratiquement pas. Elle ne laissait pas approcher les hommes.

» J'aurais dû être plus avisé, mais toujours est-il que je l'ai reprise à la maison quand l'hôpital lui a rendu la liberté. Je me sentais coupable de ce qui lui était arrivé. Je n'ignorais pas que je n'y étais pour rien — je me trouvais à l'hôpital au moment de son enlèvement — mais pourtant, voyez-vous...

— C'est une réaction bien normale, ce sentiment.

— Oh, je sais. Mais savoir une chose sur un plan intellectuel et l'affronter sur le plan émotionnel c'est bien différent. Je regrette de ne pas avoir fait preuve de plus de jugeote.

— Que s'est-il passé après son retour ?

— Elle refusait de partager sa chambre avec moi. Quand j'étais à la maison, elle n'en sortait pas. Je n'avais aucune idée de ce qu'elle faisait lorsque je n'y étais pas. Lorsqu'elle parlait, ses discours n'avaient ni queue ni tête. Elle affirmait que l'homme qui l'avait enlevée était encore en liberté. Je lui ai montré les articles sur l'arrestation de Waters, mais elle me disait que ce n'était pas lui. Elle voulait un revolver pour pouvoir se défendre. Bien entendu, j'ai refusé. Elle s'est mise à m'accuser de comploter avec la police. Puis elle a essayé de me tuer. Elle s'est jetée sur moi avec un couteau de cuisine, un soir que je rentrais de l'hôpital. Par chance, un collègue m'avait accompagné. Elle le frappa lui aussi, mais il réussit à l'assommer, et nous l'avons clouée au sol. Elle se tordait, elle hurlait... elle disait que je voulais la tuer... ce fut très dur pour moi. Je me vis dans l'obligation de la faire interner. Après quoi j'ai décidé de rompre définitivement.

— Je ne peux pas vous critiquer. On dirait même que vous avez fait preuve de beaucoup de patience.

— Oui, c'est vrai. Mais je m'en veux encore de l'avoir abandonnée, même si je me dis que je n'avais pas le choix.

— Vous disiez que vous aviez dû la faire interner. Dans quel hôpital était-ce ?

— A Saint-Jude. C'est un hôpital psychiatrique privé non loin de Hunter's Point. Après quoi j'ai déménagé et n'ai plus eu de contact avec elle. Je sais qu'elle y est restée plusieurs années, mais je crois qu'elle en est sortie depuis.

— A-t-elle essayé de vous contacter à ce moment-là ?

— Non. Je redoutais cette éventualité, mais cela ne s'est pas produit.

— Auriez-vous par hasard une photo de Samantha ? Il n'y en avait aucune dans les journaux.

— Lorsque j'ai quitté Hunter's Point, je les ai toutes jetées, avec tout ce qui pouvait me la rappeler.

— Merci de m'avoir consacré tout ce temps, docteur. Je vais aller voir à Saint-Jude. Ils ont peut-être quelque chose à m'apprendre.

— Une dernière chose, monsieur Stewart. Si jamais vous la retrouvez, ne lui dites pas que vous m'avez parlé ni où j'habite, s'il vous plaît. »

2

Randy Highsmith se rendit directement au bureau du procureur depuis l'aéroport. Il sentait les effets du décalage horaire et aurait trouvé plus agréable de passer par son domicile, mais il savait avec quelle impatience Alan Page attendait les informations qu'il rapportait de Hunter's Point.

« Ce n'est pas très brillant, Al, commença Highsmith dès qu'ils furent assis. J'avais un jour de retard sur l'enquêteur de Darius partout où j'allais ; il sait donc tout ce que nous savons.

— C'est-à-dire ?

— Nancy Gordon n'a pas été entièrement honnête avec vous. Frank Grimsbo et Wayne Turner m'ont déclaré qu'elle avait été la seule à envisager sérieusement la culpabilité de Lake. Elle faisait une fixation sur lui et n'a jamais accepté l'idée que Waters était le tueur à la rose, comme tout le monde d'ailleurs.

» Mais il y a quelque chose qu'elle ne nous a pas dit. Trois des femmes enlevées à Hunter's Point ne sont pas mortes. On a retrouvé Hazelton, Escalante et Reardon, encore en vie, dans une ferme abandonnée. Et avant que vous me le demandiez, sachez que Hazelton s'est suicidée par la suite, qu'Escalante n'a jamais vu le visage de son tortionnaire et que je n'ai pu trouver l'adresse actuelle de Reardon.

— Pourquoi m'aurait-elle laissé croire que toutes les femmes de Hunter's Point avaient été assassinées ?

— Pas la moindre idée. Tout ce que je sais, c'est que notre inculpation est en train de se transformer en eau de boudin.

— Ça ne tient pas debout, marmonna Page. Waters est mort. S'il était bien le tueur à la rose, qui a assassiné les femmes dont nous avons retrouvé les corps dans le chantier de construction ? Il s'agit forcément de quelqu'un au courant des détails de l'affaire de Hunter's Point, détails que seule la police connaissait. La description ne correspond qu'à une seule personne, Martin Darius.

— Non. Elle correspond aussi à une autre personne.

— A qui donc ?

— A Nancy Gordon.

— Vous êtes fou ? C'est un flic.

— Et si elle est cinglée ? Si elle a fait tout ça pour piéger Darius ? Réfléchissez. Auriez-vous considéré que Darius était suspect si elle ne vous avait pas dit qu'il était Lake ?

— Vous oubliez la lettre anonyme l'avertissant que le tueur se trouvait à Portland.

— Qu'est-ce qui vous prouve qu'elle ne l'a pas écrite elle-même ?

— Non, je n'y crois pas.

— Eh bien, croyez-le ou non, mais notre inculpation est en miettes. Ah, et il y a encore autre chose de pas net. Un détective privé de Portland du nom de Sam Oberhurst s'est intéressé aux meurtres de Hunter's Point environ un mois avant les premières disparitions de Portland.

— Qui était son client ?

— Il ne l'a pas dit, et il n'a expliqué à personne pour quelle raison il s'intéressait à l'affaire, mais je vais lui poser la question. J'ai son numéro de téléphone ; je n'ai qu'à demander son adresse à la compagnie du téléphone.

— Du nouveau sur le dossier ?

— Non, rien. »

Le procureur ferma les yeux et appuya la tête contre le dossier de son fauteuil. « Je vais passer pour un imbécile,

292

Randy. Il va falloir retirer l'inculpation. J'aurais dû vous écouter, vous et Ross. Nous n'avons jamais rien eu de palpable entre les mains. Tout était dans ma tête.

— Ne classez pas l'affaire tout de suite, Al. Ce détective privé peut savoir quelque chose. »

Page secoua la tête. Il avait vieilli depuis son divorce. Il ne possédait plus son ancienne énergie. Un temps, ce dossier l'avait électrisé, mais Darius lui glissait entre les mains et il n'allait pas tarder à être la risée du petit monde de la justice, à Portland.

« On va perdre, Randy. Je le sens. Gordon était le seul élément solide, et c'est comme si elle n'avait jamais existé. »

3

« Salut, m'man, dit Betsy, qui posa sa valise et prit sa mère dans ses bras.

— Le vol s'est bien passé ? Tu as mangé au moins ?

— C'était parfait, et on nous a servi un repas dans l'avion.

— C'est pas de la nourriture, ça. Veux-tu que je te prépare quelque chose ?

— Merci, mais je n'ai pas faim. Comment ça s'est passé avec Kathy ? demanda-t-elle en accrochant son manteau.

— Comme ci, comme ça. Rick l'a emmenée au cinéma samedi.

— Comment va-t-il ? » Elle avait posé la question comme si la réponse ne l'intéressait pas.

« Ce saligaud ne m'a pas regardée une fois dans les yeux pendant tout le temps qu'il est resté ici. Il était trop pressé de ficher le camp.

— Tu n'as pas été grossière avec lui, au moins ?

— Je n'ai pas déroulé le tapis rouge, si tu veux tout savoir », répondit Rita, pointant le nez en l'air. Puis elle secoua la tête. « Pauvre petite. Elle était tout excitée quand elle est partie avec lui, mais complètement abattue à son retour, quand il l'a laissée. Elle n'a fait que traîner, et c'est à peine si elle a touché à son assiette.

— Il s'est passé quelque chose de spécial depuis mon départ ? demanda Betsy, espérant des nouvelles un peu plus gaies.

— Nora Sloane est passée dimanche soir, répondit Rita avec un sourire malicieux. Je lui ai tout dit.

— Qu'est-ce qu'elle t'a demandé ?

— Ton enfance, les causes que tu as défendues. Elle a été très bien avec Kathy.

— Mais c'est quelqu'un de très bien, je n'en doute pas. J'espère qu'elle vendra son article. Elle y travaille suffisamment dur.

— Oh, avant que j'oublie... quand tu iras à l'école, essaie de voir Mme Kramer. Kathy s'est bagarrée avec une autre petite fille et elle a été turbulente en classe.

— Je m'en occuperai cet après-midi », dit Betsy. Elle avait répondu sur un ton désabusé. D'ordinaire, Kathy était un ange à l'école. Pas besoin d'être Sigmund Freud pour comprendre ce qui se passait.

« Ne fais pas cette tête, lui lança Rita. C'est une bonne petite. Elle traverse simplement une période difficile. Écoute, il te reste une heure avant la fin de la classe. Prends un peu de gâteau au chocolat. Je vais te préparer une tasse de décaféiné et tu me raconteras ton voyage. »

Betsy jeta un coup d'œil à sa montre et décida d'accepter. Manger du gâteau au chocolat était un moyen efficace de lutter contre la dépression. « D'accord. Je crois que j'ai une petite faim, au bout du compte. Je te laisse t'occuper de tout. Ça me changera un peu.

— Voilà que tu parles d'or. Au fait, j'ai oublié de le préciser. C'est Kathy qui a gagné dans la bagarre. »

Chapitre XXI

Quand Betsy Tannenbaum était encore petite fille, elle refusait d'aller se coucher tant que sa mère ne lui avait pas montré qu'il n'y avait aucun monstre dans le placard et sous le lit. Ce stade était passé rapidement. Betsy arrêta de croire aux monstres. Puis elle rencontra Martin Darius. Ce qui rendait cet homme si terrifiant était sa totale absence de ressemblance avec les monstruosités baveuses, hérissées de crocs, qui se dissimulaient dans les coins sombres de sa chambre. On aurait pu montrer à cent personnes les photos des corps autopsiés et aucune n'aurait cru que l'élégant gentleman qui se tenait dans l'encadrement de la porte avait été capable de charcuter les seins de Wendy Reiser ou de se servir d'un aiguillon électrique pour torturer Victoria Miller. Même en sachant ce qu'elle savait, Betsy devait faire un effort pour établir le lien. Mais elle *savait*, et elle avait beau être dans son bureau, le soleil d'hiver avait beau briller de tout son éclat, elle ne pouvait s'empêcher de se sentir aussi effrayée que la petite fille qu'elle avait été, guettant les monstres dans l'obscurité.

« Asseyez-vous, monsieur Darius.

— Tiens, me voilà de nouveau monsieur ? La situation est grave, alors. »

Betsy ne sourit pas. Le promoteur la regarda, l'expression railleuse, mais prit un siège sans faire d'autres remarques.

« Je renonce à être votre avocat. Je vous présente ma démission.

— Je croyais que nous étions convenus que vous ne le feriez

qu'au cas où vous me croiriez coupable de l'assassinat de Farrar, Miller et Reiser.

— J'ai la conviction que vous les avez tuées. Je suis au courant de tout, pour Hunter's Point.

— Tout... c'est-à-dire ?

— J'ai passé le week-end à Washington, où j'ai eu un entretien avec le sénateur Colby. »

Darius eut un geste d'acquiescement plein de respect. « Je suis impressionné. Vous avez démêlé l'écheveau de cette affaire en un rien de temps.

— Je me fiche éperdument de vos compliments, Darius. Vous m'avez menti dès le premier jour. Certains avocats se moquent de savoir qui ils défendent, pourvu qu'ils soient grassement payés. Je ne suis pas du nombre. Dites à votre nouvel avocat de m'appeler afin que je puisse me débarrasser de votre dossier. Je ne veux plus rien ici qui me rappelle votre existence.

— Mon Dieu, mon Dieu ! Quelle sainte colère ! Vous êtes sûre de tout savoir, n'est-ce pas ?

— Suffisamment, en tout cas, pour ne pas prêter le moindre crédit à tout ce que vous pourriez dire.

— Je suis un peu déçu, Tannenbaum. Vous avez réussi à reconstituer la moitié de ce puzzle, et c'est le moment que vous choisissez pour arrêter de réfléchir, alors que le plus difficile reste à faire.

— De quoi parlez-vous ?

— Je parle du fait d'avoir confiance en son client. Je parle du fait qu'il est mal de me laisser tomber au moment où j'ai le plus désespérément besoin de vous. Je ne suis pas coupable de l'assassinat de Reiser, Miller et Farrar. Si vous ne prouvez pas mon innocence, le véritable meurtrier va se retrouver libre comme l'air. Comme moi à Hunter's Point.

— Vous reconnaissez être coupable des atrocités commises à Hunter's Point ? »

Il haussa les épaules. « Comment pourrais-je le nier, puisque vous avez parlé avec Colby ?

— Mais comment avez-vous pu... ? Les bêtes ne se traitent pas comme ça entre elles ! »

Darius parut amusé. « Serait-ce que je vous fascine, Tannenbaum ?

— Non. Vous m'écœurez, monsieur Darius.

— Alors pourquoi ces questions sur Hunter's Point ?

— Je voulais savoir ce qui pouvait vous faire croire que vous aviez le droit de faire irruption dans la vie d'une autre personne pour transformer le restant de ses jours en un enfer sur terre. Je voulais comprendre comment vous aviez pu détruire la vie de ces femmes comme si c'était la chose la plus anodine du monde. »

Le sourire qu'il affichait disparut. « Il n'y avait rien d'anodin dans ce que j'ai fait.

— Ce que je n'arrive pas à comprendre, c'est comment fonctionne un esprit comme le vôtre, ou comme celui de Bundy ou de Manson. Qu'y a-t-il au fond de vous que vous haïssiez tellement que vous ne puissiez vous sentir bien qu'en déshumanisant de pauvres malheureuses ?

— Ne me comparez pas à Bundy ou à Manson. C'étaient des fous ou de pitoyables ratés. Ils avaient des personnalités complètement inadaptées. Je ne suis ni fou ni inadapté. J'étais un brillant avocat à Hunter's Point, et je suis un brillant homme d'affaires ici.

— Mais alors, qu'est-ce qui vous pousse à agir ainsi ? »

Il hésita. On aurait dit qu'il pesait le pour et le contre lui-même. « Suis-je toujours protégé par le secret professionnel ? » Betsy acquiesça. « Tout ce que je dis restera-t-il entre nous ? » Elle hocha de nouveau affirmativement la tête. « Parce que j'aimerais bien vous le dire, en effet. Vous êtes un esprit supérieur et vous avez un point de vue féminin. Votre réaction pourrait être instructive. »

Betsy savait qu'elle allait le jeter dehors — le chasser de son existence, même —, mais la fascination qu'elle subissait paralysait son intellect. Elle garda le silence, et Darius s'installa plus commodément sur son siège.

« Je menais une expérience, Tannenbaum. Je voulais savoir ce que l'on éprouvait à être Dieu. Je ne sais pas à quel moment exact l'idée de cette expérience m'est venue. Je me souviens d'un séjour que vous avions fait à la Barbade, Sandy et moi. Allongé sur la plage, je me disais que j'avais une vie parfaite.

J'avais un travail qui me faisait gagner davantage d'argent que tout ce dont j'avais pu rêver, j'avais Sandy, toujours aussi sexy et désirable, même après avoir subi la grossesse qui m'avait donné Melody. Ma Sandy, si désireuse de me plaire, si dénuée d'arrière-pensées — et même de pensées tout court. Je l'avais épousée pour son corps et lorsque j'ai soulevé le capot, il était trop tard. »

Il secoua la tête avec une expression nostalgique. « La perfection est d'un ennui mortel, Tannenbaum. Faire l'amour avec la même femme, jour après jour, si belle et habile qu'elle soit, c'est mortel. J'ai toujours eu une vie fantasmatique intense et j'ai commencé à me demander quel effet ça me ferait de réaliser ces fantasmes. Ma vie en serait-elle transformée ? Est-ce que je découvrirais ce que je cherchais ? J'ai donc décidé de voir ce qui se passerait si je concrétisais mes rêves les plus fous.

» Il m'a fallu plusieurs mois pour trouver la ferme. Je ne pouvais faire confiance à des ouvriers, alors j'ai construit moi-même les stalles. Puis je me suis occupé des sujets d'expérience. Je n'ai choisi que des femmes qui ne valaient rien. Des femmes qui vivaient comme des parasites, aux crochets de leurs maris. Des femmes belles et gâtées qui s'étaient servies de leur charme pour se faire épouser et pouvoir dépenser en toute impunité les biens de leur conjoint, le dépouillant en même temps de son amour-propre. Ces femmes ont connu une seconde naissance dans mes oubliettes de fortune. Leur stalle est devenue leur univers, et moi je suis devenu pour elle comme le soleil, la lune, la pluie et le vent. »

Betsy se souvint de la description que Colby lui avait faite des captives. De leurs yeux creux, de leurs côtes saillantes. Elle se souvint du regard hagard des femmes mortes, sur les photos.

« Je reconnais que j'ai fait preuve de cruauté envers elles, mais je devais les déshumaniser pour qu'elles puissent se remodeler en ce que je désirais. Lorsque j'apparaissais, je portais un masque et je les obligeais à en porter également un ; mais le leur n'avait pas d'ouvertures pour les yeux. Une fois par semaine, je leur donnais une ration alimentaire scientifique-ment calculée pour les maintenir à la limite de l'inanition. Je limitais leurs heures de sommeil.

» Colby vous a-t-il parlé des réveils et des caméras vidéo ? Ne vous êtes-vous pas demandé quelle était leur fonction ? C'était la touche finale. J'avais une femme et un enfant, un travail, et je ne pouvais passer que peu de temps avec mes sujets chaque semaine ; je voulais cependant exercer un contrôle total, de tous les instants, même quand je n'étais pas là. J'ai donc programmé les caméras pour qu'elles tournent en mon absence. Les femmes devaient surveiller les réveils. Chaque heure, à la minute prévue, elles devaient exécuter un numéro de chien savant, se rouler sur le dos, se mettre à quatre pattes, se masturber. Tout ce que je leur ordonnais de faire. Je regardais les enregistrements et tout manquement était sévèrement puni. »

Darius avait sur le visage une expression quasi extatique. Son regard contemplait une scène qu'une personne saine d'esprit n'aurait jamais pu imaginer. Betsy avait l'impression qu'elle allait éclater en mille morceaux si elle faisait le moindre geste.

« Je les ai transformées, et de vaches exigeantes qu'elles étaient, j'en ai fait des chiots obéissants. Elles étaient complètement à moi. Je les baignais. Elles mangeaient comme des chiens, dans des assiettes pour chien. Il leur était interdit de parler, sauf si je le leur commandais — ce qui n'arrivait qu'en une seule occasion, lorsque je les laissais me supplier de les punir et me remercier de leurs souffrances. A la fin, elles auraient fait n'importe quoi pour échapper à la douleur. Elles me suppliaient de boire mon urine et de me baiser les pieds, quand je les laissais faire. »

Il avait le visage tellement crispé qu'on avait l'impression que la peau allait se déchirer sur les os. Betsy se sentit prise d'un haut-le-cœur.

« Certaines ont cherché à résister, mais elles n'ont pas tardé à apprendre qu'on ne négocie pas avec un dieu. D'autres obéissaient sur-le-champ. Cross, par exemple. Avec elle, c'était trop facile. Le parfait bovin. Aussi docile et dépourvue d'imagination qu'un tas d'argile. C'est pour cette raison que je l'ai choisie pour mon sacrifice. »

Avant que Darius n'ait pris la parole, Betsy avait supposé qu'il pourrait dire tout ce qu'il voudrait et qu'elle n'en serait pas spécialement affectée. Mais elle en avait plus qu'assez.

« Et cette expérience vous a-t-elle apporté la paix ? » demanda-t-elle pour l'empêcher de continuer à détailler ce qu'il avait fait aux malheureuses. Elle avait la respiration haletante et se sentait prise de tournis. Darius sortit brusquement de sa transe.

« Elle m'a fait connaître les plaisirs les plus exquis, Tannenbaum. Les instants que j'ai partagés avec ces femmes ont été les plus suaves de toute ma vie. Mais Sandy est tombée sur le message et il a fallu y mettre un terme. Le risque d'être pris était trop grand. J'ai tout de même été pris, puis j'ai été relâché, et le sentiment de la liberté retrouvée a été quelque chose d'enivrant.

— Et quand avez-vous renouvelé cette expérience, Martin? demanda Betsy d'un ton glacial.

— Jamais. J'aurais bien voulu, mais j'avais eu une leçon. J'avais eu un coup de chance, mais je ne voulais pas courir le risque de la prison à vie ou d'une condamnation à mort. »

Elle regarda le promoteur avec mépris. « Sortez de mon bureau. Je ne veux plus jamais vous voir.

— Vous ne pouvez faire ça, Tannenbaum. J'ai besoin de vous.

— Engagez Oscar Montoya ou Matthew Reynolds.

— Montoya et Reynolds sont de bons avocats, mais ce ne sont pas des femmes. Je mise sur le fait que jamais un jury ne croira qu'une ardente féministe comme vous pourrait défendre un homme qui a traité des femmes comme le meurtrier a traité Reiser, Farrar et Miller. Dans une partie aussi serrée, vous êtes mon joker.

— Eh bien, vous avez perdu votre joker, Darius. Vous êtes la personne la plus ignoble que j'aie jamais rencontrée. Je vous le répète, je ne veux même pas vous revoir. Jamais. Il n'est donc pas question que je vous défende.

— Vous reniez notre accord. Je vous l'ai dit, je n'ai pas tué ces trois femmes. Quelqu'un m'a tendu un piège. Si je suis condamné, l'affaire sera classée et vous serez responsable des prochaines victimes que fera le tueur.

— Vous imaginez-vous que je vais vous croire sur parole, après ce que vous venez de me dire, après tous les mensonges que vous avez accumulés?

— Écoutez, Tannenbaum, dit Darius, penché sur le bureau, fixant l'avocate d'un regard perçant, je n'ai pas tué ces femmes.

Je suis la victime d'un coup monté par quelqu'un, et je suis à peu près sûr de savoir de qui il s'agit.

— Et de qui ?

— Seule Nancy Gordon en savait assez sur cette affaire pour concevoir un tel guet-apens. Vicky, Reiser — aucune d'entre elles ne l'aurait soupçonnée. Tout d'abord, c'est une femme. En plus, elle aurait exhibé son insigne de flic. Toutes l'auraient facilement laissé entrer. Voilà pourquoi on ne découvre aucune trace de lutte sur les scènes du crime. Elles l'ont probablement suivie de bon gré et il était trop tard quand elles ont compris ce qui leur arrivait.

— Jamais une femme ne ferait ça à d'autres femmes.

— Ne soyez pas naïve. Elle est obsédée par mon cas depuis l'affaire de Hunter's Point. C'est probablement une malade mentale. »

Betsy se souvint de ce qu'elle avait appris de Nancy Gordon. Elle avait essayé d'assassiner Darius à Hunter's Point. Elle avait voué son existence à le rechercher. Mais quant à lui tendre un piège de ce genre... Elle la voyait davantage venir directement l'abattre.

« Je n'y crois pas. Ça veut dire aussi que votre petit scénario, dans lequel vous séduisiez Gordon, est un mensonge.

— J'ai tout fait pour éviter de vous parler de la réalité de ce qui s'est passé à Hunter's Point. Je savais à quel point cela me desservirait. Il me fallait bien inventer quelque chose pour expliquer l'acharnement de Gordon.

— Après l'amour déçu, la vengeance, en somme ?

— Prenez le cas de Vicky. Vous savez qu'elle a quitté l'Hacienda Motel à deux heures trente. Je suis resté presque jusqu'à cinq heures à la boîte de pub, en compagnie de Russel Miller et de plusieurs autres personnes.

— Qui peut vous procurer un alibi pour la période qui suit votre départ de l'agence ?

— Malheureusement, personne.

— Je refuse toujours. Vous incarnez à mes yeux ce qu'il y·a de plus abject au monde. Même si vous n'avez pas tué les femmes de Portland, vous avez commis ces crimes inhumains à Hunter's Point.

— Et vous allez être responsable du prochain meurtre à

301

Portland. Réfléchissez-y, Tannenbaum. Plus aucune charge ne pèse contre moi. Ce qui signifie qu'il faudra qu'une autre femme meure pour donner au ministère public les présomptions qui lui ont manqué pour me condamner. »

Ce soir-là, Kathy, captivée par une soirée spéciale « dessins animés », vint se pelotonner contre sa mère. Betsy l'embrassa sur les cheveux, se demandant comment une scène aussi paisible pouvait coexister avec une réalité dans laquelle des femmes, recroquevillées dans l'obscurité, attendaient que leur bourreau vienne leur faire subir des souffrances sans nom. Comment était-elle elle-même capable d'avoir un entretien de travail avec un homme comme Martin Darius puis de regarder Walt Disney chez elle, avec sa fille, sans perdre la raison ? Comment Peter Lake avait-il été capable de passer la matinée déguisé en un dieu d'épouvante sorti tout droit de ses fantasmes d'esprit dérangé, et la soirée à jouer avec sa petite fille ?

Betsy aurait aimé qu'il n'y ait qu'une seule réalité, celle dans laquelle elle et Rick regardaient les dessins animés de Walt Disney avec Kathy blottie entre eux. La réalité telle qu'elle l'avait connue avant que Rick ne s'en aille et que Darius ne débarque.

Jusqu'ici, elle avait toujours été capable de séparer sa vie privée de son travail. Avant Darius, les clients pour lesquels elle avait plaidé au criminel étaient davantage pitoyables qu'effrayants. Elle avait défendu des gens qui avaient volé à l'étalage, d'autres qui avaient conduit en état d'ivresse, des cambrioleurs amateurs, des adolescents terrifiés. Elle avait conservé des rapports amicaux avec les deux femmes auxquelles elle avait épargné une condamnation pour homicide. Même lorsqu'elle apportait des dossiers chez elle, elle considérait que ce n'était que quelque chose de temporaire. Mais Darius l'avait pénétrée jusqu'à l'âme. Il l'avait changée. Elle ne se sentait plus en sécurité. Pis encore, elle savait que Kathy non plus n'était pas en sécurité.

Chapitre XXII

1

Saint-Jude donnait davantage l'impression d'être une institution d'enseignement privé chic qu'un hôpital psychiatrique. Un haut mur couvert de lierre s'étendait loin dans un grand bois. Le bâtiment administratif, ancien domicile du millionnaire Alvin Piercy, était en briques rouges et comportait des fenêtres en ogive et des arcs gothiques. Catholique dévot, Piercy était mort célibataire en 1916 et avait légué sa fortune à l'Église. Celle-ci, en 1923, avait fait de la demeure une retraite pour prêtres ayant besoin d'un suivi psychologique. En 1953, on avait édifié un petit hôpital psychiatrique moderne juste derrière la maison, laquelle devint alors le siège administratif. Depuis le portail d'entrée, Reggie Stewart devinait la vieille bâtisse entre les branchages des arbres couverts de neige qui formaient un parc sur une partie du terrain. A l'automne, le sol devait être d'un beau vert et les ramures chatoyer dans les ors et les rouges.

Le bureau du Dr Margaret Flint se trouvait au bout d'un long couloir, au premier étage ; la fenêtre donnait non pas sur l'hôpital, mais sur les bois. Le Dr Flint était une femme anguleuse, à la figure chevaline ; ses cheveux gris lui retombaient sur les épaules.

« Merci de me recevoir », lui dit Stewart.

Elle lui répondit par un sourire engageant qui adoucissait ce que ses traits pouvaient avoir de dur. Elle donna une poignée de main ferme au détective à qui elle fit signe ensuite de s'installer dans l'un des deux fauteuils qui entouraient une table basse.

« Je me suis souvent demandé ce qu'était devenue Samantha Reardon. Elle présentait un cas extrêmement inhabituel. Malheureusement, une fois qu'elle est retournée à la vie civile, il n'y a plus eu aucun suivi.

— Qu'est-ce qui s'est passé ?

— Son mari a refusé de payer, après le divorce, et son cas n'était pas couvert par une assurance. De toute façon, je doute que Samantha m'eût permis de fouiller dans sa vie privée après qu'elle eut recouvré la liberté. Elle haïssait tout ce qui pouvait lui rappeler l'institution.

— Que pouvez-vous me dire d'elle ?

— Normalement, je ne devrais rien vous révéler, pour de simples raisons de secret professionnel. Mais d'après ce que vous m'avez expliqué au téléphone, il se pourrait qu'elle représente un danger pour les autres, et à mes yeux cela prend le pas sur toute autre considération.

— Il se peut qu'elle soit impliquée dans une série de meurtres à Portland.

— Oui, c'est ce que vous m'avez dit. Existe-t-il un rapport entre ces meurtres et sa captivité à Hunter's Point ? demanda le Dr Flint.

— Oui. Qu'est-ce qui vous y a fait penser ?

— Je vais vous le dire dans un instant, mais patientez un peu. Il faut tout d'abord que vous me donniez le contexte de votre demande d'information.

— Un homme du nom de Peter Lake était l'époux de l'une des victimes de Hunter's Point et le père d'une autre. Il est parti habiter Portland il y a huit ans afin de commencer une nouvelle vie. Quelqu'un, à Portland, a commis des meurtres similaires à ceux de Hunter's Point. Êtes-vous au courant de la manière dont les femmes de Hunter's Point ont été traitées ?

— Bien entendu. J'étais le psychiatre traitant de Samantha. J'ai eu accès à tous les rapports de police la concernant.

— D'après vous, docteur Flint, est-ce que Reardon serait capable de soumettre d'autres femmes aux mêmes tortures qu'elle a subies, dans le but de faire tomber mon client dans un traquenard ?

— Bonne question. Bien rares sont les femmes qui en seraient capables, mais Samantha Reardon avait une personnalité franchement anormale. Chacun de nous a sa propre personnalité, solidement enracinée, et il est d'ordinaire très difficile, pour ne pas dire impossible, d'en changer. Les personnes atteintes de désordres de la personnalité ont une personnalité foncièrement inadaptée. Les signes par lesquels elle se manifeste varient selon les désordres.

» Avant l'horrible attentat dont elle a été victime, Samantha avait ce que l'on appelle une personnalité limite, qui oscillait entre la névrose et la psychose. Il lui arrivait parfois d'avoir un comportement psychotique, mais d'une manière générale on aurait pu la classer comme névrosée. Elle faisait preuve de goûts pervers en matière de sexualité, de comportements antisociaux — comme faire des chèques en bois ou voler à l'étalage —, se montrait d'un égocentrisme forcené et était sujette à des angoisses. Lorsqu'elle se faisait prendre à voler, elle ne manifestait aucun intérêt pour les charges qui pesaient contre elle, aucun remords. Elle se servait de l'attrait sexuel qu'elle exerçait pour attendrir son mari ou obtenir des faveurs de lui. Elle l'a pratiquement ruiné sans se soucier le moins du monde des conséquences à long terme, pour elle comme pour lui. Lorsqu'elle a été enlevée et torturée, elle est devenue psychotique. Elle est probablement encore dans cet état.

» Samantha voyait Saint-Jude comme une prolongation de sa captivité. J'étais le seul médecin avec lequel elle avait des contacts, probablement parce que je suis la seule femme de l'équipe. Elle haïssait tous les hommes, n'avait confiance en aucun. Elle était convaincue que le maire de Hunter's Point, le chef de la police, le gouverneur et même parfois le président des États-Unis — tous les hommes — conspiraient pour protéger l'homme qui l'avait torturée.

— Si je comprends bien, intervint Stewart, il ne serait pas exclu qu'elle mette en œuvre ses fantasmes si jamais elle tombait sur l'homme qu'elle croit responsable de sa captivité ?

— C'est tout à fait vraisemblable. Quand elle était ici, elle ne parlait que de vengeance. Elle se voyait d'ailleurs elle-même comme l'ange du châtiment, dressé contre les forces du mal. Elle n'avait que haine pour son ravisseur, mais elle est un danger pour les hommes en général, car elle les voit tous, sans exception, comme des oppresseurs.

— Mais les femmes ? Comment pourrait-elle en venir à les torturer, après ce qu'elle-même a vécu ?

— Tout moyen pour parvenir à ses fins, quel qu'il soit, lui paraîtra un bon moyen, monsieur Stewart. Et si elle devait sacrifier quelques femmes pour y parvenir, ce serait à ses yeux un prix acceptable à payer pour assouvir sa soif de vengeance. »

2

Rick était dans la salle d'attente lorsque Betsy arriva au bureau. Il paraissait déprimé.

« Je sais que tu ne m'attendais pas, mais je voulais te parler. Es-tu très prise ?

— Entre », lui répondit-elle. Elle était encore furieuse contre lui, pour avoir dit à Kathy que sa carrière était à l'origine de leur séparation.

« Comment va Kathy ? demanda Rick tout en suivant sa femme dans le bureau.

— C'est très facile de le savoir.

— Ne sois pas comme ça. En fait, si je suis passé, c'est entre autres pour te demander de la prendre pour deux jours avec moi. Je viens d'emménager dans un appartement qui comporte une chambre d'ami. »

Betsy aurait aimé lui dire non, pour lui faire mal, mais elle savait aussi combien son père manquait à Kathy.

« D'accord.

— Merci. Je la prendrai demain, après le travail.

— De quoi d'autre voulais-tu parler ? »

Il avait l'air mal à l'aise et contemplait le dessus du bureau.

« Je... écoute, Betsy, c'est très dur pour moi. Le partenariat, mon travail... » Il se tut un instant. « Je m'en sors bien mal... Ce que j'essaie de te dire, c'est que ma vie est actuellement sens dessus dessous. Je subis une telle pression que je n'arrive plus à penser correctement. Toute cette période pendant laquelle je me suis retrouvé tout seul... cela m'a donné une certaine distance, j'ai vu les choses sous une autre perspective... Je crois que ce que je veux dire, c'est... ne renonce pas à moi. Ne referme pas la porte...

— Ce n'est pas moi qui ai voulu faire ça, Rick. C'est toi.

— En partant, j'ai dit un certain nombre de choses sur ce que j'éprouvais vis-à-vis de toi qui n'étaient pas vraies.

— Eh bien, quand tu seras sûr de ce que tu ressens, tu viendras me le dire. Mais je ne peux rien te promettre sur ce que moi j'éprouverai à ce moment-là. Tu m'as fait très mal, Rick.

— Je sais, dit-il doucement. Écoute... je suis en train de travailler sur une fusion qui va me prendre mon temps nuit et jour, mais je crois que l'essentiel sera réglé d'ici un mois. J'aurai un peu de temps libre en décembre et Kathy aura les vacances de Noël ; elle ne manquera donc pas l'école. J'avais pensé qu'on pourrait peut-être aller tous les trois ensemble quelque part... »

Betsy en eut la respiration coupée. Sur le coup, elle ne sut que répondre.

Il se leva. « Je sais bien que je t'annonce ça de but en blanc... Mais tu n'as pas besoin de me répondre tout de suite. Nous avons le temps. Promets-moi simplement que tu y réfléchiras.

— J'y réfléchirai.

— Bien. Et merci de me laisser Kathy.

— Tu es son père. »

Elle alla ouvrir la porte du bureau avant qu'il ait le temps d'ajouter autre chose. Nora Sloane attendait à côté du bureau d'Ann.

« Avez-vous une minute ? demanda la journaliste.

— Rick s'en va », répondit Betsy.

Sloane le regarda pendant une seconde. « Vous êtes M. Tannenbaum ?

— Lui-même.

— Je te présente Nora Sloane, intervint Betsy. Elle prépare un article sur les femmes avocates pour le *Pacific West*.

— Votre femme a été sensationnelle. »

Rick lui adressa un sourire poli. « Je passerai prendre Kathy vers six heures, dit-il à Betsy. N'oublie pas de préparer ses affaires pour l'école. Ravi d'avoir fait votre connaissance, madame Sloane.

— Attends, dit Betsy, je n'ai ni ta nouvelle adresse, ni ton nouveau numéro de téléphone. »

Rick les lui dicta et s'en alla.

« Je suis passée pour voir si nous ne pourrions pas prévoir un entretien à propos de l'affaire Hammermill et de votre stratégie dans l'affaire Darius, dit Sloane.

— Je regrette si cela doit changer vos plans, Nora, mais je renonce à la défense de Darius.

— Pourquoi ?

— Pour des raisons personnelles dont je ne peux discuter avec vous.

— Je ne comprends pas.

— Je suis en désaccord avec lui. Nous butons sur un problème d'éthique. Je ne peux vous en dire davantage sans rompre le secret professionnel auquel je suis légalement tenue. »

Nora se frottait le front comme si elle était distraite et pensait à autre chose.

« Je suis désolée si cela doit affecter la teneur de votre article, reprit Betsy, mais je ne peux rien y changer.

— Non, il n'y a pas de problème, répondit Nora, se ressaisissant rapidement. Le cas Darius n'est pas essentiel pour l'article. »

Betsy ouvrit son livre de rendez-vous. « Dès que je serai officiellement débarrassée de ce dossier, j'aurai beaucoup de temps libre. Pourquoi ne pas prévoir de déjeuner ensemble mercredi prochain ?

— C'est parfait. A mercredi, alors. »

La porte se referma et Betsy regarda le travail accumulé sur son bureau. Il y avait un certain nombre de dossiers dont elle avait remis l'étude à plus tard à cause de Martin Darius. Elle prit celui qui était sur le dessus mais ne l'ouvrit pas. Elle pensait à Rick. Il paraissait différent. Moins sûr de lui. S'il voulait réintégrer le foyer... allait-elle accepter ?

Le téléphone retentit. Reggie Stewart l'appelait de Hunter's Point.

« Alors, ça boume ? demanda-t-il.

— Pas tellement. Je ne suis plus sur l'affaire.

— Darius vous a viré ?

— Non. Ce serait plutôt le contraire.

— Pourquoi ?

— J'ai découvert qu'il avait bel et bien tué les femmes de Hunter's Point.

— Comment ça ?

— Je ne peux pas vous le dire.

— Bon Dieu, Betsy, vous pouvez me faire confiance, non ?

— Je n'en doute pas, mais il n'est pas question que je dise un mot de plus là-dessus, alors inutile d'insister.

— Écoutez, ça m'inquiète tout de même un peu. Il n'est pas impossible que Darius soit victime d'un coup monté. Il s'avère que Samantha Reardon est loin d'être normale. J'ai parlé à Simon Reardon, son ex. C'est un neurochirurgien et Samantha était son infirmière. Il est devenu complètement fou amoureux d'elle et en moins de temps qu'il n'en faut pour le dire, il se retrouva marié et au bord de la banqueroute. Elle piquait dans les magasins, se servait de la carte de crédit à tour de bras, et leurs avocats couraient partout pour réparer les dégâts. Puis Darius — puisque vous confirmez que c'est bien lui — l'a enlevée et torturée et elle a carrément basculé. J'ai rencontré le Dr Flint, son psychiatre à Saint-Jude. C'est là où elle a été internée après avoir essayé de tuer son mari.

— Quoi !

— Elle lui a porté un coup de couteau, ainsi qu'à un ami qui l'avait accompagné à la maison. Les deux hommes ont réussi à la maîtriser et elle a passé les quelques années suivantes dans une cellule capitonnée, ne cessant de prétendre que l'homme qui l'avait enlevée courait dans la nature et qu'elle était victime d'une conspiration.

— Elle ne l'inventait pas, Reggie. Les autorités ont couvert l'affaire. Je ne peux pas vous donner les détails, mais Samantha n'était peut-être pas si folle que ça.

— Elle pouvait à la fois avoir raison sur cette magouille et être folle, objecta Stewart. En tout cas, pour le Dr Flint, elle était folle à lier. Samantha Reardon a commencé par être victime de sévices, étant enfant. Son père s'est tiré quand elle avait deux ans et sa mère était une alcoolique invétérée. Ses leçons de morale, elle les a apprises dans la bande avec laquelle elle courait dans les rues. Elle n'était pas majeure qu'elle avait déjà un joli casier, avec vol et agression. Un coup de couteau, aussi. Mais elle était intelligente, très intelligente, même, et a réussi à finir ses études secondaires sans travailler vraiment. On lui a trouvé un QI de 146 points, ce qui est bougrement plus élevé que le mien, mais ses résultats scolaires étaient médiocres.

» Elle s'est mariée très tôt, à un certain Max Felix, le gérant du grand magasin dans lequel elle avait trouvé du travail. J'ai pu le joindre, et il m'a raconté la même histoire que le Dr Reardon. Au lit, elle doit être championne. Son premier mari m'a confié qu'il n'y avait vu que du feu, pendant qu'elle nettoyait proprement son compte en banque et le couvrait de dettes. Ce premier mariage n'a duré qu'un an.

» Arrêt suivant : un collège, puis l'école d'infirmières, puis ce bon Dr Reardon. D'après le Dr Flint, Samantha Reardon souffrait de désordres de la personnalité — elle parle de personnalité limite ; après quoi, le stress de l'enlèvement et des tortures l'a rendue psychotique. Elle n'avait qu'une obsession, se venger de son ravisseur. »

Betsy sentit quelque chose de bizarre au creux de l'estomac.

« Avez-vous demandé au psychiatre de Saint-Jude si elle était capable de soumettre d'autres femmes aux mêmes tortures que celles qu'elle avait subies, juste pour piéger Darius ?

— D'après le Dr Flint, ça ne lui aurait fait ni chaud ni froid de découper ces dames en rondelles, si c'était ce qu'il fallait pour y arriver.

— C'est tout de même dur à avaler, Reggie... une femme faisant cela à d'autres femmes.

— Et pourtant, ça se tient. Réfléchissez un peu, Betsy. Oberhurst interroge Reardon et lui montre une photo de Darius ; elle le reconnaît et suit le détective à Portland ; elle apprend l'embrouille du chantier de construction et décide que c'est l'endroit idéal où enterrer Oberhurst après l'avoir tué ; plus tard, elle y ajoute les autres corps.

— Je ne sais pas, Reg. Il me semble que l'hypothèse d'un Darius coupable tient mieux la route.

— Que voulez-vous que je fasse, maintenant ?

310

— Essayez de vous procurer une photo d'elle. Il n'y en avait aucune dans les comptes rendus des journaux.

— J'ai une longueur d'avance sur vous. Je vais aller consulter le livre de l'année de sa faculté ; elle a été en effet à l'université d'État de Hunter's Point. Ça ne devrait pas être bien compliqué. »

Stewart raccrocha, laissant Betsy en proie à la plus grande confusion. Quelques instants auparavant, elle était encore convaincue que Darius avait tué les femmes de Portland. Mais si les soupçons de Reggie étaient fondés, non seulement Darius était la victime d'un coup monté, mais tout le monde se faisait manipuler par une femme extrêmement intelligente et dangereuse.

3

Randy Highsmith et Ross Barrow empruntèrent la I-84, le long de la rivière Columbia, jusqu'au carrefour avec la voie rapide qui s'engageait dans le spectaculaire paysage de falaises escarpées s'élevant de part et d'autre de la gorge. On apercevait ici et là, par une échappée entre les arbres, le bouillonnement d'une cascade. La vue était belle à couper le souffle, mais Ross Barrow était trop occupé à conduire dans la pluie battante pour en profiter. Le vent, fouetté par l'effet d'entonnoir de la gorge, chahutait le véhicule banalisé, et le policier dut s'agripper au volant pour l'empêcher de déraper lorsqu'il s'engagea dans la sortie.

Ils se trouvaient en pleine campagne — terres agricoles, forêts domaniales. Les arbres atténuaient un peu la violence de la pluie, mais Barrow devait quand même se pencher vers le pare-brise et plisser les yeux pour déchiffrer les panneaux de circulation.

« Là ! » s'exclama Highsmith avec un geste en direction d'une boîte aux lettres dont les numéros se détachaient en lettres fluo tapageuses. Barrow donna un coup de volant sec et les roues arrière chassèrent sur les gravillons. La maison que louait Samuel Oberhurst se trouvait en principe à quatre cents mètres de la route, au bout de ce chemin de terre. L'agent immobilier l'avait décrite comme un bungalow, mais elle n'était en réalité qu'une cabane un peu améliorée. Mis à part l'isolement dont elle jouissait, Highsmith ne lui trouvait rien de bien séduisant. De forme carrée, elle avait un toit pointu qui avait peut-être été jadis peint en rouge, mais les intempéries lui avaient donné la couleur de la rouille. Une Pontiac bonne pour la casse était garée devant. Cela faisait des semaines que la pelouse n'avait pas été tondue. Des parpaings de béton tenaient lieu de marches, devant l'entrée. Deux boîtes de bière traînaient à côté, sur le sol, et un paquet de cigarettes vide était coincé entre deux des blocs.

Barrow s'approcha aussi près de la porte d'entrée qu'il le put avec la voiture et Highsmith sauta dehors, la tête rentrée dans les épaules, comme si cela pouvait le protéger de la pluie. Il cogna à la porte, attendit, puis cogna à nouveau.

« Je fais le tour ! » cria le substitut à Barrow. Le détective coupa le moteur et descendit à son tour. Les rideaux des fenêtres de devant étaient tirés. Les deux hommes, foulant l'herbe détrempée, passèrent par le côté est de la maison pour découvrir qu'il n'y avait aucune fenêtre sur celui-ci et que celles de l'arrière du bâtiment avaient également les stores baissés. Barrow trouva une petite fenêtre sur le côté ouest et essaya de regarder à l'intérieur.

« Ça m'a tout l'air d'une vraie soue à cochons, là-dedans, observa-t-il.

— Il n'y a personne, c'est certain.

— Et la voiture ? »

Highsmith haussa les épaules. « Essayons la porte d'entrée. » La pluie lui dégoulinait sur la figure et il distinguait très mal à travers ses lunettes. La porte d'entrée n'était pas fermée à clef. Les deux hommes la poussèrent et le procureur enleva ses lunettes pour les sécher avec un mouchoir. Barrow alluma.

« Bon Dieu ! »

Highsmith remit ses lunettes. Il vit un poste de télé posé sur une table basse, sous la fenêtre, avec en face un canapé avachi, au tissu crevé, au rembourrage qui débordait par les déchirures. Une tenue complète pour homme avait été jetée dessus ;

un veston, des sous-vêtements, un pantalon, une chemise. Dans le coin le plus proche de la télé, se trouvait un antique classeur vertical gris. Les tiroirs étaient ouverts et les papiers dispersés dans toute la pièce. Soudain, quelque chose détourna l'attention du procureur du chaos qui régnait dans la maison. Il renifla l'air.

« Qu'est-ce que c'est que cette odeur ? »

Le détective ne répondit pas. Il s'intéressait à un lourd fauteuil qui gisait sur le côté, dans le centre de la pièce. En en faisant le tour, il vit qu'il était taché de sang, comme le plancher au-dessous. Des restes d'un tissu adhésif fort — comme celui que l'on aurait utilisé pour attacher les jambes d'un homme au siège — restaient collés sur les pieds de bois. A quelques pas de là, un couteau de cuisine ensanglanté était posé sur une table.

« Ça va, l'estomac ? demanda Barrow. Nous sommes au beau milieu d'une scène du crime, et je ne tiens pas à ce que vous y répandiez votre déjeuner.

— J'ai déjà vu des scènes du crime, Ross. J'étais dans la fosse du chantier, vous savez bien.

— Oui, c'est vrai. Jetez donc un coup d'œil sur celle-ci. »

Un grand bol en plastique était placé à côté du couteau. Highsmith l'examina et devint vert. Le bol contenait trois doigts coupés.

« John Doe », dit doucement Barrow.

Le procureur fit le tour du fauteuil pour en voir la partie siège. Elle était couverte de sang. Il ne se sentait pas très bien. Outre ses trois doigts, John Doe avait perdu ses parties génitales et il ne tenait pas à être celui qui les découvrirait.

« Je ne sais pas sous quelle juridiction nous nous trouvons exactement ici, dit Barrow. Appelez donc la police d'État. »

Highsmith acquiesça. Des yeux, il chercha un téléphone, mais il n'en vit pas dans la pièce principale. Il y avait deux autres pièces dans le fond de la maison ; l'une d'elles était une salle de bains. Le procureur ouvrit lentement la porte de l'autre, redoutant ce qu'il pourrait y voir. Il y avait tout juste assez de place pour un lit d'une place, un placard et une table de nuit. Le téléphone était sur la table de nuit.

« Hé ! Ross, venez voir ça ! »

Quand Barrow fut dans la pièce, Highsmith lui montra un

répondeur téléphonique. Une lumière rouge clignotait, indiquant la présence de messages sur l'appareil. Le procureur les fit rapidement défiler, avant de s'arrêter plus longuement sur l'un d'eux.

Monsieur Oberhurst ? Betsy Tannenbaum au téléphone. C'est la troisième fois que je vous appelle, et je vous serais très reconnaissante de bien vouloir me rappeler à mon bureau. Le numéro est 555-1763. Il est urgent que vous me contactiez. J'ai une autorisation écrite de Mme Lisa Darius qui me permet de discuter de son affaire avec vous. Appelez quand vous voulez. Je dispose d'un répondeur que je peux interroger depuis chez moi, si vous téléphonez pendant le week-end.

La machine émit un bip. Highsmith et Barrow se regardèrent.

« Oberhurst est engagé par Lisa Darius. Après quoi, il est torturé et son cadavre se retrouve sur le chantier de construction de Martin Darius..., dit le détective.

— Dans quel but Lisa l'aurait-elle fait travailler ? »

Par la porte, Barrow regarda en direction du classeur ouvert. « Je me demande si ce n'est pas ce que cherchait Darius : le dossier de sa femme.

— Une minute, Ross. Rien ne nous prouve que ce soit Darius qui l'ait fait.

— Écoutez, Randy. Supposons un instant que Darius ait effectivement retrouvé le dossier de sa femme, et que celui-ci ait contenu des choses très compromettantes pour lui. Je veux dire par là que s'il en est arrivé à ces extrémités, torturer Oberhurst, lui couper les doigts et les parties génitales, c'est parce qu'il contenait de la dynamite. Peut-être même quelque chose qui prouve qu'il est bien le tueur à la rose.

— Qu'est-ce que vous... oh, merde ! Lisa Darius. S'il n'a pu la retrouver avant cela, c'est parce qu'il était en prison depuis que nous avons découvert les corps. »

Barrow s'empara du téléphone et composa un numéro.

4

La Cour suprême de l'Oregon se trouve à Salem, la capitale administrative de l'État, à un peu moins de cent kilomètres de Portland. La bonne heure de trajet que représentait cette distance était aux yeux de Victor Ryder le seul inconvénient au fait d'être juge à ce tribunal. Après tant d'années passées à travailler dans le privé sept jours par semaine et seize heures par jour, le rythme de travail plus paisible de la haute cour était un avantage inappréciable.

Veuf, le juge Ryder habitait seul dans une grande bâtisse Tudor brun et blanc de deux étages, derrière une haute haie, sur les hauteurs de Portland du quartier de West Hills. La vue sur la ville et le mont Hood, depuis le patio de brique, à l'arrière de la maison, était magnifique.

Le juge tourna la clef dans la porte d'entrée et appela Lisa. Le chauffage était branché, les lumières allumées. Le bruit d'une conversation lui parvint de la salle de séjour. Il appela de nouveau sa fille, mais elle ne répondit pas. En fait, les voix provenaient de la télévision, mais personne ne la regardait. Ryder la coupa.

« Elle a dû sortir avec une amie », marmonna le juge dans sa barbe. Mais la télé en marche le tracassait un peu. Il alla dans la cuisine, se coupa un morceau de gâteau et en prit une bouchée ; puis il décida de pousser jusque dans la chambre de Lisa. Rien n'y était dérangé, rien ne pouvait éveiller ses soupçons. Le juge Ryder ne s'en sentait pas moins très mal à l'aise. Il était sur le point de passer dans sa propre chambre pour se changer, lorsqu'on sonna à la porte d'entrée. Deux hommes se tenaient serrés sous un parapluie, sur le perron.

« Juge Ryder ? Mon nom est Randy Highsmith, et je suis substitut auprès du procureur général du comté de Multnomah. Voici le détective Ross Barrow, de la police de Portland. Votre fille est-elle ici ?

— C'est à propos de Martin ?

— Oui, monsieur.

315

— Lisa habite actuellement chez moi, mais elle n'est pas là pour le moment.

— Quand l'avez-vous vue pour la dernière fois ?

— Au petit déjeuner. Pourquoi ?

— Nous aurions aimé lui poser un certain nombre de questions. Savez-vous où nous pouvons la joindre ?

— Je crains que non. Elle n'a laissé aucun message ; je viens tout juste de rentrer.

— Pourrait-elle être avec une amie ? demanda Highsmith sur un ton léger afin que le juge ne sente pas son inquiétude.

— Je l'ignore tout à fait. »

Puis Ryder se souvint de la télé allumée et fronça les sourcils.

« Quelque chose ne va pas, monsieur ? demanda Barrow d'un ton neutre.

— Non, non. Pas vraiment. C'est simplement qu'il y avait deux tasses à café sur la table de la cuisine et les restes d'un gâteau au chocolat. Mais la télé était branchée.

— Je ne vous suis pas, dit Barrow.

— La télé marchait quand je suis arrivé à la maison. Je ne comprends pas pourquoi elle l'aurait laissée allumée si elle parlait avec une amie dans la cuisine, et a fortiori si elle devait quitter la maison.

— Est-il habituel de sa part de sortir sans vous laisser un message ?

— Cela faisait un certain temps qu'elle n'habitait plus à la maison ; elle vient y coucher depuis que Martin est sorti de prison. Mais elle sait que je m'inquiète pour elle.

— Y a-t-il quelque chose que vous ne nous dites pas, monsieur ? »

Le juge hésita. « Lisa a très peur depuis que Martin a été relâché. Elle avait envisagé de quitter l'État jusqu'à ce qu'il soit de nouveau sous les verrous.

— Ne vous aurait-elle pas dit où elle allait, dans ce cas ?

— Je suppose que si. » Ryder se tut un instant, comme s'il venait soudain de se rappeler quelque chose. « Martin l'a appelée le soir où on lui a rendu sa liberté. Il lui a dit qu'il n'y avait aucun endroit où elle serait en sécurité dans Portland. Peut-être a-t-il rappelé et a-t-elle été prise de panique.

— La menaçait-il ?

— C'est ce que j'ai pensé, mais Lisa n'en était pas certaine. La conversation a été bizarre. Je n'ai entendu que ce qu'a dit Lisa et les propos qu'elle m'a rapportés ensuite. »

Highsmith tendit sa carte de visite au juge. « Ayez l'obligeance de demander à Mme Darius de me passer un coup de fil dès que vous aurez de ses nouvelles. C'est important.

— Je n'y manquerai pas. »

Les deux hommes serrèrent la main du juge et prirent congé.

« Cette histoire ne me plaît pas, dit Barrow dès que la porte se fut refermée dans leur dos. Ça ressemble trop aux autres scènes du crime. La télé, en particulier. Elle l'aurait arrêtée si elle était sortie avec une amie.

— Il n'y avait ni message ni rose.

— Ouais, mais Darius n'est pas stupide. S'il s'en prend à sa femme, il ne va pas le clamer sur les toits. Il peut avoir changé de procédure pour nous dérouter. Des hypothèses ?

— Pas la moindre, à moins que vous ne pensiez que nous avons assez de présomptions pour coincer Darius.

— Ce n'est pas le cas.

— Alors attendons, et espérons que Lisa est avec une amie. »

SEPTIÈME PARTIE

DISPARUES... OUBLIÉES ?

Chapitre XXIII

1

Betsy entendit une voiture qui venait se ranger sous l'abri-garage et regarda par la fenêtre de la cuisine.

« C'est papa ! » s'écria Kathy.

La fillette avait attendu sa venue tout l'après-midi, n'accordant qu'une attention distraite à la télévision depuis que sa mère lui avait dit qu'elle allait passer le week-end chez son père.

« Va prendre tes affaires, lui dit Betsy en allant ouvrir la porte.

— Tout est prêt, m'man », répondit la fillette, avec un geste vers le sac à dos, le cartable, la petite valise et Oliver, son jouet en peluche.

La porte s'ouvrit et Kathy bondit dans les bras de son père.

« Alors, comment ça va, ma petite tigresse ? demanda Rick en éclatant de rire.

— J'ai rangé mes affaires toute seule !

— As-tu pensé à ta brosse à dents ? demanda soudain Betsy.

— Euh...

— C'est bien ce que je me disais. Cours vite la chercher, phénomène. »

Rick posa sa fille sur le sol ; elle fila en direction de la salle de bains.

« Elle est complètement surexcitée », observa Betsy. Rick paraissait mal à l'aise.

« Je crois que je vais l'emmener au Spaghetti Factory.

— Ça devrait lui plaire. »

Ils gardèrent tous les deux le silence pendant quelques instants.

« Tu as l'air en forme, Betsy.

— Tu devrais voir de quoi j'ai l'air, lorsque je ne suis pas obligée de passer la journée au tribunal du juge Spencer », plaisanta-t-elle intentionnellement, pour détourner le compliment. Rick commença à répondre quelque chose, mais Kathy revint avec sa brosse à dents et ce fut trop tard.

« A lundi », dit Betsy à sa fille en lui donnant une grosse bise et en la serrant dans ses bras. Rick prit toutes les affaires, sauf Oliver. Betsy resta sur le pas de la porte jusqu'à leur départ.

2

Alan Page leva les yeux. Randy Highsmith et Ross Barrow se tenaient sur le seuil de son bureau. Il consulta sa montre. Six heures vingt-cinq.

« Je viens d'avoir le juge Ryder au téléphone. Toujours rien », dit Barrow.

Page reposa son stylo.

« Que pouvons-nous faire ? Il n'y a pas le moindre indice mettant Darius en cause », remarqua le procureur. Il était pâle et avait l'air épuisé de quelqu'un de vaincu.

« Non, mais nous avons un mobile, Al. Lisa Darius est la seule personne qui offre un lien entre Oberhurst et Martin Darius. Il ne pouvait pas s'en prendre à elle tant qu'il était derrière les barreaux. J'affirme que nous avons une présomption contre lui. A peine est-il sorti de prison qu'elle disparaît.

— Sans compter ce coup de téléphone, ajouta Highsmith.

— Ryder n'est pas sûr qu'il ait proféré des menaces ; on peut même interpréter ce qu'il a dit, au contraire, comme une façon d'avertir Lisa qu'elle était menacée par quelqu'un d'autre. » Page secoua la tête. « Je ne commettrai pas deux fois la même erreur. Il me faut quelque chose de beaucoup plus solide pour que je délivre un mandat de perquisition.

— Attention à ne pas pécher par excès de prudence, dit Highsmith. C'est la vie de quelqu'un qui est en jeu, ici.

— Je le sais bien ! répondit Page, en colère. Mais où allons-nous perquisitionner ? Dans sa maison ? Il n'est quand même pas stupide au point de l'avoir enfermée là. Dans une de ses propriétés ? Laquelle ? Ma frustration est égale à la vôtre, mais il faut être patient. »

Highsmith était sur le point de soulever une objection lorsque l'intercom sonna.

« Je sais que vous ne voulez pas être dérangé, dit la secrétaire, mais Nancy Gordon est en ligne. »

Page se sentit pris d'une sueur glaciale. Highsmith et Barrow se tendirent. Page brancha le haut-parleur du téléphone.

« Détective Gordon ?

— Je suis désolée si j'ai disparu de cette manière, monsieur Page », dit une voix de femme. Page essaya de se souvenir à quoi ressemblait celle de Nancy Gordon. Il lui semblait se rappeler une voix de gorge un peu rauque, mais la ligne était mauvaise et le son déformé.

« Où êtes-vous ?

— Je ne peux pas vous le dire pour l'instant. »

Page trouva le timbre pâteux, l'intonation incertaine. « Avez-vous lu les nouvelles ou regardé les informations ? Savez-vous que Darius est sorti, tout ça parce que nous n'avons pas eu votre témoignage le jour de l'audience ?

— Je n'ai rien pu y faire. Vous allez comprendre dans un instant.

— Je voudrais comprendre tout de suite, détective. Nous sommes avec une situation grave sur les bras, en ce moment. La femme de Darius a disparu.

— Je suis au courant. C'est pour cette raison que j'appelle. Je sais où elle se trouve et vous devez agir rapidement. »

3

L'entreprise de Darius avait des ennuis. Au moment de son arrestation, Darius Construction était sur le point de décrocher l'appel d'offre de deux projets lucratifs. Les chantiers avaient finalement été attribués à d'autres entreprises, et aucun nouveau projet ne serait signé tant que Darius serait sous le coup d'une inculpation. Le promoteur avait compté sur les avances des deux projets qui venaient de lui échapper pour résoudre les problèmes financiers de son entreprise. Sans cet apport de fonds frais, le dépôt de bilan menaçait.

Darius passa la journée enfermé avec son expert-comptable, son avocat et ses directeurs adjoints afin de mettre sur pied un plan destiné à sauver l'entreprise ; mais il avait du mal à se concentrer sur son travail. Il avait besoin de Betsy Tannenbaum, et elle l'avait laissé tomber. Il l'avait choisie pour le défendre, au début, uniquement parce qu'elle avait la réputation d'être une avocate féministe, ce qui, espérait-il, impressionnerait peut-être favorablement le jury. Puis Betsy avait gagné lors de l'audience de cautionnement, ce qui l'avait convaincu qu'elle avait assez de talent pour le tirer de là. Leur dernière entrevue n'avait fait qu'augmenter le respect qu'il éprouvait pour elle. Tannenbaum était une coriace. La plupart des femmes auraient eu peur de lui tenir tête seules ; elles se seraient fait accompagner par un homme. Il la croyait assez solide pour résister à la pression d'un procès et il savait qu'elle se battrait jusqu'au bout si elle croyait à la cause de son client.

Lorsque se termina la réunion de travail, à dix-huit heures, Darius se rendit directement chez lui. Il composa le code de la grille d'entrée, laquelle s'ouvrit dans un grincement métallique. Il jeta un coup d'œil dans le rétroviseur en s'engageant dans l'allée privée et vit les phares d'une voiture qui passait devant le portail, mais il la perdit de vue dans la courbe dessinée par le chemin.

Il entra chez lui par le garage et désactiva l'alarme. La maison était fraîche et silencieuse. Tant que Lisa y avait habité, il y avait toujours eu un léger fond sonore ; il apprenait à vivre sans le ronronnement des appareils électriques dans la cuisine, sans le bavardage assourdi de la télé, sans les bruits que faisait sa femme en passant d'une pièce à l'autre.

La salle de séjour lui parut inhabitée lorsqu'il alluma. Il enleva son veston et sa cravate et se versa un whisky, se demandant s'il n'y avait pas moyen de convaincre Betsy de revenir sur sa décision. Il ne pouvait la blâmer de le considérer comme un monstre, après ce qu'elle avait appris par Colby. Normalement, la peur qu'éprouvait une femme avait le don de l'exciter, mais celle de Betsy l'éloignait de lui et il n'arrivait pas à imaginer un moyen de l'atténuer.

Le veston et la cravate sur le bras, il monta au premier, dans sa chambre. Il avait à peine mangé pendant la journée et son estomac gargouillait des protestations. Il alluma la lumière et posa son verre sur la commode. Au moment où il se tournait vers le placard, il aperçut quelque chose du coin de l'œil. Une rose noire était posée sur son oreiller. Avec, en dessous, une feuille de papier à lettres. Il regarda fixement ce tableau pendant un instant, un creux à l'estomac, puis se tourna vivement. Il n'y avait cependant personne dans l'encadrement de la porte. Il tendit l'oreille, mais ne perçut pas le moindre bruit anormal.

Le promoteur avait un revolver dans le tiroir de sa commode. Il le prit, le cœur battant violemment. Comment quelqu'un avait-il pu entrer chez lui sans déclencher l'alarme ? Seul Lisa et lui connaissaient le code. Et... il resta pétrifié sur place. Il venait de faire une déduction logique et il fonça vers le sous-sol, allumant toutes les lumières de la maison au passage.

Il fit halte en haut de l'escalier de la cave, sachant ce qu'il allait voir lorsqu'il allumerait. Il entendit la première sirène au milieu de l'escalier. Il envisagea un instant de rebrousser chemin, mais la curiosité était la plus forte. Une voiture de police vint s'arrêter en dérapant devant la maison au moment où il atteignait la dernière marche. Il tint le revolver baissé, pour ne pas risquer d'essuyer un coup de feu. En outre, il n'allait pas en avoir besoin ; en dehors de lui il n'y avait personne dans la maison. Il le comprit quand il vit la manière dont était disposé le corps.

Lisa Darius gisait sur le dos, au centre du sous-sol. Elle était nue. Elle avait le ventre ouvert et ses entrailles débordaient d'un trou béant et ensanglanté. La même disposition, exactement, que le cadavre de Patricia Cross dans la cave de Henry Waters.

4

Dès que Rick et Kathy furent partis, Betsy retourna à la cuisine se préparer quelque chose à dîner. Elle avait songé vaguement à aller au restaurant ou à appeler une amie, mais l'idée de passer une soirée tranquille était trop séduisante.

Lorsqu'elle eut terminé son repas, elle alla dans le séjour consulter les programmes de télévision. Comme rien ne la tentait, elle s'installa dans un fauteuil avec un roman de John Updike. Elle commençait à peine à rentrer dans l'histoire lorsque le téléphone sonna. Elle poussa un soupir et courut à la cuisine pour décrocher.

« Madame Tannenbaum ?

— Oui.

— Alan Page à l'appareil. » Il y avait de la colère dans sa voix. « Je suis chez Martin Darius. Nous venons de l'arrêter de nouveau.

— Pour quel motif ?

— Il vient juste d'assassiner sa femme.

— Mon Dieu ! Qu'est-ce qui est arrivé ?

— Votre client l'a éventrée dans sa cave.

— Oh non !

— Vous lui avez fait un beau cadeau, lorsque vous avez réussi à convaincre le juge Norwood de libérer Darius sous caution, reprit Page d'un ton amer. Votre client veut vous parler.

— Est-ce que vous me croyez, maintenant, Tannenbaum ? demanda Darius. Comprenez-vous ce qui se passe ?

— Ne dites rien. La police écoute, Martin. Je vous vois dès demain matin.

— Alors vous restez avec moi ?

— Je n'ai pas dit ça.

— Il le faut. Demandez-vous simplement comment la police a trouvé, pour Lisa, et vous comprendrez que je suis innocent. »

L'était-il réellement ? Il n'était pas pensable qu'il ait tué sa femme et laissé le corps dans son propre sous-sol. Betsy repensa à ce qu'elle savait de l'affaire de Hunter's Point. Elle imagina Henry Waters venant répondre à la porte, le choc qu'il avait éprouvé en découvrant le cadavre de Patricia Cross baignant dans son sang, éventrée. Même scénario que pour Patricia Cross. Darius lui avait fait remarquer qu'il était étrange que la police ait su que Lisa se trouvait dans sa cave. Elle essaya de se demander comment la police de Hunter's Point avait découvert le meurtre, pour Patricia Cross.

« Repassez-moi Page. Je veux que personne ne parle à Darius, dit-elle quand elle eut de nouveau le procureur au bout du fil.

— Je ne l'envisageais même pas, répondit sèchement ce dernier.

— Vous perdez votre temps en vous mettant en colère contre moi, Alan. Je connaissais Lisa mieux que vous. Croyez-moi, ça fait mal. »

Page ne répondit pas tout de suite. C'est d'un ton adouci qu'il reprit la parole.

« Vous avez raison. Je n'ai pas à vous arracher les yeux. Je suis aussi furieux contre moi pour avoir bousillé l'audience de cautionnement que contre vous pour avoir si bien fait votre boulot. Mais ce coup-ci, il va rester bouclé. Norwood ne commettra pas deux fois la même erreur.

— Comment avez-vous su que vous trouveriez le corps de Lisa dans le sous-sol, Alan ? »

Betsy retint son souffle pendant que le procureur se demandait s'il devait ou non répondre.

« De toute façon, vous allez finir par l'apprendre. Un tuyau.

— De qui ?

— Ça, je ne peux pas encore vous le dire. »

Un tuyau... exactement comme le coup de fil anonyme qui avait conduit la police de Hunter's Point jusque dans le sous-sol de Henry Waters. Betsy raccrocha. Ses doutes sur la culpabilité de Darius la reprirent, plus insistants. Peter Lake avait assassiné les femmes de Hunter's Point — trois d'entre elles — mais n'était-il pas innocent dans l'affaire de Portland ?

Chapitre XXIV

1

La porte du parloir de la prison s'ouvrit et Darius entra. Il portait la tenue qu'il avait au moment de son arrestation. Il avait les yeux injectés de sang et paraissait moins sûr de lui que dans leurs précédentes rencontres.

« Je savais que vous viendriez, Tannenbaum », dit-il, s'efforçant de paraître calme. Mais il y avait une note de désespoir dans sa voix.

« Je n'en avais aucune envie. Je suis obligée de vous représenter tant qu'un autre avocat n'aura pas repris officiellement le dossier.

— Vous ne pouvez pas m'abandonner au milieu du gué.

— Je n'ai pas changé d'avis, Martin. Je maintiens tout ce que je vous ai dit l'autre jour.

— Alors que vous savez que je suis innocent ?

— Je n'en suis pas sûre. Et même si c'est le cas, ça ne change rien à ce que vous avez fait à Hunter's Point. »

Il se pencha légèrement en avant et la scruta d'un regard intense. « Vous savez bien que je suis innocent — à moins que vous me croyiez stupide au point d'avoir assassiné ma femme dans le sous-sol de notre maison, puis appelé Alan Page pour lui dire où il allait trouver le corps. »

Le promoteur avait évidemment raison. Le stratagème était trop gros, et le moment choisi pour ce nouvel assassinat trop opportun. Les doutes n'avaient cessé d'assaillir l'avocate toute la nuit, mais sans changer ce qu'elle éprouvait pour Darius.

« Nous allons passer devant le juge dans quelques minutes. Page va vous placer en garde à vue avec comme chef d'inculpation le meurtre de Lisa. Il demandera une détention sans possibilité de libération sous caution et exigera de Norwood qu'il annule la caution pour les autres charges qui pèsent sur vous. Je ne vois vraiment pas comment convaincre le juge de vous laisser sortir, dans ces conditions.

— Dites-lui ce que vous savez sur Gordon. Dites-lui que je suis victime d'un coup monté.

— Nous n'en avons aucune preuve.

— C'est donc comme ça ! Je crois que je vous ai surestimée, Tannenbaum. Qu'en est-il de votre rigoureux respect de l'éthique ? De votre serment d'avocat ? Vous allez laisser tomber, tout ça parce que vous ne pouvez pas me sentir ? »

La colère fit rougir Betsy. « Je ne laisse rien tomber du tout. Je ne devrais même pas être ici. Je ne fais que vous dire ce qu'il en est, bien concrètement. Le juge Norwood a pris un grand risque en vous laissant sortir. Quand il verra les photos de Lisa étalée en croix dans votre cave, les entrailles sortant par la paroi abdominale, il n'aura aucune envie de refaire la même erreur. »

« Le ministère public appelle Victor Ryder, Votre Honneur », dit Alan Page. Il se tourna vers le fond de la salle et regarda le juge de la haute cour s'avancer entre les rangs de la foule et gagner la barre des témoins. Ryder mesurait un mètre quatre-vingt-dix et avait une chevelure encore touffue, mais toute blanche. Il marchait en boitant légèrement, à cause d'une blessure reçue au cours de la Seconde Guerre mondiale. Il se tenait bien droit et évitait soigneusement de croiser le regard de Martin Darius, comme s'il redoutait la rage qui risquait de l'emporter en posant les yeux sur lui.

« Pour la bonne forme, reprit le procureur dès que Ryder eut prêté serment, rappelons que vous êtes juge près la Cour suprême de l'Oregon et le père de Lisa Darius. C'est bien cela ?

— C'est exact, répondit Ryder d'une voix légèrement étranglée.

— Votre fille était l'épouse de l'inculpé, n'est-ce pas ?

— Oui, monsieur.

— Quand M. Darius a été arrêté, votre fille n'est-elle pas venue habiter chez vous ?

— En effet.

— Pendant que Lisa était sous votre toit, son mari l'a-t-il appelée ?

— A plusieurs reprises, monsieur Page. Il a téléphoné plusieurs fois chaque soir depuis la cabine de la prison.

— Est-il exact que les détenus ne peuvent faire que des appels en PCV ?

— Oui. C'était le cas pour tous ceux qu'il a faits.

— Votre fille les a-t-elle acceptés ?

— Elle m'avait demandé de les refuser.

— Pour autant que vous le sachiez, votre fille a-t-elle parlé à l'inculpé pendant son incarcération ?

— Ce n'est pas impossible, une ou deux fois tout de suite après son arrestation. Mais une fois chez moi, ça ne s'est plus produit.

— Quelle était l'attitude de votre fille vis-à-vis de son mari ?

— Elle en avait mortellement peur.

— Cette peur a-t-elle augmenté ou diminué lorsque M. Darius a été libéré sous caution ?

— Elle a augmenté. Elle était terrifiée à l'idée qu'il vienne la chercher.

— L'inculpé a-t-il téléphoné à Lisa Darius après sa libération sous caution ?

— Oui, monsieur. Le premier soir.

— Avez-vous suivi la conversation ?

— En partie.

— Avez-vous entendu l'inculpé proférer des menaces ?

— Je crois qu'il lui a dit qu'elle n'était pas en sécurité à Portland.

— Quand vous dites que vous le croyez, qu'entendez-vous par là exactement ?

— Je ne fais que répéter ce que m'a dit Lisa. Je me tenais à côté d'elle et n'ai pu entendre que des fragments de ce que lui disait, de son côté.

— Savez-vous si votre fille estimait que l'inculpé avait proféré des menaces à son encontre ?

— Elle était déroutée. Elle m'a dit qu'elle n'était pas certaine d'avoir compris ce qu'il voulait dire. Il paraissait sous-entendre que Lisa courait un danger à cause de quelqu'un d'autre, mais ça ne tenait pas debout. J'en ai conclu qu'il la menaçait indirectement, afin qu'on ne puisse pas, plus tard, le lui reprocher.

— Juge Ryder... quand avez-vous vu votre fille vivante pour la dernière fois ? »

Un instant, le vieil homme parut sur le point de craquer. Il prit une gorgée d'eau avant de répondre.

« Nous avons pris notre petit déjeuner ensemble, entre sept heures et sept heures et demie. Ensuite je suis parti à Salem en voiture.

— A quelle heure êtes-vous revenu chez vous ?

— Vers six heures du soir.

— Votre fille était-elle chez vous ?

— Non.

— Avez-vous vu quelque chose, à votre domicile, qui vous a inquiété ?

— La télévision marchait, mais il n'y avait personne à la maison. Le son était suffisamment fort pour qu'elle ait pensé à l'arrêter avant de sortir.

— Y avait-il des indices de la venue d'un visiteur ?

— Oui. Deux tasses de café et un gâteau sur la table de la cuisine, comme si elle avait parlé avec quelqu'un.

— Votre fille a-t-elle laissé un message disant où elle allait ?

— Non.

— Pas d'autre question.

— Le témoin est à vous, madame Tannenbaum, dit le juge Norwood.

— Il ment, murmura Darius. Je n'ai jamais menacé Lisa. Au contraire, je l'avertissais.

— Il ne ment pas, Martin. Il dit ce qu'il croit être la vérité. Si j'essaie de le bousculer, il ne fera que se raidir.

— Conneries. Je vous ai déjà vue mettre des témoins en pièces. Ryder n'est qu'un trou-du-cul prétentieux. Vous pouvez le faire tourner en bourrique. »

332

Betsy prit une profonde inspiration, car elle ne voulait pas perdre son calme. Puis elle se pencha vers le promoteur, parlant doucement. « Tenez-vous vraiment à ce que je pousse le juge Ryder dans ses derniers retranchements jusqu'à ce qu'il s'effondre, Martin ? Croyez-vous sérieusement que ça vous aidera à décrocher une libération sous caution, si j'arrive à faire craquer l'un des juges les plus respectés de l'État — le père d'une jeune femme qui vient d'être assassinée de manière horrible — en public, au tribunal, devant ses collègues ? »

Darius voulut répondre quelque chose, puis referma la bouche et se détourna.

« Pas de question, Votre Honneur, dit Betsy au juge.

— Notre prochain témoin est Richard Kassel », dit Page à la cour.

Le témoin remonta l'allée d'une démarche nonchalante. Il était habillé d'une veste de sport en tweed marron, d'un pantalon assorti havane, d'une chemise blanche et d'une cravate imprimée jaune vif. Il portait des chaussures impeccablement cirées aux pieds et ses cheveux noirs avaient eu droit à un brushing soigné. Il avait l'air avantageux de quelqu'un qui se prend trop au sérieux.

« Monsieur Kassel, quelles sont vos fonctions ?

— Je suis détective auprès du bureau de police de Portland.

— Avez-vous procédé à l'arrestation de l'inculpé, hier au soir ?

— Oui, monsieur.

— Expliquez au juge comment les choses se sont passées.

— Le détective Rittner et moi, nous avons reçu un appel par la radio de la police. Nous fondant sur cette communication, nous sommes entrés dans la propriété. La porte de l'inculpé était fermée à clef. Nous nous sommes identifiés comme étant de la police et avons exigé que l'inculpé ouvre la porte. Il s'est exécuté. Le détective Rittner et moi avons pris le contrôle de l'inculpé en attendant qu'arrivent les autres véhicules, comme on nous l'avait ordonné.

— Les autres officiers de police sont-il arrivés rapidement ? »

Kassel acquiesça. « Environ un quart d'heure après, vous êtes vous-même arrivé avec le détective Barrow, suivi de plusieurs autres policiers. »

Betsy fronça les sourcils. Elle vérifia quelque chose qu'elle avait pris en note pendant la déposition du juge Ryder. Puis elle écrivit quelques mots.

« Est-ce vous qui avez découvert le corps ? demanda Page.

— Non, monsieur. Nous avions pour instruction de surveiller l'inculpé. Le corps a été découvert par d'autres policiers.

— Avez-vous fait état de ses droits à M. Darius ?

— Oui, monsieur.

— M. Darius a-t-il fait une déclaration ?

— Il a simplement demandé à ce qu'on appelle son avocat.

— Le témoin est à vous, madame Tannenbaum. »

Betsy paraissait incertaine. Elle demanda une minute au juge et fit semblant de consulter un rapport de police, tout en réfléchissant.

« Détective Kassel, demanda-t-elle enfin, qui vous a donné l'ordre d'entrer chez M. Darius et de procéder à son arrestation ?

— Le détective Barrow.

— Vous a-t-il dit pour quelle raison vous deviez l'arrêter ?

— Oui, madame. Il a dit qu'il avait reçu un tuyau d'après lequel l'inculpé avait tué sa femme et que le corps se trouvait dans le sous-sol.

— Le détective Barrow vous a-t-il dit qui lui avait donné ce renseignement ?

— Je ne le lui ai pas demandé.

— Comment M. Darius était-il habillé au moment où il vous a ouvert ?

— Il portait une chemise blanche et un pantalon.

— Veuillez vous lever, s'il vous plaît, monsieur Darius. »

Darius obéit.

« Est-ce ce même pantalon ? »

Le détective Kassel regarda mieux l'inculpé. « Ouais. C'est celui qu'il portait quand on l'a arrêté.

— Et la même chemise ?

— Oui.

— Il est dans la même tenue, en somme, qu'au moment où vous l'avez arrêté ?

— Oui.

— Il n'y a pas de sang sur sa chemise, n'est-ce pas ?

— Non, madame, répondit Kassel après une brève hésitation.

— Avez-vous vu le corps de Lisa Darius, à un moment ou un autre?

— Oui.

— Quand il était encore dans le sous-sol?

— Oui.

— Mme Darius avait bien été éventrée, n'est-ce pas?

— Oui.

— Il y avait du sang partout dans la cave?

— Oui, répondit le détective à contre-cœur.

— Le portail de la propriété de M. Darius comporte un verrou électronique. Comment êtes-vous entré?

— Le détective Barrow connaissait le code.

— Comment se fait-il que vous soyez arrivés chez M. Darius tellement en avance sur le détective Barrow, le procureur et les autres policiers?» demanda Betsy avec un sourire aimable destiné à dissimuler la tension qu'elle éprouvait. Encore quelques questions, et elle allait savoir si ses soupçons étaient fondés.

« Nous étions garés devant.

— Était-ce par hasard?

— Non, madame. L'inculpé était sous surveillance.

— Depuis combien de temps?

— Un bon moment. Depuis avant son arrestation, en fait.

— Seulement vous et le détective Rittner?

— Oh, non. Il y avait trois autres équipes qui se relayaient. Ce n'est pas un travail qu'on peut faire vingt-quatre heures sur vingt-quatre.

— Évidemment pas. Quand avez-vous pris votre tour de surveillance, le jour où vous avez arrêté M. Darius?

— Vers quinze heures.

— Où l'avez-vous commencé?

— Devant son bureau.

— Je suppose que vous avez pris le relais d'une autre équipe?

— En effet. Celle des détectives Padovici et Kristol.

— A quelle heure avaient-ils commencé?

— Vers cinq heures du matin.

— Et à quel endroit?

— Devant la maison de l'inculpé.

— Comment se fait-il qu'ils aient pris leur service d'aussi bonne heure?

— L'inculpé se lève vers cinq heures trente et part pour le bureau environ une heure après. En arrivant là-bas à cinq heures, nous le suivons dès qu'il sort de chez lui.

— Et c'est ce qu'ont fait les deux détectives Padovici et Kristol.

— Ouais.

— Je suppose qu'ils ont suivi M. Darius jusqu'à son lieu de travail?

— C'est ce qu'ils nous ont dit.

— S'est-il produit quelque chose d'inhabituel durant la journée, d'après eux?

— Non. Il est allé directement à son bureau. Je crois qu'il ne l'a même pas quitté un seul instant. D'après Padovici, il a envoyé chercher des sandwiches à l'heure du déjeuner. Vers six heures, tout un groupe de types en costard est sorti. Je crois qu'ils avaient une réunion.

— Lorsque M. Darius est sorti à son tour, l'avez-vous suivi jusque chez lui?

— Exactement.

— L'avez-vous perdu de vue un seul instant?

— Non, madame.

— Combien de temps après l'arrivée de M. Darius avez-vous reçu pour instruction d'entrer chez lui et de l'arrêter?

— Pas très longtemps.

— Soyez plus précis.

— Disons entre quinze et vingt minutes.»

Betsy s'arrêta. Elle se sentait malade à l'idée de poser sa prochaine série de questions, mais son sens du devoir et la possibilité que les réponses prouvent l'innocence de son client eurent raison de son écœurement à l'idée de Darius sortant libre du prétoire.

«Avez-vous vu une fois M. Darius en compagnie de Lisa Darius ce jour-là?

— Non, madame.

— Et Padovici et Kristol? Ont-ils vu M. Darius avec sa femme?»

Kassel fronça les sourcils, comme s'il se rendait soudain compte où Betsy voulait en venir avec ses questions. Elle regarda sur sa gauche et vit Alan Page plongé dans une discussion animée avec Randy Highsmith.

«Je ne m'en souviens pas, répondit le détective d'un ton hésitant.

— Je suppose que vous rédigez un rapport quotidien qui comporte non seulement les déplacements, mais les faits inhabituels?

— En effet.

— Les autres équipes de surveillance font de même?

— Oui.

— Où sont ces rapports?

— C'est le détective Barrow qui les centralise.»

Betsy se leva. «Votre Honneur, j'aimerais que l'on présente ces rapports et que l'on puisse interroger les détectives Padovici et Kristol. Le juge Ryder a déclaré avoir vu sa fille vivante pour la dernière fois à sept heures trente; les détectives Padovici et Kristol, d'après le détective Kassel, nous affirment que M. Darius a quitté son domicile à six heures trente et est allé directement à son bureau. Si aucune des équipes de détectives n'a vu M. Darius en compagnie de sa femme de toute la journée, quand l'aurait-il tuée? Nous pouvons faire citer les personnes qui se trouvaient hier avec M. Darius. Elles vous confirmeront qu'il est resté dans son bureau de sept heures du matin jusqu'à un peu après six heures du soir.»

Le juge Norwood parut troublé. Alan Page bondit sur ses pieds.

« C'est un tissu d'absurdités, juge. La surveillance s'exerçait sur Darius, pas sur sa femme. Le corps était dans le sous-sol, et M. Darius à côté.

— Votre Honneur, rétorqua Betsy, M. Darius n'a pas pu tuer sa femme avant de quitter son domicile, et il n'était chez lui que depuis très peu de temps lorsque le détective Kassel est intervenu. La personne qui a éventré Lisa Darius aurait dû être couverte de sang. Il n'y en avait pas sur mon client. Voyez vous-même sa chemise blanche et son pantalon.»

337

» Je considère que M. Darius est la victime d'un coup monté. Quelqu'un est venu à la maison du juge Ryder et a pris un café avec Lisa Darius, pendant la journée. Ce n'était pas l'inculpé. Lisa Darius a quitté la maison sans éteindre la télévision. C'est parce qu'elle a été obligée de la quitter. La personne l'a entraînée à son domicile et l'a assassinée dans le sous-sol, puis a donné à la police le coup de téléphone anonyme qui a conduit à la découverte du meurtre.

— C'est absurde, se défendit Page. Qui est cette mystérieuse personne ? Je suppose que vous allez encore nous dire que ce personnage sorti de l'ombre a également massacré les quatre malheureux dont on a retrouvé les corps sur le chantier de construction ?

— Votre Honneur, dit Betsy, demandons-nous qui pouvait savoir que le corps de Lisa Darius était dans la cave de M. Darius. Seulement le meurtrier, ou quelqu'un ayant assisté à l'assassinat. M. Page voudrait-il nous faire croire que Martin Darius a trouvé sa femme vivante en arrivant chez lui, qu'il l'a massacrée entre le moment où le détective Kassel l'a perdu de vue et celui où ce même détective l'a arrêté, soit un quart d'heure, réussissant à ne pas avoir une goutte de sang sur lui alors qu'il l'étripait ? Voudrait-il nous faire avaler en outre que mon client est un citoyen tellement consciencieux qu'il s'est lui-même dénoncé à la police afin qu'on puisse l'arrêter pour meurtre ? »

Le juge Norwood paraissait plus que jamais perplexe, Betsy et Alan ne le quittaient pas des yeux.

« Madame Tannenbaum, dit-il enfin, votre hypothèse repose sur le fait que M. Darius serait parti de chez lui à six heures trente et aurait passé toute la journée dans son bureau.

— En effet, Votre Honneur. »

Le juge se tourna vers Page. « M. Darius restera en garde à vue pendant la durée du week-end. Vous donnerez des copies des rapports de surveillance à Mme Tannenbaum, et je veux que vos détectives se présentent à l'audience de lundi matin. Et je vous avertis, monsieur le procureur général, cette affaire commence sérieusement à m'agacer. Vous avez intérêt à trouver une explication solide. Car pour l'instant, je ne vois rien qui prouve que cet homme a tué sa femme. »

2

« Mais nom de Dieu, Ross, comment un truc pareil a-t-il pu vous échapper ?

— Désolé, Al. Je ne vérifie pas les rapports tous les jours.

— Si Darius n'a pas approché la maison de Ryder, nous sommes dans de beaux draps, mon vieux, intervint Randy Highsmith.

— Les équipes de surveillance ont dû déconner, insista Page. Elle était là. Il a bien fallu qu'elle arrive d'une manière ou d'une autre jusque dans le sous-sol, non ? Vous m'avez bien dit qu'il y avait des sentiers dans le bois derrière ? Vos gens ne surveillaient pas Lisa ; elle a très bien pu passer par là et entrer en douce dans la propriété pendant qu'une équipe filait Darius.

— Mais pour quelle raison y serait-elle allée, alors qu'elle était terrifiée par lui ? demanda Highsmith.

— Il l'avait peut-être convaincue en la cajolant, au téléphone. Après tout, ils étaient mari et femme.

— Bon. Mais alors, pourquoi entrer comme un voleur ? Pourquoi ne pas arriver par le portail ? C'est sa maison ! Si elle est revenue de son plein gré, elle n'avait aucune raison de se cacher.

— Elle était peut-être talonnée par la presse... elle voulait éviter les journalistes.

— Un peu tiré par les cheveux, non ?

— Il doit bien y avoir une explication logique, s'énerva Page, frustré des absurdités que présentait la situation.

— Sans compter un certain nombre de détails qui continuent à me chiffonner, Al, dit Highsmith à son patron.

— Voyons ça.

— Comment Nancy Gordon savait-elle où se trouvait le corps ? Tannenbaum a raison. Darius n'a pas pu tuer Lisa pendant la nuit, puisqu'elle était en vie le matin même. Il n'a pas pu la tuer à l'extérieur de sa propriété. Il est resté sous surveillance toute la journée, minute après minute. Si Darius est le meurtrier, il a agi dans la maison. Il n'y a pas de fenêtre au sous-sol. Qui aurait pu savoir ce qui s'y passait ? Ce cas présente de sacrés problèmes, Al. Nous devons les envisager. »

3

« Comment s'est passée la réunion ?

— Ne m'en parle pas, répondit Raymond Colby à sa femme. J'ai le cerveau en marmelade. Aide-moi à enlever ma cravate. J'ai l'impression de n'avoir que des pouces aux mains.

— Laisse-moi faire, dit Ellen, qui entreprit de défaire le nœud Windsor.

— Tu veux bien me préparer un verre ? Je serai dans le salon. Je voudrais regarder les dernières nouvelles. »

Elle déposa un baiser sur la joue de son mari et se dirigea vers le bar. « Et si tu allais plutôt directement te coucher ?

— Bruce Smith a fait des commentaires stupides sur la loi sur les autoroutes. Wayne tient à ce que je les entende. Ça devrait passer au début. De toute façon, je suis trop à cran pour dormir tout de suite. »

Colby alla donc dans le salon et brancha la télé. Ellen le suivit peu après et lui tendit un verre.

« Si ce truc-là ne te détend pas, j'ai une petite idée de ce qui pourrait y parvenir », dit-elle d'un ton malicieux.

Colby sourit. « Qu'est-ce qui te fait croire qu'il me reste assez d'énergie pour ce genre de cascade ?

— Un homme qui n'est pas capable de sauter sur ce genre d'occasion n'est pas digne de siéger à la Cour suprême. »

Le sénateur éclata de rire. « Tu as attendu d'être grand-mère pour devenir perverse !

— Oui, il était temps. »

Ils rirent ensemble, puis Colby se rembrunit soudain. A l'aide de la télécommande, il fit monter le son.

... un extraordinaire rebondissement dans l'affaire du promoteur millionnaire Martin Darius, accusé d'avoir torturé et assassiné trois femmes à Portland, Oregon. Il y a une semaine, Darius avait été libéré sous caution, après que le juge Patrick Norwood eut conclu que les

340

présomptions pesant contre lui étaient insuffisantes. Hier au soir, Darius a de nouveau été arrêté, quand la police a découvert le corps de sa femme, Lisa Darius, dans le sous-sol de leur maison. Un porte-parole de la police a déclaré qu'elle avait été torturée et tuée de la même manière que les autres victimes.

Aujourd'hui, lors de l'audience devant le tribunal, Betsy Tannenbaum, l'avocate qui défend Darius, a affirmé que son client était victime d'un coup monté contre lui, après avoir appris que la police l'avait fait suivre toute la journée par des équipes qui se relayaient, et qu'aucune ne l'avait vu un seul instant en compagnie de sa femme. L'audience a été ajournée à lundi.

Dans un genre moins dramatique, le maire Clinton Vance aurait...

Colby coupa la télé et ferma les yeux.

« Quelque chose ne va pas ? demanda Ellen.

— Quel effet ça te ferait, si le Sénat ne me confirmait pas ?

— Ce n'est pas possible ! »

Le sénateur entendit la note d'incertitude dans la voix de sa femme. Il se sentait bien fatigué. « Je dois prendre une décision. C'est en rapport à quelque chose que j'ai fait quand j'étais gouverneur de l'État de New York. Un secret que j'espérais enfoui à jamais.

— Quel secret ? » demanda Ellen d'un ton hésitant.

Il ouvrit les yeux, lut l'inquiétude sur le visage de sa femme et lui prit la main. « Pas un secret qui nous concerne tous les deux, ma chérie. Mais qui a trait à une décision que j'ai prise il y a dix ans... Une décision que j'ai été obligé de prendre... Une décision que je prendrais encore, s'il le fallait.

— Je ne comprends pas.

— Je vais tout t'expliquer, et tu me diras ce que je dois faire. »

Chapitre XXV

1

Alan Page consulta le cadran numérique de son horloge tout en cherchant le téléphone à tâtons dans le noir. Il était quatre heures quinze.

« Je suis bien chez Alan Page, procureur général du comté de Multnomah ? demanda une voix d'homme.

— Oui, et je le serai encore quand le soleil se lèvera.

— Désolé de vous réveiller, mais nous avons trois heures de décalage horaire, et mon avion part dans une demi-heure.

— Qui est à l'appareil ? demanda Page qui commençait à être bien réveillé.

— Je m'appelle Wayne Turner. Je suis l'assistant administratif du sénateur Raymond Colby. J'étais autrefois détective au département de police de Hunter's Point. Nancy Gordon et moi sommes bons amis. »

Page se mit brusquement sur son séant et passa les jambes par-dessus le rebord du lit.

« Vous avez toute mon attention. C'est à quel propos ?

— Je serai à l'hôtel Sheraton de l'aéroport à dix heures, heure de Portland. Le sénateur Colby a décidé de vous mettre au courant.

— Ça concerne Darius ?

— Nous le connaissions sous le nom de Peter Lake. Le

342

sénateur veut que je vous donne des informations complètes sur certaines choses que vous ne savez peut-être pas.

— Lesquelles ?

— Pas au téléphone, monsieur Page.

— Vont-elles m'aider à compléter le dossier d'inculpation ?

— Mes informations devraient rendre la condamnation inévitable.

— Pouvez-vous me donner une idée du genre de choses que vous allez me dire ?

— Non, pas par téléphone, répéta Turner, et à personne d'autre qu'à vous.

— Randy Highsmith est mon premier substitut au criminel. Vous lui avez parlé. Puis-je l'avoir avec moi ?

— Je vais être très clair, monsieur Page. Le sénateur Colby va aussi loin pour vous qu'un homme public peut le faire. Mon boulot consiste à éviter un effet boomerang, si vous voyez ce que je veux dire. Lorsque M. Highsmith m'a appelé, je lui ai donné la version officielle. A vous, je vais dire précisément les choses que je n'ai pas voulu confier à M. Highsmith. Ce n'est pas moi qui l'ai décidé. C'est le sénateur qui a insisté pour que j'aille à Portland. Mon boulot consiste à faire ce qu'il me dit de faire, mais je vais le protéger autant que possible. Il n'y aura donc pas de témoins, pas de notes prises, et il faut vous attendre à être fouillé. Vous pouvez également être sûr que ce que vous allez apprendre vous consolera largement de l'inconvénient d'avoir été éveillé avant l'aube. Et maintenant, j'ai un avion à prendre, si vous êtes toujours intéressé.

— Je vous attends, monsieur Wayne. Je respecterai vos conditions. Rendez-vous à dix heures. »

Page raccrocha et se retrouva dans l'obscurité, mais parfaitement réveillé. Qu'est-ce que Turner allait bien pouvoir lui raconter ? Quel rapport pouvait-il exister entre le candidat du président au poste de premier juge à la Cour suprême et Martin Darius ? Quel que soit ce rapport, il garantissait la condamnation de Darius, d'après Turner, et c'était ce qui comptait. Le promoteur allait payer. Depuis l'audience de cautionnement, l'affaire paraissait lui glisser entre les doigts. Même la mort tragique de Lisa Darius paraissait n'avoir rien apporté de convaincant au dossier d'accusation. Les informations de Turner allaient peut-être le tirer d'affaire.

Wayne Turner ouvrit la porte de la chambre et fit entrer Alan Page. L'assistant était impeccablement habillé, en costume trois-pièces. En revanche, les vêtements de Page étaient froissés, ses chaussures auraient eu besoin d'un bon coup de cirage. C'était lui qui avait l'air d'avoir fait un voyage de cinq mille kilomètres.

« Commençons par la séance de strip-tease, qu'on n'en parle plus », dit Turner dès qu'il eut refermé la porte. Page enleva son veston. Turner le fouilla d'une main experte.

« Satisfait ?

— Pas le moins du monde, procureur. Si j'avais eu gain de cause, je serais en ce moment même à Washington. Un café ?

— Très volontiers. »

Une bouteille Thermos attendait sur une table basse, à côté des restes d'un sandwich. Turner remplit deux tasses.

« Avant de vous dire quoi que ce soit, je tiens à préciser certaines choses. Il y a de fortes chances pour que le sénateur ne soit pas nommé si ce que je vous révèle est rendu public. J'exige votre parole que vous ne convoquerez ni le sénateur ni moi-même à la barre des témoins dans aucune audience de tribunal, et que vous ne communiquerez à personne — y compris aux membres de votre bureau — les éléments que je vais vous fournir, à moins que cela ne soit absolument nécessaire pour faire condamner Martin Darius.

— Monsieur Turner, je respecte le sénateur. J'aimerais le voir siéger à la cour. Le fait qu'il soit prêt à risquer sa nomination en me donnant ces informations ne fait que renforcer ma conviction qu'il est digne d'occuper ce poste pour le bien de notre nation. Croyez-moi, je ne ferai rien qui risque de compromettre cette nomination, si je peux l'éviter. Par contre, il faut que vous sachiez tout de suite que le dossier d'accusation est pour l'instant très mince. Si je devais prendre un pari, je dirais en me fondant sur ce qu'il contient, que Martin Darius n'ira pas en prison. »

2

Kathy voulut à tout prix retourner dîner au Spaghetti Factory. Comme d'habitude, il y eut quarante-cinq minutes d'attente et le service fut interminable. Il était plus de neuf heures lorsqu'ils retournèrent à l'appartement de Rick. Kathy était fourbue, mais tellement excitée qu'elle refusa d'aller se coucher. Rick lui fit la lecture pendant une demi-heure et eut la surprise d'y prendre beaucoup de plaisir. D'ordinaire, c'était Betsy qui lisait pour sa fille. Il avait aussi apprécié le repas — en réalité, cette soirée passée ensemble lui avait fait plaisir du début à la fin.

On sonna à la porte. Il consulta sa montre. Qui pouvait donc lui rendre visite à neuf heures quarante-cinq ? Il regarda par le mouchard ; il lui fallut un certain temps pour reconnaître la femme qui attendait de l'autre côté.

« Mlle Sloane, c'est bien cela ? dit-il après avoir ouvert la porte.

— Vous avez bonne mémoire.

— Que puis-je pour vous ? »

La journaliste parut un peu gênée. « Je sais que je n'aurais pas dû me présenter ainsi, mais je me suis souvenue de votre adresse. Vous l'avez donnée devant moi à Betsy, avant de quitter son bureau. Il est tard, mais j'envisageais d'avoir une entrevue avec vous pour mon article et comme j'étais dans le quartier, j'ai décidé de courir ma chance. Si vous êtes occupé, nous pouvons nous voir plus tard.

— Sincèrement, je préférerais. J'ai Kathy avec moi et elle vient tout juste de s'endormir. Je ne veux pas la déranger et je suis moi-même assez fatigué.

— N'en dites pas davantage, monsieur Tannenbaum. Pouvons-nous prendre rendez-vous pour cette semaine ?

— Vous tenez réellement à me parler ? Vous savez que nous sommes séparés, Betsy et moi.

— Oui, je suis au courant, mais j'aimerais vous parler d'elle. C'est une femme remarquable, et la manière dont vous la voyez m'en apprendrait beaucoup.

— Je ne suis pas sûr d'avoir très envie de parler de notre mariage pour que mes propos soient rapportés dans les journaux...

— Réfléchissez, d'accord ? »

Rick hésita. « Bon, d'accord. Appelez-moi au bureau.

— Merci, monsieur Tannenbaum. Avez-vous une carte de visite ? »

Rick se tâta les poches et se souvint que son portefeuille se trouvait dans sa chambre.

— Entrez une minute. Je vais vous en chercher une. »

Il tourna le dos à la journaliste. Nora Sloane était plus grande que l'avocat. Elle se glissa derrière lui, passa le bras gauche autour de son cou tout en tirant, de son autre main, le couteau qu'elle avait dissimulé dans la grande poche de son manteau. Rick se sentit soulevé de terre lorsque Sloane s'inclina en arrière pour lui relever le menton. Il n'éprouva rien, immédiatement engourdi par le choc, quand la lame lui trancha la gorge. Il eut un premier grand tressaillement, puis un deuxième et essaya de lutter ; mais il ne contrôlait déjà plus son corps. Le sang se mit à jaillir de son cou. Il regardait cette fontaine rouge comme un touriste contemple un monument. La pièce se mit à tournoyer. Il sentit toute son énergie le quitter au fur et à mesure que le sang imbibait la moquette. Nora Sloane le relâcha et il glissa au sol. Elle referma tranquillement la porte de l'appartement et regarda autour d'elle. L'entrée donnait sur une salle de séjour. Elle y pénétra, puis passa dans un couloir et s'arrêta à la hauteur de la première porte. Elle la poussa doucement et regarda Kathy. La délicieuse petite fille dormait. Elle était adorable.

Chapitre XXVI

Betsy finissait de prendre son petit déjeuner lorsqu'on sonna à la porte. Il pleuvait depuis le début de la matinée et elle eut du mal à distinguer la silhouette de Nora Sloane à travers les vitres ruisselantes d'eau de la cuisine. La journaliste se tenait sur le paillasson, un parapluie à la main droite et un sac de commissions à la main gauche. Betsy arriva à la porte d'entrée, sa tasse de café à la main. Nora lui sourit quand elle ouvrit.

« Puis-je entrer ?

— Bien sûr », répondit l'avocate en faisant un pas de côté. Sloane appuya son parapluie au mur de l'entrée et déboutonna son imperméable. Elle portait un jean moulant, une chemise épaisse bleu clair et un chandail bleu foncé.

« Pouvons-nous nous asseoir ? » demanda-t-elle encore, avec un geste vers la salle de séjour. Cette visite matinale prenait Betsy au dépourvu, et elle alla s'installer sur le canapé. Nora choisit un fauteuil en face d'elle et sortit un revolver de son sac de commissions. L'avocate laissa échapper la tasse, qui se brisa en heurtant le dessus de marbre de la table basse. Une flaque brune s'élargit autour des débris.

« Désolée de vous avoir fait peur », dit Sloane d'un ton calme.

Betsy ne quittait pas l'arme des yeux.

« Ne vous inquiétez pas pour ça, reprit la journaliste. Je ne vous veux aucun mal. Je vous aime bien. Simplement, je ne sais pas comment vous allez réagir quand je vous aurai expliqué les raisons de ma présence ici, et je voulais m'assurer que vous ne tenteriez rien contre moi. Vous n'allez pas faire de bêtises, n'est-ce pas ?

— Non.

— Bien. Maintenant, écoutez-moi attentivement. Martin Darius ne doit pas être libéré. Lundi, avant le début de l'audience, vous demanderez à utiliser la salle du jury du juge Norwood pour parler en privé à votre client. Cette salle comporte aussi une porte qui donne sur un corridor. Lorsque je frapperai à la porte, vous me laisserez entrer.

— Et ensuite ?

— Cela ne vous regarde pas.

— Pourquoi devrais-je faire cela pour vous ? »

Nora plongea la main dans le sac de commissions et en retira Oliver. Elle tendit l'animal en peluche à Betsy.

« J'ai Kathy. C'est une fillette adorable. Il ne lui arrivera rien si vous faites ce que je vous dis.

— Que... comment avez-vous fait ? Rick ne m'a pas appelée, et...

—Rick est mort. »

Betsy resta bouche bée, avec l'impression qu'elle n'avait pas bien entendu.

« Il vous faisait du mal. Les hommes sont tous pareils. Martin est le pire. Il nous obligeait à nous comporter comme des chiennes, à nous baiser mutuellement, il nous montait comme si on était de vulgaires objets, des femmes de bandes dessinées, bonnes à assouvir tous ses fantasmes. Mais les autres hommes font la même chose, de manière différente. Comme Rick. Il s'est servi de vous, et après il vous a jetée.

— Oh, mon Dieu ! » s'écria Betsy, éclatant en sanglots, abasourdie et n'arrivant toujours pas à croire ce que lui disait la journaliste. « Il... il n'est pas mort !

— Si. Je l'ai fait pour vous, Betsy.

— Non, Nora ! Il ne méritait pas ça ! »

Les traits de Sloane se durcirent. « Ils méritent tous de mourir, Betsy. Tous.

— Vous êtes Samantha Reardon, n'est-ce pas ? »

La femme acquiesça.

« Je ne comprends pas. Après tout ce que vous avez vous-même enduré, comment avez-vous pu tuer toutes ces femmes ?

— Ça n'a pas été facile, Betsy. J'ai fait en sorte qu'elles ne souffrent pas. Je ne leur ai fait leurs blessures qu'après les avoir anesthésiées. S'il y avait eu un autre moyen, je l'aurais choisi. »

Bien entendu, pensa Betsy ; si c'est elle qui a enlevé les femmes pour tendre un traquenard à Darius, il était plus facile de s'en occuper pendant qu'elles étaient inconscientes. Une ancienne infirmière, habituée des salles d'opération, connaît tout des anesthésiques comme le pentobarbital.

Reardon eut un sourire chaleureux, tourna le revolver qu'elle tenait à la main et le tendit à Betsy par le canon. « N'ayez pas peur. J'ai dit que je ne vous voulais pas de mal. Prenez-le. Je veux que vous sachiez à quel point j'ai confiance en vous. »

Betsy tendit la main et arrêta son mouvement.

« Allez-y, insista Reardon. Faites ce que je vous dis. Je sais que vous ne tirerez pas. Je suis la seule à savoir où se trouve Kathy. Si on me tuait, personne ne pourrait la retrouver. Elle mourrait de faim. C'est une manière horrible et cruelle de finir. Je le sais. J'ai moi-même failli mourir d'inanition. »

Betsy prit le revolver. Il était froid au toucher, lourd. Elle avait les moyens de tuer la femme, mais elle se sentait totalement impuissante.

« Si je fais ce que vous me demandez, me rendrez-vous Kathy ?

— Kathy est ma police d'assurance, tout comme j'étais celle de Peter Lake. Nancy Gordon m'a tout expliqué, à propos de la grâce du gouverneur. Si vous saviez tout ce que j'ai appris de Martin Darius ! Je suis impatiente de le remercier en personne. »

Samantha Reardon garda le silence pendant quelques instants. Elle ne fit pas le moindre mouvement. Betsy s'efforça de conserver la même immobilité, sans y parvenir. Elle se déplaça sur le canapé. Les secondes passèrent. La fausse journaliste paraissait avoir du mal à rassembler ses pensées. Lorsqu'elle reprit la parole, elle regarda Betsy avec une expression de profonde inquiétude et s'adressa à elle comme un professeur à un élève studieux lorsqu'il veut lui faire comprendre un point essentiel.

« Il faut avoir vu Darius tel qu'il est pour comprendre ce que je fais. C'est le diable incarné. Pas simplement quelqu'un de méchant, mais le mal à l'état pur. Les méthodes ordinaires n'auraient pas marché. Qui m'aurait crue ? J'ai été internée deux fois. Lorsque j'ai essayé de raconter ce qui s'était passé aux gens de Hunter's Point, personne n'a voulu m'écouter. Je sais maintenant pour quelle raison. J'ai toujours soupçonné que d'autres personnes couvraient Martin. C'est ce qu'a confirmé Nancy Gordon. Elle m'a tout raconté sur la conspiration pour libérer Martin et tout mettre sur le dos de Henry Waters. Seul le démon peut posséder tant de pouvoir. Réfléchissez. Le gouverneur, le maire, les policiers. Seule Gordon leur a tenu tête. Et c'était la seule femme. »

Samantha Reardon scruta son interlocutrice avec encore plus d'intensité. « Je parie que vous serez tentée d'appeler la police dès que je serai partie. Il ne faut pas. Ils risqueraient de m'attraper. Et s'ils m'attrapent, jamais je ne dirai où se trouve Kathy. Il va falloir être particulièrement solide lorsque les flics vont vous apprendre que Rick est mort et que Kathy a été enlevée. Pas de moment de faiblesse. Ne me dénoncez pas. (Elle eut un sourire glacial.) Vous ne devez surtout pas faire confiance à la police. Il ne faut pas vous imaginer qu'ils pourront m'obliger à céder. Je vous certifie que rien de ce que pourrait me faire la police ne peut se comparer à ce que m'a fait subir Martin Darius. Et Martin ne m'a jamais fait céder. Oh, il l'a cru. Il a cru que je me soumettais, mais seul mon corps se soumettait. Mon esprit restait fort, concentré.

» La nuit, j'entendais les autres qui gémissaient. Moi, je n'ai jamais gémi. J'ai tenu ma haine au fond de moi, bien au chaud et en sécurité. Et j'ai attendu. Quand ils m'ont dit que c'était Waters, j'ai su qu'ils mentaient. Je savais que Martin avait fait quelque chose pour les obliger à mentir. Seul le diable peut faire ça —, dénaturer les gens, les déformer comme de la pâte molle — mais moi, il ne m'a pas changée.

— Kathy est-elle bien au chaud ? demanda Betsy. Elle attrape facilement froid dans un endroit humide.

— Kathy est au chaud et au sec, Betsy. Je ne suis pas un monstre comme Darius. Je ne suis ni inhumaine ni insensible. Il est important pour moi que Kathy soit en sécurité. Je ne veux pas lui faire de mal. »

Betsy n'éprouvait pas de haine pour Reardon. Cette femme

350

était folle. C'était Darius qu'elle haïssait. Darius avait su exactement ce qu'il faisait à Hunter's Point lorsque, dépouillant Samantha Reardon de son humanité, il avait créé l'être qu'elle avait devant elle. Betsy lui tendit le revolver.

« Prenez-le. Je n'en veux pas.

— Merci, Betsy. Je suis contente de constater que vous avez autant confiance en moi que moi en vous.

— Ce que vous faites est mal, Samantha. Kathy est encore un bébé. Elle ne vous a rien fait.

— Je sais. J'ai eu des remords en la prenant, mais je ne voyais pas d'autre moyen de vous forcer à m'aider. Vous avez des principes très rigoureux. J'étais dans tous mes états quand vous m'avez dit que vous abandonniez la défense de Darius. Je comptais sur vous pour l'approcher. Mais en même temps, j'admirais ce refus. Tant d'avocats auraient continué pour l'argent ! Je vous ai aidé à régler votre problème de conjoint, ce qui vous prouve à quel point je vous respecte. » Elle se leva. « Je dois partir. Je vous en prie, ne vous inquiétez pas. Kathy est en sécurité et au chaud. Faites comme je vous l'ai demandé, et elle sera bientôt de retour.

— Est-ce que Kathy ne pourrait pas m'appeler au téléphone ? Elle risque d'avoir très peur. Ça l'aiderait d'entendre ma voix.

— Je ne doute pas de votre sincérité, Betsy, mais vous pourriez être tentée de faire repérer mon appel. Je ne peux pas courir un tel risque.

— Alors rendez-lui Oliver, répondit l'avocate en tendant la peluche à Reardon. Elle se sentira plus en sécurité. »

L'autre prit l'animal sans rien dire ; des larmes coulaient sur les joues de Betsy.

« Elle est tout ce que j'ai au monde ; je vous en supplie, ne lui faites pas de mal. »

Reardon referma la porte derrière elle. Elle n'avait toujours pas répondu. Betsy courut jusqu'à la cuisine et la suivit du regard tandis qu'elle s'éloignait dans l'allée, le dos bien droit, d'un pas décidé. A cet instant-là, l'avocate comprit soudain ce qu'avaient ressenti les maris en arrivant chez eux pour trouver le message sibyllin : *Disparue... Oubliée ?*

351

Betsy revint dans la salle de séjour. Il faisait toujours sombre, mais une bande étroite de ciel commençait à se dégager au-dessus des collines. Elle se laissa tomber sur le canapé, épuisée par l'effort qu'elle avait dû produire pour contenir ses émotions, incapable de penser, en état de choc. Elle aurait voulu pouvoir pleurer Rick tout son soûl, mais la pensée de Kathy l'obsédait complètement. Tant que Kathy ne serait pas en sécurité, son cœur n'aurait pas le temps de s'affliger sur Rick.

Elle essaya de ne pas penser aux femmes telles que les montraient les photos de la police ; elle essaya de chasser de sa mémoire le tableau que Darius avait peint de ses prisonnières déshumanisées ; mais elle ne pouvait faire disparaître de son esprit l'image de Kathy, sa petite fille, éplorée et sans défense, recroquevillée dans le noir, terrifiée au moindre bruit.

Le temps passa, brouillé. La pluie s'interrompit et elle ne remarqua pas que le ciel se dégageait complètement. La flaque de café froid s'était répandue sur le dessus de la table, entre les débris de porcelaine. Elle alla dans la cuisine, prit un rouleau de papier absorbant sous l'évier, en détacha quelques feuilles, et emporta aussi un sac en papier et une grosse éponge. S'occuper lui faisait du bien. Bouger lui faisait du bien.

Elle rassembla les fragments éparpillés de la tasse et les mit dans le sac. Elle épongea le marbre et l'essuya ensuite avec le papier. Tout en s'activant, elle se demandait qui pourrait bien l'aider. La police, hors de question. Elle ne pourrait pas la contrôler. Betsy croyait ce que lui avait déclaré Samantha Reardon. Si jamais l'ancienne victime de Lake se doutait que Betsy la trahissait, elle tuerait Kathy. Si la police l'arrêtait, elle ne dirait jamais où elle détenait la fillette.

Elle mit les feuilles de papier en boule dans le sac, puis remporta celui-ci à la cuisine et le jeta à la poubelle. Retrouver Kathy, c'était la seule chose qui comptait pour le moment. Reggie Stewart était expert dans l'art de retrouver les gens, et elle pouvait le contrôler, lui, puisqu'il travaillait pour elle. Plus important encore, il comprenait certaines choses ; il ferait passer le sort de Kathy avant l'arrestation de Samantha

Reardon. Il fallait agir rapidement. On allait découvrir très vite le corps de Rick et l'enquête de la police commencerait aussitôt.

Le vol de Reggie Stewart en provenance de New York atterrit à Portland après minuit, et le coup de téléphone de Betsy le tira d'un profond sommeil. Il n'avait qu'une envie, se rendormir, mais Betsy lui parut tellement bouleversée et mystérieuse qu'il fut pris d'inquiétude. Il adressa un sourire à l'avocate quand celle-ci lui ouvrit, mais ce sourire s'évanouit dès qu'il vit son visage.

« Qu'est-ce qui se passe, patronne ? »

Elle ne répondit qu'une fois qu'ils furent installés dans le séjour. Elle paraissait avoir le plus grand mal à se contrôler.

« Vous aviez raison, Reg. Samantha Reardon a tué les personnes que l'on a retrouvées sur le chantier.

— Comment en êtes-vous si sûre ?

— Elle me l'a dit, ce matin même. Elle... »

L'avocate ferma les yeux et prit une profonde inspiration. Ses épaules se mirent à trembler. Elle porta les mains à ses yeux. Elle ne voulait pas pleurer. Le privé vint s'agenouiller à côté d'elle et la toucha légèrement au bras.

« Qu'est-ce qui se passe, Betsy ? Dites-le-moi. Je suis votre ami. Si je peux vous aider, vous devez compter sur moi.

— Elle a tué Rick », répondit-elle dans un sanglot, s'effondrant dans les bras du jeune homme.

Stewart la tint serrée contre lui et la laissa pleurer.

« L'avez-vous dit à la police ? demanda-t-il au bout d'un moment.

— Je ne peux pas, Reggie. Elle... elle a enlevé Kathy et l'a cachée quelque part. La police ne sait pas encore que Rick est mort. S'ils arrêtent Samantha, elle ne leur dira pas où elle a caché Kathy. Elle mourra de faim. C'est pourquoi j'ai besoin de vous. Il faut retrouver Kathy.

— Ce n'est pas d'un privé que vous avez besoin, Betsy. C'est de la police, du FBI. Ils sont beaucoup mieux équipés que moi pour la retrouver. Ils ont des ordinateurs, des hommes...

— Non. Samantha a dit que Kathy mourrait si j'appelais la police, et je la crois. Elle a déjà assassiné les quatre personnes du chantier, plus Lisa Darius et Rick.

— Comment se fait-il que vous la connaissiez si bien ?

353

— Le lendemain du jour où Darius m'a engagée, une femme qui prétendait s'appeler Nora Sloane m'a appelée. Elle m'invitait à déjeuner, afin de pouvoir discuter d'un article qu'elle préparait sur les femmes avocats qui plaidaient au criminel. Elle voulait faire de mon cas l'élément central de son papier. J'étais flattée et j'ai dit oui. Quand Darius a été arrêté, elle était déjà mon amie. Lorsqu'elle m'a demandé si elle pouvait être présente pendant que je travaillais sur le dossier de Martin, j'ai accepté.

— C'était Samantha Reardon ?

— Exactement.

— Mais pourquoi a-t-elle tué Rick ?

— Elle m'a dit que c'était parce qu'il m'avait quitté.

— Mais si elle a tué Rick pour le punir de vous avoir fait du mal, pourquoi vous en faire encore davantage en enlevant Kathy ? »

Betsy choisit de ne pas parler à Reggie des instructions que lui avait données Reardon. Elle avait confiance en son enquêteur privé, mais elle craignait que celui-ci, malgré tout, ne décide d'avertir la police du projet de la fausse journaliste de faire irruption dans la salle du jury, quand elle y serait avec Darius.

« Lorsque j'ai découvert que Martin était l'auteur des massacres de Hunter's Point, je lui ai dit que je ne voulais plus le représenter ; j'ai parlé de ma décision à Reardon. Elle en a été très affectée. Je crois qu'elle veut contrôler ce qui va se passer. En détenant Kathy, elle peut me forcer à faire des choses qui entraîneront la condamnation de Darius. Si vous ne retrouvez pas Kathy, je devrai en passer par ses conditions. »

Stewart se mit à marcher de long en large, tout en réfléchissant. Betsy s'essuya les yeux. Parler à quelqu'un lui faisait aussi du bien.

« Que savez-vous de Samantha Reardon ? demanda-t-il. Avez-vous vu sa voiture ? N'a-t-elle pas fait d'allusions à l'endroit où elle habite ? Quand vous avez déjeuné ensemble, a-t-elle payé avec une carte de crédit ?

— J'ai déjà essayé de penser à tout ça, mais en fait, je ne sais rien d'elle. Je ne l'ai jamais vue au volant d'une voiture. Pourtant, je suis sûre qu'elle en a une. Il a bien fallu qu'elle transporte les corps jusque sur le chantier de construction, ma maison est un peu à l'écart et elle a assisté à toutes les comparutions de Darius au tribunal.

— Et l'endroit où elle habite ? A-t-elle mentionné que c'était loin du centre, ou que les paysages de la campagne étaient magnifiques ? Vous n'avez pas son numéro de téléphone ?

— Je me rends compte maintenant qu'elle ne m'a pas beaucoup parlé d'elle. Il était toujours question de moi ou de Darius, ou encore des affaires de femmes battues, mais jamais d'elle. Je crois que je ne lui ai même jamais demandé où elle habitait. La seule fois où je lui ai demandé son numéro de téléphone, elle m'a répondu que c'était elle qui me rappellerait, et je n'ai pas insisté. Je me rappelle parfaitement qu'elle a payé en liquide, au restaurant. Je n'ai rien vu qui ressemble de loin à la moindre pièce d'identité.

— Bon, d'accord. Attaquons la question sous un autre angle. Darius avait choisi une ferme isolée de manière qu'on ne le voie pas arriver avec les femmes et pour éviter que quelqu'un ne les découvre quand il n'était pas là. Sloane n'a pas les mêmes problèmes que lui, n'ayant ni enfant ni conjoint ; elle peut rester avec les femmes la plupart du temps ; cependant, elle est venue au tribunal pour les différentes comparutions de Darius et vous a rencontrée un certain nombre de fois. Je parierais qu'elle habite dans une zone rurale, mais assez près de Portland pour pouvoir y venir facilement. La maison dispose probablement d'un sous-sol afin d'y garder les prisonnières hors de vue. Elle a également l'électricité...

— Je lui ai demandé de faire téléphoner Kathy. Elle a refusé, par crainte que je fasse repérer d'où venait l'appel. Elle doit donc avoir le téléphone, observa Betsy.

— Bien, c'est comme ça qu'il faut y réfléchir. Les différents services, électricité, téléphone, poubelles. C'est une femme célibataire, aussi. J'ai des contacts à la General Electric et à la compagnie du téléphone de Portland ; on peut déjà vérifier si une certaine Nora Sloane ou Samantha Reardon ne s'est pas abonnée à l'époque où elle est arrivée dans la ville. J'ai aussi un copain au service des immatriculations de l'État qui peut regarder si ces noms ne sont pas passés récemment pour une demande de plaques. Ça nous donnerait l'adresse.

» Elle a probablement loué une maison. Je parie qu'elle a réglé tout ça lors de son premier séjour à Portland, afin que tout soit prêt lorsqu'elle y reviendrait, mais elle n'a probablement fait courir les abonnements qu'à partir de son retour.

» Je vais appeler sa proprio à Hunter's Point pour essayer d'avoir la date exacte à laquelle elle a suivi Oberhurst et celle à laquelle elle est repartie pour Portland. Après quoi, je passerai en revue les listes des maisons rurales avec cave à louer dans les agences, dans les trois comtés, pendant la période de son premier séjour. Je verrai bien s'il y en a eu de louées par une femme célibataire...

— Au fait, pourquoi n'aurait-elle pas acheté ? Ce serait plus sûr. Elle n'aurait pas eu à s'inquiéter d'une visite à l'improviste du propriétaire.

— Ouais. Elle a dû y penser. Mais j'ai eu l'impression qu'elle n'était pas bien riche. Elle était déjà locataire, à Hunter's Point, et ne touchait qu'un petit salaire, avec le travail qu'elle avait. Mon hypothèse est qu'elle loue. Je recouperai ce que nous trouverons côté locations par le biais des services.

— Combien va-t-il vous falloir de temps ? »

L'excitation qu'on pouvait lire sur le visage du privé disparut. « C'est le problème, si je dois faire ça tout seul, sans faire appel à la police. Je vais en avoir pour un moment. On peut engager des gens pour faire une partie du travail, comme la vérification des petites annonces immobilières, après quoi je peux aller voir sur place, mais tout ça prendra beaucoup de temps — sans compter que nous pouvons ne pas la trouver. Elle peut avoir déclaré être mariée, que son mari viendrait plus tard. Elle a peut-être trouvé une maison en ville qui lui convenait. Elle peut enfin avoir loué sous un nom, et s'être abonnée à l'électricité et au téléphone sous un autre. Les fausses identités, ce n'est pas un gros problème.

» En admettant que mon raisonnement soit bon, nous sommes un week-end. J'ignore combien de mes petits camarades je vais pouvoir contacter, et quand ils pourront aller faire le boulot dans leur bureau. »

Betsy afficha un air abattu. « Nous n'avons pas beaucoup de temps. Je ne sais pas si elle s'occupe bien de Kathy, ou ce qu'elle lui fera si elle décide tout d'un coup qu'elle n'a plus besoin de moi.

— Vous devriez peut-être y penser à deux fois ; la police et le FBI peuvent être discrets.

— Non ! répondit-elle fermement. Elle m'a dit que Kathy mourrait si je les avertissais. Trop de gens seraient impliqués. Je ne pourrais pas être sûre qu'elle n'entendra pas parler de l'enquête. En plus, elle a beau être folle, je crois qu'elle m'aime bien. Tant qu'elle ne me considère pas comme une ennemie, je peux espérer qu'elle ne fera pas de mal à Kathy. »

Le reste de la journée fut tellement éprouvant que Betsy se demanda si elle pourrait supporter celle qui allait suivre. Elle avait du mal à croire que la visite de Samantha Reardon ne datait que de quelques heures. Elle alla dans la chambre de sa fille et s'assit sur le lit. *Le Magicien d'Oz*, posé à plat, attendait sur l'étagère. Il leur restait encore quatre chapitres à lire. Était-il possible que Kathy ne sache jamais que Dorothy était retournée saine et sauve chez elle ? Elle se pelotonna sur le lit, la tête sur l'oreiller de Kathy, s'entourant de ses propres bras. Elle sentait l'odeur fraîche d'enfant de sa fille, elle se souvenait de la douceur de sa peau. Kathy, ce qu'elle avait de plus précieux, se trouvait actuellement dans un endroit aussi éloigné qu'Oz, un endroit où elle ne pouvait la protéger.

La maison était glaciale. Elle avait oublié de monter le thermostat. Le froid finit par l'envahir désagréablement. Elle s'assit. Elle se sentait vieille, ravagée, glacée jusqu'aux os, avec l'impression d'avoir été vidée de son sang, trop faible pour affronter l'horreur qui venait d'envahir sa vie.

Elle alla régler le thermostat dans le vestibule et écouta le grondement de la chaudière qui démarrait. Après quoi, elle erra sans but d'une pièce à l'autre. Le silence la submergeait. Il était rare qu'elle se trouve complètement seule. Depuis la naissance de Kathy, elle avait toujours été entourée de bruits. Elle avait maintenant l'impression d'entendre chaque goutte de pluie — l'éclaircie n'avait pas duré —, le craquement des poutres, le robinet qui fuyait dans la cuisine, le vent. Tant de silence, tant de signes de solitude.

Elle vit bien le cabinet à apéritifs, mais elle rejeta l'idée de s'assommer de cette manière. Il fallait réfléchir, même si chacune de ses pensées était douloureuse. L'alcool était un piège. Un long cortège de souffrances l'attendait, et elle allait devoir s'y habituer.

Elle se prépara une tasse de thé et brancha la télévision, histoire d'avoir un peu de compagnie. Elle n'avait aucune idée de l'émission qu'elle regardait, mais les rires et les applaudissements lui donnaient l'impression d'être moins seule. Comment allait se dérouler la nuit, si passer la journée était aussi insupportable ?

Elle envisagea un instant d'appeler sa mère, mais y renonça aussitôt. On n'allait pas tarder à découvrir le corps de Rick et la disparition de Kathy. Rita l'apprendrait bien assez vite. Autant protéger sa mère aussi longtemps que possible.

Stewart appela à quatre heures pour voir comment allait Betsy. Il avait pu joindre ses contacts des différents services et engager plusieurs collègues en qui il avait confiance, les chargeant de passer au crible les annonces immobilières des agences pour la période concernée. Il insista pour venir avec des plats chinois à emporter. Betsy comprit qu'il ne voulait pas la laisser seule. Elle était trop fatiguée pour discuter et elle apprécia finalement sa compagnie lorsqu'il fut là.

Il la quitta à six heures et demie. Une heure plus tard, elle entendit une voiture s'engager dans l'allée du garage ouvert. Elle se précipita vers la porte, espérant, contre toute raison, que c'était Samantha Reardon qui lui ramenait Kathy. Elle découvrit à la place une voiture de police. Un officier en tenue était au volant. Ross Barrow descendit du siège du passager. Il paraissait mal à l'aise. Betsy sentit son cœur se mettre à battre violemment, certaine qu'il allait lui annoncer le meurtre de Rick.

« Bonjour, détective, dit-elle en s'efforçant de prendre un ton détaché.

— Pouvons-nous entrer, madame Tannenbaum ? demanda Barrow.

— C'est à propos de l'affaire Darius ? »

Le policier poussa un soupir. Cela faisait des années qu'il assumait la responsabilité de cette corvée   annoncer de très mauvaises nouvelles à un proche. Tellement d'années, même, qu'il ne savait plus combien. C'était toujours aussi difficile à faire.

« Si nous entrions d'abord ? »

Betsy le précéda à l'intérieur. L'autre officier de police suivit.

« Je vous présente Greg Saunders », dit Barrow. Le policier en tenue salua d'un signe de tête.

« Puis-je vous offrir un café ?

— Pas pour le moment, merci. Pouvons-nous nous asseoir ? »

Betsy les conduisit dans le séjour. Une fois qu'ils furent installés, Barrow lui demanda : « Où étiez-vous la nuit dernière et aujourd'hui ?

— Pourquoi voulez-vous le savoir ?

— J'ai une bonne raison pour cela.

— Chez moi.

— Vous n'êtes pas sortie ? Personne ne vous a rendu visite ?

— Non, répondit Betsy, craignant de mentionner les deux passages de Reggie Stewart.

— Vous êtes bien mariée, n'est-ce pas ? »

Elle regarda Barrow quelques instants, puis détourna les yeux vers ses genoux. « Mon mari et moi sommes séparés. Kathy, notre fille, passe le week-end avec lui. J'ai profité de la tranquillité qui règne en son absence pour beaucoup dormir et rattraper mon retard dans certaines lectures. Mais à quoi riment ces questions ?

— Où demeurent M. Tannenbaum et votre fille ? demanda Barrow, ignorant la question.

— Rick vient juste de louer un nouvel appartement. J'ai l'adresse notée quelque part. Mais pourquoi voulez-vous le savoir ? »

Le regard de Betsy alla d'un policier à l'autre. Saunders détourna les yeux.

« Est-il arrivé quelque chose à Rick et Kathy ?

— Madame Tannenbaum, croyez-moi, ce n'est pas facile pour moi. En particulier du fait que nous nous connaissons. La porte de l'appartement de votre mari était grande ouverte. C'est un voisin qui l'a trouvé.

359

— Trouvé Rick? Comment ça, trouvé? Que voulez-vous dire?»

Barrow eut un regard éloquent. « Vous voulez un cognac, ou autre chose? Ça va aller?

— Oh, mon Dieu, dit Betsy, se prenant le visage dans les mains pour le dissimuler.

— Le voisin a déjà identifié M. Tannenbaum. Cela vous sera donc épargné.

— Mais comment est-il...?

— On l'a assassiné. Il est indispensable pour l'enquête que vous veniez à l'appartement. Il y a des questions auxquelles vous êtes la seule à pouvoir répondre. Vous n'avez pas à vous inquiéter. On a emporté le corps.»

Betsy se redressa soudain. « Où est Kathy?

— Nous ne le savons pas, madame Tannenbaum. C'est pourquoi nous avons besoin de vous.»

La plupart des experts judiciaires étaient partis lorsque Betsy arriva dans l'appartement de Rick. Deux policiers en tenue fumaient dans le couloir, devant la porte. Betsy les entendit rire au moment où les portes de l'ascenseur s'ouvraient. Ils prirent un air penaud lorsqu'ils l'aperçurent et l'un d'eux essaya maladroitement de cacher sa cigarette.

La porte de l'appartement donnait sur un petit vestibule étroit. A son extrémité, s'ouvrait une grande salle de séjour avec de hautes fenêtres. Betsy vit tout de suite le sang qui avait séché, laissant une grande tache marron. C'était là que Rick était mort. Elle détourna vivement les yeux et suivit Barrow qui franchissait l'endroit.

« Par là », dit-il avec un geste vers la chambre d'ami. Betsy entra. Elle vit tout de suite le sac de Kathy. Un jean sale et un T-shirt vert rayé à manches longues gisaient roulés en boule dans un coin. En venant, elle s'était demandé si, le moment venu, elle serait capable de faire semblant de pleurer. Vaine inquiétude.

« Ce sont les affaires de Kathy, réussit-elle à dire. Elle était toute fière de les avoir rangées elle-même.»

Il y eut soudain du bruit à la porte d'entrée. Alan Page

fit irruption dans l'appartement et se dirigea vers Betsy. « Je viens d'être mis au courant. Est-ce que ça va ? »

Elle acquiesça. La confiance en soi que l'avocate avait affichée au tribunal s'était évanouie. Elle paraissait sur le point de se briser en mille morceaux à la première occasion. Il lui prit les mains et les serra légèrement.

« Nous retrouverons votre fille. Je mets sur cette affaire tous les moyens que j'ai à ma disposition. Je vais appeler le FBI. Nous découvrirons celui qui l'a kidnappée.

— Merci, Alan, répondit-elle d'une voix morne.

— Avez-vous terminé avec elle, Ross ? demanda le procureur.

— Oui. »

Page entraîna Betsy hors de la chambre pour la conduire dans un petit salon, où il la fit asseoir en face de lui. « Est-ce que je peux faire quelque chose pour vous, Betsy ? »

L'extrême pâleur de l'avocate l'inquiétait. Celle-ci prit une profonde inspiration et ferma les yeux. Elle avait l'habitude de voir en lui un adversaire impitoyable. Ces manifestations de sympathie la prenaient au dépourvu.

« Je suis désolée, dit-elle. On dirait que je n'arrive pas à penser.

— Ne vous excusez pas. Vous n'êtes pas taillée dans l'acier. Voulez-vous vous reposer ? On pourrait parler de tout ça plus tard.

— Non. Allez-y.

— Bon. Quelqu'un vous a-t-il contacté pour Kathy ? »

Elle secoua négativement la tête. Page parut perplexe. Ça ne tenait pas debout. Rick Tannenbaum avait probablement été tué la veille. Si la personne qui avait enlevé Kathy avait voulu une rançon, elle aurait déjà dû appeler Betsy.

« Il ne s'agit pas d'un cambriolage qui aurait mal tourné, Betsy. Le portefeuille de Rick était plein de billets. Il avait sur lui une montre de valeur. Voyez-vous quelqu'un qui aurait eu un motif de lui en vouloir ? »

Elle secoua encore la tête. Il était dur de mentir à Alan, mais elle devait le faire.

« Il n'avait pas d'ennemis ? Soit personnels, soit en affaires ? Quelqu'un de son cabinet, ou un autre avocat qu'il aurait ridiculisé lors d'un procès ?

— Aucun nom ne me vient à l'esprit. Rick ne plaidait pas. Il s'occupait de contrats, de fusions de sociétés. Je ne l'ai jamais entendu parler de problèmes personnels vis-à-vis de quelqu'un de son cabinet.

— Je ne voudrais pas vous blesser, Betsy, mais Ross m'a dit que vous et Rick étiez séparés. Qu'est-ce qui s'est passé ? Buvait-il ? Se droguait-il ? Y avait-il une autre femme ?

— Non, rien de tout cela, Alan. C'était... il... il désirait ardemment un partenariat à Donovan, Chastain & Mills, et il semblait qu'il n'y arrivait pas. Et... et il était terriblement jaloux de mon succès. » Les larmes lui montèrent aux yeux. « Pour lui, devenir un associé à part entière était essentiel. Il ne se rendait pas compte que ça m'était égal. Que je l'aimais. »

Elle ne put continuer. Les sanglots lui secouaient les épaules. Tout ça paraissait tellement stupide ! Rompre un mariage pour une raison aussi ridicule... Abandonner femme et enfant pour un nom sur un en-tête de lettre...

« Je vais demander à l'un des hommes de Ross de vous raccompagner chez vous, dit doucement Page. On va disposer un poste de commandement à votre domicile. Tant que nous n'aurons pas d'éléments nouveaux, nous traiterons la disparition de Kathy comme un cas de kidnapping. Il faut me donner l'autorisation de brancher une écoute sur votre téléphone, à votre domicile et dans votre bureau, au cas où la personne qui détient Kathy appellerait. Nous couperons l'écoute de vos clients dès que nous saurons qu'il ne s'agit pas du ravisseur. Tous les enregistrements de votre bureau seront de toute façon effacés.

— D'accord.

— Nous n'avons pas encore révélé l'identité de Rick et nous ne parlerons aux médias de l'enlèvement de Kathy que lorsque nous ne pourrons plus faire autrement. Nous serons probablement obligés de donner le nom de Rick demain matin. Vous allez avoir la presse à vos trousses.

— Je comprends.

— Est-ce que vous voulez que je fasse venir quelqu'un pour rester avec vous ? »

Il n'y avait plus de raison de laisser Rita dans l'ignorance de

362

la disparition de sa petite-fille. Betsy avait plus que jamais besoin d'elle.

«J'aimerais que ma mère vienne chez moi.

— Bien entendu. Un policier pourra la conduire chez vous, si vous voulez.

— Ce ne sera pas nécessaire. Puis-je téléphoner?»

Page acquiesça. « Ah, encore autre chose. Je vais expliquer ce qui vient d'arriver au juge Norwood. Il repoussera l'audience de Darius.»

Betsy sentit son cœur faire un bond. Elle avait oublié le tribunal. Comment Samantha Reardon allait-elle réagir si l'audience était remise à plus tard? C'était précisément en vue de celle-ci que la fausse journaliste avait enlevé Kathy. Plus on la retardait, plus augmentait le risque de voir Reardon faire du mal à la fillette.

«Je préfère travailler, Alan. Je vais devenir folle si je reste assise à ne rien faire.»

Page lui jeta un regard intrigué. « Ne me dites pas que vous voulez vous attaquer à un dossier aussi délicat que celui de Darius dans de telles conditions. Vous serez trop distraite pour faire du bon travail. Je veux la peau de Darius plus que je n'ai jamais voulu celle de quiconque, mais je refuse de tirer avantage d'une telle situation. Croyez-moi, Betsy. Nous reparlerons de cette affaire après les funérailles.»

Les funérailles. L'idée ne lui était même pas encore venue à l'esprit. C'était son frère qui s'était occupé de celles de leur père. Que fallait-il faire? Qui fallait-il contacter?

Page vit dans quel état de confusion se trouvait Betsy et il lui prit la main. Elle n'avait jamais remarqué ses yeux, jusqu'ici. Tout en lui, de sa maigreur aux traits anguleux de son visage, donnait une impression de dureté, mais il avait des yeux bleus au regard doux.

« On dirait que vous êtes sur le point de vous évanouir. Je vais vous faire raccompagner. Essayez de dormir, quitte à prendre quelque chose. Vous allez avoir besoin de toutes vos forces. Et ne cédez pas au désespoir. Je ferai tout ce qui est en mon pouvoir pour retrouver votre petite fille. Vous avez ma parole.»

Chapitre XXVII

1

« Tannenbaum a été tué vendredi soir », dit Ross Barrow en enlevant le couvercle d'une tasse de café en polyuréthanne. Randy Highsmith prit un beignet dans le sac en papier que Barrow avait posé sur le bureau d'Alan Page. Il faisait encore sombre. Par la fenêtre à laquelle le procureur tournait le dos, on voyait le flot des voitures, phares allumés, franchir les ponts qui enjambent la Willamette : on était lundi matin, et les banlieusards regagnaient leurs lieux de travail, au centre de Portland.

« Trois jours sans appel, marmonna Page, pleinement conscient de ce que sous-entendait ce silence. Rien hier au soir, au domicile de Betsy ? demanda-t-il à Barrow.

— Beaucoup de coups de téléphone pour lui présenter des condoléances, mais rien du ravisseur. »

Page se tourna vers Highsmith. « Qu'est-ce que vous en pensez ?

— Première possibilité, il s'agit bien d'un enlèvement, mais le ravisseur n'est pas entré en contact avec Betsy pour des raisons connues de lui seul.

— La gosse est peut-être morte, avança Barrow. Il s'en est emparé pour la rançon, mais ça a mal tourné et il l'a tuée.

— Ouais, concéda Highsmith. Ou alors, possibilité numéro deux, il a Kathy mais n'est pas intéressé par une rançon.

364

— C'est la possibilité que je ne veux même pas envisager, dit Page.

— Il n'y a vraiment rien de nouveau, Ross ? » demanda Highsmith.

Le détective secoua la tête. « On n'a vu personne quitter l'appartement avec la fillette. L'arme du crime reste introuvable. Nous attendons toujours les résultats du labo. »

Page poussa un soupir. Il avait très peu dormi, au cours des jours précédents, et il était épuisé. « La seule bonne chose dans ce gâchis, c'est le temps que ça nous fait gagner dans l'affaire Darius. Qu'avez-vous trouvé dans les rapports de surveillance ?

— Rien d'intéressant, répondit Barrow. Padovici et Kristol ne l'ont pas lâché une minute à partir du moment où ils ont commencé à le filer, à six heures trente du matin. J'ai parlé de nouveau au juge Ryder. Il est tout à fait affirmatif : c'est bien à sept heures trente qu'il a pris son petit déjeuner avec sa fille. Les équipes n'ont jamais perdu Darius de vue. En plus, celui-ci a rencontré des personnes toute la journée dans ses bureaux. Tout son personnel et tous ses visiteurs ont été interrogés deux fois. S'ils mentent pour le couvrir, ils sont rudement forts.

— Il y a forcément une explication, grommela Page. Et au fait, l'équipe chargée de retrouver Gordon a-t-elle du nouveau ?

— Rien du tout. Personne ne l'a vue depuis qu'elle a pris sa clef au motel.

— Nous savons qu'elle est vivante, pourtant, observa Page, le ton de sa voix trahissant son degré d'irritation. Elle a donné ce foutu coup de téléphone. Pourquoi ne se montre-t-elle pas ?

— Je me demande s'il ne faut pas commencer à envisager qu'elle nous ait menti, suggéra Highsmith. Darius a peut-être été une victime et non un coupable, à Hunter's Point. Qui sait si Waters n'était pas le tueur ? »

Page regrettait de ne pouvoir répéter à son substitut et au policier ce que lui avait confié Wayne Turner. Ils auraient su avec certitude que Gordon n'avait pas menti.

« Rappelez-vous, Al, dit Highsmith. J'ai déjà émis l'hypothèse que Gordon pouvait être le tueur. Je crois qu'on devrait y réfléchir très sérieusement. Je ne vois vraiment pas comment elle a pu savoir que nous trouverions Lisa Darius dans le sous-sol, à moins d'y avoir mis elle-même le corps.

» Imaginons qu'elle ait rendu visite à Lisa et qu'elle l'ait convaincue de l'aider à entrer dans la maison de Martin afin d'y trouver les preuves qui le feraient condamner. Elles passent par le bois. Lisa connaît les codes qui neutralisent les alarmes. Martin Darius est au bureau pour la journée et la maison est déserte. Gordon tue Lisa, attend son retour à la maison, et appelle alors la police. Le point faible de son plan est qu'elle ignore qu'il est placé sous surveillance.

— Nancy Gordon n'a pas tué ces femmes, s'entêta Page. C'est Darius qui les a tuées, et ce coup-ci, il ne s'en tirera pas.

— Je ne dis pas qu'il n'est pas coupable, mais que cette affaire me paraît de plus en plus obscure à chaque fois que j'essaie de comprendre. »

Le procureur consulta sa montre. Il était dix heures trente à Washington.

« Tout ça ne nous mène nulle part. Je tiens à assister aux funérailles de Rick Tannenbaum et, croyez-le ou non, j'ai des choses à faire qui n'ont rien à voir avec Darius ou l'assassinat de Tannenbaum. Avertissez-moi sur-le-champ s'il y a quoi que ce soit de nouveau.

— Voulez-vous que je vous laisse un beignet ? proposa Barrow.

— Volontiers. Comme ça, je pourrai dire que j'aurai au moins eu quelque chose de bon dans la journée. Et maintenant, laissez-moi travailler. »

Ross Barrow suivit Highsmith dans le couloir. Dès que la porte se fut refermée, Page composa le numéro du sénateur Colby et demanda à parler à Wayne Turner.

« Que puis-je faire pour vous, monsieur Page ? » demanda l'assistant ; on sentait une certaine tension dans sa voix.

« J'ai réfléchi pendant le week-end aux informations que vous m'avez transmises. Ma situation est désespérée. Même mon équipe commence à douter de la culpabilité de Darius. Nous savons qu'il est l'auteur de trois meurtres à Hunter's Point, y compris celui de sa femme et de sa fille, mais le juge commence à le considérer comme la victime innocente et moi comme son persécuteur. S'il est relâché, j'ai la certitude qu'il tuera à nouveau. Je n'arrive pas à voir comment je peux empêcher cela sans demander au sénateur de venir témoigner pour la grâce. »

Il y eut quelques instants de silence sur la ligne. Lorsque Wayne Turner reprit la parole, ce fut sur le ton de la résignation. « Je m'attendais à votre appel. A votre place, je ferais la même chose que vous. Il faut arrêter ce type. Mais je pense qu'il reste un moyen de protéger le sénateur. Betsy Tannenbaum me fait l'effet d'une personne responsable.

— C'est vrai, mais nous ne pouvons pas compter qu'elle reste sur l'affaire. Quelqu'un a assassiné son mari vendredi et kidnappé sa petite fille.

— Mon Dieu ! Comment va-t-elle ?

— Elle essaie de tenir le coup. L'enterrement du mari a lieu cet après-midi.

— Voilà qui risque de compliquer encore la situation. J'espérais pouvoir la convaincre d'expliquer l'affaire de la grâce au juge Norwood à huis clos. De cette façon, il pourrait utiliser cette information pour refuser la caution sans avoir à rendre ses raisons publiques.

— Je me demande, dit Page, hésitant. On tombe dans toutes sortes de problèmes constitutionnels si l'on essaie de tenir la presse à l'écart. Sans compter qu'il faudrait avoir l'accord de Darius. Je l'imagine mal n'essayant pas d'entraîner le sénateur Colby avec lui.

— Voyez au moins ce que vous pouvez faire, d'accord ? Nous en avons déjà parlé, le sénateur et moi. Nous pourrions calmer la tempête, mais nous n'y tenons pas si l'on peut faire autrement. »

2

De lourds nuages gorgés d'eau assombrissaient le ciel au-dessus de l'assistance, lorsque le service religieux commença au bord de la tombe. Puis une pluie fine se mit à tomber. Le père de Rick déploya un parapluie au-dessus de sa belle-fille. Poussées par le vent, des gouttes glacées passaient dessous. Betsy ne les sentait pas. Elle essaya de suivre les différents éloges funèbres, mais son esprit ne cessait de revenir à Kathy.

Elle était reconnaissante pour toutes les manifestations de sympathie qu'elle avait reçues, mais elle avait l'impression qu'on lui plongeait un poignard dans le cœur à chaque fois que les gens mentionnaient le nom de sa fille. Lorsque le rabbin referma son livre de prières et que la foule commença à se disperser, Betsy resta auprès de la tombe.

« Laissez-la quelques instants seule avec lui », entendit-elle Rita dire aux parents de Rick. Son beau-père lui glissa le parapluie dans les mains.

Le cimetière s'étendait sur une série de collines basses. Les stèles de pierre, de part et d'autre de la tombe de Rick, avaient subi les attaques des intempéries mais étaient bien entretenues. En été, un chêne procurerait de l'ombre. Betsy contemplait la dernière demeure de son mari. La terre recouvrait sa dépouille mortelle. Son esprit s'était envolé. Ce qu'aurait été leur avenir commun resterait pour toujours un mystère. Le côté définitif de la chose la terrifiait.

« Betsy ? »

Elle leva les yeux. Samantha Reardon se tenait auprès d'elle. Elle portait un imperméable noir et un chapeau à large bord qui laissait son visage dans l'ombre. L'avocate regarda autour d'elle, à la recherche d'aide. La plupart des gens venus aux funérailles se hâtaient de rejoindre leur véhicule pour échapper à la pluie. Son frère marchait en compagnie du rabbin. Rita parlait avec deux de ses amies. La famille de Rick s'était rassemblée plus loin et ne regardait pas dans sa direction.

« L'audience aurait dû avoir lieu aujourd'hui.

— C'est l'enterrement. Je ne pouvais pas...

— Pas d'atermoiement, Betsy. Je comptais sur vous et vous me laissez tomber. J'ai été au tribunal et il n'y avait personne.

— C'est l'enterrement de Rick !

— Votre mari est mort, Betsy. Votre fille est encore vivante. »

Elle vit qu'il était inutile d'essayer de raisonner Samantha Reardon. On ne lisait pas la moindre compassion sur son visage. Ses yeux étaient morts.

« Je peux appeler le juge. Oui, je vais le faire.

— Il vaudrait mieux, Betsy. J'étais dans un tel état, quand

j'ai appris à la radio que l'audience était repoussée, que j'en ai oublié de donner à manger à Kathy.

— Oh ! je vous en prie...

— Vous avez bouleversé mes plans, Betsy. A chaque fois que vous bouleverserez mes plans, je punirai Kathy. Elle n'aura plus qu'un repas par jour tant que vous n'aurez pas fait ce que je vous ai dit. Elle aura juste assez d'eau et de nourriture pour ne pas mourir. Le même régime que le mien à Hunter's Point. Kathy va souffrir à cause de votre désobéissance. Chaque larme qu'elle versera sera de votre faute. Je vérifierai, pour l'audience. Il vaut mieux que j'apprenne rapidement qu'une date a été fixée. »

Reardon s'éloigna. Betsy fit quelques pas dans sa direction, puis s'arrêta.

« Vous oubliez votre parapluie », lui dit Alan Page.

Betsy se retourna et le regarda, l'air hébété. Elle avait lâché le parapluie pendant que Samantha Reardon lui parlait, et le procureur le lui tendait.

« Vous tenez le coup ? » demanda-t-il.

Betsy secoua la tête, de peur d'être trahie par sa voix si elle essayait de répondre.

« Vous surmonterez ça, Betsy. Vous êtes quelqu'un de coriace.

— Merci, Alan. Croyez bien que j'apprécie tout ce que vous faites pour moi. »

Il était pénible de lutter contre le chagrin dans une maison pleine d'étrangers. Les agents du FBI et les policiers s'efforçaient d'être discrets, mais il n'y avait qu'un endroit où elle était seule, la chambre à coucher. Page avait été sensationnel. Arrivé avec la première invasion, le samedi soir, il était resté jusqu'à l'aube. Le dimanche, il était revenu avec des sandwiches. Ce simple geste d'humanité l'avait fait pleurer.

« Il vaudrait mieux rentrer chez vous, lui dit-il, et ne pas rester sous cette pluie. »

Tournant le dos à la tombe, ils prirent la direction du sommet de la colline, où les attendait Rita Cohen ; Page tenait le parapluie.

« Alan, dit Betsy, s'arrêtant soudain, serait-il possible de présenter le dossier Darius demain au tribunal ? »

Le procureur parut surpris de cette requête. « J'ignore quel est l'emploi du temps du juge Norwood, mais pourquoi tenez-vous tant à procéder si vite à l'audience ? »

Betsy s'efforça de donner un semblant d'explication rationnelle à sa requête. « Je ne supporte pas de rester assise à ne rien faire à la maison. A mon avis, le ravisseur aurait déjà appelé s'il avait dû le faire. Si... s'il s'agit d'un enlèvement contre rançon, il faut lui donner une chance de me contacter. Il se doute certainement que mon téléphone est sur écoute. Au tribunal, au milieu de la foule, il essaiera peut-être de m'approcher. »

Page chercha un argument pour la dissuader, mais dut reconnaître que ce qu'elle disait se tenait. Jusqu'ici, il n'y avait eu ni lettre ni coup de fil au domicile ou au bureau de l'avocate. Il commençait à envisager la possibilité que Kathy soit morte, mais il ne voulait pas en parler à Betsy. En ayant l'air de se rendre à ses raisons, il lui donnerait un peu d'espoir. Pour l'instant, c'était tout ce qu'il pouvait faire pour elle.

« D'accord, dit-il finalement. Je vais faire programmer l'audience pour la date la plus rapprochée possible. Demain, si le juge le peut. »

Betsy tourna les yeux vers le sol. Si le juge Norwood acceptait, Kathy serait peut-être demain à la maison. Page lui posa une main sur l'épaule. Il tendit le parapluie à Rita, venue à leur rencontre.

« Rentrons », dit-elle à sa fille. La famille de Rick vint se joindre à elles et les suivirent jusqu'à la voiture. Page les regarda s'éloigner. La pluie ruisselait sur lui.

Chapitre XXVIII

1

Reggie Stewart, installé à la table de cuisine de son modeste appartement, épluchait les listes étalées devant lui. Ce travail ne lui plaisait pas. Excellent investigateur, il renâclait à l'idée que cette tâche, qui consistait à recouper des centaines de noms sur des douzaines de listes, exigeait de la main d'œuvre et aurait été accomplie mille fois plus efficacement par le FBI ou la police.

De plus, il était inquiet à l'idée qu'il faisait obstruction à la justice. Il connaissait le nom de la personne qui avait enlevé la fille de Betsy et n'avait pas transmis cette information. Si jamais Kathy mourait, il risquait de passer le reste de sa vie à se dire que la police l'aurait peut-être sauvée. Il aimait et respectait Betsy Tannenbaum, mais elle ne raisonnait pas juste. Il comprenait son inquiétude quant aux méthodes de travail du FBI et de la police, mais il n'était pas d'accord avec elle. Il était déjà presque décidé à aller voir Alan Page s'il ne trouvait pas rapidement quelque chose.

Il prit une gorgée de café et poursuivit son examen des listes. Elles provenaient d'agences immobilières et des compagnies d'électricité et de téléphone. Certaines lui avaient coûté de l'argent, mais le prix ne l'avait pas arrêté. Jusqu'ici, il n'avait trouvé ni de Samantha Reardon ni de Nora Sloane, mais il se doutait bien que ça ne serait pas aussi facile.

Parcourant pour la deuxième fois une liste de nouveaux abonnés au téléphone, il s'arrêta soudain sur un certain Dr Samuel Felix. Le nom du premier mari de Samantha Reardon était Max Felix. Stewart chercha un recoupement sur les autres listes, et trouva qu'une certaine Mme Samuel Felix avait loué un bungalow dans le comté de Washington la semaine où Oberhurst était revenu de son voyage à Hunter's Point. Stewart appela l'agence immobilière Pangborn dès l'ouverture du bureau. La femme qui s'était occupée de l'affaire se souvenait de Mme Felix, qu'elle décrivit comme grande et athlétique, avec des cheveux bruns coupés court. Une femme sympathique, ajouta-t-elle, qui lui avait confié qu'elle n'était pas trop ravie d'avoir dû quitter l'État de New York, où son mari était neurochirurgien.

Stewart appela Betsy, mais Ann lui dit qu'elle était déjà partie pour le palais de justice en vue de l'audience du procès Darius. Il se rendit compte que cela lui offrait une occasion inespérée. Reardon assistait à toutes les audiences de l'affaire Darius. Il y avait toutes les chances pour qu'elle aille à celle-ci, et qu'elle ait laissé Kathy seule.

La maison s'élevait au bout d'un chemin de terre. Elle était blanche, avec un porche et une girouette — une demeure coquette qui ne laissait en rien soupçonner le martyre qu'on y subissait à l'intérieur. Le détective privé fit le tour de la construction par les bois. Il aperçut des traces de pneus dans la cour, sur le devant, mais pas de voiture. La porte du garage, un petit bâtiment séparé de la maison, était grande ouverte et laissait voir un intérieur vide. Les rideaux étaient tirés devant la plupart des fenêtres, mais ouverts à celle de devant. Aucune lumière n'était allumée à l'intérieur. Il passa vingt minutes à guetter le moindre signe d'activité dans la pièce. Rien. Si Samantha Reardon vivait ici, elle était pour le moment absente.

Il traversa la cour comme une flèche et alla se réfugier dans le puits bétonné formé par l'accès extérieur à la cave, sur le côté de la maison. Les soupiraux qui donnaient dans le sous-sol étaient barbouillés de peinture noire. Si Reardon imitait

Darius, Kathy devait se trouver ici. Les soupiraux masqués ne firent que renforcer ce sentiment chez le privé

Il tenta d'ouvrir la porte du sous-sol. Elle était fermée à clef. La serrure ne paraissait pas particulièrement solide et il pensa qu'il pourrait la forcer d'un coup de pied. S'adossant au mur de béton, il porta un premier coup ; le bois craqua et la porte prit du jeu. Il s'adossa de nouveau au mur et recommença, de toutes ses forces. Le battant céda avec un craquement bruyant.

L'obscurité régnait dans la cave et il ne voyait guère au-delà de l'endroit éclairé par la lumière du jour. Il se coula à l'intérieur, accueilli par une odeur nauséabonde et un air fétide. Il prit une petite lampe de poche et balaya l'endroit avec le faisceau. Sur sa droite, contre le mur, des étagères de fortune en bois brut portaient un tuyau d'arrosage enroulé, des pots orange craquelés et divers outils de jardinage. Un traîneau d'enfant, des meubles endommagés et quelques chaises de jardin s'empilaient au milieu de la pièce, en face de la chaudière du chauffage central. L'odeur semblait provenir du coin opposé à la porte, là où les ténèbres étaient les plus épaisses. Le détective s'avança à pas prudents, contournant les objets, l'oreille aux aguets.

Le faisceau de lumière tomba sur un sac de couchage ouvert. Stewart s'agenouilla à côté. Il vit des croûtes de sang séché à l'emplacement normal de la tête et sentit une odeur peu marquée d'urine et de matières fécales. Un autre sac de couchage gisait un peu plus loin. C'est en s'avançant vers ce dernier qu'il vit le troisième sac et le corps allongé dessus.

2

La veille de l'audience, Betsy avait été si préoccupée du sort de Kathy qu'elle en avait oublié Martin Darius. Mais maintenant, elle se sentait incapable de penser à autre chose qu'à lui. Samantha Reardon l'avait forcée à choisir entre la vie de Kathy et celle d'un homme qui ne méritait pas de vivre. Le choix était simple, mais pas facile. Si dément et tordu qu'il fût, Martin

Darius n'en restait pas moins un être humain. Elle ne se faisait pas d'illusion sur ce qui se passerait lorsqu'elle laisserait la fausse journaliste entrer dans la salle du jury. Si Darius mourait, elle serait complice d'un meurtre.

Les reporters entourèrent l'avocate dès qu'elle sortit de l'ascenseur. Elle détourna les yeux pour éviter les projecteurs aveuglants des caméras de télévision, mais aussi les micros qui se tendaient vers elle, tandis qu'elle prenait à grandes enjambées la direction de la salle d'audience du juge Norwood. Les journalistes ne cessaient de lui poser les mêmes questions, au sujet du meurtre de Rick et de l'enlèvement de Kathy. Elle ne répondit à aucune.

Elle repéra Samantha Reardon dès qu'elle fut entrée dans la salle, qui était bondée. Elle passa rapidement devant elle pour gagner promptement son siège. Darius était déjà à sa place, au banc de la défense. Deux gardes se tenaient assis juste derrière lui et plusieurs autres avaient été postés à divers endroits du tribunal.

Alan Page posait son dossier sur la table réservée au ministère public lorsque Betsy fit son entrée entre les spectateurs. Il l'arrêta au moment où elle pénétrait dans l'enceinte judiciaire.

« Vous êtes bien certaine de vouloir plaider ? »

Elle acquiesça.

« Bon. Dans ce cas, il y a quelque chose dont nous devons discuter avec le juge Norwood. Je lui ai déjà demandé de nous recevoir dans son bureau avant le début de l'audience. »

Betsy parut intriguée. « Darius ne devrait-il pas être présent ?

— Non. Ceci est entre vous, Norwood et moi. Je ne laisse même pas Randy nous accompagner.

— Je ne comprends pas. »

Le procureur se pencha vers l'oreille de Betsy et murmura : « Je sais que le sénateur Colby a gracié Darius. Il m'a envoyé son assistant pour me mettre au courant.

— Wayne Turner ?

— Oui. Vous n'ignorez évidemment pas que l'audience de confirmation du sénateur risque de souffrir de la publicité qui pourrait être faite à ce geste. Acceptez-vous de rencontrer le juge en privé ou voulez-vous absolument que tout se passe en public ? »

Betsy envisagea rapidement la situation. Darius l'observait de sa place.

« Il faut que j'en parle à mon client. Je ne peux rien accepter sans son consentement.

— Pouvez-vous attendre d'avoir eu l'entrevue avec le juge ?

— D'accord. »

Page retourna à son banc et Betsy alla s'asseoir à côté de Darius.

« Qu'est-ce qui se passe ?

— Page veut que nous rencontrions le juge dans son bureau avant l'audience.

— Pourquoi ?

— Il ne l'a pas dit.

— Je ne veux pas que l'on agisse dans mon dos.

— Laissez-moi m'occuper de ça, Martin. »

Le promoteur eut l'air sur le point de se rebiffer. Puis il dit : « Bon, entendu. Je vous fais confiance. Vous ne m'avez pas laissé tomber, jusqu'ici. »

Betsy voulut se lever ; Darius la retint par le bras.

« On m'a mis au courant, pour votre mari et votre fille. Je suis désolé.

— Merci, répondit froidement Betsy.

— Je suis sincère. Je sais ce que vous pensez de moi, mais je peux avoir des sentiments et je vous respecte. »

Elle se demandait quoi répondre. Dans moins d'une heure, elle allait être la cause de la mort de cet homme qui essayait de la consoler.

« Écoutez, reprit-il, si c'est de l'argent que veut le ravisseur, je peux vous aider. Quelle que soit la somme, je la donnerai. »

Elle sentit son cœur se serrer. Elle réussit à remercier Darius et s'éloigna.

Le juge Norwood se leva lorsque Betsy entra dans son bureau. Il paraissait soucieux.

« Asseyez-vous, madame Tannenbaum. Puis-je vous offrir quelque chose ?

— Non merci, monsieur le juge. »

Norwood secoua la tête. « Je suis absolument désolé. Al, dites

375

à vos gens qu'ils peuvent intervenir à tout moment s'ils ont à vous parler.

— Entendu. »

Le juge se tourna vers Betsy. « Et vous-même, si vous souhaitez une suspension d'audience, si vous ne vous sentez pas bien ou quelle que soit la raison, n'hésitez pas.

— Merci, monsieur le juge. Tout le monde fait preuve de générosité. Mais je tiens à ce que l'audience aille jusqu'à son terme. Cela fait plusieurs jours que M. Darius est en prison, et il faut qu'il sache si l'on va ou non le relâcher.

— Très bien. Maintenant, Al, dites-nous pourquoi vous avez voulu cette réunion.

— Betsy et moi disposons d'informations sur l'affaire de Hunter's Point connues de très peu de personnes. L'une d'entre elles est le sénateur Raymond Colby.

— Le candidat à la Cour suprême ? » s'étonna Norwood, incrédule.

Page acquiesça. « Lui-même. Il était gouverneur de l'État de New York au moment où ont eu lieu les meurtres de Hunter's Point. Ces informations pourraient affecter votre décision mais elles risquent également de compromettre définitivement la nomination du sénateur.

— Je ne comprends pas. Laissez-vous entendre que le sénateur Colby est mêlé aux meurtres de Hunter's Point ?

— Oui, monsieur, répondit le procureur.

— Et vous corroborez cette affirmation, madame Tannenbaum ?

— Oui.

— Quelles sont ces informations ?

— Avant que M. Page ne vous les donne, dit Betsy, je tiens à faire objection au fait que vous soyez mis au courant. Si l'on s'en sert de quelque manière que ce soit contre M. Darius, ce sera en violation de la procédure légale garantie par la constitution des États-Unis et d'un accord passé entre M. Darius, l'État de New York et le gouvernement fédéral. Je crois que nous devrions examiner cela plus en détail avant que vous fassiez appeler votre témoin.

— Un accord conclu entre Darius et ces parties ne peut lier l'État de l'Oregon, objecta le procureur.

— Je crains bien que si.

— Je suis complètement dépassé! De quel genre d'accord parlez-vous ?» demanda le juge.

C'est le procureur qui répondit. «Une grâce, monsieur le juge. Colby, quand il était gouverneur de New York, a accordé une grâce pleine et entière à Darius.

— Pour quels faits ?

— Je préférerais que le contenu de cette amnistie ne soit révélé qu'après qu'on aura réglé la question clef de l'admissibilité, dit Betsy.

— Voilà qui devient extrêmement compliqué, s'impatienta le juge Norwood. Je vous propose de faire reconduire M. Darius en prison, madame Tannenbaum. Il est manifeste que ces explications vont nous prendre du temps.»

Betsy sentit son estomac se contracter. Elle avait l'impression d'être sur le point de s'évanouir. «J'aimerais avoir un entretien privé avec M. Darius. Puis-je utiliser la salle du jury ?

— Volontiers.»

L'avocate sortit du bureau du juge. Elle se sentait prise d'un léger tournis lorsqu'elle déclara au gardien que le juge Norwood l'autorisait à s'entretenir avec son client dans la salle du jury. L'un d'eux alla vérifier auprès du juge et revint une minute plus tard pour escorter Darius avec son collègue. Betsy jeta un coup d'œil vers le fond de la salle, juste au moment où Samantha Reardon passait dans le hall.

L'un des gardes se posta à l'extérieur de la porte donnant dans la salle d'audience ; l'autre devant celle qui s'ouvrait sur le hall. Betsy referma la première sur eux d'un tour de clef. Une table pouvant accueillir sans difficulté douze personnes occupait le centre de la grande pièce. Il y avait des toilettes et, dans un coin, un évier et un petit comptoir ; un placard, contre un mur, contenait des tasses à café en plastique et des assiettes. L'autre mur comportait un tableau sur lequel étaient épinglées des informations et des caricatures sur les juges et les jurés.

Darius s'assit à l'une des extrémités de la table. Il portait toujours les vêtements qu'il avait le jour de son arres-

377

tation. Le pantalon était froissé et la chemise sale. Il n'avait pas de cravate et était chaussé de sandales réglementaires.

Betsy s'assit sur le bord de la table, s'efforçant de ne pas regarder en direction de la porte donnant sur le hall.

« Qu'est-ce qui se passe ? demanda Darius.

— Page est au courant pour la grâce. Colby lui a dit.

— Le salopard !

— Page voudrait que Norwood reçoive la déposition du sénateur en secret, afin que ses chances d'être nommé à la Cour suprême n'en soient pas affectées.

— Qu'il aille se faire foutre, oui ! S'il essaie de me baiser, il tombera avec moi. De toute façon, ils ne peuvent utiliser cette amnistie, n'est-ce pas ?

— Je ne sais pas. Sur le plan légal, la question est très compliquée. »

On frappa à la porte donnant sur le hall. Darius remarqua la brusquerie avec laquelle Betsy tourna la tête.

« Est-ce que vous attendez quelqu'un ? » voulut-il savoir, soupçonneux.

L'avocate alla ouvrir sans répondre. Samantha Reardon se tenait derrière le garde, une mallette noire à la main.

« Cette dame dit que vous l'attendez, dit le garde.

— C'est exact. »

Darius se leva. Il regardait fixement Reardon. Ses yeux s'agrandirent. La femme plongea le regard dans ces yeux-là.

« Ne laiss... » commença Darius. Reardon tira dans la tempe du garde, dont la tête explosa, aspergeant l'imperméable qu'elle portait de débris d'os et de cervelle. Betsy écarquilla les yeux. L'homme s'effondra. Reardon poussa Betsy de côté, laissa tomber sa mallette et referma la porte du hall à clef.

« Asseyez-vous », ordonna-t-elle, braquant son arme sur Darius. Le promoteur recula et prit un siège, à l'autre bout de la table. Reardon se tourna vers Betsy. « Prenez une chaise de l'autre côté et loin de lui. Si vous faites un geste, Kathy est morte. »

Darius se tourna vers l'avocate. « C'est vous qui avez préparé ce coup ?

— La ferme, Martin », gronda Reardon. Elle avait les yeux écarquillés, le regard fou. « Les chiens ne parlent pas. Si vous

378

émettez le moindre son sans ma permission, vous allez endurer des souffrances sans nom. »

Darius referma la bouche, mais ne quitta pas la femme des yeux.

« Vous avez fait de moi une spécialiste en la matière, Martin. Vous n'allez pas tarder à constater que j'ai été une bonne élève. Mon seul regret est de ne pouvoir disposer de ces mêmes moments d'intimité que nous avons partagés autrefois tous les deux. Ces journées où vous m'obligiez à vous supplier d'arrêter de me faire mal. Je me souviens de la moindre minute que nous avons passée ensemble. Si nous avions le temps, je vous ferais revivre chacune d'elle. »

Elle ramassa la mallette noire et la posa sur la table.

« J'ai une question à vous poser, Martin. Une question facile. Une question à laquelle vous ne devriez pas avoir de mal à répondre. Je vous donne la permission de le faire, si vous le pouvez. Si l'on songe à tout le temps que nous avons passé ensemble, ça devrait être simple comme bonjour. Comment je m'appelle ? »

Quelqu'un heurta à la porte, du côté du tribunal. Reardon tira un coup de feu dans le haut du battant. On entendit des cris.

« Éloignez-vous des portes, ou je les tue tous ! hurla l'ex-victime de Lake.

— Tout le monde a reculé ! » cria une voix depuis le hall.

Reardon pointa son arme sur Betsy. « Allez leur parler. Racontez-leur, pour Kathy. Dites-leur qu'elle mourra s'ils tentent d'entrer ici. Que vous ne risquez rien s'ils font comme je dis. »

L'avocate tremblait de tous ses membres. « Je peux me lever ? » réussit-elle à dire.

La femme acquiesça. Betsy s'avança jusqu'à la porte donnant dans la salle d'audience.

« Alan ! lança-t-elle en faisant de gros efforts pour que sa voix ne se brise pas.

— Vous allez bien ? répondit le procureur, haussant lui aussi le ton.

— Faites éloigner tout le monde. La femme qui est avec nous est l'une de celles enlevées par Darius à Hunter's Point. Elle a caché Kathy quelque part et ne lui a pas donné à manger. Si vous la capturez, elle ne dira pas où se trouve Kathy et elle la laissera mourir de faim. Je vous en prie, que personne ne cherche à intervenir.

— Très bien. Ne vous inquiétez pas.

— Même chose dans le hall, ordonna Reardon.

— Elle veut qu'on s'éloigne aussi de la porte donnant sur le hall. Je vous en prie, faites ce qu'elle demande. Elle n'hésitera pas à nous tuer. »

Reardon reporta son attention sur Darius. « Vous avez eu le temps de réfléchir. Alors répondez à la question, si vous en êtes capable. Quel est mon nom ? »

Darius secoua la tête, et Samantha Reardon eut un sourire qui fit froid dans le dos à Betsy.

« J'étais sûre que vous l'auriez oublié, Martin. Pour vous, nous n'avons jamais été des personnes. On n'était que de la chair. Des personnages de fantasmes. »

On entendait le bruit des gens qui évacuaient le tribunal et le hall. Reardon ouvrit sa mallette et y prit une seringue. On distinguait divers instruments de chirurgie disposés sur des plateaux.

« Je m'appelle Samantha Reardon, Martin. Vous vous en souviendrez, quand j'en aurai terminé avec vous. Je tiens à ce que vous sachiez un certain nombre de choses sur moi. Avant que vous me kidnappiez et détruisiez ma vie, j'étais infirmière en chirurgie. C'est une spécialité dans laquelle on apprend à réparer les corps brisés. On a affaire à des parties de l'organisme endommagées pour une raison ou une autre, et on voit ce que font les chirurgiens pour soulager les douleurs engendrées par les blessures. Comprenez-vous combien ces informations peuvent être utiles à quelqu'un qui désire provoquer ces douleurs ? »

Darius eut la prudence de ne pas répondre. L'ancienne infirmière sourit.

« Excellent, Martin. Vous apprenez vite. Vous n'avez pas pipé mot. Évidemment, vous êtes l'inventeur de ce petit jeu. Je me rappelle encore ce qui est arrivé la première fois que vous m'avez posé une question après m'avoir dit que les chiens ne parlaient pas et que j'avais fait la bêtise de vous répondre tout de même. Désolé de ne pas avoir un aiguillon électrique sous la main. La souffrance qu'il provoque est exquise. »

Elle posa un scalpel sur la table. Betsy sentit son cœur se soulever. Elle inspira vivement. La femme l'ignora et s'avança vers le bout de la table où se tenait Darius.

« Il faut que je me mette au travail. Je ne peux pas compter que ces imbéciles attendront pendant cent sept ans. Au bout d'un moment, ils vont décider d'entreprendre quelque chose d'idiot.

» Vous vous dites probablement que je vais vous tuer. Erreur. La mort est un cadeau, Martin. Elle met un terme à la souffrance. Moi, je veux que vous souffriez aussi longtemps que possible. Je veux que vous souffriez jusqu'à la fin de vos jours.

» Je vais commencer par vous tirer une balle dans chaque genou. La douleur de ce genre de blessure est intolérable et vous affaiblira suffisamment pour vous empêcher de représenter un danger physique pour moi. Ensuite, je vous soulagerai en vous administrant un anesthésique. » Elle brandit la seringue. « Lorsque vous serez inconscient, je vous opérerai. Je vais commencer par m'intéresser à votre moelle épinière et en particulier aux nerfs qui commandent les mouvements des jambes et des bras. Lorsque vous vous réveillerez, vous serez un parfait quadriplégique. Totalement paralysé. Mais ce ne sera pas tout, Martin. Ce ne sera même pas le pire. »

Samantha Reardon s'interrompit un instant ; ses traits s'étaient animés, elle paraissait extatique.

« Je vais également vous arracher les yeux ; vous ne pourrez plus voir. Je vous couperai la langue ; vous ne pourrez plus parler. Je vous rendrai également sourd. La seule chose que je laisserai intacte sera votre esprit. Savez-vous pourquoi on appelle aussi les prisons des pénitenciers ? »

Darius resta sans réaction. Reardon eut un petit rire. « Pas moyen de vous avoir, hein ? C'est parce que c'est l'endroit où l'on fait pénitence. L'endroit où ceux qui ont fait du mal aux autres ont tout le temps de penser à leurs péchés. Votre esprit va devenir votre pénitencier. Vous y serez enfermé, sans pouvoir vous en échapper, jusqu'à la fin de votre vie. »

Samantha Reardon se plaça en face de Darius et visa son

genou droit. « Hé, là-dedans ! Ici William Tobias, chef de la police. Je voudrais vous parler ! »

Reardon tourna la tête. Darius bondit à une vitesse surnaturelle. Son pied gauche vint cueillir le poignet de son assaillante, et le revolver vola sur la table. Betsy le vit glisser vers elle pendant que Reardon reculait en chancelant.

L'avocate se saisit de l'arme tandis que Darius secouait l'autre poignet de la femme pour lui faire lâcher la seringue. Reardon porta un violent coup de pied au tibia de son ancien tortionnaire et voulut lui enfoncer les doigts dans les yeux. Mais il tourna la tête et le coup ne porta que sur sa joue. Elle bondit alors en avant et vint le mordre au cou. Il hurla, et ils allèrent s'écraser contre le mur. Darius s'accrochait au poignet qui tenait toujours la seringue. De sa main libre, il saisit son adversaire par les cheveux et essaya de s'en débarrasser. Betsy le vit devenir blanc de douleur. Lâchant alors les cheveux de la femme, il lui porta plusieurs coups de poing. Elle finit par desserrer l'étau de ses dents et Darius s'arracha à sa prise. Il avait la peau du cou déchiquetée et ensanglantée. Sans attendre, il la reprit par les cheveux, lui renversa la tête en arrière et lui assena un violent coup de boule sur le nez, l'étourdissant. Les jambes de Reardon flageolèrent. Il en profita pour lui tordre le poignet et la seringue tomba sur le sol. Darius passa alors derrière elle et lui porta une clef au cou.

« Non ! hurla Betsy. Ne la tuez pas ! Elle est la seule à savoir où est Kathy ! »

Darius arrêta son mouvement. Reardon était comme une poupée de chiffon dans ses bras. Il la tenait de telle manière que ses pieds effleuraient à peine le sol. La clef lui coupait la respiration.

« Je vous en supplie, Martin.

— Et pourquoi devrais-je vous aider, hein ? aboya Darius. Vous m'avez fait tomber dans ce guet-apens !

— Je n'avais pas le choix. Elle aurait laissé mourir Kathy !

— Alors, la mort de Kathy aurait été une parfaite punition !

— Je vous en supplie, Martin, répéta-t-elle, c'est ma petite fille !

— Vous auriez dû y penser quand vous avez décidé de me baiser », répliqua Darius en serrant un peu plus fort.

Betsy éleva l'arme et le visa.

« Je vous tue si vous ne la reposez pas immédiatement, Martin. Je le jure. Et je continuerai à tirer jusqu'à ce qu'il n'y ait plus de balles. »

Par-dessus l'épaule de Reardon, il regarda l'avocate. Ils gardèrent quelques instants les yeux rivés l'un sur l'autre. Il calcula ses chances, puis relâcha son étreinte ; Reardon s'effondra sur le sol. Il s'en éloigna. De la main Betsy tâtonna dans son dos.

« J'ouvre la porte ! cria-t-elle. Ne tirez pas ! Tout va bien ! »

Elle tourna la poignée. Darius s'assit à la table, les mains bien en vue sur le plateau. Deux policiers armés entrèrent les premiers. Elle tendit l'arme à l'un d'eux. L'autre passa les menottes à Reardon.

Betsy s'effondra sur l'un des sièges, pendant que d'autres policiers faisaient irruption dans la salle de délibération, qui ne tarda pas à se trouver pleine de monde. Deux hommes soulevèrent Samantha Reardon et l'installèrent sur un siège en face de Betsy. Elle avait encore du mal à respirer. Alan Page s'assit à côté d'elle.

« Vous allez bien ? » demanda-t-il.

Betsy acquiesça d'un hochement de tête mécanique. Rien n'aurait pu détourner son attention de Reardon.

« Où est Kathy, Samantha ? »

La femme leva lentement la tête. « Elle est morte. »

Betsy devint d'une pâleur mortelle. Ses lèvres se mirent à trembler et elle dut faire un effort démesuré pour ne pas s'effondrer.

Reardon se tourna vers le procureur. « Sauf si vous faites exactement ce que je vous dis.

— Je vous écoute.

— Je veux ce qu'a eu Peter Lake. Une grâce complète pour tout. Le flic du hall, les femmes, les enlèvements. Je veux que le ministre de la Justice des États-Unis garantisse qu'il n'y aura pas de poursuites au fédéral. Je veux que le gouverneur en personne vienne ici. On fera l'enregistrement vidéo de la signature. Je sortirai librement. Tout comme Lake. Liberté totale.

— Si vous obtenez votre grâce, nous direz-vous où vous détenez Kathy Tannenbaum ? »

Reardon acquiesça. « Et aussi Nancy Gordon.

— Elle est vivante ? s'exclama Page.

— Évidemment. Nancy est la seule qui a continué à poursuivre Martin. Elle est la seule qui m'a crue. Jamais je ne l'aurais tuée. Il y a autre chose.

— Je vous écoute.

— Je peux vous donner les preuves qui vous permettront de condamner Martin Darius pour meurtre. »

A l'autre bout de la table, le promoteur ne broncha pas.

« Quelles preuves ? »

Samantha Reardon se tourna vers Darius, un sourire aux lèvres. « Vous croyez avoir gagné, Martin. Mais un jury croira une cinglée, si la cinglée apporte la preuve de ce qu'elle avance. Si elle a des photos, par exemple. »

Darius changea de position sur son siège.

« Des photos de quoi ? » demanda Page.

Reardon lui répondit, mais sans cesser de regarder le promoteur.

« Il portait un masque. Un masque de cuir. Il nous obligeait aussi à en porter. Des masques sans ouvertures pour les yeux. Mais une fois, pendant un bref moment, j'ai réussi à voir son visage. Pas bien longtemps, mais juste assez.

» L'été dernier, un détective privé du nom de Samuel Oberhurst m'a montré des photos de Martin. Dès que je les ai vues, je l'ai reconnu. Il y avait bien la barbe, la couleur des cheveux qui avait changé et il était plus vieux — mais j'en étais sûre. J'ai pris l'avion pour Portland et j'ai commencé à le suivre. A le suivre partout, en gardant la trace photographique de ce que je voyais.

» La semaine où je suis arrivée, Martin a organisé une réception pour célébrer l'ouverture d'un nouveau centre commercial. Je me suis mêlée aux invités et j'ai sélectionné plusieurs femmes pour en faire des preuves contre lui. L'une d'elles était sa maîtresse, Victoria Miller. J'ai envoyé une photo où l'on voyait Martin quitter l'Hacienda Motel à Nancy Gordon pour l'attirer à Portland.

» Le soir même, après avoir cueilli Victoria, j'ai suivi Martin. Il est sorti de la ville et s'est rendu dans une maison isolée, celle d'Oberhurst. Je l'ai surveillé durant tout le temps qu'il a torturé le type. Ça a duré des heures. Lorsque Martin a emporté le corps sur le chantier de construction, j'étais là. J'ai pris des photos. La plupart n'ont rien donné, parce qu'il faisait nuit et qu'il pleuvait beaucoup, mais il y en a une excellente, sur laquelle on voit Martin soulever le corps d'Oberhurst, à l'arrière de la voiture. La lumière du coffre éclairait tout très bien. »

Alan Page se tourna vers Darius ; celui-ci soutint le regard du procureur sans ciller. Page revint à Reardon. « Vous aurez votre grâce. Nous irons dans mon bureau. Cela va nous prendre un certain temps pour tout régler. Est-ce que ça ira bien, pour Kathy et Nancy Gordon ? »

La femme acquiesça. Puis elle sourit à Betsy. « Il ne faut pas vous inquiéter. Je lui ai donné à manger avant de venir ici, puis je l'ai endormie. Je lui ai aussi donné sa peluche et elle est bien au chaud. Je vous aime bien, Betsy. Vous savez que je ne vous aurais fait du mal que contrainte et forcée. »

Le procureur était sur le point de dire à deux policiers de conduire Reardon à son bureau lorsque Ross Barrow entra précipitamment dans la salle de délibération.

« On sait où se trouve la petite ! Elle va très bien. L'enquêteur de Tannenbaum l'a trouvée dans le comté de Washington. »

3

La personne que l'équipe médicale des urgences retira de l'obscurité du sous-sol n'avait plus grand-chose à voir avec la femme athlétique qui avait mis Alan Page au courant de l'affaire de Hunter's Point. Nancy Gordon était émaciée et avait les joues creuses et les cheveux en broussaille. Kathy, en revanche, avait l'air d'un angelot. Lorsque Stewart l'avait découverte, elle dormait d'un sommeil de drogué, allongée sur un sac de couchage, serrant Oliver dans ses bras. Les médecins laissèrent Betsy lui toucher le front et l'embrasser avant de l'emmener à l'hôpital.

Dans la salle de séjour, Ross Barrow recueillit la déclaration de Reggie Stewart, tout excité, tandis que Randy Highsmith examinait les photos de Darius que l'on avait trouvées pendant la perquisition. Sur l'une d'elles, l'éclairage du coffre montrait effectivement très nettement Darius en train de retirer le corps de Samuel Oberhurst de l'arrière de son véhicule.

Alan Page sortit sur le porche. Betsy Tannenbaum se tenait contre la balustrade. Il faisait froid et le procureur voyait la buée de sa respiration.

« Est-ce que vous vous sentez mieux, maintenant que Kathy est hors de danger ? demanda-t-il.

— D'après les médecins, elle va très bien physiquement, mais ce sont les dommages psychologiques qui m'inquiètent. Elle a dû être terrifiée. Et j'ai peur de ce que pourrait faire Reardon si jamais elle est relâchée.

— Pour ça, il n'y a rien à craindre. Elle va rester enfermée jusqu'à la fin de sa vie.

— Qu'est-ce qui vous permet d'en être aussi sûr ?

— Je vais la faire interner en hôpital psychiatrique. J'aurais agi de la même façon si j'avais été obligé de lui accorder sa grâce. Comme telle, la grâce ne m'aurait nullement empêché de la faire interner ; il suffisait de prouver qu'elle était malade mentale et dangereuse. Or elle a un passé psychiatrique chargé, avec plusieurs mesures d'internement à son actif. J'ai parlé aux responsables de l'hôpital d'État. Bien entendu, il y aura une audience et elle aura un avocat. Je suis certain qu'on aura droit à des coups tordus, des arguties légales. Mais le fond de l'affaire est que Samantha Reardon est folle et qu'elle ne reverra plus la lumière du jour sans barreaux devant elle.

— Et Darius ?

— J'abandonne tous les chefs d'inculpation sauf celui du meurtre de John Doe. Avec la photo de Darius soulevant le corps de Sam Oberhurst et ce que l'on sait des meurtres de Hunter's Point, je crois qu'on peut obtenir la peine de mort. »

Betsy contemplait sans la voir la cour de la maison. Les ambulances étaient parties, mais il restait encore plusieurs véhicules de police. Elle s'entoura de ses bras et frissonna. « Quelque chose en moi n'arrive pas à croire que vous aurez la peau de Darius. Pour Reardon, il est le diable incarné. Elle a peut-être raison.

— Même le diable aurait besoin d'un sacré bon avocat, avec le dossier que nous avons.

— Darius aura le meilleur, Al. Il est assez riche pour engager qui il veut.

— Non. Ni qui il veut, ni la meilleure. »

Betsy rougit.

« Il fait trop froid pour rester là-dehors, reprit Page. Voulez-vous que je vous conduise à l'hôpital ? »

Elle suivit le procureur jusqu'à sa voiture, dont il lui ouvrit la portière. Elle s'assit. Il lança le moteur. Betsy eut un dernier regard pour ce qui avait été la prison de Kathy. Un endroit tellement charmant... En le voyant, on ne se serait guère douté de ce qui s'était passé dans le sous-sol. D'ailleurs, en voyant Reardon ou Darius, qui se serait douté de quelque chose ? Les monstres véritables ne ressemblent pas à des monstres. Ils sont en liberté dans la nature. Ils rôdent.

ÉPILOGUE

A onze heures trente, par une matinée d'été maussade, Raymond Francis Colby, la main gauche posée sur la Bible que lui tendait le greffier en chef de la Cour suprême des États-Unis, leva la main droite et répéta ce serment, à la suite du juge Laura Healy :

« Moi, Raymond Francis Colby, jure solennellement de rendre la justice sans égard pour personne et d'être aussi équitable envers le pauvre qu'envers le riche, ainsi que de remplir fidèlement tous les devoirs qui m'incombent en tant que premier juge de la Cour suprême des États-Unis, au mieux de mes capacités et de ma compréhension, en respectant la constitution et les lois des États-Unis. Que Dieu me vienne en aide.

— Est-ce aussi un juge, maman ? demanda Kathy Tannenbaum.

— Oui », murmura Betsy.

La fillette tourna le dos à la cérémonie. Elle portait une robe bleue neuve que Betsy lui avait achetée en vue du voyage à Washington. Un parfum de fleurs et de soleil montait de ses cheveux — parfum que seule la chevelure fraîchement lavée des fillettes semble capable de produire. Personne, en la voyant, n'aurait imaginé le calvaire qu'elle venait de subir.

L'invitation à assister à l'investiture du sénateur Colby était arrivée une semaine après la confirmation de la nomination par le Sénat. La grâce accordée jadis à Lake avait fait les manchettes des journaux pendant plusieurs semaines. Certains spéculaient sur le fait que Colby ne pourrait triompher de la révélation de l'amnistie dont avait bénéficié le tueur à la rose noire. Puis Gloria Escalante avait publiquement chanté les louanges de Colby, disant qu'il lui avait sauvé la vie, et Alan Page avait souligné le courage dont avait fait preuve le sénateur en rendant l'affaire publique alors que sa nomination n'était pas encore confirmée. Le vote final du Sénat avait recueilli une majorité plus forte que celle espérée.

« Je pense qu'il fera un bon juge », dit Alan Page, lorsqu'ils quittèrent la salle d'audience du tribunal suprême pour gagner la salle de conférence, où devait avoir lieu la réception pour les juges et leurs invités.

« Je ne partage pas les opinions politiques de Colby, lui répondit Betsy, mais l'homme me plaît.

— Qu'est-ce qu'elles ont, ses opinions politiques ? » protesta Page, pince-sans-rire.

Un buffet était dressé à l'une des extrémités de la salle, qui donnait, par des portes-fenêtres, sur une cour où babillait une fontaine. Betsy remplit une assiette pour Kathy, puis lui trouva une chaise et l'installa près de la fontaine, avant de revenir se servir.

« Elle paraît en pleine forme, observa Page.

— C'est un vaillant petit soldat, répondit fièrement Betsy. Mais le travail du deuil, pour son père, reste à faire. L'investiture est arrivée à un bon moment, pour elle. Son thérapeute estime qu'un changement de décor devrait lui faire du bien. Et on retournera à la maison en passant par Disneyland. Depuis que je lui ai dit ça, elle est sur un petit nuage — un petit nuage un peu gris, tout de même.

— Elle a de la chance. Et vous aussi. »

Betsy empila des tranches de viande froide et des fruits frais sur son assiette et retourna dans la cour, escortée par le procureur.

« Comment ça se passe, avec Darius ? lui demanda Betsy.

— Ne vous inquiétez pas. Oscar Montoya fait un foin du diable à propos de la grâce, mais cette fois, nous le tenons solidement.

— Quelle est votre hypothèse de travail ?

— D'après moi, Oberhurst faisait chanter Darius à propos des meurtres de Hunter's Point. La grâce est précisément la preuve acceptable qu'il les a commis.

— Si vous n'obtenez pas la peine de mort, il faut le faire enfermer pour toujours, Alan. Vous n'avez pas idée de ce qu'il est.

— Oh ! je crois bien que si, répondit-il avec suffisance.

— Non, pas du tout. Vous vous l'imaginez, seulement. Je sais des choses sur lui — des choses qu'il m'a dites sous le sceau du secret — qui vous changeraient pour toujours. Croyez-moi sur parole : Martin Darius ne doit jamais sortir de prison. Jamais.

— Entendu, Betsy. Ne vous en faites pas. Je ne le sous-estime pas. »

Betsy était tellement à ce qu'elle venait de dire qu'elle ne remarqua le juge Colby que lorsqu'il lui adressa la parole. Wayne Turner se tenait à côté de lui.

« Je suis content que vous soyez venue, dit-il à l'avocate.

— J'ai été flattée d'avoir été invitée.

— Vous êtes Alan Page, n'est-ce pas ?

— Oui, monsieur.

— Pour vous et Betsy, je serai toujours Ray. Vous ne pouvez savoir ce que vos déclarations ont fait en faveur de ma confirmation. J'espère que vous pourrez venir à la réception privée, ce soir, à la maison. Cela nous donnera l'occasion de nous parler davantage. J'aimerais mieux vous connaître, tous les deux. »

Colby et Turner s'éloignèrent et Betsy ramena Page dans la cour, où ils trouvèrent Kathy en grande conversation avec une femme qui s'appuyait sur des béquilles.

« Nancy ! dit Alan Page. Je ne savais pas que vous seriez ici.

— Je n'aurais manqué la prestation de serment du sénateur pour rien au monde, répondit-elle avec un sourire.

— Connaissez-vous Betsy Tannenbaum, la mère de Kathy ?

— Non. » Elle tendit la main à Betsy. « C'est un plaisir. C'est une petite coriace, que vous avez là, observa-t-elle en ébouriffant les cheveux de la fillette.

— Si vous saviez comme je suis heureuse de vous rencontrer, dit Betsy. J'ai bien essayé de vous voir à l'hôpital, mais les

390

médecins n'ont pas voulu me laisser entrer. Après quoi, vous êtes repartie pour Hunter's Point. Avez-vous eu mon mot ?

— Oui. Je suis confuse de ne pas avoir répondu. Moi et la correspondance, ça fait deux ! Kathy m'a dit que vous passeriez par Disneyland en quittant Washington. Je suis jalouse.

— Vous n'avez qu'à venir avec nous », dit Kathy.

Gordon éclata de rire. « J'en serais ravie, mais j'ai du travail. Est-ce que tu m'écriras, pour me raconter ton voyage ?

— D'accord, répondit sérieusement la fillette. Je peux avoir encore du gâteau, maman ?

— Bien sûr. Alan, voulez-vous montrer à Kathy où sont les gâteaux, s'il vous plaît ? »

Le procureur s'éloigna en tenant Kathy par la main et Betsy s'assit à côté de Gordon.

« A la voir, observa la détective, on dirait qu'elle s'en sort rudement bien. Comment va-t-elle ?

— D'après les médecins, il n'y a aucun problème sur le plan physique ; et le psychiatre qui la suit dit qu'elle s'en sortira.

— Voilà quelque chose qui me fait plaisir. Je me demandais comment elle allait réagir. Reardon la traitait bien, la plupart du temps, mais il y a eu quelques moments pénibles.

— Kathy m'a raconté comment vous l'aviez aidé à garder le moral. D'après le psychiatre, votre présence a été d'un grand secours. »

Nancy Gordon sourit. « En réalité, c'est elle qui m'a remonté le moral. C'est une petite fille courageuse.

— Et vous, comment vous sentez-vous ?

— Un peu mieux chaque jour. Il me tarde d'être débarrassée de ça, ajouta-t-elle avec un geste vers ses béquilles. » Puis son sourire disparut. « Vous êtes l'avocat de Martin Darius, n'est-ce pas ?

— Je l'étais. C'est Oscar Montoya qui le représente, maintenant.

— Qu'est-ce qui s'est passé ?

— Après avoir parlé au sénateur Colby et appris ce qu'il avait fait aux femmes de Hunter's Point, je n'ai plus voulu le garder comme client ; de toute façon, il ne voulait plus de moi non plus quand il a compris que j'avais aidé Samantha Reardon.

— Qu'est-ce qui va lui arriver ?

— Il a torturé Oberhurst. J'ai vu les photos dans le dossier. J'en avais mal au cœur. Alan Page est sûr d'obtenir une condamnation à mort quand les jurés auront vu ces documents et entendu raconter ce qui s'est passé à Hunter's Point.

— Mais vous, qu'est-ce que vous en pensez ? »

Betsy se souvint de l'expression satisfaite d'Alan, lorsqu'il avait parlé de sa certitude de faire condamner Darius, et elle se sentit mal à l'aise.

« Je ne suis pas aussi convaincue qu'Alan. Il ne connaît pas Martin comme nous le connaissons. »

Elle m'a fait connaître les plaisirs les plus exquis, avait-il déclaré à Betsy lorsqu'il lui avait décrit le royaume de ténèbres sur lequel il régnait. Il n'avait manifesté aucun signe de remords ou de compassion pour ce qu'avaient enduré ses victimes. Elle ne doutait pas qu'il serait capable de recommencer s'il sentait qu'il pouvait s'en tirer, et elle se demandait s'il n'avait pas des projets la concernant depuis qu'il savait qu'elle l'avait trahi.

« Vous vous inquiétez à l'idée qu'il puisse sortir, n'est-ce pas ? demanda Gordon.

— Oui.

— Et de ce qu'il pourrait vous faire, à vous ou à Kathy ? »

Betsy acquiesça.

La détective la regarda droit dans les yeux. « Le sénateur Colby — pardon, le juge — a des contacts au FBI. Ils suivent l'affaire de près et ils ont décidé de surveiller étroitement Darius. On l'avertira s'il y a la moindre possibilité qu'il sorte de prison.

— Que feriez-vous, si cela devait se produire ? »

Lorsque Nancy Gordon répondit, ce fut d'un ton retenu mais d'une voix ferme, et l'avocate sut qu'elle pouvait croire en sa promesse.

« Vous n'avez aucun souci à vous faire pour Darius, Betsy. Il ne vous fera jamais de mal, ni à vous ni à Kathy. Si jamais Darius met un pied hors de la prison, je ferai en sorte qu'il ne fasse plus jamais de mal à personne. »

Kathy arriva en courant avec une assiette dans laquelle oscillait une énorme part de gâteau. « Alan a dit que je pouvais avoir tout ce que je voulais, expliqua-t-elle à sa mère.

— Alan est pire que ta grand-mère, répondit Betsy.

— Arrêtez un peu de la persécuter ! » s'exclama Page en riant, avant de s'asseoir à côté des deux femmes. Puis, se tournant vers Betsy, il lui demanda : « N'avez-vous jamais rêvé que vous veniez plaider ici ?

— Quel est l'avocat qui n'en a pas rêvé ?

— Et toi, Kathy... Est-ce que tu aimerais venir ici comme avocate et plaider devant la Cour suprême des États-Unis ? »

La fillette se tourna vers Nancy Gordon, le visage sérieux.

« Je ne veux pas devenir avocate, dit-elle. Je veux être détective. »

REMERCIEMENTS

Nombreux sont ceux qui m'ont aidé dans la réalisation de ce livre. Les Dr William Brady et Edward Colbach ont répondu à mes questions techniques sur la médecine et la psychiatrie ; le Dr Stanley Abrams, de son côté, a non seulement relu le manuscrit, mais m'a autorisé à faire de larges emprunts à son article, « *The Serial Murderer* » [Le meurtrier en série] ; mon ami écrivain Vince Kohler a pris la peine de critiquer mon manuscrit et mon frère, Jerry, m'a donné ce qu'il appelle une assistance « élémentaire ».

Je tiens à remercier également Jean Naggar, mon agent littéraire, ainsi que toute son équipe, et notamment Teresa Cavanaugh.

Également David Gernert, Deborah Futter et l'équipe de la maison d'édition Doubleday.

Et bien entendu, je n'oublie ni ma femme, Doreen, ni mes merveilleux enfants, Daniel et Amy, qui ont critiqué le livre et sont les responsables du climat de bonheur qui règne dans notre foyer.

« SPÉCIAL SUSPENSE »

La composition de cet ouvrage
a été réalisée par l'Imprimerie BUSSIÈRE,
l'impression et le brochage ont été effectués
sur presse CAMERON dans les ateliers de B.C.A.,
à Saint-Amand-Montrond (Cher),
pour le compte des Éditions Albin Michel.

Achevé d'imprimer en août 1994.
N° d'édition : 13813. N° d'impression : 1470-94/377.
Dépôt légal : septembre 1994.